马华文学12家

朱崇科 著

Copyright © 2019 by SDX Joint Publishing Company.
All Rights Reserved.
本作品版权由生活·读书·新知三联书店所有。
未经许可，不得翻印。

图书在版编目（CIP）数据

马华文学12家／朱崇科著．—北京：生活·读书·新知三联书店，
2019.7
　ISBN 978-7-108-06486-8

　Ⅰ.①马…　Ⅱ.①朱…　Ⅲ.①华文文学－文学研究－马来西亚
Ⅳ.①I338.065

中国版本图书馆CIP数据核字（2019）第032880号

责任编辑	王海燕
装帧设计	刘　洋
责任校对	龚黔兰
责任印制	宋　家
出版发行	生活·讀書·新知 三联书店
	（北京市东城区美术馆东街22号　100010）
网　　址	www.sdxjpc.com
经　　销	新华书店
印　　刷	北京市松源印刷有限公司
版　　次	2019年7月北京第1版
	2019年7月北京第1次印刷
开　　本	635毫米×965毫米　1/16　印张20
字　　数	249千字
印　　数	0,001-4,000册
定　　价	49.00元

（印装查询：01064002715；邮购查询：01084010542）

目 录

绪论：第四种"中国性" ································· 1
邱菽园：本土意识的"起源"语境 ····················· 8
  一、自然描述：本土地理学 ························· 13
  二、混杂的自我：本土风物 ························· 19
  三、关爱与化归：本土介入？ ······················· 25
方北方：马华现实主义长篇的高峰 ····················· 32
  一、文学理论认知及转型轨迹 ······················· 33
  二、方北方的本土书写实践：以"马来亚三部曲"为中心 ··· 41
  三、方北方的本土现实主义限度 ····················· 46
吴岸：马华现实主义诗歌的代理人 ····················· 53
  一、本土的认知与关涉 ····························· 55
  二、本土色彩与本土意识 ··························· 60
  三、植物意象与本土认同 ··························· 65
王润华：南洋诗学及世华性形塑者 ····················· 71
  上：后殖民本土 ··································· 73
  一、去殖民化：再现历史记忆、拆解殖民后果与寻找
    本土话语 ····································· 74
  二、本土回归：水果的秩序和本土缠绕 ··············· 80
  下：放逐诗学——建构世华性 ······················· 85
陈瑞献：马华现代主义的元老之一 ····················· 93
  引言 ··· 93

  一、琐细现实之外的大气/霸气：对传统现实主义
   的突破 …………………………………………… 97
  二、阴暗书写与悲天悯人：对西方现代主义的一种修正 … 105
  三、离散与追寻：本土现代性的一种主题 …………… 110
  四、文体互涉与他度可能 ……………………………… 114

李永平：马华现代主义长篇第一人 ……………………… 119
  一、吉陵考古："四不像"哲学 ……………………… 125
  二、真的恶声："恶托邦"本土 ……………………… 130
  三、圆形本土：离散、游移与回归 ………………… 137

张贵兴：魔幻主义雨林书写 ……………………………… 153
  一、雨林奇观 …………………………………………… 157
  二、本土话语：雨林承载 …………………………… 164
  三、雨林美学："语"林、"意"林，还是囿于林？ …… 176

林幸谦：中国性书写的本土与离散 ……………………… 185
  一、大马情结：本土认同 …………………………… 187
  二、放眼大华：华人大同 …………………………… 194
  三、大中国乎：无地归返 …………………………… 199

黄锦树：争夺鲁迅与虚构"南洋" ………………………… 207
  一、杂文性讽刺 ……………………………………… 209
  二、介入式抒情 ……………………………………… 215
  三、解构式重构 ……………………………………… 222

陈大为：坐镇台湾诗话"南洋" …………………………… 231
  一、历史的"南洋"：确认或追认 …………………… 234
  二、自我与家族：再现与神话 ……………………… 242
  三、追认的政治：谁的南洋？ ……………………… 248

欧大旭：马华英语作家中的佼佼者 ……………………… 254
  一、反殖民/去殖民的大历史维度 …………………… 256

二、如何确认：并存与和谐 …………………………… 262
  三、本土确认的吊诡或虚妄 …………………………… 268
黎紫书：世界性的马华本土女作家 ……………………………… 274
附录：20世纪20—40年代的马华文学本土变迁轨迹 ………… 283
  一、南洋色彩：在地杂拌儿 …………………………… 284
  二、马来亚地方作家论争：本土经典与认同的纠缠 … 290
  三、马华文艺独特性论争 ……………………………… 294
  四、综论：艰难／坚实的本土蜕变 …………………… 300

参考书目 …………………………………………………………… 305

英文论著 …………………………………………………………… 311

致谢 ………………………………………………………………… 313

绪论：第四种"中国性"

王德威教授在给拙著《本土性的纠葛》（台北：唐山出版社，2004年）赐序时指出："在广义的现代华文文学研究里，马华文学曾经只是聊备一格的传统。由中国大陆所主导的'大叙述'铺天盖地，俨然以正统自居，台湾、香港都不在话下，更何况新加坡、马来西亚？这样的现象在近年有了明显改变。识者对国族想象的探讨，对文学典律的解析，还有对后殖民'离散'文化的关照，在在指出国家文学的兴起，有其文本与非文本的复杂因素。"所论一针见血，指出了马来西亚华文文学（以下简称"马华文学"）在华文文学研究（尤其是中国大陆研究界）内的边缘化地位，同时也从诸多层面点明了其文化政治功能。接下来的继续发人思考：尤其是从文学史角度思考的话，我们必须提供以及践行新的问题意识与可能性。但相当重要的问题是：马华文学之于我们意味着什么？

耐人寻味的是，香港学者朱耀伟教授在他的《谁的"中国性"？》[1]一文中不无深意又精当扼要地勾勒了"中国性"在20世纪90年代的海峡两岸暨香港后殖民论述中的不同姿态：(1) 中国大陆：阐释"中国"的焦虑；(2) 台湾：本土的迷思；(3) 香港：混杂的边缘。借用此思路回答上述问题，如果从大中华文化圈的整体

---

[1] 朱耀伟，《谁的"中国性"？》，《香港社会科学学报》（香港）总第19期，2001年春/夏季号。

视野思考，马华文学奉献给我们（尤其是中国大陆读者）的其实就是——第四种"中国性"。

在我看来，这种不可或缺的中国性不仅开拓了以中国大陆为中心的中华文化的边界及可能性，而且作为华侨、华人与多元文化中心（基督教、伊斯兰教、印度、西方及土著文化）勾连的"接触地带"（contact zone）极可能也是中国性新的拓展与补偿。放开眼界思考，无论是从经济、政治的多重沟通视角，还是从（中华）文化自信的拓展与延续视角，还是从呼应"一带一路"的国家倡议出发，当然更不必说是"华语比较文学"[1]的可行性操作，马华文学自有其繁复多变的独特功能，也注定会被认真关注。

在多个场合及论述中，我都强调我们必须提升华文文学研究的问题意识，借此不仅改变业界对这一行当的偏见（所谓一流学者做古代，二流学者做现当代，三流学者做海外），更关键的是，我们必须借助丰富的资料以及新领域开拓进取反哺业界，甚至可以提供其他学科的研究范式或新术语。在我看来，研究华文文学其实具有较高的门槛，一方面必须具有深厚的文学理论功底和跨学科（政治、经济、文化、历史等）研究的能力，另一方面必须到研究对象的历史现场进行田野考察（field work），成为一个内行（insider），否则，作为一个外来者，你很可能只是一个外行而难以真正保持外来者的客观性（outsideness）。

非常幸运的是，迄今为止，我有四年半的时间生活在新加坡和马来西亚：近四年时间（2001年7月—2005年5月）在新加坡国立大学中文系攻读博士学位，完成了专著《本土性的纠葛》（2004年）、《考古文学"南洋"》（2008年）[2]；半年（2015年2—7月）在南洋理

---

[1] 具体可参拙著，《华语比较文学：问题意识及批评实践》，上海：上海三联书店，2012年。
[2] 拙著，《考古文学"南洋"——新马华文文学与本土性》，上海：上海三联书店，2008年。

工大学中华语言文化中心担任客座研究员,专门研究"台湾经验与'南洋'叙述"课题。不只是立足于充沛的第一手资料(新加坡拥有全世界最好的东南亚特藏资料),我还奔走于新马大地(十余次跨过新柔长堤到马来西亚考察、开会、开讲座等)感受其复杂脉搏[1],而且特别强调有关研究的问题意识,这主要体现在《华语比较文学》一书中。

长期以来,中国大陆学者研究马华文学的方式经历如下变迁:从一开始接受友人图书馈赠的读后感书写(缺点是往往胡乱吹捧或者肆意比附,比如"马来西亚的张爱玲、鲁迅"等)到常见的文学史宏大叙述(结果要么是平铺直叙的资料堆积、背景描述,要么是隔靴搔痒的文本分析,往往是东拼西凑、挂一漏万,恍如盲人摸象),限于能力或习惯,似乎这两种理路在 21 世纪的今天依然最有市场,但也常常为各区域马华文学研究的优秀专家所诟病。实际上,在我看来,真正地毯搜捕式文本搜集和语境感悟之后对个案或群体作家的穷尽式论述却是马华文学研究中更难的事务,而这种具有"了解之同情"的论述往往很容易被好大喜功者误读为单纯文本解读,或者被不明就里者以为难以彰显论述的高度和功力,其实不然。相反,华文文学研究中的只言片语式的卖弄聪明或者过于宏大叙事的胡乱拼凑其实根本逃不脱穷尽资料阅读者的法眼,但可以迷惑相对外行的刊物编辑(或主编)或迎合主流学界。这可以解释:从学术生态角度思考,华文文学研究水准为何提升缓慢而缺乏对其他学科的反哺能力。

如今看来,各种宏观的东拼西凑的(海外)华文文学的文学史论述(马华文学史往往厕身其中变成一部分)比比皆是,但是真正优秀的经典作家作品解读尚未问世。王德威教授的《当代小说二十

---

[1] 具体可参拙著文化散文集《触摸鱼尾狮的激情与焦虑》,上海:上海三联书店,2015 年。

家》（增订本，生活·读书·新知三联书店，2006年）甫一问世就引来不少批评乃至噪声，其选家范围和论述精细度或有瑕疵，但不容忽略的，也是令所有批评者难以企及的是，王的宏阔视野、阅读范畴、文本细读功力以及理论结合实践的超级整合力举世无双，给长期研究新马华文学的学者不少启发。

从此角度看，《马华文学12家》不是简单的个案文本细读，而是在占有尽可能丰富史料基础上的"一家之言"，很大程度上具有学科论述的示范意义。这里的"一家之言"具有双重含义：一方面是对诸位选家的逐一精细描述，几乎每一家都值得仔细探勘，另一方面则是强调我的论述无论对错都可称得上一家之言，至少对论述对象有着相对独特而熟稔的认知。

不必多说，这里的"12"只是个约数，以后还可以继续拓展。以邱菽园（1874—1941）打头其实是为了回应"起源"语境中的某些错漏与自以为是（尤其是某些在台马华文学论者），如果从近代文学史找寻马华文学的本土发端，如果从英雄创造历史的角度思考，无疑交叉点应该是邱。特别耐人寻味的是，他在南洋居住半世纪却依然具有最强烈的中国性，同时其诗作也有很顽强的本土性。第二位是马华资深现实主义作家方北方（1918—2007），从其创作成绩、努力程度、道德高度等诸多层面来看，都是马华本土现实主义小说书写的代表性人物，他的文学本土化转型自有其重要价值，比如为马华大历史代言，反省华人的问题，也放眼未来，其"马来亚三部曲"从此角度看是其认同转型的代表性作品。其书写思想内容和提出的马华问题会继续成为后来者借鉴和重写的资源，但其限制也必须为后人所警醒。

第三位是资深诗人吴岸（1937—2015），吴岸的特殊之处不仅在于他的反殖民立场，还在于他的诗作中结合了异族的元素，更关键的是，他对中国性在马来西亚的变异也进行了细致传神的书写，是一个时代的代表性诗人。第四位是王润华（1941— ），王润华长于诗歌和散文创作，同时又是著述等身的学者，他的创作可以分成多个层面，既包括去殖民化、书写本土，同时也包括如何建构具有世界性的中国性或中华性，而其在中国台湾、美国留学，回到新马又前往中国台湾执教最终返回马来西亚的繁复经历（黄锦树所言的"错位的归返"）恰恰反映出其放逐诗学的多元性。第五位是陈瑞献（1943— ），按照常规，王润华和陈瑞献最终入籍新加坡，他们也该是新华文学作家，但是他们对于马华文学却至关重要。笔名为牧羚奴的陈瑞献在新马分家前后时期是马华现代主义发展壮大的吹鼓手和实践者，因此他的现代主义既有欧美成分，又有港台元素，还有本土滋味。

第六位则是从婆罗洲前往中国台湾曾经留学美国而又返回中国台湾的马华小说家李永平（1947—2017），当然他也是出色的翻译家。作为马华文学史上迄今为止最优秀的长篇小说家，李永平的《吉陵春秋》已然是经典，《大河尽头》更是大气磅礴、惊心动魄。第七位是李永平的沙捞越同乡张贵兴（1956— ），作为和莫言神似的魔幻小说作家，张贵兴可能是华语文学圈最擅长写雨林的作家，而他在纸上建构的南洋雨林不仅令人大开眼界，也带来不少争议和指责。无论如何，张贵兴是非常特出的马华小说家。第八位是如今人在香港的林幸谦（1963— ），林幸谦的原乡书写与追求往往刚烈、浓郁，他有相对清晰的大马认同：书写自我、小家，又将其升华为大家、华族与大马的议题与身份认同探寻；同时，又由于他有相对特殊的留学经历和线路，让他可以反思台港和大陆，既有精神原乡，又有现实历练。表面上看，林幸谦似乎是一个无地归返的过客，实际上，他更是一个通过解构来建构华人大同的个体实践者。当然，我们也要注意不可将其对中国大陆的浓烈精神原乡视为中国情结，更要辩证而清醒地看到他的宏阔视野与追求，以及偶尔的宏大叙事。

第九位是素有"坏孩子"之称的黄锦树（1967— ），坐镇台湾、回望故土并虚构南洋的黄锦树作为小说家却有着和"本土老现们"（老派现实主义拥护者和书写者）争夺鲁迅的潜在意识和文学实践，其杂文性讽刺、介入式抒情、解构式重构都呈现出独特的效果。黄锦树亦有自己的局限，他必须明了解构的限度，增强积极建构能力；而要超越自我也必须克服自己的偏见，即使它是深刻的，甚至是可以让人淋漓尽致地肆意宣泄的。第十位是陈大为（1969— ），陈大为的南洋书写体现出一种追认的政治，他自有其卓有成效之处，如以"时空体"、异族介入填充瘦瘦的历史南洋，或者从自我、家族谱系、原乡场域等策略加以再现，强化甚至神化南洋都相当成功，但同时其也有追认的局限，比如台湾视角下的异域化色彩，过于强调技巧而导致主题和思考的相对肤浅，这都让作者依旧存有努力提升的空间。

第十一位是马华英语作家欧大旭（1971— ），欧大旭作品中的马来（西）亚认同自有其发展路向和独特之处，他立足于反殖民／去殖民的大历史维度，着力借助精彩的多重叙述重构大马历史，同时又借林强尼角色以小见大呈现出背后的国族寓言。而正是基于历史反思，他也指出了大马认同的确认路径，即多元并存的历史传统和未来建设方向，同时也以挫败的反例来进行教训示范。当然，欧大旭甚至也有建基于大马现实之上的认同哲学思辨，无论是历史建构还是认同拼贴，其实都是可选择的。最后一位则是炙手可热的马华女作家黎紫书（1971— ），她的暴力书写和近些年的长篇尝试值得关注，而素为人知的则是她是马华文坛的"拿奖专业户"，在中短篇小说书写上具有上佳的声誉，也是本土出产的世界级女作家。

不必多说，这些作家之间也有千丝万缕的各种关系（文本互涉），之所以选择这种方式，还有个原因和企图——就是以点带面，呈现出百年来马华文学的各种时代关怀、文体实践、文学潮流以及历史文化、个体经验的复杂互动。这似乎比千篇一律、东拉西扯、抄来抄去的文学史教材有趣得多，也应当更有意义和更见功力得多！

附录里对马华文学史20世纪20—40年代本土意识的变迁面貌（尤其是论争）做了梳理和剖析，力在揭示／解释早期马华文学史上自我形塑的重要节点。

上述马华文学十二家是我多年研究马华文学作家群的精心选择，当然不是优秀马华作家的全部，但作为对各种时代流派、时空再现以及文体创新的代表性呈现而言，他们是当然具有高度说服力的。这一切并不意味我的论述已经到此为止，无论是研究对象，还是研究深度，而所有的可能错误既期待行家指正，也都由本人承担。从更宏阔和谦逊的意义上说，这或许还只是开始，日后有可能添加新的经典，丰富和完善马华文学的更多面向。

还有，书稿涉及的"马华"作家，因为错综复杂的历史关系、现实际遇和多元认同，且行文中对这些作家的生平都有相应的介绍，在注释里不再标明国籍。

邱菽园：本土意识的"起源"语境

在区域华文文学研究中，从某区域文学研究中因袭的惯常思维和常规定义挪移到其他（复杂）区域个案时，往往会遭遇到难以预料的尴尬。在新马华文文学研究中，这种人为的尴尬同样不可避免。比如，在以"现代"命名20世纪的新马白话华文文学时，"现代"往往被捆绑在语言变革的标准上。而实际上，若以现代性（modernity）诠释"现代"（modern）的要义的话，显然，语言标准本不应成为是否现代的绝对判断，而内容的现代性同样至关重要。

当然，类似地，有些力主"断奶"[1]或本土化过激的学者或者极端主义分子在以现代主义取舍、界定马华文学时，似乎20世纪70年代以前现实主义（无论内外）占据本土文坛主潮的文学史就应当被视为前历史（pre-history），更有甚者，20世纪60、70年代的本土现代主义尝试在他们眼中都不置可否（多因他们的作品那时还未出世）或轻易可逾越。毋庸讳言，其因噎废食、文人相轻和过度阳春白雪造成的褊狭显而易见而且流弊甚广。

本文此处并不想深究其中命名的尴尬和分化的吊诡，但如下的问题显然也彰显了类似的思路和逻辑。一般以为，从中国"流寓文学"或是中国文学的南洋分支到后起的"新马华文文学"隐喻了文

---

[1] 有关断奶的论争可参张永修、张光达、林春美主编《辣味马华文学：90年代马华文学争论性课题文选》（吉隆坡：吉隆坡暨雪兰莪中华大会堂，2002年）中相关主题。

学本土性的质的内在变迁。我们可以反问的是，在名与实之间，是否潜隐了并不一一对应的犬牙参差？二元对立思维是否过度简化了这种认知的内在复杂性（比如，仅仅是名称的改换，还是流转着本土的可能）？

当我们将视野转向哪怕是貌似马华文学"源头"的中国"流寓文学"或中国文学的南洋支流时，这种复杂性仍然需要仔细审视，同时一些思维定式也需要及时破除。需要指出的是，文学往往是具有长远时间性的事业，有其自身独特的发展规律，也有其相对循序渐进的内在演变。从此意义上说，新马华文文学的可能本土性也绝非是突然的断裂或是在此基础上的遽然重生，而是有其相对复杂的多线分合、整饬冲突与汇变的可能历程，在不同的时段，往往可能在分享类似的诸多关联性时又凸显了不同的形态。

本文的问题意识在于，在强调新马华文文学的本土性的时候，在被往往"自然"又"合理"排斥、压抑和另类区分的中国"流寓文学"中，是否也蕴含了微妙的本土萌蘖？

为了论述的有效性、针对性和集中性，本文选择邱菽园[1]的诗作为个案而展开对上述问题的求解与辩证。窃以为，邱菽园是论述此问题的最佳个案。第一，从文学视角看，邱的诗作具有极高的文学性，他本人亦享有盛誉——南洋第一诗人。"邱菽园的诗作是他文学上的最大成就，具有晚清维新诗人的特色……被誉为南洋第一诗人，既洗涤小岛荒气，也使星洲成为南洋诗坛重镇，更让新马在中国近代诗史上找到衔接点。他于是成为中国近代海外诗人的特殊案

---

[1] 邱菽园（1874—1941），或称丘菽园，福建海澄人，二十一岁乡试中举，平生共五十多年居住在新加坡。交游广泛、生性风流豁达、文史淹通、尤擅诗文，具有改良主义思想，积极参与诸多政治运动，屡办报纸，著述甚丰。关于其具体生平，下文所提杨承祖、邱新民、李元瑾等在各自的著述中多有详细叙述，可供参考，此处不赘。

例。"[1]

第二，之所以是邱菽园而非辜鸿铭（1857—1930）或林文庆（1869—1957）等人，是因为不同于上述本土或土著华人具有"不言自明"的本土色彩和认知，邱其实拥有了更强烈的中国性。王志伟对邱菽园一百二十五首咏史诗的细密研究当然更加雄辩地证明了邱的浓厚中国性："他虽然前后在中国居住、暂留不过十八个年头，却以旅居海外的中国子民自认，从不以英国子民自居。他认为自己是'栖迟海外'，故以'星洲寓公'自号。他的诗作，均按中国传统的干支纪年法顺次编年。"[2] 但恰恰如此，反倒可能更效果鲜明地凸显出"流寓文学"中本土的可能"起源"张力。

第三，选择邱的诗作其实也部分超越了语言人为划分和政治事件切分文学的藩篱与粗暴，从其古体诗作中探寻其本土关怀和因素。因为，文学本土性的发展很多时候并不是单纯古体／白话语言所能隔绝和切割的。

粗略考察邱菽园的相关研究，我们不难发现论者往往关注的更多是其思想、生平、办报等人生经验等。比如李元瑾著述的《东西文化的撞击与新华知识分子的三种回应》就主要从知识分子的思想与身份认同角度进行阐发，邱新民的《邱菽园生平》[3] 则主要着眼于其生平梳理。杨承祖的论文《丘菽园研究》[4] 则同样是早期难得的总论性论文，王慷鼎则围绕着邱菽园与不同报纸的关系展开处

---

[1] 李元瑾，《东西文化的撞击与新华知识分子的三种回应——邱菽园、林文庆、宋旺相的比较研究》，新加坡：新加坡国立大学中文系、八方文化，2001年，第40—41页。
[2] 王志伟，《丘菽园咏史诗研究》，新加坡：新社，2003年，第69页。同时，王也对丘的咏史诗进行了细致注解，详可参氏著《丘菽园咏史诗编年注释》，新加坡：新社，2003年。
[3] 邱新民，《邱菽园生平》，新加坡：胜友书局，1993年。
[4] 杨承祖，《丘菽园研究》，《南洋大学学报》（新加坡）1969年第3期，第98—118页。

理[1]，而姚梦桐则主要关涉了他的印石与新编千字文[2]等。

李元瑾曾经指出邱菽园的改良主义文字的意义："其意义不在立言立论，乃在回应和宣传中国维新，并具有一些本地色彩。"[3]当然，不只是他的改良文字，还有他的诗文都表现出程度不同的某些本土色彩，惜乎论者关注的远远不够。

回到其诗作研究上来，王志伟主要研究的是其咏史诗，而李庆年在《马来亚华人旧体诗演进史（1881—1941）》（上海：上海古籍出版社，1998年）一书中仍然更多的是一种宏观论述。总体看来，对于邱诗作中的本土关怀研究论文仍然是凤毛麟角。王列耀等的论文《流寓异乡 兼照两地——新加坡华侨邱菽园和新加坡早期的"流寓"文学》[4]虽然意识到这一点，但该文对邱诗作的占有和分析远远不够（且多为转引），其严谨性因此也值得质疑，不乏可商榷之处。

值得注意的是，有些论文体现出良好的问题意识。高嘉谦在他的一篇名为《邱菽园与新马文学史现场》的论文中曾经指出："本文的观察主要从文学与文化的层面入手，以期补强长期以来受限于'中国经验'所建构的近代思想史与文学史的书写（不论是中国文学

---

[1] 主要论文有王慷鼎，《丘菽园的报业活动》，林徐典主编，《汉学研究之回顾与前瞻》（下册，历史哲学卷），北京：中华书局，1995年，第176—190页；《邱菽园与〈振南报〉》，《南洋学报》（新加坡）总第45、46卷合辑，1990—1991年，第82—92页；《邱菽园与〈星洲日报〉》，《学丛》（新加坡）1991年第3期，第239—260页；《丘菽园与香港〈华字日报〉》，杨松年、王慷鼎合编，《东南亚华人文学与文化》，新加坡：新加坡亚洲研究学会，1995年，第56—76页。

[2] 姚梦桐，《邱菽园印石》，《亚洲文化》（新加坡）总第7期，1986年4月，第29—37页；《邱菽园编〈新出千字文〉——现存新加坡最早的启蒙读本》，《亚洲文化》总第8期，1986年10月，第56—62页。

[3] 李元瑾，《东西文化的撞击与新华知识分子的三种回应——邱菽园、林文庆、宋旺相的比较研究》，第91页。

[4] 王列耀、蒙星宇，《流寓异乡 兼照两地——新加坡华侨邱菽园和新加坡早期的"流寓"文学》，《东南亚研究》2004年第4期，第87—91页。

史或新马文学史),同时更是重构近代中国重要或被忽视的知识分子的海外经验,从而展示近代中国走向世界的'现场'。"[1] 可惜的是,高的颠覆性重构并没有落到实处,他反倒吊诡地重现了中国性漂移和强化的现场。而且,这里的"中国性"更多是中国意识形态下的中国性,而非以"本土中国性"[2]为主。

在我看来,无论是邱自身的精神指向,还是他为维护"巨型文化资本"——康有为所创办的《天南新报》文化事件都说明了这一点,而绝不是高所自我想象的:该报纸的设立使"新加坡有了一套与'中国经验'对话的国族想象机制"(不是"对话"而是"延续"),高的有限度的主题先行并没有让他充分挖掘出更可贵的可能性——邱菽园在浓烈中国性包围中的本土认知和关怀。

需要指出的是,本文的书写无意重新为邱菽园做翻案文章,企图论证他是本土文学的鼻祖,这种做法其实有本末倒置之嫌。毕竟,无论是邱本人的自认和主体自觉,还是从其散文(含政论文、杂文等)、诗作中,我们都不难看出其浓郁的中国情结、认同和主流中国性。我想提醒的毋宁更是他诗作中的新马观照及其本土因素,如杨承祖在从主题上划分邱的四类诗歌后总结道:"上揭四类,虽已概举菽园诗的价值所在,而就其感情的主流言,最主要的还是对于宗邦的热爱。他侨星五十余年,眷怀乡国,无时或已。诗中流露此种感情之处,不暇偏指……所以菽园的诗人身份,该同时属于新嘉坡与中国。"[3]

---

[1] 高嘉谦,《邱菽园与新马文学史现场》,张锦忠编,《重写马华文学史论文集》,南投:台湾暨南国际大学东南亚研究中心,2004年,第37—54页,引文见第39—40页。

[2] 在我看来,中国性是一个复数概念,新马华文文学自然也会拥有自身的"本土中国性",它和中国的中国性有很大的交集,但由于混杂了本土特色,也有不同之处。具体可参拙著,《"南洋"纠葛与本土中国性》,广州:广东人民出版社,2014年。

[3] 杨承祖,《丘菽园研究》,《南洋大学学报》1969年第3期,第116页。

相较而言，作为历史人物的邱菽园其相关研究显得繁盛富庶，而作为诗人的邱则相对缺乏集中又深刻的论述，尽管论述他时论者往往会即兴/顺带论及他的诗文。需要明了的是，诗人邱菽园为文甚丰，未刊诗集相当可观，已刊的诗集中，其艳体诗的研究也不尽如人意。但本文所专论的对象主要是以《菽园诗集》（台北：文海出版社，1977年，共收丘菽园居士诗集初编六百九十六首，二编三百一十七首，三编三十二首，共一千零四十五首。下文引用时只注页码）为中心，辅之以其发表在《星洲日报》等报纸上的诗作（引用时另外注出），对它们展开搜寻和论析，而邱之其他著述也可用来加以论证和说明诗作，但对其他未刊作品只好暂时存而不论。

通览目前能查阅到的邱菽园本土关怀的诗作，我们大致可将其分为三个层面：(1) 自然描述：本土地理学；(2) 混杂的自我：本土风物；(3) 关爱与化归：本土介入？需要说明的是，在这三个层面之间存在着千丝万缕难以撇清的联系，分层可能更是为了有所偏重的关联论述。

一、自然描述：本土地理学

邱菽园对本土的在地关怀体现到书写实践中时，也彰显出一种独特的姿态。王国维有境界说："有我之境，以我观物，故物皆着我之色彩。无我之境，以物观物，故不知何者为我，何者为物。""境，非独谓景物也。喜怒哀乐，亦人心中之一境界。故能写真景物、真感情者，谓之有境界，否则谓之无境界。"[1] 邱菽园的有关书写更多属于"有我之境"，无论是状写客观景物、地理气候等，还是借物抒

---

[1] 王国维，《王国维文学论著三种》之《人间词话》，北京：商务印书馆，2003年，第30—31页。

情,不难看出其中强烈的主体介入。当然,这里的本土地理学其实不只是地理,也包含了相关的气候等。

邱菽园对新加坡显然有着自己独特的理解和地理确认:"新嘉坡本巫来由部落,其地浮洲,自成小国……欧亚二洲,轮舶往来。华人流寓,商务繁兴。因民之力,遂成巨镇,在南洋各岛中称巨擘焉。"[1] 在《南洋略论》一文中,他也指出,南洋各埠实际上是"以新嘉坡为首府……麻埠地位港口,皆不如本坡远甚"。[2] 但是,诗作的描述似乎又另当别论。

1. 本土地图。在我看来,邱菽园对星洲(及南洋)的书写首先表现为一种地理的认知。比如描写星洲独特的地理要冲位置的,《星洲丙甲》:"连山断处见星洲,落日帆樯万舶收。赤道南环分北极,怒涛西下卷东流。江天锁钥通溟渤,蜃蛤妖腥幻市楼。策马铁桥风猎猎,云中鹰隼正凭秋。"(第42页)有论者指出:"此诗气格雄放,不只写尽星洲形胜,'鹰隼凭秋'语,尤寄兴与历史与前途之展望,证诸尔后时局之演变,正自不爽。"[3] 的确精辟。

邱类似的关切和勾勒可谓比比皆是,比如对新加坡剧变的勾勒和预测——《新嘉坡地图》:"抵掌临孤岛,江山界画成。容张仙鼠翼,迹取狻猊名(地形蝙蝠新嘉巫语谓狮子也)。天堑资西戍,荒原没故营。百年新市里,尺幅起纵横。"(第42—43页)和《舟中回望星洲》:"大湖回望海中浮,抗带诸蛮得上游。冬下长江天北极,南征尽室月西楼。乘槎未是穷麟凤,转磨犹然困马牛。认取巢痕芳草岸,故乡有例说并州。"(第177页)同时,他也点出了星洲此位置的独特性/有利地形[《星洲》:"群岛重连锁,星洲建一环。冲层

---

[1] 丘菽园,《五百石洞天挥麈》1899年粤垣雕刻木版大字本,第31页。
[2] 菽园,《南洋略论》,《振南报》(新加坡)1914年6月17日。在这篇文章中,邱菽园介绍了大南洋的地理概念,也兼及了殖民者(葡、荷、英)更换的简史。
[3] 杨承祖,《丘菽园研究》,《南洋大学学报》1969年第3期,第114页。

不见石，到海欲无山。车辙殊今昔，航途利往还。由来形胜地，设备等严关。"（第435页）]，及其日新月异的发展与邻区关系 [《星岛》："星岛今非岛，悬桥渡列车。崇朝劳十反，未觉路途赊。物产供邻属，民情化一家。年年粳稻熟，辟地种新茶。"（第432页）]。

耐人寻味的是，邱也在本土事件的发展中反衬出星洲的某些自然局限，比如至今天仍然时不时喋喋不休的供水问题："临渴方因掘井来，沙厘桶战哄声雷。水塘远引从柔佛，从此闾阎免告灾。"[1] 或者也写出了他对人为现代化后弱者的悲天悯人："三十年来久改观，乌油路滑步能安。独怜烈日牵车者，炙背还输马有鞍。"[2]

值得注意的是，邱在无形中其实勾画了一幅星洲（南洋）草图，在这个地图中，有星洲的天险、景色与地理等大方面的整体观。他在论述南洋群岛时，除了将南洋各埠分为三区：（1）英领缅甸、仰光等；（2）法领安南及暹罗附近；（3）东印度群岛，即南洋群岛以外，实将重心聚焦在南洋群岛上，从东西南北方位论述其地理位置，也曾论述到各处土人的职业分工和兴衰之理（除了天命，亦有人事）。[3]

在诗作中，他常常喜欢以本地地名入诗，无形中拼凑并以行踪实践了本土地图。如写于1900年的《麻六甲道中》："萧萧行色早春天，不访桑麻访暮烟。尚有遗侨工指点，女墙智井大明年。"（第57页）还有《留别槟榔屿八首》中的：（1）"人天去住渺何乡，偶逐蛮云觉梦长。举似浮屠容忏悔，槟城三宿过空桑。余自丙午冬始游槟屿今年辛亥春游缅甸夏游吉打迨其返也均久稽于此。"（2）"镇日垂帘太寂生，不缘卖卜效君平。避人别有藏身法，万卷书堆百雉

---

[1] 署名菽园，《星洲日报》（新加坡，1957年前）1932年9月11日，第15版。
[2] 署名宿员，《星洲日报》1932年10月2日，第15版。
[3] 菽园，《论南洋群岛》，《振南报》1914年6月22日。

城。"(3)"马龙车水屑珠尘,电掣雷轰过雨新。自笑先生称落拓,江湖载酒十年身。"(4)"睥睨当年旧酒徒,狂言偶发足胡卢。能将百万齐儋石,始信盘龙异牧猪。余闲时一临博场胜固欣然败亦可喜。"(5)"比间阛溢握牢盆,腐吏知言倚市门。独有诗成无可卖,化灰和墨酒全吞。"(6)"枵腹高瞻八极来,离离群岛等浮埃。明当入海招龙伯,手拨烟云为我开。"(第148—149页)及《槟屿道中作》:"一湖渌水浸寒岛,空阔全收秋色早。领取南溟山外山,风帆斜日槟江道。"(第144页)

饶有意味的是,在其旅行诗文中同时也不免有对本土的回望,如《吉隆坡夜旅书感》["帘钩半卷月明斜,露柳惊啼子夜鸦。种得名花三百盆,花开时节正离家"(第58页)]中对"家"的反思耐人省思,照我看来,这个家更多是其居住良久的星洲。

邱菽园对本土气候的关切同样引人注目。他写冬日喜雨既气势雄阔又细腻感人,如他的《星洲岛上冬日喜雨四首》:(1)"南方当雨季,冬序又催年。水涨珊瑚岛,乌云玳瑁天。午炎冠选草,宵冷被装棉。此地殊温带,从知赤道偏。"(2)"远市东滨驻,郊原静不哗。绿依三面水,红遍四时花。着雨林枝重,涵光月色赊。清凉足消受,况有客供茶。"(3)"雨脚朝朝密,雷声虺虺腾。青苔寒不死,香蕈湿犹蒸。浪急沙如雨,风高月有棱。浑忘炎岛热,四向绝蚊蝇。"(4)"乡路千程隔,天时万里殊。聊将冬季湿,视与雪宵俱。照壁喜逢蝎,疑冰休学狐。夜来长起坐,不厌两声粗。"(第418页)《吉打道中》["平远莽青苍,经冬常如滴。南土本毒淫,风轮更推激。四候独留温,三季随分析。勾萌万汇中,算几穷巧历。成毁尽须臾,电光同一击。断见坠无常,误解西来锡。鸟度与云移,困眠而饥吃。所以热带民,为此长寂寂。今我行其野,悲丝怀墨翟。林密四山空,芳原同戈壁。"(第144—145页)]关涉的不仅仅是地理位移,更是对本土的热带气候的延伸慨叹和抒怀。《疑仙词》["忽忽星洲年复年,未成佛去却疑仙。四三月并无寒季,二六当均不夜天。醉向杯中邀月饮,困来石上藉花眠。诗魂倘逐凉风化,定在青山绿树边。"(第408页)]题为疑仙,对气候的关注却占了泰半篇幅。同样,哪怕是书写本土景致,也往往会牵连炎热[《岛上雨后纵目写怀》:"炎洲冬序雨连朝,宿雾开时草木骄。舞月翠椰排密阵,饮溪红霓卧长桥。渔蓑未办烟中人,耘杖相期陇畔招。脱足耦耕吾尚可,倘容沮溺遇同侪。"(第261页)]。

可喜的是,邱菽园不仅气势磅礴地书写了大星洲的地理连缀,也细腻入微地潜隐了居家与工作空间的本土地图,写于1913年的《星市桥上作庚申并序》["自癸丑冬任职禧街振南报社长,日出而作日入而息。必经第四市桥,由北而南返我陋巷寓舍。至庚申秋凡七载矣。燕子飞飞靡定居,劳人腕脱日佣书。一溪两岸分南北,晨夕桥中走敝车。"(第183页)]就是其中有代表性的一首。实际上,从邱的"陋巷"到振南报社,他一般要经过如下四座桥:沿北吻矶(NorthBoat Quay)过克尔门梭桥(Colemenceau Bridge),经奥得桥(Ord Bridge)、里得桥(Read Bridge)抵哥罗门桥(Colemon Bridge),转入到禧街(Hill Street)的报社。邱的诗作无异于在纸上搭建了微型的局部地图。[1]

2. 人文地理。星洲当然不只是自然地理概念的归纳和勾勒,在诗人笔下,星洲同时也是吸附了文化、历史和自我等的人文地理载体。某种意义上说,星洲也是邱菽园精神位移的人文地理坐标,意义非凡。邱菽园说:"这样的文化流动经验,彰显了精神史的意义。文化主体与生命主体的交叠,形成了值得观察的文化与历史网络。这不单是知识阶层流动的精神史,它更是一个文学地理坐标的移动,体现为离散经验的精神结构。而这样的精神结构指出了很重

---

[1] 具体地图可参邱新民,《邱菽园生平》,第103页。

要的'现场'意义。"[1]《星洲杂感四首》中有两首都是幽幽感慨本土历史与政治状况的。其二:"息力门荒故道苔,涛声依旧拥潮回。桃源甲子销秦劫,竹箭东南茂楚材。大鸟海风宫室享,半旗星月阵云隤。兴衰几易千年局,井里遥连望古哀。"其三:"秦师掌钥列高牙,王税犹怜忾朔夸。南服妖巫沉毒鼓,西来戍卒竞清笳。平原绿净苔生垒,丛苇熏微水作家。占得白榆盈路植,居人从古废桑麻。"(第120—121页)

更加值得关注的是,星洲不只是一个地理名词,也是一个浸染了诗人主体精神和情感的复杂意涵。作于1909年的《邓恭叔至自北婆罗洲访余陋巷》["入门犹认鬓飞蓬,岁月惊驱鳄海中。驰猎北平思射虎,草玄西蜀悔雕虫。蛮乡淫滞连江雨,火日炎蒸极岛风。多谢故人亲陋巷,暂时相慰一樽同。"(第114页)] 当然书写了人情感叹;耐人寻味的是,其中的自然气候却人内心的孤独与落寞互相纠缠,形成一种独特张力又化归为共同指向。又如《岛上月夜》["星洲明月无今古,今夕何年太寂生。千里尽随云外隔,十分偏向客中明。凄迷尘海鱼龙睡,萧瑟风林鸟鹊惊。遂令良宵容我独,孤怀灭烛尽深更。"(第165页)] 则借明月书写内在真情——习惯和寂寥。《寄酬许允伯南英》["收拾狂名不值钱,敢云惇史继前贤。希文纵复先忧国,夸父难追已堕渊。碧血成仁多死友,浊醪排闷感长年。只余落拓星洲老,哀乐关怀渐近禅"(第117页)] 中,"星洲老"又何尝只是命名边缘、炎荒的地理星洲?这其实更是诗人的处境和感喟的自况凝结。

《星郊三首》中的第一首("星郊一驻隔年赊,避世泥洼好自遮。阴洞漏光飞白蝠,寒苔着色乱青蛙。叶声淅沥风兼雨,雪意缤纷浪卷沙。生受炎方忘暑热,匡床矮几细评茶。")和第三首["诗心托兴

---

[1] 高嘉谦,《邱菽园与新马文学史现场》,第51页。

正而葩，风雅偏知逸趣加。指下琴声行大蟹，眼中轮辙逝修蛇。月宁有意想随水，草纵无名一例花。朝暮云帆天际去，乡关东望起咨嗟。"（第448—449页）]，其实也在表面的写景背后凝结了诗人的种种倾诉／情愫：落寞、寂寥等。《观银幕上所演放南洋群岛断片》["聚沫浮沤匹练明，热潮幅幅起纵横。卑栖有户依林密，突兀无峰觉海平。东道往来谁外府，重门启闭若专城。轻舟犹记千重过，依约屏间万绿生。"（第146页）] 一诗本身似乎更多是有关南洋群岛的自然刻画，但更重要的意义却在于诗人对银幕上所展现的南洋片断的有意关注事件本身，这似乎可被视为诗人本土关怀的有意投射，也是一种人文地理的姿态，而地理经验（spatial expereinces）和自我认同（personal identity）之间是密切关联的。[1]

"星洲"作为邱菽园笔下的书写对象其实并未如人们想象的那样简单，因为它既可能是无我之境，也可以是有我之境。但不管怎样，星洲却承载了邱菽园非常独到的本土关怀。客观上，它们被紧紧地捆绑在一起，以中国诗人自居的邱的身份其实并未妨碍邱对自然的本土关怀。如人所论："诗人的作品因星洲而别具特色，星洲则在诗人笔下诗化而扬名。"[2]

二、混杂的自我：本土风物

杨承祖指出："菽园诗从其内容与形式兼看，有四类作品甚具价值：一、状写星洲风物者；二、怆慨中国近代史事者；三、言志感怀者；四、适情怡性者。"在评价第一类数篇作品后，杨又指出："上引诸篇，都可算是新嘉坡华人文学中成熟而有风土特色的作

---

[1] Mike Crang, *Cultural Geographies*, London and New York: Routledge, 1998, p.49.
[2] 李元瑾，《东西文化的撞击与新华知识分子的三种回应——邱菽园、林文庆、宋旺相的比较研究》，第235页。

品。"[1]不难看出,杨除了总结本土文学(华人文学)的先见之明外,对邱菽园诗作的本土风物书写评价也可谓言简意赅。

需要指出的是,对邱本土风物书写的强调并不意味着其本土意识的高涨甚或高居主导地位,有时,甚至恰恰相反,本土往往成为诗人指向中国的一种铺垫。如《留别槟榔屿八首》中的两首诗作:第六首["入耳乡音洽比怜,绵蛮到处尽黄人。援琴莫负钟仪意,不碍南冠客里身。"(第149页)]关注和描写的却是华裔同胞;而在第七首["无端古意上心旌,三保楼船耀海行。唤起侨民诸子弟,旧时明月照槟城。"(第149页)]中,槟城却成为诗人想象中国的凭借。即使在涉及异族文化时,反倒更能显出其浓郁的中国性,如《或劝取岛产人女为副室者一笑谢之》:"齐秦赘婿客为家,金齿蛮风更海涯。宛若尽迎方朔妾,懊侬莫采日南花。随阳信断偏回雁,适野谣兴陋寄豭。长笑苏卿对胡妇,可能弗忆旧春华。"(第49页)

1. "偶逐蛮云觉梦长":异族观照下的本土状摹。书写本土当然不一定要借助于异族的对照,比如邱写侨领春秋:"陈天蔡地杨为帝,侨界英风想见之。只恨百年人事尽,沿村莫唱鼓儿词。"[2]写本土时空里面发生的鲨鱼咬人事件:"弄潮见惯水为家,落水须防遇狗鲨。村老近惊膏吻去,痛心犹忆昔年娃。"或者写本土渔夫通过危险的水上把戏迎合外国人讨生活:"几见鲛人会泣珠,随波上下海滨凫。轻舟三五围来舶,没水争先拾弃余。"当然,他同样也关心本土华人内部不同方言导致的文化误会/冲撞:"南腔北调待如何?闽粤方言禁忌多。绝倒头家娘叫惯,译来原是事头婆。"[3]

然而耐人寻味的是,如果将本土书写置于异族观照中,则更可

---

[1] 杨承祖,《丘菽园研究》,第114页。
[2] 署名菽园,《星洲日报》1932年9月11日,第15版。
[3] "弄潮""几见""南腔"三首署名俶,《星洲日报》1932年11月13日,第15版。

以看出邱菽园本土关怀的丰富性和一定程度的开放性,何况当时的星洲本身也是多元种族/文化的社会。

首先是对本土风俗的积极关注,《侨友每向吾前力绳岛族舞女之殊态因招之来使奏技于广庭览观既毕感而赋此》["铜鼓声撞手手鼓密,芦笙竹枝竞蛮律。……南国土风求适野,春光岛上得来多。"(第47—48页)]中反映出邱对马来土舞的兴趣与剖析,可谓"马来人玲珑舞的写真"[1]。当然,还有对当时社会不同人种职业分工的细致观察,比如"兑换银钱小柜台,俨然专利吉宁才。旧时地主成何事?长日优游是马来"[2](吉宁,本地华人对印度人的早期称谓)。在新加坡(和马来西亚)货币兑换商往往为印度人,而马来土著则显得优游闲适(贬义的话就是懒惰)。这个观察可谓细腻传神,今天的新马社会情况仍大致类似。其实,邱对南洋种族一直有着清晰体认,在《南洋概论》一文中,他便指出:"巫族闭塞,有土不治。西来晳种,起而代之。"当然,这也是在他初步考察移民的变迁简史基础上总结出的。[3]

尤其值得一提的是,邱对本土各色人等杂居的状况显然也深有体会,《星洲杂感四首》中的第一首"天监遗碑渤海山,通津原不设重关。风轻少女宜销夏,露立金仙自驻颜。赤道回流蒸黑子,黄人去国杂乌蛮。谁从贡道征三保,瓯脱偏闻敕此间"(第120页)就表现了类似的倾向;在后来的星洲竹枝词中,他专门论述了新加坡的多元种族特色:"黄红棕白黑相因,展览都归此岛陈。十字街头聊纵目,亚洲人种各呈身。"为此,他还特地加以解释和说明,新加坡因为"侨氓杂萃","夙有人种博览会之称"。[4] 他的描述甚至到了今天

---

[1] 邱新民,《邱菽园生平》,第36页。
[2] 署名宿员,《星洲日报》1932年10月2日,第15版。
[3] 菽园,《南洋概论》,《振南报》1914年6月20日。
[4] 署名菽园,《星洲日报》1932年9月11日,第15版。

也仍有现实意义。

其次,他也通过诗歌描述马华人在拓垦南洋历史上的重要贡献,这主要是以黄乃裳为代表[《襄余与北婆罗洲国王立约保证乡人黄乃裳统率佣农往诗诹港拓辟耕地名其地曰新福州期望甚厚遽闻别众而归不能无慨爰赋此诗以重惜之》:"吾生妄挟虬髯志,今世谁当李药师。长铗灯青焚义券,寒窗漏短覆残棋。南来空目新州辟,东望偏惊旧岸移。未必叩关输海客,成运孤棹更何之。"(第 90 页)]。当然,邱菽园对本土马来语也有浓厚的兴趣,如他曾以音译马来文入诗,铺陈其本土宗教、风俗、习惯等。比如"呼天为证缎鸦拉,不敢巫风半句差。例外亚掩遭枉死,便宜息讼去孙巴"[缎鸦拉(Tuan Allah),真主;巫风(bohong),说谎;亚掩(ayam),鸡;孙巴(sumpat),发誓][1]就提及其宗教等习惯。由于下文述及,此处不赘。

需要指出的是,尽管邱对本土异族有着相当开放的态度,但他的大中国中心主义仍然显而易见,他对于马来人及其文化仍有蔑视,甚至他对于土生华人本土化的一些做法也相当不满或不屑,比如他在论述海峡华人时就指出:"土生男妇,多属闽裔,巫言巫服,遍于侨闾。"[2]

2. 本土植物。作为一个敏感多情、聪慧大气的诗人,邱菽园对本土植物也有着相当成熟的状写,而且这些勾勒与刻画,往往渗透着诗人经意或不经意的本土认知与激情。他或者是描摹本土风景,棕榈、丛荆等点缀其中,如《星坡春郊远眺戊戌》:"飞尘争不逐游鞭,落絮无由感逝川。铃塔丛荆喧练雀,棕榈薄荫卧乌犍。云垂旷野疑山绕,海涌惊波觉岸迁。孤愤何关鞍背客,寻春还问杖头钱。"(第 50 页)或者是大谈特谈南洋水果,在写南洋水果时也顺带显出了星

---

[1] 啸虹,《谐用闽南音译马来语》,《星洲日报》1932 年 9 月 4 日,第 15 版。
[2] 邱菽园,《余之华侨观》,《振南报》1914 年 5 月 20 日。

洲交通的便利与本土特产。《新尝鲜果有序辛丑》中就写道:"星洲交通夙擅舟航之利,时果初登便陈贩肆。闽粤荔枝、北美葡萄皆自远致。莲肉尤周年,恒值南岛长暑,产此并不为异。口福屡酬,综合纪事。南食充盘快朵颐,飞轮通驿践瓜期。鸡头原自输莲实,马乳何尝胜荔枝?贵异朱樱陈寝庙,贱如苦李拾童儿。汉唐民力西天果,草木无情可有知?"(第69—70页)当然,邱也不会忘记和掩饰在海外巧逢山茶花(中国隐喻)的内心喜悦,《星洲见山茶花喜赋》:"四季枝头孕,千花叶底开。移根逢海外,坼甲及冬来。掌上圆如菊,吟边洁比梅。无香翻羡尔,剪彩莫相猜。"(第409页)

在本土植物书写中,邱菽园最擅长和集中的意象似乎是椰树和橡胶。在状写椰树时,"疏椰"往往成为星洲本土植物的象征。如《星郊晚步》:"疏椰战雨存高干,翠竹笼烟俯乱丛。野马飞埃偏海国,独怜荒径识秋空。"(第182页)反映出它和雨相斗却又共存的和谐关系;"疏椰密林见星洲,归牧蛮童叱水牛。一望前村好风景,炊烟如絮扑林丘"[1]中,椰树则成为星洲存在的天然背景。更有甚者,邱还以《椰树》为名集中勾画这种本土植物,视之为寄情本土、茂盛壮美的"南方嘉树":"分行拔地碧丛丛,长爱疏椰夕照中。老笔双松垂直干,遥憾百尺起孤桐。润含雨气连宵月,凉送潮声近海风。比似淇泉千亩竹,南方嘉树正葱茏。"(第165页)

邱菽园本土植物书写的另外一种意象就是橡胶树,在他的专题诗作[《橡胶树》:"又名巴拉树,原出南美洲。异栩偏名橡,殊棉可代衣。蛮山青不断,赤道绿成围。傅物如胶漆,柔工胜革韦。四时殷种植,千岛门芳菲。木性培林易,金行导体违。名随新记著,质物故材挥。西海根何远,南洋土自肥。寄言人造品,相禅莫相非。"(第427—428页)]中,他不仅描述了橡胶的优良特性,同时也对能

---

[1] 署名菽园,《星洲日报》1932年9月11日,第15版。

够让它本土化的南洋颇有赞词。甚至，橡胶在邱诗中也被凸显出独到的经济价值："古橡今文是树栀，无缘杜甫慰朝饥。满园橡子当锄草，本义由来唤象皮。"（树栀，闽南、潮汕话指橡胶）[1] 它也成为本土经济的晴雨表，折射出20世纪30年代世界经济危机对南洋的巨大影响："橡胶惨跌荡寒湖，汇水翻宜国货招。为问故乡输出品，南邦何物配倾销？"[2] 需要提及的是，邱对橡胶的本土关注是相当锐利和颇有远见的，正是在此基础上，后来的新马华文作家，如王润华（1941—　，相关著作有《热带雨林与殖民地》，新加坡作家协会，1999年）等人才可能将之发扬光大，赋予它更丰富的内涵，使之成为本土意象的杰出代表。

当然，本土风物也可以化为心向祖国、平复原乡饥渴与想象中国的凭借，如《星洲晚眺癸丑》["天涯绿树报新条，日落红亭见暮潮。芳草有情随蕴藉，碧云无际感飘萧。经行绣陌频移坐，怅望沧波欲放桡。岛寄自来多岁月，夷歌聊复狎渔樵。然申浦头俗呼红亭"（第161页）] 中，夷歌也可用来狎渔樵、解乡愁。

需要指出的是，尽管邱菽园的本土风物书写有其指向中国的强烈中国性，但我们必须注意的是，邱也同时开辟了书写本土、关怀异族／他者的开阔主题领域，后起的新马华文文学作家也因此可以数十年后遥相呼应，光大本土。比如陈瑞献（1943—　）的小说《针鼹》[3] 就是对本土渔夫靠海讨生活同外国船只艰险交易等本土事件的文体改写、深化和扩大。由此我们也可看出邱的细心，同时也是对本土的有意和敏锐体察。

---

[1] 署名菽园，《星洲日报》1932年9月11日，第15版。
[2] 《星洲日报》1933年2月9日，第15版。
[3] 陈瑞献，《陈瑞献小说集》，新加坡：跨世纪制作城，1996年，第70—80页。

三、关爱与化归：本土介入？

在异域放逐和离散的人，时间一久，难免对居住地产生或浓或淡的感情、关爱甚至是认同，[1]在星洲寓居达半个世纪的邱菽园也难免有这种倾向／态势。尽管其许多对本土的关爱免不了中国性的笼罩，但是，对本土的认知、关爱甚至是某种程度和层面的化归却艰难又顽强地孳生出来，颇发人深省。

1. 关爱：遥指与近涉。邱菽园哪怕是对本土的关爱中也隐隐显出中国的影子，这在在提醒我们过分强调其本土关怀的问题所在。但耐人寻味的是，邱的这些关爱诗作中却又似乎贯穿了"中国—星洲"的体用关系。

比如，在《星洲夜坐有怀邓恭叔却返粤垣并柬令君寿勉其再至海外继续新广东垦殖事业》["南荒入夜乍新寒，翻转珠江当北看。终岁兰香长鱼子，满庭花影舞鸡冠。心伤郑国侨将压，名并元方季亦难。应识桃源宜再入，老渔歌傲杏花坛。"（第138—139页）]中，哪怕是鼓励邓恭叔继续在海外拓荒，邱也仍然坚定地借用了"桃花源"的典故和理想，与"南荒"形成一种截然的张力和对比。《甲戌长夏星洲侨次题洪宽孙画梅》[二首之一："南岛无梅苦热尘，椒畦椰圃杂甘辛。劳君打个圈儿画，笔底能回瘴海春。"（第254页）]诗题中就显出中—星混杂的繁复语境：在新加坡为人题梅画，当然隐喻了中华文化无远弗届及其归化本土的中心观。《闽乡新客抵坡相访为言内地流亡之痛诗以志慨》["册载魂梦怯经过，话到乡园涕泪多。猛虎原情输恶税，穿龟阻望乏长柯。好还天道垂聃叟，得反民严戒

---

[1] 这近乎是一个常识，几乎所有具有流寓经验的人都可感知这一点。新马华文文学的类似倾向描述可参杨松年，《战前新马文学本地意识的形成与发展》（新加坡：新加坡国立大学中文系、八方文化，2001年）绪论。

孟轲。自笑危言陈域外，不然刀颈倘相磨。"（第258页）]却又显出别样的吊诡，面对国内的苛捐杂税压迫和民不聊生，身居海外的他自嘲恰是因为本土，而使诗人自己成为一种被保全的个体。

或许《岛雨忆乡》可以被视为此类顺带关爱本土、心却远在中国的诗作的杰出代表："炎岛经时雨，东风渐渐催。夷童嘲越客，带得此寒来。触我乡心起，登楼不见梅。等闲三弄笛，吹向瘴云开。"（第426页）尽管是弄华夏的笛吹开瘴云，但夷夏之间总有一种对话关系；毕竟，夷童还是可以嘲笑"越客"带来了寒意。而《星郊三首》之一["南来莫问昔枯楂，隐迹从安野老家。垂却重帘遮白浪，留将老干映红霞。乱流争坝驰成束，高树因风整复斜。闲共渔樵谈故事，百年夷俗渐归华。"（第449页）]却表现出诗人对中华文化归化本土的信心与自负，但无须多言，本土的情境却是诗人栖居的现实。

需要指出的是，邱对本土的关爱自然也表现出另类的姿态。比如："枯木残砖满地抛，问何仇怨不开交？只缘械斗乡风古，传统南洋遍同胞。"[1]诗中写南洋华侨械斗之风甚烈，虽然作者顺藤摸瓜，将原因指向了古旧的乡风，但对本土关爱的天平却已经渐渐倾斜。"游戏场开关草莱，园名欢乐竞高材。只今世界更新大，曼衍鱼龙舞几回。"书写本土游戏场、游乐场成过去，只剩下大世界、新世界几个，他的这种感喟也成了凭吊本土的纯粹唏嘘。同样，邱也注意到下层民众不识字与法盲之间的关系："担葱卖菜街头窜，小贩何知犯警章？安得农夫多识字，高声读法向村场。"同时也关心本土儿童缺乏教育而流落街头、滋事生非的现象："失教儿童满路隅，提筐逐队没阶趋。朝来聒耳如鸦雀，叫卖油条声语粗。"[2]等等。需要指出的是，这种关爱其实也为1965年前俗称的马华文学中"五四运动"白

---

[1]《星洲日报》1933年2月9日，第15版。
[2] 同上。

话文改革的独特性埋下伏笔。正是由于这种关爱，通古文的知识分子才希望主动帮忙让白话文普及，以提升民众素质，实现现代化，这与中国"五四运动"中新旧两派的相对激烈对抗有着显著的不同，此为后话。

邱菽园对本土的关爱似乎其源有自，即使在19世纪的一次航海历险中，也可初步显出个中微妙端倪。在《记丙申十一月归舟》一文中，诗人记述了一次险行，但其大部分篇幅都在描述自己相关的独特梦境，此处从略。"丙申十一月十四日，由星洲买舟东渡，十七日冬至。北风大作，十九日过七洲洋面，是夜风浪尤甚，船势掀腾，大起大落，水溢入仓，幸不占灭顶者间不容发。事过情留，得诗三首。寄星洲社中诸子，藉报无恙。"[1] 耐人寻味的是，当邱菽园转危为安后，他念兹在兹的报告对象中也包含了星洲。

2. 化归：姿态与可能。有论者在坚持邱菽园流域异乡、心怀故地的中国心时，也难能可贵地指出了邱观照两地的可贵视野："邱菽园对华文文学'在地化'问题的正面积极的反应，包含了当代新马地区新生代的华裔知识分子们力求在中国、西方、新加坡、马来西亚本土的多元文化中，尝试融合、创新、建构自身族群文化的萌芽；也体现了邱菽园在'华化在地'的过程中，随着对'在地'的各种文化的逐渐认知，开始了由一个外来的文化传播者到建构本土文化的文化建设者的重要转变。"[2] 但在我看来，这种论调在缺乏足够证据的基础上夸大了邱菽园本土化和建构本土的主动性，而且更加夸张地说他"如此公正客观、不卑不亢"地对待气势汹汹的西方文化，进行积极吸纳，这根本就是对邱大中国思想主旋律的漠视。

---

[1] 邱菽园，《记丙申十一月归舟》，邱炜萲著，《菽园赘谈》卷之三，作者自行印制，学者推测可能在1897年，第23页。
[2] 王列耀、蒙星宇，《流寓异乡　兼照两地——新加坡华侨邱菽园和新加坡早期的"流寓"文学》，第90页。

在我看来，邱菽园对化归的书写从主题上主要可分为两个层面：(1) 他人化归，(2) 自我化归。

(1) 他人化归。邱菽园非常敏锐地记录了外来者，尤其是闽粤的新客逐步化归的历程。首先是了解本土人的话语，《星洲杂感四首》中就有对本土语言的认知："雄风四面荡潮流，岛外烟光一览收。庸厚西邻天设险，怜非吾土客登楼。千艘重译纡闽粤，终岁单衣比夏秋。惭愧渔樵成独往，娓隅渐复解蛮讴。"（第121页）"胡越交讥各一时，六朝北鞑讦南夷。唐山新客来三日，满口巫言晋汉儿。"自然也反映了类似的倾向。

其次，他也书写了南洋人的生活习惯："旧毡木屐背包登，登岸拢归客馆层。第一信条中夜起，照头冲浴冷于冰。"还提及谋生艰难，背后却反映出本土社会的世态炎凉以及背后的"合理性"："谋食艰难自古然，那堪胶锡败年年。双肩一口无他技，修怨当途咨借塵。"[1]

耐人寻味的是，邱在诗作中也流露出对南来华人某些本土化的失望及不满，"单吹童笛奏咿哑，新婿临门赘妇家。再世传宗观念易，丈人遗产得瓜沙"[瓜沙（kuasa），继承]中做倒插门女婿可继承遗产的风俗难免让邱有所失望，这和中国的传统习俗毕竟相距甚远；他同时对本土习俗中有些华人埋尸体乐不思蜀（不择正业）的倾向更是不满甚至是鞭挞的："流传谑语种番薯，古谜如闻海大鱼。馒馅几堆容可数，本坡土地计来无。"

饶有意味的是，邱还以诗作记载了华人群体中某些词汇内在指涉的变化与迁移："不因老态曰龙钟，才被人呼大伯公。好占便宜贪

---

[1] "胡越""旧毡""谋食"三诗皆转引自李庆年，《马来亚华人旧体诗演进史 1881—1941》，上海：上海古籍出版社，1998年，第463页。"谋食"一诗中，"修"疑当为"休"。

白吃,加官进雀此名祟。"他指出,大伯公在华侨中另有泛义。"如指饮局众中独坐不叫花者是。比来禁娼,罕过适用。再复数年,后生聆此,当有不知所谓者。"[1]

(2) 自我化归。毋庸讳言,邱菽园在诗作中也流露出本土化归的倾向,尽管这种色彩往往不是纯粹的,而是游移的、戏谑的,或者是暧昧的。

在《寄题北婆罗洲邓恭叔小沧浪亭》["沧浪一曲坐渔矶,南岛风熏白苎衣。山竹娟娟和露种,水禽习习带烟飞。红尘世外泉流石,赤日天中树掩扉。闲课耕耘招野老,不妨客里暂忘归。"(第79页)]中,邱表现出轻微的本土化归企图,因为只是暂时流连忘返而已。而在《闻马来童塾诵声》["入耳华风似,夷童午塾声。如珠穿自贯,隔牖听来清。乱石琮流水,乔林啭谷莺。老夫安学汝,或许齿重生。"(第363页)]中,邱在坚持中华文化中心的前提下童心大发,他对本土的善意和可能自我"重生"(不只是牙齿)的愿望也隐隐可见。尤其值得仔细品味的是《移植》一诗:"旧雨椰风外,连冈橡叶青。相逢尽华裔,移植到南溟。乡土音无改,人间世几经。安闲牛背笛,吹出自家听。"(第428—429页)需要指出的是,这首诗其实既可视为邱对华侨离散和流移的整体属性归纳,也可视为他的自况。从中我们不难看出,他的化归其实是建立在部分坚守自我的前提上,适应并享受本土。

特别值得一提的是,邱菽园那些以马来文入诗的作品。读者或论者往往视之为邱的游戏之作,在我看来,这只是一种倾向,而其背后更深的意蕴,则在于它隐喻了诗人本土化的一个最佳切入口。

诗作中,语言游戏当然有之,如"马干马莫聚豪餐,马里马寅任乐陶。幸勿酒狂喧马己,何妨三马吃同槽"[马干(makan),吃;

---

[1] "单吹""流传""不因"三诗署名宿员,《星洲日报》1932年10月2日,第15版。

马莫(mabok),醉酒;马里(mari),来;马寅(main),游戏;马己(maki),辱骂;三马(sama),一起],但同时我们需要关注的还有如下两点:

(1)语言混杂。这本身就是多元种族、文化区域的核心特征之一,难能可贵的是,在20世纪30年代,邱菽园此类诗作其实是对这种本土性的敏锐呈现。不仅如此,有些诗作,其实是以马来文为主的书写,部分消解了邱自己的中国/中华中心主义。如"加惹心情买亚迟,如愚若谷拍琉璃。众人嗤彼输盘算,争奈劳工咸加施"[加惹(kaya),富贵;买亚迟(baik hati),好心;拍琉璃(peduli),不理睬;加施(kasi),给予]讨论的是为富亦仁,而"碧澄老郁见浮罗,打桨珍笼唱棹歌。网得夷干夸钓侣,侠游隐语尝红曹"[老郁(laut),海;浮罗(pulau),岛屿;珍笼(tenang),风平浪静;夷干(ikan),鱼;红曹,一种鱼名,意指行为不检的侨生妇女]则描述渔民的一些本土生活生态。

(2)尊重本土习惯。在相关诗作中,邱也不忘探讨本土习惯与风俗,这种尊重至少体现了某种程度的平等意识和诗人的本土化归取向。如"董岸修光十爪齐,强分左右别高低。须知答礼无需左,右手方拈加里鸡"[董岸(tangan),手;加里鸡(curry chicken),一种本土食物,略辣]谈及马来人右手进食的习惯;"春荣眼末俏佳人,真打交情峇汝新。最好勿莲常赠客,巴珍南爪白如银。"[眼末(gambar),照片;真打(chinta),恋爱;峇汝,新近;勿莲(berlian),钻石;巴珍南(platinum),英文,白金]则涉及恋爱的习惯和物质化等。[1]

需要指出的是,我们或许不应过分夸大这些诗作的尝试与努力,

---

[1] 上述所有以马来文入诗的作品皆来自啸虹,《谐用闽南音译马来语》,《星洲日报》1932年9月4日,第15版。

因为邱菽园在诗论中也曾提及俗字入诗的实践和可行性，他曾经举出从古到今很多不同时代的俗字入诗的例子相当有气势地说明："凡此皆俗称也。"[1]上述以马来文、英文译文入诗的做法可视为上述观念的发展与延续。但总体而言，我们应当不能忽略这些诗作勇于尝试的他度可能性，毕竟，它们是"南洋色彩浓郁的"。[2]

结语：本文通过考察邱菽园诗作中的本土关怀意在表明，在马华文学研究中，惯常的二分法和简单化操作有其捉襟见肘之处，哪怕是中国性异常浓烈的流寓诗人邱菽园，其相关诗作中却也呈现出后来的新马华文文学"本土性"的种种前身——本土因素。某种意义上说，我们从最不可能本土的邱身上却发现了新马华文文学本土意识的萌蘖或者类似"起源"语境，由此可见，许多概念和个案都绝非铁板一块，固化呆板。当然，我们也不能因此就虚张声势，认为邱菽园是本土文学的鼻祖，这无疑本末倒置，无视邱深层的化不开的中国性情结。

需要指出的是，本文的实践其实只是开启，而非结束。毕竟，邱的艳体诗、未结集散文和未刊集其实仍然蕴含了丰富的可能性，值得进一步深挖细掘。同时，对于研究新马历史人物的学者来说，邱菽园的相关诗歌并未得到应有的重视，跨学科的操作还应努力展开，尽管朱杰勤教授很早就主张如此。[3]

---

[1] 邱菽园，《方言俗称入诗》，邱炜萲，《菽园赘谈》卷之四，第17—18页。
[2] 李庆年，《马来亚华人旧体诗演进史1881—1941》，第462页。
[3] 朱指出："丘菽园长期居住在马来亚及新加坡，自然有不少带有地方性的诗歌反映着当地环境和居民生活情况，给今天研究新马地方志和华族史的人提供不少有价值的参考资料。"具体可参朱杰勤，《星洲诗人丘菽园》，《亚洲文化》总第7期，1986年4月，第19—28页，引文见第23页。实际上，历史学者借用丘的诗作进行历史研究的努力和成果还远远不够，虽然，诗作作为史料的可行性和实践操作需要谨慎处理。

方北方：马华现实主义长篇的高峰

毋庸讳言，方北方（1919—2007）之于马华文坛乃至文化界都是一种不容忽视的精神存在：他著述等身、桃李满天下；他一腔热血关心马华，不同场合苦口婆心演讲，各种文章遍地开花；他兼擅各种文体，长、短、中篇小说，散文评论，偶尔的诗歌、童话、报告文学等；当然，他也是第一个长篇（《头家门下》）被改编成电视连续剧[1]的马华作家；而《方北方全集》（1—16 卷，2009 年）的盛大推出，无疑又或多或少为其经典化起到了里程碑式的推助作用。

他毕生信奉并践行现实主义手法，"风云三部曲"[《迟亮的早晨》(1957 年)、《刹那的正午》(1967 年)、《幻灭的黄昏》(1978 年)]、"马来亚三部曲"[《头家门下》又名《枝荣叶茂》(1980 年)、《树大根深》(1985 年)、《花飘果堕》(1994 年)][2]波澜壮阔，不容小觑。另外，他也时常提携后进，颇受后学敬仰，[3]但同时他又不乏争议。中国大陆学者陈贤茂教授主编的《海外华文文学史》(第一卷)

---

[1] 方北方，《答李兴前先生所问》，《方北方全集 14·评论卷 2》，吉隆坡：方北方全集出版工委会、马来西亚华文作家协会，2009 年，第 293 页。下引全集皆是出自此版本，不再一一注明。

[2] 后面的时间是指首版时间，方北方的所有结集出版书目可参《方北方全集》，网络说明可参 http://fangbeifang.wordpress.com/。

[3] 具体可参《蕉风》(新山，1999 年后) 总第 499 期 (纪念特辑)，2007 年 12 月，第 34—44 页，有诸多人的回忆。

中为他设专节而且是首先评介他，[1] 可见他在编者心中地位崇高，而同时，在台马华学者黄锦树却又对其不乏挞伐与批评，甚至视其为马华现实主义破产的标志。斯人已逝，我们有理由以更加客观和科学的态度进行评价，乃至盖棺论定，以让后人参阅，有所借鉴，亦可能有所警醒。

相较而言，有关方北方的研究和其影响力相比相对薄弱，除黄锦树以外，比较有分量的还有：潘碧华、祝家丰《方北方小说与马来西亚华人的家国认同》(《外国文学研究》2011年第6期)，主要是考察方氏小说如何呈现本土华人的认同转变；金进《方北方作品中的人道主义情怀论析》(《华侨大学学报》2011年第4期)，主要是辨析他留给马华文学的遗产之一——如何书写和表现深厚的人道主义情怀；等等。其他研究大多是散作，如回忆文章和短评。毫无疑问，以方北方先生的文学产出和地位，这样的对应研究只能算差强人意。刨除人际纠纷（本土、在台话语权争夺）和学术代际隔膜（如今学者更多欣赏乃至信奉现代主义/后现代主义，与现实主义颇有隔阂）元素，方北方自身的厚度和高度的确也需要有心人耐心梳理和再解读。本文试图从其文学本土化转型入手，探讨其相关书写的成就和意义，同时也探勘其实际的限度。

一、文学理论认知及转型轨迹

毋庸讳言，如果能够找到有关作家的创作指导思想和心仪理论流派，那么对于更真切地理解并剖析这个作家不无裨益。对于方北方来说，自然也不例外，而且不无巧合的是，方北方恰恰也是一个相当重视文学评论的作家，提倡要对症下药，不断展开批评的批

---

[1] 陈贤茂主编，《海外华文文学史》(第一卷)，厦门：鹭江出版社，1999年，第64—81页。

评:"培养文艺批评风气,也必须同时确立文艺理论,这种认识与发扬马华文艺的服务精神息息相关,而建立马华文艺发展基地,维护马华文艺批评的接班人,更是刻不容缓的工作。"[1]

(一)朴素的吊诡:理论认知。简单而言,方北方是现实主义的忠实信徒。但这个现实主义相对于其最亲密的发展母体——中国传统现实主义而言,又是相对窄狭的,它更像是传统现实主义的马来西亚化,因此,它也缺乏后继发展中的"社会主义现实主义"的品格,比如强调阶级属性、英雄情结和革命史诗情怀,当然,它往往也没有俄罗斯现实主义的深厚积淀(如托尔斯泰)和雄浑思辨(如陀思妥耶夫斯基),当然更不会有中国20世纪80年代后的新写实主义(如池莉)和魔幻现实主义(如莫言)。[2]在方北方那里,它呈现出一种朴素的吊诡。

1. 首先从创作方法来看,方北方强调,小说要反映社会本质并要塑造典型环境中的典型人物,"小说就是刻画典型人物与反映社会形象的艺术。一脱离了人物,各种各样的形象就无从加以表现,也无从看出社会没落的趋势与进步的方向","所以小说就是社会浓缩的一面镜子"。[3]不必多说,他的观点依旧是朴素的小说反映现实论。

其次,从书写的内容看,方北方强调,要书写"此时此地",要创造马来西亚的独特风格:"作为此时此地的文艺作家,既然热爱这个新诞生的国家,而决心在这新开垦的土地播种,无疑地就必须把目标集中在马来亚的社会问题上,积极地表现马来亚人的生活,不论巫人社会、印人社会、华人社会,甚至居住在马来亚的非马来亚人的生活,只要作者的笔触能深入地发掘出来,尽可能地透过主观

---

[1] 方北方,《谈马华文艺批评》,《方北方全集13·评论卷1》,第48页。
[2] 有关中国20世纪现实主义文学的大致梳理可参冯肖华,《现实主义文学的时代张力:20世纪中国文学主潮的诗学价值》,北京:中国社会科学出版社,2011年。
[3] 方北方,《小说的写作》,《方北方全集13·评论卷1》,第84页。

的把握而予以统一的表现。"[1] 毋庸多说,这种观点继承了20世纪40年代的"马华文艺独特性"的观点,强调要多塑造此时此地的生活典型。

最后,在内容和形式的关系上,他强调内容决定形式:"马华小说今日仍是以现实主义为创作主流是与客观形势深有关系,而现实主义的创作内容,具有传统坚实的形式也是必然的,原因以思想性为主的内容,总是决定作品的形式。"[2] 为了让后学更好地创作小说,他也强调自己信奉的创作小说的三个条件:"一、决定正确的主题。二、塑造生动的人物。三、提高对话的意义。"[3]

由上可见,方北方具有的是非常朴素乃至略显粗糙的现实主义创作观,很多观点其实停留在20世纪40年代左右以来的文艺观的本土落实,并没有较大的质的更新。

2. 从批评和文学史观来看,方北方同样也坚定地信奉现实主义原则。比如在谈及马华文学的"时代精神"时指出:"今日的马华文学必须具有强烈的时代精神:所反映的事件和人物是有时代性、历史和社会性的,才能表达广大群众的思想感情和愿望,从而推广以群众为基础的文化革新运动,把马华社会推向醒觉的进步阶段的时代。"甚至更进一步,他把时代精神当作是决定性力量,哪怕是负面的时代精神也有其作用,并举了鲁迅能够书写《阿Q正传》为例进行说明:"可见没有中国那种腐败没落的社会,鲁迅也写不出这个具有时代精神的代表性的杰作。"[4]

毋庸讳言,这种说法已经具有机械决定论的强词夺理的意味,他过分强调了书写内容层面时代性的决定性作用,我们其实可以反

---

[1] 方北方,《论韦晕创作》,《方北方全集13·评论卷1》,第175页。
[2] 方北方,《马华小说的内容及形式》,《方北方全集14·评论卷2》,第73—74页。
[3] 方北方,《写作是怎么一回事?》,《方北方全集15·评论卷3》,第253页。
[4] 方北方,《马华文学的时代精神》,《方北方全集14·评论卷2》,第12页。

问,为何彼时代的鲁迅同龄人作家们如此繁荣,但只有鲁迅写出了反映时代精神的《阿Q正传》?当然,更进一步,他看不到现实主义和鲁迅之间的复杂关系,一方面,现实主义之于鲁迅有他独特的理解和内涵,如汪晖所言:"现实主义,对于鲁迅来说,不仅仅是艺术地反映生活的原则,而且是一种激情,一种对他所描写的生活特征的理解而产生的遏制不住的内在力量。"[1]另一方面,鲁迅对现实主义的书写范式有所开拓,打上了自己的烙印,易言之,他可以穿梭于各种流派之间,既有自己的坚守,又可以兼容并蓄,最终风格独具。[2]

  从文学史观来看,方北方同样也是坚守现实主义,他和"马华文学史研究第一人"[3]——方修(1922—2010)的文学史观是一致的。这自然也可理解,他们同样出生于中华民国,接受的教育和文化背景相当类似,又同样经历了从中国侨民到对英属马来亚,再到马来西亚认同的转变,最终是本土意识战胜了侨民意识实现了本土化归。在《文学史家方修》一文中,他对方修的学术功劳做过一番梳理后评价道:"方修先生以科学的眼光治史,以史家探讨的精神编辑选集,以积极批判的观点写作杂文,为马华文坛增加一笔丰厚的收获。"[4]

  对应地,在以后有关马华文学史进程的缕述或提炼中,在处理马华文学的阶段划分时,方北方都是依据方修标准的。易言之,他们的内在精神气质与内容修整视域都是契合的。为此,他们亦享有共同的优势和弊端,以现实主义立足文坛主流,甚至横扫一切,却

---

[1] 汪晖,《反抗绝望》,台北:久大文化图书公司,1990年,第174页。
[2] 可以参考王富仁,《中国反封建思想革命的一面镜子——〈呐喊〉〈彷徨〉综论》,北京:中国人民大学出版社,2010年。
[3] 语出古远清,《方修:马华文学史研究第一人》,《华文文学》2002年第1期。
[4] 方北方,《文学史家方修》,《方北方全集13·评论卷1》,第3页。

可能部分遮蔽了其他文学创作的另外可能性，[1]这或许也是其过于朴素的另外一层吊诡。

（二）介入的轨迹：如何本土化？某种意义上说，方北方的文学历程就是一个从侨民作家化归为本土作家的典型个案演化，对此方北方有着非常清晰的体认，"马华文艺具有独特性，在建立国家的过程中，是自然必须实现的要求"，"所谓独特性的创作，不只在作品上反映生活的表现，而是着重在思想意识的要求上，因而今日马来西亚文艺的独特性和马华文艺的艺术性是不相同的"。[2]

我们可以结合方北方的人生历程加以阐发，1947年4月1日在中国大陆居住十年的他重返并定居马来亚槟城。如果以此作为他人生新起点的话，按照他文学出版的影响力为顺序，我们可以发现几个非常重要的节点：

1.《娘惹与峇峇》（1954年）。在我看来，此书是方北方较早时期本土化的代表性作品，我们不妨根据方北方推崇的马华现实主义理念来判断此中篇。首先它是本土题材，书写本土土生华人（马来语Baba and Nyonya）[3]，这本身就是一种相较华侨而言有着不同中国性呈现的族群，他们在英殖民时期曾经发挥过巨大作用，方北方颇有想法，勾画"祖、父、孙"三代中的典型人物力图勾勒土生华人可能的流变及其认同困惑，值得读者深入反思。同时此书也具有提示和警醒作用，言及土生华人也还要回归华文教育的可能性。

同样此书也可能引发其他议题，比如英校生和华校生的比较与

---

[1] 有关方修撰史的洞见与不见的精彩论述可参林建国，《方修论》，《中外文学》（台北）第29卷第4期，2000年9月。

[2] 方北方，《马华文艺与马来西亚文艺》，《方北方全集13·评论卷1》，第8页。

[3] 具体可参陈志明教授的精彩研究：TAN Chee Beng, *The Baba of Melaka : Culture and Identity of a Chinese Peranakan Community in Malaysia*, Petaling Jaya, Selangor: Pelanduk Publications, 1988.

差异,如作序人连士升先生所言:"星马两地的华人社会的中坚人物——无论商业、工业、文化、教育——是受华文教育的多?还是受英文教育的多?这个问题值得我们慎重考虑。"[1] 这个问题在新马自然有差别,实际上新加坡的首任总理李光耀先生(1923—2015)也是土生华人,恰恰是在他的统治下,新加坡也形成并强化了颇有特色的"语言政治"现象。

之所以称此书为方北方早期代表作,还因为它在书写技艺上亦可圈可点。首先是在大的情节结构上,它采用了"封套"模式,也即以故事套故事的方式展开,颇有些模仿鲁迅《狂人日记》的风格。同样在人物设置和故事讲述上亦有一些枝蔓出人意料,比如第三章中强奸林厝嫂并致其抱幼子跳古井自杀的郭向良却是受"新学"教育的"潇洒青年"(第28页)。相当吊诡的是,这是一个先驱者:他处处提倡文明,希望建立三民主义等照耀下的中华民国,呼吁妇女婚恋自由;同时却又是一个施暴者,他迷上了林厝嫂,追求不得而霸王硬上弓。这个角色显示出伪现代文明与旧文化传统遭遇的复杂性。相较而言,此小说的续篇《说谎世界》从小说的技艺层面考量,角色塑造上相对平庸,偶有出彩,比如对屠叔公模仿"孔乙己式"的戏弄(《方北方全集8》,第148—149页),但大致来说,基本可算狗尾续貂。

2."风云三部曲"的悖论性。如果从印量标尺来简单判断影响力的话,那么《迟亮的早晨》应该是方北方所有长篇中销路最好的一部,《迟亮的早晨》("风云三部曲"之一)是方北方影响最大的长篇小说,该书在1957年7月初版时印刷四千册,四个月后,再版两千册,不到两个月又售罄,"三版的书在一个月内又售罄了,于是

---

[1] 连士升,《〈娘惹与峇峇〉连序》,《方北方全集8·中篇小说卷2》,第6页。

新马不得不准备于十一月进行第四版",[1]到了1978年已经印刷到第七版。

需要说明的是,"风云三部曲"其实诞生较早,方北方返马前在中国已经完成初稿,其修订版恰恰是在其《娘惹与峇峇》一纸风行之后,从内容来看,毫无疑问,前者具有更浓厚的本土意识以及题材刻画。"风云三部曲"的走红,其实更多是因为方北方对抗日战争时期风云变幻的中国时局的精心刻画满足了马来西亚读者对此时中国现代史的好奇心和求知欲,而这一时段也恰恰是"马华文艺独特性"崛起的前奏节点,个中张力引人关注。

方北方对此一时期大历史的苦心经营可谓其来有自,比如《迟亮的早晨》在初版时,方北方写道:"本书虽然是写两对男女大学生的恋爱故事,中心内容却着重在反映抗战到胜利这一过程的后方社会;表现中国人民生活在抗战时代中的意识形态,怎样由积极而转成低沉,再由低沉而趋向积极,可以说是八年对日抗战中的一段插曲。……于是为了纪念这段由同胞用血写成的历史,便成为本书的写作动机。"[2]在《幻灭的黄昏》中,他同样也想触及20世纪40年代末中国人反战与追求和平建国的历史,而这些长篇"把抗日战争、民族自救运动与社会革命,连缀成中国大时代出现前夕的一段历史:为三十年代与四十年代的青年留下一些多姿多彩的灿烂的生活内容"[3]。

上述种种,其实反映出方北方对马华文学史中由侨民意识逐渐向本土马华的转型的高度认同,而这些小说更呈现出作为侨民的他对中国现代历史的书写和再现,也是一种记录和告别。易言之,对

---

[1] 方北方,《〈迟亮的早晨〉四版题记》,《方北方全集1·小说卷1》,第61页。
[2] 同上书,第282页。
[3] 方北方,《〈幻灭的黄昏〉后记》,《方北方全集3·小说卷3》,第233页。

自我独特性的强调并不意味着以完全割裂的方式展开，除了指向此时此地，同样也可以通过对题材的他者化——差异性处理来实现，这种认知大概是方北方们和在台马华文学史观的最大差别。

3."马来亚三部曲"的高度本土化。毋庸讳言，这是方北方真正以强烈的本土意识凭借长篇巨制呈现他对马来西亚的高度认同和文学再现：

> 如今，我在马来西亚，前后住了五十七年。从青年步入中年、进入老年，由侨民化为公民，使我对这里的乡土有了感情，对建国产生热切的寄望。
>
> 于是由于生活的投入和对写作的执着，也希望通过文艺的反映，本着马来西亚摆脱殖民地政府的统治，与国民献身建国的善意，把华族参与国土的开辟和发展的经过，加以浓缩，以
>
> 一、《树大根深》
> 二、《枝荣叶茂》
> 三、《花飘果堕》
>
> 写下"根、干、叶"三部曲，从政治、经济、文化，各方面的发展和演变，表现华人社会的结构以及精神面貌。[1]

尽管"马来亚三部曲"有这样那样的问题、限制和缺憾（本文第三小节述及，此处不赘），但整体而言，若从对马华历史的书写宽度、涵容性和"感时忧国"情结来看，"马来亚三部曲"依旧是当之无愧的厚重而庄严的长篇，不管是采用家族史的方式缕述政治开拓、经济嬗变，还是以拼贴的方式呈现教育、文学、华人权利、国家种族和谐等诸多议题，"马来亚三部曲"也因此成为方北方最高程

---

[1] 方北方，《〈树大根深〉后记》，《方北方全集 5 · 小说卷 5》，第 320—321 页。

度本土认同的实践载体。学者崔贵强认为,"二战"前后马华政治认同可分为三个时期:第一时期(1945—1949),多数华人心向中国,少数受英文教育的华人能认同当地并领导华人;第二时期(1950—1955),部分华人参与争取本土公民权、参政权,但大部分表示冷淡;第三时期(1956—),绝大多数华人认同马来亚,但和土著政权依旧不乏多个层面的争议。[1]方北方的长篇书写其实和这个趋势大体是吻合的,也呈现出入籍华人的认同转变轨迹。

二、方北方的本土书写实践:以"马来亚三部曲"为中心

方北方对长篇小说的功能显然有着清晰的认知:"长篇小说可以描写少数人物的生活过程,也可刻画某个时代整个复杂社会的演变,而从各方面展开的横线,把每种事件所产生的背景,与各种人物的思想行动,相互关系所发生的情节,结构成网状的形象加以表现。"[2]我们不妨结合他的书写本土的代表性长篇"马来亚三部曲"来考察其实践和理念的吻合度。

(一)为马华大历史代言。毫无疑问,"马来亚三部曲"是方北方的有意实践,不同的书有不同的思想内容呈现与目的追求:《头家门下》强调"这个以商人意识为经,教育制度为纬的长篇,总算了却了多年来认为必须写的心愿"(《方北方全集5》,第377页),《树大根深》则描写华人祖先"披荆斩棘、胼手胝足,寝食俱废地历尽政治风暴的袭击和摧残,如何把生存的根扎下;进而由于树大根深,

---

[1] 具体可参崔贵强,《新马华人国家认同的转向:1945—1959》(修订版),新加坡:青年书局,2007年。
[2] 方北方,《小说的写作》,《方北方全集13·评论卷1》,第85页。

促使子孙饮水思源,关心民族大树的成长"(《方北方全集5》,第321页),而《花飘果堕》则关注20世纪70—80年代大马华社的有关文化深入的困境,"刻画大马这个国家华人组合的自相恶斗,暴露人性丑陋的写实,使人从小说的缩影中看华人子弟未来的生活走势"(《方北方全集6》,第360页)。

若从历史书写的复杂性和厚度来看,《树大根深》无疑设计繁复,这本书本来应该最先出版却因为题材敏感而后撤。这个长篇涉及的重大历史事件相对集中,比如紧急法令时期的官、民、游击队之间的复杂纠葛,尤其是小说写出了个中的复杂性,如游击队员的民间性,有些是官逼民反,当然他们也有血性十足、莽撞有余的冲动缺憾,而种植园的工友们则有另外的表现。除此以外,还包括对吉隆坡第三任甲必丹叶亚来(1837—1885)开辟、壮大吉隆坡的历史再现(第149—155页),这也是对当今官方对大马历史中华人地位淡化的一种潜在反讽和反拨。偶尔,小说也涉及所谓反黄运动时期的历史多面性:本土的某些堕落与糜烂,零星书写某些大马华人对社会主义中国的看法、向往以及切身投奔,有些中途不成耽搁在香港然后再返马。如人所论,这部小说涉及的某些历史题材的确起到了重回历史现场的效果:"作为现实主义的作家,方北方坚持真实地记录这段不堪回首的历史。只是这部作品写成之后没有及时出版,直到1985年政治环境稍微松懈的时候才重见天日。方北方记录了紧急状态时期的华人新村的紧张气氛,这些久远的画面,如今看来,依旧触目惊心。"[1]

《头家门下》却是以家族经济腾飞和遗产分配的递进线索呈现出史德林不同子女对经济的看待以及他们之间的尔虞我诈抑或温情

---

[1] 潘碧华、祝家丰,《方北方小说与马来西亚华人的家国认同》,《外国文学研究》2011年第6期,第129页。

脉脉。相较而言，这是"马来亚三部曲"中情节最紧凑，也最易读的一部。如人所论："从反映马来西亚华人史的角度看，《头家门下》不如《树大根深》，从纯粹小说艺术的角度看，《树大根深》不如《头家门下》。"[1]《花飘果堕》对马华文学、文化、教育、政党斗争、种族团结等议题及其困境进行了呈现，让人可以部分感知和探察本土华人发展的脉搏、脉络以及问题。

耐人寻味的是，在这些长篇中，方北方的书写有自己的套路，或者采用比较的方式，或者采用家族代际更替的差异性来凸显并强化大马华人对国家、中华文化、经济贡献等的日益丰沛的影响力和认同感。某种意义上说，"马来亚三部曲"近乎对马华所有议题进行广泛涉猎并力图进行史诗式的内容建构和安置，虽然略显生硬，技艺也不乏粗粝之处（比如《树大根深》的结构有些松散，《花飘果堕》线索过多、思路杂乱），但还是有其整体性追求和呈现的，也给后来的书写者提供了重写或深挖并加以超越的丰富素材和厚实基础。

（二）道德高度和自我反省。毋庸讳言，无论是方北方，还是其同时代/辈分其他写作人，文学水平姑且不论，但其集体意识、吃苦耐劳、家国情怀和道德高度却往往有其可观可敬、可圈可点之处。在《文学是经国的大业》一文中，方北方特别提及造成华人精神低落、马华文学受压抑的几大原因，比如文学团体的分裂、有钱团体不够积极、写作人经济较差、文人相轻，等等，他也呼吁大家以国族为重、互相扶植、坦诚待人，"新闻工作者、写作人、知识分子，如果能自我进行精神革命，为马华文学营造良好的局势，华社自能改变对马华文学的看法，而关心马华文学"，相应地，"马华文学可以在国家中获得应有的地位，华社的面貌也可随之而改观"。[2]

---

[1] 陈贤茂主编，《海外华文文学史》（第一卷），厦门：鹭江出版社，1999年，第79页。
[2] 方北方，《文学是经国的大业》，《方北方全集14·评论卷2》，第94页。

在小说实践中，他也有所反思，比如《头家门下》中的史家子女，优柔寡断的长子史宽荣、野心勃勃却好吃懒做的次子史舒荣和几个姐妹私心较重，想得到更多遗产继承权，他们联手争夺股份，并破坏了老父的临终安排——高度重视"功在当代、利在千秋"的华文教育公益事业。其中四弟和史德林的情妇黄燕花都大力支持老三史放荣的教育事业，致使宽荣、舒荣的野心挫败，结果舒荣居然雇凶刺死黄燕花并伏袭棒击放荣，但最终还是失败，宽荣因为自觉罪恶而暴毙。

同样，在《树大根深》中，方北方批判的视角转向了某些华人的劣根性，园主们唯利是图、阴险盘剥，某些苦力工友辛苦恣睢，却将辛苦赚来的血汗钱又投向鸦片馆、酒肆和娼寮。于是不少人终生不得翻身，无法实现漂洋过海发财并衣锦还乡的追求（第158—161页），但真正能够成功的凤毛麟角则必须克服这些劣根性，正如李恩涵所言："华人劳工只要能克服鸦片、赌博、饮酒、嫖妓等恶习，他们凭着个人的勤劳与节俭、苦干与毅力，即可于数年间由劳工（'苦力'变自由劳工）集资提升为小商贩，再由小商贩集资而成资本较大的零售商。如果他的头脑真正精明干练，又有胆识毅力，善于经营，他便可逐渐晋级到经理中小企业如上述企业厂矿的所有人之列了。"[1]

毋庸讳言，《花飘果堕》一书又频频对华人之间的帮派意识、急功近利等缺点进行批评，甚至在此书后记中直接抨击："本书透过内容的反映，从七八十年代的华社中，使人看出'龙的传人'确是历来勇于相戕的民族。诸如华人政坛斗得昏天黑地，商团、乡会因帮派无日不斗，教育机关也不停地斗、父子斗、兄弟斗、夫妻斗，几乎无人不斗，无事不斗，斗得华社人才凋零四散！"（《方北方全集

---

[1] 李恩涵，《东南亚华人史》，台北：五南图书出版公司，2003年，第835页。

6）》，第360页）从此角度看，方北方的"马来亚三部曲"其实也企图通过自省建构更合理而强大的马华社会，而非一盘散沙、各自为政，同时又因为可能的文化沙文主义而被人抓到把柄加以打压。

（三）放眼未来。难能可贵的是，方北方并非只着眼于记录历史，或纠缠于一己的家庭悲欢，他同时也关注马华的现实问题，方北方的小说每次都有着自己的问题意识，而且有着很强的时事性，作品大体上涉及马来西亚独立以来近五十年的各种社会问题，关心教育、高扬新的国家意识、关心华人文化没落、关注时事。[1]除此以外，方北方又积极为华族的整体性未来忧心忡忡，这尤其呈现在《花飘果堕》一书中，在后记中他也提及："也透过华社有识之士研讨的结论，指出健全华裔文化与发展的道路。"（第360页）

若从小说创作的技艺来看，《花飘果堕》可谓乏善可陈，但这从另一方面却又反证了方北方所要处理问题的复杂性和开放性。方在这部小说里添加了包括自己等很多"有识之士"的评论观点，但相对而言，似乎并不真正具备一针见血的锐利性，又不能让人看出其深植大地的丰厚度。需要提醒的是，此长篇最大的价值毋宁说是提出问题，"这些入选的政论和引文，除了方北方为了达到的时代感之外，还与他自己的性情有关，这些引论最后都被统一到方北方的小说脉络中，这种笔记体的文抄小说实际上体现出方北方的真性情。在这部小说中，方北方的笔墨更多地触及由此引发的华人文化阻滞、华人形象破坏、种族团结被伤害以及弱势群体被漠视"。[2]易言之，方北方的问题意识恰恰呈现在他对一窝杂草似的马华世界/资料的整体呈现，正是要追求与时代的同步共振，正是由于问题的复杂开放性、未完成性，身为作家的他并不能提供行之有效的答案，虽然

---

[1] 金进，《方北方作品中的人道主义情怀论析》，《华侨大学学报》2011年第4期，第89页。
[2] 同上书，第87页。

他主观上有所努力。

从小说的整体性角度思考，方北方的"马来亚三部曲"毋宁说更是他思想意识和主体朴素哲学的载体，说得更尖刻一点，甚至是附庸，这也可以理解为何到了《花飘果堕》这里，不只是他自己，还有诸多虚构/化名的、现实的文化人和评论家纷纷跳将出来，各抒己见、七嘴八舌企图对华社的复杂命题提供一己的答案，方北方也因此把小说当成了各种学说、思想、说法（虽然大都只能算一家之言）的跑马场。我们可以说，这有点失控，但需要指出的是，小说中所呈现的历史、现实政治、族群、国家、经济、文化、教育等诸多议题都是值得深切关注的，换言之，这些五光十色的议题和五彩缤纷的事件其实更是后来企图在马华文学的海洋里踏浪的健儿们可资利用的蓄水池。

三、方北方的本土现实主义限度

黄锦树曾经相当尖刻地指出："方北方及其同时代人在马华文学史上的意义必须摆在这样一个社会—思想史脉络下来加以评估和理解，从他们的文学实践中可以看出马华文学史的一大特质：它是一个把文学当作非文学的场域的、独特的'非文学史'。而从我们对方北方的个案讨论中可以看出，在他身上实践出来的所谓特殊性既与地域特色无关，也无与于民族形式，而是一种苍白贫乏、低文学水平的普遍性——所谓的马华文艺的独特性其实是一种无个性的普遍性，充盈着华裔小知识分子喋喋不休的教条和喧嚣。"[1] 刨除其中的意气成分和黄一贯的喧哗刻薄缺憾，我们的确也要反思一下方北方本土现实主义书写的限度。

---

[1] 黄锦树，《马华文学与中国性》（增订版），台北：麦田出版社，2012年，第108—109页。

(一)机械决定论:被牺牲的形式。如前所述,方北方所实践的本土现实主义其实更是窄缩版的中国传统现实主义,而且由于其相对封闭,自然更展现出明显的局限性,其中最重要的一条就是机械决定论。所谓内容决定形式,而落实到创作中,往往就变成了主题先行,他自言,"我写中篇与长篇小说时,决定了主题之后,先把人物想好",又说:"因为小说是作者概括现实之后,通过一定的世界观,再现的真实形象。真实形象所具备的典型意义,就是小说的灵魂和元气。灵魂和元气所寄托的是形式的外表,因此小说的精神、强与弱,是决定于内容是否健康。"[1]正是由于过度强调内容的健康与否,强调主题决定论,那么文学书写往往就变成了意念和主题结论的传声筒,乃至变成了宣传,所以书写上相对简单、粗暴、干瘪。

同时,在方北方的本土现实主义思想中亦存在着对本土意识形态的过分强调,这造成了本土式的坐井观天和夜郎自大,尤其体现在他的《马华文艺创作方向》一文中,他指出:"马华文艺有其独特性,便是具有马来西亚国家意识的马华作家所走的道路决定了马华文艺正确地反映马来西亚人民的生活与要求,以及马来西亚社会的动向和各阶层的社会意识所形成的。"(《方北方全集13》,第18页)因此,是思想性决定了艺术性和其独特性;同时,他又认为:"以马华作家与台湾作家相提并论,简直有如拿台湾作家来与中国大陆的作家比较一样南辕北辙,而鼓励马华作家学习台湾作家创作,甚至向台湾作家看齐,那更属于文艺门外之言。"(《方北方全集13》,第19页)在此,他已经忽略掉了文学手法的可借鉴性、文艺思潮的旅行性(travelling theories),更忽略了文学书写在许多主题和抒情传统上的相似性,乃至共通性,比如人性论、人道主义关怀、真善美以及各种抒情。

---

[1] 方北方,《写作是怎么一回事?》,《方北方全集15·评论卷3》,第251—252页。

为此，他认为各地的文学创作方向不同，甚至必须有各自的规定。毋庸讳言，这种题材决定论，最终指向所谓的国家意识和时代精神，其实也是和他自身的某些实践有自相矛盾之处。比如书写马华人的经济发展史，他既可以借助史德林家族书写，同时又能够以华仁/华义家族来处理，可见不同时代经济发展的独特性和共通性完全可以是并存的，而非一概而论。另外，照其逻辑，似乎类似题材和思想深度只剩下一种书写模式和虚构的可能性了，这当然是一种作茧自缚、画地为牢。

这和开放的现实主义精神相违背，更和他所一贯推崇的鲁迅个案相违背，鲁迅先生的小说书写固然可以纳入现实主义，但又何尝不能以现代性加以观照呢？甚至，其众说纷纭的《故事新编》也呈现出一种"张力的狂欢"，甚至里面也有一些后现代元素，也成为香港时空故事新编书写的源头和借鉴。[1] 从此角度看，方北方本土现实主义有时抹杀了创作主体的思想意识和创造性——套用胡风的话说，作家的"主观战斗精神"——更像是一种自我阉割、自废武功的狭隘本土现实主义。

（二）落后的实践：虚构的局限。在方北方先生有限定的本土现实主义思想指引下，其近乎对有关理念亦步亦趋进行创作实践自然也难免某种局限，有后辈在为其辩护时指出："以我的审阅能力来看，方北方的许多中、长篇小说，除了'美学的力量'较弱之外，他的所谓典型、文学、道德和对生对时代促进的力量等方面，'放在时代的天平上称一称'，都是够分量的，为何要以'烧芭'的手段来轰击一位资深的老作家呢？"[2]

---

[1] 具体可参拙著，《张力的狂欢——论鲁迅及其来者之故事新编小说中的主体介入》，上海：上海三联书店，2006年。
[2] 马仑，《北方赞不迟——敬悼方北方先生》，《蕉风》总第499期，2007年12月，第43页。

方北方（长篇）小说叙事的局限性首先表现在其结构能力薄弱。整体而言，方北方的大部分长篇都缺乏叙事性，基本采用全知全能叙事视角，作者/叙述人成为运筹帷幄的主宰者，无论大事小事都尽在掌握，如刘再复所言："作品愈是失败，作家愈能摆布自己的人物。"[1] 在中篇《娘惹与峇峇》里，他对男主人公李天福的刻画就是如此，甚至在他转型变质前还要亲自跳出来解释（《方北方全集8》，第50页）。也正因为如此，其小说的发展往往都是平铺直叙的，近乎一览无余，锐利的读者读到一半，甚至可以猜出其最终结局。当然这样做也有其优点，照顾到大多数尤其是非专业读者，便于传播广布、流畅通读。

正是因为过度强调思想内容决定形式，因此小说作者的活动空间太小；由于处处考虑到历史性、现实性和所谓的客观性，方北方大部分长篇小说都相对束手束脚，为材料和历史事件所困扰，同时，作者又喜欢说教，甚至和盘托出自己的思想和观点，往往对材料缺乏适当的剪裁。在中篇《说谎世界》第三章第七小节方北方竟然插入一段有关新马华文历史和现状的说明与评议，这个大环境其实和整部小说的关联太过松散，删除也并无大影响。作者似乎在模仿托尔斯泰（1828—1910）长篇叙事中的夹叙夹议策略，但和方不同的是，托尔斯泰往往具有厚重的文化积淀和博大的宗教胸怀，加上深沉的哲思，其议论往往有画龙点睛或醍醐灌顶的作用，尽管如此，还是有阅读者表示有异议。由于方北方的整体哲学认知和思想性相对偏弱，这种突如其来、无甚高论的议论其实就变成了画蛇添足。

这种情况到了《花飘果堕》一书发展到巅峰，方北方的主体意识和操控能力退化成剪贴表演，如其所言，为了"让读者深入了解有关华人的政治文化不振的事实，因此为了使文字更具体反映历史，

---

[1] 刘再复，《论文学的主体性》，《文学评论》1985年第6期，第18页。

使时人所发表的豪情和壮语直接传给读者,故以描写、叙述,或用散文或取评论加以表现",又说,"因为小说是没有固定表现的方式,更不应该有传统的定义,将之当为抒情的散文,或推理的杂文,或理论化,或形象化,都无不可,只要内容表达完整清楚,感染力和教育性深厚,也是创作的方式,在小说创作表现多元化的今天,创新已经是一种进步的潮流"(《方北方全集6》,第360页)。这段话仿佛是一种辩护,也仿佛是一种类似"文抄公"的另类创新宣言。

针对这种书写实践,潘碧华、祝家丰指出:"虽然这是一部小说,可是全文的对话和故事情节不多,大部分内容采取了剪报式、研讨会、会议摘要、叙述、评论等文体出现,这种种方式毋庸置疑是想把历史性事件的来龙去脉完整交代,他也确实做到了这点,可惜篇幅过长,涉及的议题太多太广,难于将复杂的马来西亚社会变迁完全表达出来。方北方企图以多元化的文体组构一篇小说,挖掘开拓新的创作方式,虽然效果不理想,但是他的大胆尝试实属难能可贵。"[1]但学者黄锦树认为:"到了原题为《五百万人五百万条心》的第三部曲,叙事已彻底地完蛋,几乎已无故事可言。全然的后设语言,全书抄录各种各样的华社议题,充斥着各种各样的议论文字,一场场的研讨会、座谈会、演讲,一篇篇的备忘录、宣言、华社精英的伟论,把残余的叙事都挤到背书去了……文学彻底瓦解,其彻底的程度,使得本书简直连'报道文学'都称不上,而沦为体例不精的'华社问题资料汇编'。"[2]评价落差如此之大,到底该如何理解这种实践和说法呢?

我们不妨从两个层面进行分析。第一,假设方北方所言的小说有其多元的涵容性、开放性和未完成性,如所谓文艺家巴赫金(M.

---

[1] 潘碧华、祝家丰,《方北方小说与马来西亚华人的家国认同》,第31页。
[2] 黄锦树,《马华文学与中国性》(增订版),台北:麦田出版社,2012年,第104—105页。

M. Bakhtin，1895—1975）所言的"小说性"（novelness）[1]概念，这自然是一个开放的思考内涵，但同样需要指出的是，这种文体杂陈、语言狂欢等表现还必须统一在精心结构和有意设置的复调小说中，如陀思妥耶夫斯基的书写等。第二，如果我们把这种表述理解为是一种后设书写（metafiction）[2]的尝试，简而言之，更是一种亮出底牌，阐述关于小说的小说。但方北方的实践则不然，更多是一种叙事芜杂，不加裁剪，众人纷纷粉墨登场的开放性"社戏"演出，这恰恰是一种小说文体的崩坏。无论怎样，《花飘果堕》是叙事失控的文本，近乎一团乱麻的一锅煮，本该有的众声喧哗、多元并存变成了群魔乱舞。

方北方的小说局限还表现在语言上。其语言的优势在于相对通俗，而且本土化，在对话中可以呈现出本土语言环境的混杂（hybridity）特征，但其描述性语言却局限性明显，缺乏锤炼，过于随意，文雅性不足。比如不准确、拖沓："牛伯虽是劳工出身，与具有书卷气质的华义交谈起来，并不觉得会格格不入，因为他也略识之无，算是半个知识分子，所以华义的谈吐如何温文，牛伯也应对有方。"（《方北方全集5》，第79—80页）有时不仅拖沓，还会有语法错误："一路来与郭是仁感情深厚，关系密切的丁浩然，对马华文学运动的关怀与热心，以及写作上的成就与创作的丰收上，他可以给列入对马华文学运动最有贡献的少数作家之一，文艺界从事写作的，几乎没人不知道马华有这么一个出色的写作人。"（《方北方全集6》，第31页）

同样相关联的还有方北方想象力的相对单薄，比如对小说人物

---

[1] 具体可参拙文，《"小说性"与鲁迅小说叙事模式的转变——从〈呐喊〉、〈彷徨〉到〈故事新编〉》，《亚洲文化》总第28期，2004年8月。

[2] 具体可参Patricia Waugh, *Metafiction: The Theory and Practice of Self-Conscious Fiction*, London: Methuen, 1984。

的精心描述、自然风景的设置，等等，都显得孱弱无力，这自然和他的虚构能力、结构能力互为表里，都呈现出相对苍白缺血的特征，从此意义上说，方北方并不具备一流长篇小说大师该具备的充分条件。

结语：毋庸讳言，从方北方创作成绩、努力程度、道德高度、忧患意识等诸多层面来看，都是马华本土现实主义小说书写的代表性人物，他的文学本土化转型自有其重要价值，比如为马华大历史代言，反省华人的问题，也放眼未来，其"马来亚三部曲"从此角度看是其认同转型的代表性作品，但方北方也有其局限，他对现实主义的认知有其狭隘和封闭之处，相应地，其文学实践亦有一定的限度，如结构能力、虚构性、想象力单薄等。简而言之，其书写思想内容和提出的马华问题会继续成为后来者借鉴和重写的资源，但其限制也必须为后人所警醒，无论是使用现代主义还是后现代主义，甚至是更新后的强大的现实主义。

吴岸：马华现实主义诗歌的代理人

"拉让江畔的诗人"[1]——吴岸，无疑是沙捞越（Sarawak，马来西亚东部的一个邦，或称砂朥越、砂拉越等）华文文学史和马华文学史上不容绕过[2]的诗人，其对现实主义诗风的深化与发展，其自身的传奇经历[3]和本土认知以及相关研究的推波助澜都令上述结论似乎更显得言之凿凿。

吴岸（1937—2015），原名丘立基，马来西亚沙捞越人。出版多部诗集：《盾上的诗篇》（香港：新月出版社，1962年）、《我何曾睡着》（吉隆坡：铁山泥出版有限公司，1985年）、《旅者》（古晋：沙捞越华文作家协会，1987年）、《达邦树礼赞》（沙捞越华文作家协会，1991年第二版）、《榴梿赋》（沙捞越华文作家协会，1991年）、《生命存档》（沙捞越华文作家协会，1998年）和《拂晓时分》（沙捞越华文作家协会，2004年），同时著有文论集《到生活中寻找缪斯》（吉隆坡：马来西亚大马福联会，1987年）、《马华文学的再出发》（古

---

[1] 具体可参杏影，《拉让江畔的诗人（代序）》，吴岸，《盾上的诗篇》，吉隆坡：南风出版社，1988年，第1—16页。

[2] 陈贤茂主编的《海外华文文学史》第二卷（厦门：鹭江出版社，1999年）中指出，吴岸"当之无愧的是当今马华诗坛上最负盛名的诗人之一"，具体可参第188—202页，引文见第190页。潘亚暾甚至直接认为"吴岸是马华第一诗人"，详可参潘亚暾，《海外华文文学现状》，北京：人民文学出版社，1996年，第157—161页。

[3] 比如他曾在少年之时（17岁）就因诗集《盾上的诗篇》一举成名，也曾因为坚持沙捞越的独立而坐牢十余年，在出狱后曾历任马来西亚和沙捞越华文作家协会的要职。

晋：马来西亚作家协会，1991年）和《九十年代马华文学展望》（沙捞越华文作家协会，1995年）和《坚持与探索》（沙捞越华文作家协会，2004年）等。

同时，吴岸也是马华文学史上相关研究声势最为浩大的诗人之一。迄今为止，研究专著就有：曾荣盛编《吴岸诗作评论集》（吉隆坡：马来西亚翻译与创作协会，1991年）、黄侯兴编《诗评家眼中的吴岸》（北京：中国社会科学院侨联海外交流中心，1999年）、甄供编《说不尽的吴岸》（加影：马来西亚董教总教育中心，1999年）、周伟民、唐玲玲著《奥斯曼·阿旺和吴岸比较研究》（吉隆坡：马来西亚翻译与创作协会，1999年）[1]和甄供著《生命的延续——吴岸及其作品研究》（加影：马来西亚新纪元学院学术研究中心，2004年）[2]，等等。

整体而言，吴岸算是一个开放的现实主义诗人，如《吴岸诗选》"作者简介"所言："在创作实践中坚持了现实主义理论，走现实主义和乡土文学相结合的道路，形成了自己独具特色的风格。"[3]当然，异议或修正的声音也不乏，比如陈鹏翔就认为："他是一位不断强调南洋地方特色而又不忘与时俱进吸取新观念新技巧的折中派。"[4]

耐人寻味的是，尽管对吴岸实践操作的流派划分可以各抒己见或不无争议，但对其本土特色／特质的认知似乎不约而同的一致。

---

[1] 这本专著算是马来西亚本土以外比较集中论述吴岸的第一本代表性作品。论者的不懈努力和良好意图显而易见，但对吴岸的整体研究似乎仍然堕入宠大叙事的俗套中，论者并未找到合适的对应的观点既有层次又比较细腻和有创造性地剖析吴岸。

[2] 这本书目前是研究吴岸文学生活历程及其特色最为集中和全面的一本专著，但总的来说，除了在资料和对吴岸的生活等有着比其他论者更为清晰的论述外，学术观点上往往受制于前人研究成果太多，反倒建树不多。

[3] 吴岸，《吴岸诗选》，北京：华艺出版社，1996年，作者简介。

[4] 陈鹏翔，《论吴岸的诗歌理念》，甄供编，《说不尽的吴岸》，加影：马来西亚董教总教育中心，1999年，第210—233页，引文见第214—215页。

陈月桂在考察了吴岸诗歌的影响源头后指出这一点:"然而尽管受到世界文学的这些影响,吴岸的诗仍具有东南亚文学的特征,例如取自当地景物的形象(拉让江与热带植物),北婆罗洲人民及其文化与风俗习惯的描绘。"[1]

问题在于,吴岸是通过怎样的方式书写、呈现并反思其本土特质的?其本土书写又达致了怎样的程度和层次?本文企图以他诗作中的本土植物[2]为论述对象,展开尽可能更深层次的思考。以本土植物为例自然有充分的理由:(1)吴岸的本土植物书写相对比较丰富,而且认真考察起来,似乎也算得上层次井然;(2)本土植物作为诗人不同时空欲念和认同等的投射,也可以承载并泄露他的主体认知和对有关本土化过程的理解。令人不无惊喜的是,本土植物出现在吴岸的所有诗集中,但尤以《盾上的诗篇》《达邦树礼赞》《榴梿赋》《生命存档》中显得繁盛,乃至成为一观。

本文意在考察吴岸本土书写中的本土无意识吊诡:虽然他也曾有意书写本土事物,让自我本土化,但他的作品却更清晰显出本土认同深层意涵上的本土无意识。为此本文主要分为三部分:(1)本土的认知与关涉,力图探勘创作主体自身的本土理论素养;(2)本土色彩与本土意识;(3)植物意象与本土认同。后两节希望以更加清楚的分层来剖析吴岸实践操作中的本土书写程度。

一、本土的认知与关涉

如前所述,吴岸的诗歌书写大致可划归现实主义流派。当然,

---

[1] 陈月桂,《〈经验的波浪〉——论吴岸诗中由中国与西方传统所构成的独特思想》,曾荣盛编,《吴岸诗作评论集》,吉隆坡:马来西亚翻译与创作协会,1991年,第58—76页,引文见第76页。
[2] 这里的本土植物主要是指马来西亚土地上生长的植物,并不专指稀有品种和特产。

他的现实主义其实是一种"深化的现实主义"。马华文学史家方修曾这样评价吴岸诗风的成功调整:"他不是单纯地为了提倡'表现形式多样化'而提倡'表现形式多样化',重要的还是为了提升作品的思想内容,要使多种多样的思想内容在新的气氛中找到新的、适当的表现形式,从而更深刻、更生动地写出作品。"[1]而吴岸自己也认为:"诗没有固定的形式,它随内容而变化。没有丰富的生活内容而寻求形式的多变,是徒然的,那只能是一种外表的涂饰与化妆而已。"[2]不难看出,吴岸为了能够让形式更好地为内容服务,整体上,还是以相当开放的心态吸纳中华文化/文学、西方和港台现代派文学[3]以及本土马来文学的精粹(当然包含了部分写作策略和形式的更新)的。

但是,如果我们从现实与文学反映这一角度来考察的话,吴岸实际上是不折不扣的现实主义者,他指出:"我觉得诗人既要参与创造未来的历史,除必须深切关怀民族与国家的前途与命运外,应也是时代与历史的见证者。"[4]同时,他对本土的认知也打上了现实主义的烙印。

1. 认知:自然本土主义。吴岸对本土的认知更多是一种朴素的本土主义,而且这种认知也仍然局限在其"深化的现实主义"框架内。如果考察其渊源和系谱,其实仍然未脱 20 世纪 20、30 年代"南洋色彩"提倡时期的素朴,比较而言,它只是一种更确定的衍化:

---

[1] 方修,《门外谈诗——读〈一个马来西亚诗人的歌唱〉》,甄供编,《说不尽的吴岸》,第 146—178 页,引文见第 173—174 页。
[2] 吴岸,《我的诗观》,吴岸,《九十年代马华文学展望》,古普:沙捞越华文作家协会,1995 年,第 40—41 页。
[3] 吴岸自己其实也谈到了他对现代派的有限吸纳,具体可参《马华诗坛的回顾与展望》,吴岸,《九十年代马华文学展望》,第 18—24 页。
[4] 吴岸,《诗人与社会》,吴岸,《马华文学的再出发》,古晋:马来西亚作家协会,1991年,第 22—30 页,引文见第 26 页。

本土从相对模糊的南洋被相当确认地定位于脚下的土地（具体化），文化效忠和本土认同往往近乎有效地重叠，政治意识上原本可能的分裂和游移倾向被很好地压制或过滤（统一化），这似乎更像是南洋色彩口号提倡的理想版本。

我们也可以从吴岸对乡土文学的界定中加以阐析：吴认为"乡土文学，意味着作家在创作上必须以自己的乡土为立足点，在作品中反映本土社会现实生活，因此乡土文学在本质上是现实主义的文学。乡土文学也意味着作品所反映的人物事物、社会环境和自然环境也是本土的，如果它们是真实的，就必定是具有本土的特征和色彩的，因此乡土文学也是一种具有明显的独特性的文学"。不难看出，吴对乡土文学的界定更多彰显出自然本土主义的特征：他是从相当狭义的视角和现实主义立场进行限定的。同时，他又言："但乡土文学并不意味着我们将回到一种纯粹本土和失却优良传统与民族性的文学，更不意味着我们要拒绝接收或排斥西方现代文学的新技巧和新表现手法。"[1] 实际上，这又不过是他深化的现实主义的一种注脚和重申。

吴岸对砂华文学的诠释虽然相对充实了些，但仍然具有相通的狭隘和自然主义色彩："砂华文学写作者应该重视创作具有独特性的文学，这种文学，就是根植在砂胜越本土的社会生活与自然环境的，具有地方性与时代性的，具有华族民族性并融汇州内其他各民族艺术风格的、具有创新技巧的砂胜越乡土文学。"[2] 显然，在这种定义下，区域内的多元主义和混杂占据了一席之地，这显示出吴岸定义的一定程度的开放，但土地在此处仍然是最重要且唯一的评判标准。

---

[1] 吴岸，《砂华文学的独特性》，吴岸，《马华文学的再出发》，第117—126页，引文见第124—125页。
[2] 同上书，第126页。

综上所述，吴岸对本土更多是一种相对朴素的认知，它往往被描述为一种和土地相关的认同和维系。某种意义上讲，吴对土地的牵挂和迷恋显示出其本土认知的有意识层面，但如果从本土层次的实际可能上看，吴的本土认知毋宁说更是本土无意识。他更多仍然停留在本土色彩的论述上，而忽略了超越土地维系之外的本土视维。[1]

2. 本土情怀。吴岸曾经坦陈文学书写时的不自觉状态："学者的看法都有他们的根据，其实我写诗的时候都不是很自觉的。"[2] 毋庸讳言，其对本土植物的书写很多时候也有类似的感觉，这其实也属于本土无意识的表现。

通读吴岸的诗作，我们不难发现其本土植物所呈现的不同功用。从更宽泛的意义上讲，本土植物首先是一种本土背景，当然，它们也可以关涉其他主题，比如环保意识等。

在诗集《盾上的诗篇》中，吴岸就不乏类似的书写，《后园小景》对红毛丹树和村童的书写就清新可人。红毛丹树在此幻化成为怡人的秀丽景色，"毛丹满树红／毛丹树下遍地红／缤缤艳艳／画意浓"。而《成长》一诗中，"绿树青青""椰园"等更多是作为点缀的背景，用以渲染本土场域的特色。

吴岸诗歌中的本土植物同时也承载了更丰富的意味。诗集《榴梿赋》中的《记忆》中有关环保意识的忧思开始浮现，不过是巧妙地借用了路的听觉："大路隐约听见脚下森林中／第一个伐木者／坎

---

[1] 在我看来，如果拥有较强烈和成熟的本土性，他／她在观照本土以外的事物和世界时，仍然可以彰显出与众不同的本土思维模式。具体可参拙著，《本土性的纠葛——边缘放逐·"南洋"虚构·本土迷思》（台北：唐山出版社，2004年）中的《本土性的纠葛——浅论"马华文学史"书写的主线贯穿》，第15—29页。

[2] 吴岸，《擂鼓击锣　迎接文学的新明天》，甄供编，《说不尽的吴岸》，第262—273页，引文见第265页。

坎的斧声。"《摩鹿山》中,这个主题仍然在延续:"那里有我的族人／他们衣衫褴褛／在森林里到处流浪／到处听见伐木的声响。"同时,殖民主义的隐喻也包含其中,当然此中也可能包含了政治的角力与神话,比如砂共等。《民都鲁二题》(收《达邦树礼赞》)一诗中,被破坏的何止是森林,而是整个生态环境:"Caterpillar／已啃去一片绿林／又将山／深深剖切／处女土／裸露着赤红的丰胰／在晴空下／一望无际。"在《生命存档》一书中,则有更加强烈的环保意识。

其次,关注本土文化。如人所论,吴岸始终是立足本土的诗人:"对生活的体验和内省,最有价值的,是他立足于婆罗洲本土文化的思考。因为他诞生于世界第二大岛婆罗洲的热带丛林间,婆罗洲修长的海岸和红树林,布满了他的足迹。他为乡土人情而歌唱。"[1]

《诗里末河》中俗称Bakan树——常见于热带海岸或河岸泥滩上的红树则默默含笑,固然是因了偕妻共返阔别30年的故乡之故,但对本土的热爱却自不待言:"我已回到梦乡／两岸红树／默默含笑／且让我／挽着伊／涉向时光的上游／往事似浪花／在夕阳下辉耀……"

比较耐人寻味的则是吴岸对本土他族的开阔胸怀、博爱和真诚关注。《鹅江浪》中固然未曾涉猎本土植物,但吴岸对马来母女的江中"历险"却充满了关心:"待到浪起时／却只见／马来母女俩／手把桨儿／笑吟吟／坐在浪峰上……"对本土异族的兼容也可以显出其对本土多元主义的接纳和执行。

到了《重上拉让江》时,吴岸则更加彰显出本土的和谐与混杂:"竹丛边／斑斑驳驳的／不是伊班父老的长屋?／胶林里／隐约

---

[1] 唐玲玲,《吴岸所追求的艺术理想》,甄供编,《说不尽的吴岸》,第89—103页,引文见第95页。

闪过的几点红/不是广宁乡亲的挥春？"竹丛边的伊班人则是婆罗洲的土著居民之一[1]，而胶林中却又潜隐了华族父老乡亲的文化，这种人/物合一的并置与共存似乎隐喻了沙捞越多元种族和睦共处的美好图景和事实，当然也可能灌注了吴岸对本土文化的认知与态度。

最后，吴岸的本土植物书写中也从某些层面上展现了他的本土认同和对本土的定位，比如常见的椰树等，往往也可成为代言本土的象征，甚至是吴岸心中祖国的汇聚。鉴于下文对此专论，此处不赘。

二、本土色彩与本土意识

有论者曾经指出吴岸本土化的心路历程，首先，作家有了自我的身份定位和认同；其次，热爱家乡的山水、事物和风土人情，并赋予真实的性格；第三，向友族学习。[2] 如果我们回到吴岸诗歌中本土植物的书写上，他所呈现出的本土性则主要体现在笔者所划分的本土色彩与本土话语中的意象层面上。本节主要论述其本土色彩。

1. **本土色彩。**吴岸有关本土植物的诗中，本土色彩往往能够呈现出五彩斑斓的特征，无论是其内容，还是其形式与手法，甚至在表面的色彩之下，偶尔也迸发出某些本土化过程演进的灵光和对人生态度、个人品质、精神等的积极思索。

本土色彩首先可以是对本土背景的勾画。《南中国海》作为《盾上的诗篇》中的一首优秀作品，其中的本土背景值得注意。该诗不只书写了拓荒的先辈们对荒蛮处女地的开发与美化，"如今，果树正在开花，到处传送芬芳/饱孕着白乳的是粉红色的胶树的巨干/

---

[1] 有关伊班人的更详细资料，可参蔡宗祥，《伊班族历史与民俗》，沙捞越：李金珠，1992年。
[2] 具体可参周伟民，《吴岸的文学世界在世界华文文学中的地位》，甄供编，《说不尽的吴岸》，第125—145页，尤其是论文第三部分。

椒园里，绿丛中满挂着穗穗的珍珠／而田里的稻已抽出了青葱的秧苗"，好一派生气勃勃、生机盎然的景象；而更引人注目的是，椰风蕉雨实际上也成为一种对本土，尤其是土地的认同的内化："我们在这里落土，又在这里生根／我们餐的是椰风，宿的是蕉雨／炎阳天下烤黑了皮肤，但血仍然是血／说：我们是儿女，土地是母亲／你的北方的大陆是我们的父亲。"《夜探》中对"婆罗洲的深邃的森林"的刻画其实也传达了诗人对本土背景的重视和关切。

当然，本土植物也可以呈现出独特的可贵的品质，在很多时候，植物同时也被拟人化。比较著名的则是他的《咏含羞草》："轻抚／它含羞／侵犯／它用荆棘自卫""它又展开黛绿色的衣裳／吐出一朵朵紫色的花球／默默地／把这荒野点缀。"有论者指出："《咏含羞草》是吟咏当地风物的诗……是一首咏顽强生命力的好诗。"[1] 其实，在歌颂生命力顽强以外，也可能更令人慨叹此中人生态度的不卑不亢。《古树》的书写也别有含义："这千年的树已脱尽叶子／光秃秃抖索在寒风里／多少路人／无奈地仰望／太息它之将逝／／我俯首沉思／透视了泥层下深层的根／听见了根须们的絮语／我满怀欣喜／相约再见／／在浓密的树荫。"诗人却能在一股肃杀中看到重生的希望与落叶化为春泥的奉献精神。

在《树的怀念》一诗中，用对比的方式，类似的主题同样显现："是的／我依然茂密如故／正如你所梦寐以求／一年四季都披着绿衣／这里的雨季已开始／从早到晚／我像穿着绿色的雨衫／撑着绿色的大伞／在雨中伫立／偶尔有狂风吹过／雷电闪过／而我依然寂寞／／你那里该是深秋了吧／秋风该吹红了你的衣裳／秋阳也该已把你点燃／翩翩的落叶是一种怎样的壮烈啊／我羡慕／羡慕你能在

---

[1] 古剑，《一个马来西亚诗人的歌唱——〈达邦树礼赞〉读后》，曾荣盛编，《吴岸诗作评论集》，第23—37页，引文见第36页。

秋风中脱尽繁华／在严寒中裸露／在枯萎中／重生"；在重生的诉求以外，我们也看到了对考验的乐观认知。

有时候，诗人也从本土植物中读出生命姿态的可爱与真诚。如《无题》中"你这盛开的花儿／浅浅一笑／竟羞成／含苞的蕾"则将花的动态拟人化，其中洋溢着人生的大喜悦。而《落叶》中"我独自／在你墓前沉思／有人／轻拍我的肩膀／回头／不见人影／一片枯叶／跌落在地上／我举头／见墓边那株菩提树／长满了嫩叶"，同样不是一般诗人伤春悲秋的俗套，在吴岸这里，枯叶却是生命的淘气和天真姿态，而其中的再生意味也绵延悠长，令人回味。

本土植物也同样诉说着某些单纯而又富有深意的哲理或禅意。《蜂与花》中："红的牡丹和金黄的百合／在绿的热带阔叶丛中／争妍斗艳／深秋的枫红／伴着常青藤／在圣诞的雪花中／相互辉映／一只蜜蜂／飞入丛中／嗡的一声／飞出窗口／它怀想起深山里／那久违了的／白胡姬。"通过蜜蜂的思考显现出对某种事物／理想等的执着，尽管与其他相比，它可能缺乏世俗的富丽堂皇。在诗集《旅者》中，有关本土植物的诗作只有一首——《金马仑高原的花》："披上寒衣／仍禁不住哆嗦／却看风中的你／裸露着／嫣红的笑。"但诗中也有一定的深意：本土化了的植物是以怎样乐观和心甘情愿的态度面对挑战、挫折乃至苦难。

当然，本土植物也可以升华为一种理想，《金花》中的金花毋宁说更显出了诗人对理想的坚定与执着——"多少儿时梦／都随年华逝／那园林早已芜／我的心也已憔悴／唯有那金花／多少次／在梦中闪烁／当夜里／风起时……"值得注意的是，在吴岸为数不多的有关新加坡的诗作中，他在《新加坡河》中表现出类似怀旧情结的幽思／忧思，引人注意："对岸／一只擎天的巨臂／轰然敲落了／紧紧盘根在古店危墙上的／老榕。"老榕其实在此象征了可能落伍抑或博大深邃的传统，整首诗表达出现代化对传统的破坏。

《我何曾睡着》中，椰风和蕉风往往成为一种通风报信的本土伴随："当椰风送走／炎炎的长夏／蕉风来报／南国的春讯／当邻家的孩童／在院子里／敲打起／木箱铁桶儿／咚咚锵／咚咚锵／我就睁眼／就昂头／满心祥瑞／再次向人间／跃腾……"饶有意味的是，这首诗的主题主要是通过舞狮从中国到南洋的迁移来彰显中华文化的南洋化过程，而有论者却显出解读重点的偏差："全诗以形象的语言，描述舞狮的历史渊源，如何翻山越岭从中国江南江北飞渡重洋，然后在蕉风椰雨的南邦落地生根，启示着中华文化不断流传发展，像一头威武的雄狮，永远体现着它勇猛刚强、坚韧不屈的意志和生命力。"[1]相反，这首诗作中对本土化的强调苦心却被某种程度地忽略了。

某种意义上说，本土色彩层面的植物勾勒反映了吴岸的本土有意识的认真实践，无论是作为本土背景，还是本土植物中反映出的纯朴哲理，还是对本土植物的种种化用，都从不同角度反映出吴岸朴素却真切的本土认知。当然，严格说来，这类书写往往更多只是本土意识指使下的产物，由于缺乏对本土的更深刻追问，其书写在可能的生动之余，也难免浮浅和粗糙。

2. 本土意识。如前所述，本土色彩的书写往往源于本土意识的映照和指引，为此，我们有必要考察和深入剖析文学意义上本土意识的彰显。

吴岸在《盾上的诗篇》中有一段非常动人的反问："沙捞越是个美丽的盾／斜斜挂在赤道上／年轻的诗人，请问／你要在盾上写下什么诗篇？"这个问询中固然一方面传达出对年轻人理想的追问，另一方面却也从中映照出诗人强烈的本土意识和情怀。

从此意义上说，其代表作《祖国》相当传神地表达出了他清醒

---

[1] 孟沙，《吴岸诗歌的人文精神》，甄供编，《说不尽的吴岸》，第62—74页，引文见第67页。

的本土意识。令人警醒的是,在诗中作者铺陈了白发的母亲和一个青年送别的场景。事实上,恰恰是青年送别自己年迈的母亲回归祖国——中国。但吊诡的是,恰恰是因为本土意识(指向中国的侨民意识),母亲回归了她的祖国,而这个祖国却不是具有不同本土意识(指向南洋本土)的青年的祖国,尽管,母亲的祖国曾是他梦中的天堂:"你的祖国曾是我梦里的天堂/你一次又一次地要我记住/那里的泥土埋着祖宗的枯骨/我永远记得——可是母亲,再见了!//我的祖国也在向我呼唤/她在我脚下,不在彼岸/这椰风蕉雨的炎热的土地呵!/这狂涛冲击着的阴暗的海岛呵!"

显然,此处的"椰风蕉雨"已经升华为政治认同和物质性相结合的祖国和本土,这是和诗人的主张、本土意识相一致的:"从反映社会现实的角度来看,十四首诗中,最直接反映当时砂胜越社会运动特点的,是《血液》和《祖国》两首。一九五七年,在砂胜越,一方面是爱国主义思想萌芽反殖民主义运动发轫的时刻,但另一方面也是华裔青年学生掀起'北归'浪潮的年头。我反对青年人'北归',主张视砂胜越为家乡,并为她献身。"[1]

有论者曾经指出,《祖国》中有多重认同的交织:"这里有祖国的认同和定位,也有文化的认同和定位,这使吴岸能够最充分地吸取华夏文化的营养,同时,又以主人的身份看待自己所在国家的一切,与之生死与共,也同时用自己的笔为这块土地歌唱呼喊。"[2] 在我看来,这其实是对该诗的过度诠释(overinterpretation)。[3]《祖

---

[1] 吴岸,《新版自序》,吴岸,《盾上的诗篇》(新版),吉隆坡:南风出版社,1988年,第i-vii页,引文见第iii页。
[2] 叶延滨,《吴岸诗歌解读》,黄侯兴编,《诗评家眼中的吴岸》,北京:中国社会科学院侨联海外交流中心,1999年,第50—61页,引文见第60页。
[3] 具体可参 Umberto Eco with Richard Rorty, Jonathan Culler, Christine Brooke-Rose, *Interpretation and Overinterpretation*, *Cambridge*, New York: Cambridge University Press, 1992。

国》中主要的仍然是展现诗人强烈的本土意识,这个意识更多是政治认同的和朴素的土地认同的混合体。如果从文化认同的层面进行考量,对本土的文化认同,诗中并没有深刻和清楚地呈现,而对于中华文化的认同感,也同样是暧昧和模糊的。所以,综而观之,《祖国》恰恰更是本土意识的传声筒和载体。从更深的意义上讲,吴岸的本土色彩从书写手法、姿态和意义指向上自然有其丰富多彩的一面,但是如果从本土性理论的推进和思考上讲,它仍然是相对朴素的,甚至是肤浅的。从此意义上讲,它并没有真正超脱口号式和异域色彩/情调的限制以及框定。

三、植物意象与本土认同

在我看来,吴岸对本土书写的贡献主要在于其本土意象的实践操作。在这个层面上,本土意象往往凝结了本土植物的本土色彩以及诗人自身对本土认同的别致思考和理解。王润华也敏锐地感知到这一点:"他如何改造语言与意象,让它能承担新的本土经验,譬如一棵树,它居然也具有颠覆性的文化意义,一棵树它就能构成本土文化的基础。"[1] 具体而言,吴岸所形塑的几个比较成功的本土意象是:达邦树、榴梿、班兰、椰树等。

在对文化认同的阐发中,吴岸其实有其独特的出入策略:在建构本土认同时,他有时采用回望姿态,以省亲的方式重审本土;在借鉴民族文化资源发展本土认同时,他往往采用了走入的策略,或者远眺,或者近观,他对中华故土、文化资源表现出独特的认知和

---

[1] 王润华,《到处听见伐木的声音:吴岸诗中的后殖民树木》,王润华,《华文后殖民文学:中国、东南亚的个案研究》,上海:学林出版社,2001年,第149—157页,引文见第149页。

批判。在《旅者》的《北行集》和《榴梿赋》中的《北行二集》中吴岸花了相当的篇幅反观与借鉴中华文化资源，同时也部分展示了自己的思考。

在吴岸的本土植物书写中，他更多的是采用了前面所言的走出的策略。比如《我何曾睡着》中的《还乡》就耐人寻味："我早瞥见／苍苍椰林里／簇簇村舍／正为我而舞／袅袅晚烟／融化了／游子的乡愁。"作者其实是以出嫁多年后省亲的女子视角重新观照本土，所以椰林可以成为与人共舞的本土生命情境。

如果更细腻地切分吴岸在本土植物书写本土意象指向的层面，我们不妨从如下两个层面展开分析：（1）弘扬主体精神，（2）从中国到本土的嬗变。

（1）弘扬主体精神。在吴岸的本土意象中，往往弘扬着一种积极的生命姿态和乐观的现实主义精神，这自然和诗人自身的经历以及由此形成的人生态度息息相关。他指出："积极的主题不是作者由外部加进作品中去的，它是诗人站在热爱生活与关心人类的立场上，在认识生活与塑造艺术形象的过程中，所注入的自己的思想，再通过美的形象暗示给读者。"[1]

《椰颂》中，诗人写道："在凄风中／它不叹息／在苦雨里／它不哭泣／／顶天立地／向蓝天开展绿羽／迎着狂风暴雨／它翩然起舞／／根／深植在悲哀的泥土里／默默地／把大地的眼泪／酿成琼浆玉液。"表面上看，似乎只是诗人对椰树的主观升华，而实际上，这恰恰是诗人对自己坎坷经历与磨炼的内化、淡化，张扬着强烈的主体精神——"七十年代末，我恢复了自由，返回社会，也回到了大自然的怀抱。我的经历使我对家乡的山水和植物，有更深一层的认识，

---

[1] 吴岸，《到生活中寻找你的缪斯（代序）》，吴岸，《我何曾睡着》，吉隆坡：铁山泥出版有限公司，1985年，第 I-XIV 页，引文见第 XI 页。

我仿佛了解它们真实的性格。"[1] 椰树其实更是诗人坚强性格和乐观人生态度的化身。

《榴梿赋》也同样隐含了作者许多价值理念和精神追求的深刻反思,"而它却兀自巍立危山绝谷／岿然以亿万年风雨炼就的雄姿／任蝙蝠蔽天鼠蛇漫野／日日夜夜／在洁白的子宫里／孕育着稀世的醇膏／披上盔甲／戴上自由女神的皇冠／伴着八月骤雨的前奏／悠然降临人间",显然,其中不乏诗人对自由理念和实干精神的推崇:"我爱榴梿,我更爱它的孤高独立我行我素的秉性。"[2]

不难看出,本土意象书写中其实蕴含了相当丰富的主体精神涵盖和累积。

(2) 从中国到本土的嬗变。在本土意象实践中,吴岸通过本土植物其实也相当细致和微妙地刻画了从中国到本土的内在嬗变。

班兰无疑是这一嬗变的最佳纪录。吴岸诗歌中提到班兰的作品主要有两首,《搬家》:"她已缓缓下车／踱到泥沟边／两手用力／把一丛'班兰叶'拔起／'孙儿／把这叶子带到新家／种在后园里／每年端午节／留着包粽子。'"《粽子赋》:"在五月暗淡的灯光下／在厨房的饭桌上／谁把它们品尝了呢／完成了这旷世的艺术杰作／悠悠江影里／离离芦苇／冉冉班兰／却不知那倒影儿／此刻是在双溪砂朥越里／还是在汨罗江上？"

班兰是热带植物,班兰叶味道芬芳,人们用以包裹糕点。南洋华人以班兰叶代替竹叶或芦苇叶做粽子,其色香味更甚于竹叶或芦苇叶粽子。耐人寻味的是,《粽子赋》中,当本土人欣飨以班兰叶包裹的粽子后,竟然产生了双重文化认同的游离感。在中国与沙捞越

---

[1] 吴岸,《我行吟在婆罗洲山水间》,吴岸,《生命存档》,古晋:沙捞越华文作家协会,1998年,第8—16页,引文见第11页。
[2] 同上书,第15页。

本土、竹叶或芦苇叶与班兰叶之间显然流淌着中华文化化归本土的内在嬗变，在对两种文化的凝视中，对本土文化的认同倾向也在此并置过程中凸显。

《搬家》则表现出一种微妙的内在本土化，尽管是在本土内部的一次搬迁，长辈却告诫自己的孙子牢记本土化的象征——班兰，并让它永远生长在新家中，年年包粽子。这首诗作，其实更深一层地讲述了本土已经内化到本土人血液和日常中的文化内涵。

榴梿这个意象在张扬主体精神的功用以外，显然也有着其他本土的意涵："有人掩鼻而过了／退避何止三舍／想起三保太监的恶作剧他要作呕／世间美果据说都国色天香／美国红苹澳洲金橙／哪个不玉肤凝脂／独它一副赤道莽林里的青面獠牙／气味撩人三日不绝。"在张力十足、对比强烈的书写中，榴梿再次彰显了它绝不从众的孤高个性，但关键的是，诗中的榴梿也同时凝结了本土华族的历史／传说，它其实和数度下西洋／南洋的三保太监密切相关（据说是他的大便变化来的）。这个貌似不雅的传说其实延续了本土人的故国（文化）想象，同时也很好地维系了本土的集体认同。

达邦树意象则表现出更加复杂的本土认同意味。在《达邦树上》这首诗中，达邦树上更多是被视为比较平面的天堂礼赞："我攀上了／我日夜仰望的地方／这绿叶如盖的天堂／我呼吸着芬芳的灵气／听百鸟在枝头／为我这礼赞的歌者／歌唱／／绿树如织／看风卷黄叶／如群蝶飘落谷底／荡起串串篝烟笑语。"

而在《达邦树礼赞》中，作者显然在礼赞不同境遇下不同姿态的巨人形象：①宇宙天地间吸纳灵气顶天立地的"银色的巨人"；②在烧芭灾难中仍然屹立不倒的"古铜色的巨人"；③被砍伐倒下的巨人；④化为沃土、滋润稻秧的"金色的巨人"。这种种形象的演变自然可以有多种解读：①作为个体屡受打击之下的顽强不屈；②作为华族群体百折不挠的坚强精神与奉献精神的赞歌。

然而，我们如果考察达邦树的种种功用，不难发现，达邦树（Tapang）是婆罗洲生长的一种树木，木质坚硬，树上常有蜜蜂做窝，其根部面积宽阔，达雅人取之制成精致的桌面，它也是伊班族民间传说中传颂和歌咏的英雄形象。若从此视角更进一步思考的话，达邦树恰恰是沙捞越各个种族多元融合的崇高精神象征。作为华族的诗人，吴岸并没有坚守和固执于民族性根基（沙文主义？），而是彰显了本土认同的混杂、和谐与交融。也难怪达邦树成为作者"生平最爱的树"。[1]

不难看出，在本土意象中，吴岸其实潜隐了本土认同的不同侧重和视角。

结论：通读吴岸的本土植物诗作，我们不难发现其中大多汇聚了诗人对本土的深情关怀和浓烈的本土认同。当然，它们或者呈现出姿彩各异的本土色彩，或者从本土意象中折射出本土认同的多元取向和表现。如人所论："他的诗，是根植于沙劳越本土的社会生活与自然环境的，既具地方性与时代性，又具华族民族性，并融汇了沙劳越州的民族艺术风格。"[2]虽然四平八稳、无甚高论，但却仍然颇具效力。

吴岸这种有意为之的努力和良苦用心的确值得关注，而且诗人似乎也清醒地意识到本土性和文学的世界性和永恒性的关系："文学的民族性、地方性、时代性所构成的独特性，是否会削弱文学艺术的世界性和永恒性呢？我以为不会，不但不会，而且独特性是文学艺术获得世界性与永恒性的必要因素。"[3]

---

[1] 吴岸，《我行吟在婆罗洲山水间》，第12页。
[2] 周伟民、唐玲玲，《奥斯曼·阿旺和吴岸比较研究》，吉隆坡：马来西亚翻译与创作协会，1999年，第103页。
[3] 吴岸，《砂华文学的独特性》，第121—122页。

然而，如果从更高的要求看，吴岸本土植物的诗作也有它自身的局限，当然这不只是说，他的部分诗歌过于朴素，缺乏基本的诗味。更深层的问题在于，他的本土认知和实践更多仍然是局限于本土事/物，而缺乏一种可能形而上的本土精神和视维的高度升华。他自己也部分意识到这一点，虽然还是语焉不详："譬如我写马当山，写榴梿，这些还只是物体的外在表征本土化，还需要从实质精神上去达到本土化。以我现在所达到的程度，我觉得我还是本土化不够的，因为真正的本土的东西就是要真正产生于本土的东西，如乌斯曼·阿旺的文学一样，这是马华现实主义文学或乡土文学未来所应达到的高度。"[1] 实际上，如果具有成熟本土视维的作家，哪怕是在书写他域的事/物时，仍然可以表现出清晰的本土烙印和视角。

吊诡的是，吴岸有意识的本土实践往往表现为本土色彩的多样却浮浅，而本土意象的深层意义却往往来自于他的本土无意识。但无论怎样，在本土有意识/无意识的辩证中，他还是给我们实践了一条如何本土化的开阔和独特路径。

---

[1] 吴岸，《擂鼓击锣　迎接文学的新明天》，第 268 页。

王润华：南洋诗学及世华性形塑者

在新马华文文学史上，王润华（1941— ）无疑是一道独特又绚烂的风景线。这当然不只是说他文化旅行和离散轨迹的复杂，[1]也不只是因为他左手写诗，右手做学术，是诗人化的学者，也是学者化的诗人——其学术书写显然有其创作的影子：往往以小标题清楚标明个中究竟（诗化的结构），同时又以相当鲜活、形象、平易的语言（诗语）展开论述，或者蜻蜓点水，或者点到即止，点点创造熠熠生辉。如人所论："学术研究使他的诗有了哲理的升华，写诗则使他的论文染上了艺术的灵气。"[2]

难能可贵的是，在创作历程中，他时时刻刻都保留了一颗纯真的诗心和丝丝浪漫的情思："王润华这种纯真的'赤子之心'弥足珍贵。他之所以至今学思泉涌，诗兴倍增，能成为一个学者化的诗人，融诗人、学者于一身，纯真的情思无疑是强大的内驱力之一。"[3]

在我看来，王润华值得关注的还有在学术视野观照下对本土的

---

[1] 王润华，出生于马来西亚霹雳州金宝，在本土完成小学和中学教育，中国台湾政治大学学士，美国威斯康星大学（Madison）硕士、博士，师从汉学家周策纵教授；而后却返回与马来西亚一水之隔的新加坡任教并入籍，直至新加坡国立大学教授兼系主任，2002 年底以后在中国台湾元智大学任人文学院教授兼院长、系主任，2012 年开始担任马来西亚南方学院大学资深副校长。
[2] 陈贤茂主编，《海外华文文学史》（第一卷），厦门：鹭江出版社，1999 年，第 495 页。
[3] 宋永毅，《论新马诗人王润华诗作的"学者化"倾向》，王润华、白豪士主编，《东南亚华文文学》，新加坡：新加坡歌德学院、新加坡作家协会，1989 年，第 215—224 页，引文见第 224 页。

清醒认知和不懈创作实践。其自身的学术潮流转向和创作实践之间隐然有一股不可言说的精神关联，比如新批评（New Criticism）和《内外集》中的有关中华文字的象外象系列，王维诗画和司空图诗论与他类似于禅理诗、咏物诗、山水诗的推进，后学理论（Postisms，后现代、后殖民等）和他的橡胶树、热带水果、地球村神话等的再生产，等等。这其中当然包含了王对"文化中国"的回眸与自我中华化，但联系本书主题，更引人注目的则是他对南洋本土的强调与实践。

真的诗心、旺盛的活力让王润华的诗歌书写始终有一个比较执着的关注——书写本土植物、水果等。尤其是到了晚近数年的创作，后殖民理论对他的洗礼让他对新马的历史、本土风物似乎有着更独特的认识和思考，有论者就指出其诗集《热带雨林和殖民地》的后现代/殖民视角："可说是以个人的成长记忆，记录第二次世界大战期间及战后若干年的马来西亚历史。这个角度，和后现代的历史观、殖民经验，是颇为吻合的。"[1] 毋庸讳言，这都是本土情怀映射下的文体实践。

王润华著述[2]甚丰，可谓著作等身。其研究专长与兴趣都相当广泛，主要横跨四大领域：古代文论（代表作如《司空图新论》）、中西比较文学（《中西文学关系研究》、*Essays on Chinese Literature：A Comparative Approach*）、中国现代文学（鲁迅、沈从文、老舍小说新论）以及东南亚华文文学（《华文后殖民文学》《从新华文学到世界文学》）等等。在创作方面，他更是笔耕不辍，计有《患病的太阳》《高潮》《内外集》《橡胶树》《南洋乡土集》《山水诗》《秋叶行》《把

---

[1] 洪淑苓，《生命的纪念底片——王润华〈热带雨林与殖民地〉评介》，《文讯》（台北）总第170期，1999年12月，第21—22页，引文见第21页。
[2] 有关王润华著述的出版详情可参新加坡国立大学图书馆藏书。中文方面的著述网站是：http://linc.nus.edu.sg:2083/search*cht/a?SEARCH=%CD%F5%C8%F3%BB%AA。而英文著述的网站则是 http://linc.nus.edu.sg:2083/search*cht/。此处不赘。

黑夜带回家》《王润华自选集》《地球村神话》《热带雨林与殖民地》《榴梿滋味》等。

上：后殖民本土

本文所用的后殖民（Postcolonialism）概念更多出于一般意义上的，相关论著也是甚多。[1] 当然，我们也可以从更宽泛的意义上思考，如萨依德（Edward W.Said）所认为的东方主义批判也可属此类。[2] 当然，也可以和帝国主义、身份认同等话题密切相关。但一般意义上，后殖民是指独立后的地区或国家对殖民主义社会、政治、经济、文化实践的一种清醒抗拒与批判。所以，不难看出，后殖民文学一方面体现了脱离帝国力量后建构自己国家文化的关怀，另一个方面，也是对殖民过程中诸多影响的努力清算。所以，这里的后殖民本土的建构也就可能包含了两个层面：去殖民化（De-Colonization）和本土建构。

毋庸讳言，在新马华文文学中，通过不同的意象来拆解殖民记忆，从而建构一种本土认同，当然可有更多选择，比如新加坡文学中的鱼尾狮，其丰富的吊诡凝结就耐人寻味。甚至，有些时候这些意象远远超过了后殖民理论的限定，比如张贵兴笔下的热带雨林，其雨林美学无疑在后殖民以外，也包含了对可能是母体资源——中华文化及其符号象征的暴力压制的抵抗。[3] 但上述诸多论题显然不是

---

[1] 如 Ashcroft, Bill, Gareth Griffiths and Helen Tiffin, *Empire Writes Back: Theory and Practice in Post-Colonial Literatures*, New York: Routledge, 1989；Loomba, Ania, *Colonialism/Postcolonialism*, NY: Routledge, 1998，等等。
[2] 具体可参 Edward W.Said, *Orientalism*, New York: Pantheon, 1978。
[3] 具体可参拙文，《雨林美学与南洋虚构：从本土话语看张贵兴的雨林书写》，《亚洲文化》总第30期，2006年6月，第134—152页。

本文篇幅内所可详加论述的,鉴于笔者对此正进行相关课题论证,容后另文阐发。

更进一步,当我们回到王润华本身时,其中的细微之处仍然需要仔细考量。本文主要关注其在后殖民理论兴起后的有意识的文本实践,[1]因在此时,他对本土的反省与状描也有其独到和成熟之处。笔者主要以其《热带雨林与殖民地》(新加坡作家协会,1999年)和《榴梿滋味》(台北:二鱼文化,2003年)为对象来考察其中的本土意象,在我看来,其中的热带丛林与南洋水果相当集中地反映出其本土认知与实践,而其他书写远未达至这个程度。

当然其中的问题意识在于:诗人怎样以这些本土事物来完成他去殖民化的企图?他又是怎样凭借它们回归本土的?为此,依据相关后殖民理论,本文主要围绕两个层面进行论述:(1)去殖民化:再现历史记忆、拆解殖民后果与寻找本土话语;(2)回归本土:水果的秩序与本土缠绕。

一、去殖民化:再现历史记忆、拆解殖民后果与寻找本土话语

王润华在《热带雨林与殖民地》自序《我的后殖民记忆》中不无伤感和深意地指出:"这本诗集是我记忆中的墓园,埋葬着我的热带雨林与英国殖民地、马来亚土地上的一切事物。"(第13页)这当然也部分呈现了诗人对本土历史、风情等的一种清醒的主体介入。

某种意义上说,当王润华从后殖民的视角重审马来亚故土时,

---

[1] 王润华本身对此有清醒的认知,他也有相关专著,如 Wong Yoon Wah, *Post-Colonial Chinese Literatures in Singapore and Malaysia*, New Jersey: Global Publishing Co & Singapore: Dept. of Chinese of NUS, 2002。

他的书写其实也就同时彰显了去殖民化的企图，甚至在他全面后殖民化[1]以前就逐渐显露出类似的初步认知——比如橡胶树就被视为华人移民的象征："跟我生活最密切的橡胶树，它从巴西被英国人移植到新加坡和马来西亚，天天流血流汗，为这片土地制造了繁荣，它是早期华人的象征。我的祖父及更早的华人移民，被英国人移殖，他们天天流血流汗，结果开垦了南洋荒蛮之地。其他热带的一草一木，还有各种风物，如皮影戏等，都具有与人类社会生活相类似的特征，只是有些比较明显，有些比较隐晦。"[2]

大致来说，王润华诗作中去殖民化指向大概可分为三个层面：（1）再现历史记忆，（2）拆解殖民后果，（3）寻找本土话语。

（1）再现历史记忆。在马来亚作为英国殖民地的历史记忆中，殖民者对被殖民者的疯狂攫取和剥削、严格监控，马来亚共产党的奋起反抗与争斗[3]、"新村"的镇压与隔绝策略等[4]，都是可资咀嚼、痛苦反思的集体和文化记忆。

王润华曾经指出橡胶园作为后殖民情境下马来亚"民族寓言"的深刻意义："橡胶园这一意象在马华文学中，历久不衰地成为作家

---

[1] 这里的全面后殖民化主要是以其诗集《热带雨林与殖民地》（1999年）以及论著《华文后殖民文学》（2001年）的出版为标志的，表明他在创作与研究上皆清醒地以后殖民视角观照世界和本土。

[2] 王润华，《我一步步地走向自然山水》，王润华，《山水诗·自序》，吉隆坡：蕉风月刊出版社，1988年，原文无页码。

[3] 有关马共的一些基本历史概况具体可参 Chin Peng (as told to Ian Ward and Norma Miraflor), *My Side of History*, Singapore: Media Masters, 2003, 或者中文版本陈平，《我方的历史》，新加坡：Media Masters，2004年。

[4] 有关马来西亚新村的情况可参 Ray Nyce, *The New Villages of Malaya: A Community Study*, Hartford, Conn.: Hartford Seminary Foundation, 1962; Kumar Ramakrishna, *Emergency Propaganda: the Winning of Malayan Hearts and Minds 1948—1958*, Richmond, Surrey: Curzon Press, 2002; Lim Hin Fui & Fong Tian Yong, *The New Villages in Malaysia: the Journey Ahead*, Kuala Lumpur: The Authors, 2005, 以及林廷辉、宋婉莹，《马来西亚华人新村五十年》，吉隆坡：华社研究中心，2000年，等等。

解构华人移民遭遇与反对殖民主义的载体。"[1] 实际上，在这部诗集中，橡胶树（园／林）往往也展现了其丰富的姿态和意涵。

橡胶林不仅仅是英国殖民者用来割取胶汁直接猎获财富的对象，同时也是其经济上疯狂扩张和巧取豪夺的见证。在《吞下雨林和公路，吐出沙丘和湖泊的怪兽——铁船写真集》一诗中，"那群被抛弃的野兽／还继续噬咬着残遗的橡胶林"（第42页）显然是对挖锡矿的殖民者的例证和控诉；当然，橡胶林也可能是英军与马共作战的阵地，"英军在胶林尽头／围剿森林中的黑影"（《椰树上的脚印》，第53页）。

当然，耐人寻味的是，橡胶林其实又恍若多变金刚，承受着来自不同方向的摧残和利用。它可以被马共视为英国人生产的特征而加以破坏，"遥远处／鸡啼狗吠声／还断断续续有人砍伐橡胶树……"（《地摩》，第72页），还有比较诗意的，他们"用旗帜上的镰刀／砍伤橡胶树"（《山中岁月——记我小时回忆中有关马共的种种印象》，第97页）；当然，它们同样也可化为马共的栖身地、保护伞甚至是象征，"我们三十八个突击队员／撤退进丛林边缘／成为千千万万棵橡胶树"（《山雨》，第106页），里面也潜伏了革命的影响火种和可能，"放学回家／穿过胶林宁静的泥路／我看见各种树根钻出泥土／听我们唱抗日歌曲"（《我的亚答屋小学》，第120页）。

更加吊诡的是，甚至是让英殖民者自身获利的橡胶树也成为他们自己的敌人和绞杀对象："热带雨林风景都是敌人／公路两旁他们自己种植的橡胶树／黄昏后／都是狙击白人的游击队员。"（《热带水果篮中的手榴弹》，第133页）

除了橡胶树外，类似的控诉者还有长得像问号的过沟菜，它

---

[1] 王润华，《华文后殖民文学：中国、东南亚的个案研究》，上海：学林出版社，2001年，第92页。

们"捕捉阳光与月亮／逼它见证许多屠杀的秘密"(《过沟菜》,第31页)。而胶林中的橡实也表达了它(也是作者他)对战争的厌烦和无奈,同时也是对发生在自家土地上的欺辱和不幸的无声谴责,橡实要求"我"带它回家,因为"日军刚刚投降／英军又与马共天天枪战／我害怕嗅到弹药味……"(《橡实》,第39页),这种控诉同时也可见作者的别具匠心和机巧。

需要指出的是,王润华对历史记忆的呈现／再现不仅仅是复述历史事实,也不仅是单纯讲述自我的历史,他其实是想借个人所见所闻与热带丛林来再现殖民者统治下的另外的"真实"又本土的历史,是去殖民化的第一步。

(2) 拆解殖民后果。在再现本土自我的历史记忆之外,王润华也还别出心裁地拆解殖民后果,当然,策略和方法也是比较繁复的,尽管仍然借重的是本土植物。

如果我们把《猪笼草:把美丽的陷阱悬挂在天空》(第21—24页)和他早期的《橡胶树》(新加坡泛亚文化事业公司,1980年)中的同名诗作《猪笼草》(二题)进行比较的话,我们不难发现其中的变化和主体介入后的他度用心。在早期的诗作中,猪笼草更多是被视为热带地区的一种独特植物,它在马来亚贫瘠的土地上特立独行地生存:往往以捕杀小动物等为自己的生存生长提供必需的养料。但早期的诗却着意刻画植物饮酒作乐的单纯、享受和面对艰苦的坚定的张力性格等:"看,贫瘠的沙土上／高大的树木都纷纷移民／荆棘们衣着褴褛／我们反而逍遥地饮酒作乐／吸取大自然的营养／除了酒杯的深浅／我们还要求什么?"(第10—11页)

在后来的版本中,王润华加入了一些后殖民的思考,他独辟蹊径,考察猪笼草在如此习性背后的深层原因和隐喻。原来猪笼草迫不得已的坚强性格是英国殖民者经济掠杀导致生态恶化后适者生存的产品,"英国殖民者的大罗哩车／运走锡矿与橡胶以后／掀起满天的尘埃／我的根在泥土下找不到矿物质／我的叶子捕捉不到阳光／贫困使我的叶子典当给杯子或猪笼／饥饿强迫我的酒杯变成陷阱／死亡驱使我捕杀昆虫与小动物／不知不觉／我成为热带植物中／唯一的肉食罪犯"(第24页)。这种对植物生活习性演变的考察显然是醉翁之意不在酒,在乎的是对殖民后果,尤其是过程的拆解。

同样,诗人由于出于对本土的爱也往往声讨东方主义式的思维模式和随意武断。在《雨树神话》中,他驳斥了西方媒体《新闻周刊》对新加坡的刻板印象(stereotype),因为它居然报道说,新加坡政府禁止在公共地方种植落叶的树。诗人拆解殖民后果的手法仍然是相当巧妙的,他以雨树的战战兢兢和不敢落叶的痛苦、马来清洁工咳嗽却不敢吐痰的过度夸张来驳斥这种东方主义的想象,但同时,他也部分保留了对新加坡过度干净的异见。

"新村"作为英殖民政府对付马共的产物自然给当地人留下了不可磨灭的不愉快甚至恐怖,但诗人却从植物角度以对自然的热爱表示出他的反抗,他仍然热爱本土,坚强不屈,"我家的猫狗／与河边的红毛丹树／都拒绝乘军车／移居铁蒺藜包围的新村／宁愿野生在禁区里"(《新村印象——一个小孩记忆中的紧急法令》,第67页);同时也仍然信奉自由与自我,祈愿自己是一座回教堂或者牛羊无须宵禁时回到新村集中营,甚至可以像热带的野胡姬花,"还可爬上相思树／好奇地／向旷野瞭望"(第69页)。不仅如此,在《逼迁以后的家园》中,诗人更是借拒绝殖民的热带果树之口表达心愿、拆解殖民后果,同时表示,更是要扎根本土,与本土共生共存,它们"都为了自由的山居生活／留在荒芜的故居遗址／与蕉风椰雨一起生长"(第70页)。

不难看出,王润华在再现本土历史的同时,却也注意拆解殖民后果。他不仅仅以植物习性考察和挖掘殖民者的逼迫过程,同时也驳斥了东方主义(者)强加的刻板想象,而且更进一步,他也让在屈辱历史事件中的植物挺身而出，表达对抗专制压迫，崇尚自由、自我，拥抱本土的良好意愿与热切关怀。

（3）寻找本土话语。有论者指出，《热带雨林与殖民地》是对本土身份和话语权的探寻："诗人要做的，不仅仅是再现历史和再体验历史，更主要的，是要留住记忆，并在这记忆的回顾和梳理中强化其本土身份，呈现南洋的真实……作者试图在后殖民的背景下，审视殖民话语对南洋这块土地及其历史的述说，同时建立自己的（南洋的）述说话语，来诠释这块土地及其历史。"[1] 这的确相当准确地揭示了王润华去殖民化操作的深层野心。

整体上来说，王润华借助热带丛林里的植物再现本土历史记忆、拆解殖民后果，本身也是一种找寻本土话语的诉求和积极实践，尽管它们具体的分工和角色可能各各不同。

当然，更深层的操作还在于王润华对事物的秩序的重建，比如南洋水果（由于下节述及，此处略过）。在王的热带雨林诗集中，有关班兰叶一诗《绿色的诱惑——班兰叶写真记》则比较好地以班兰叶（或写作斑兰叶。马来名为 Pandan，一种香草，本土人常常用它的叶子来包裹糕点和粽子等）为例来凸显它对本土话语的追寻。

和马华著名现实主义诗人吴岸对班兰叶的书写不同，[2] 王润华更多的是以班兰叶在见证历史的同时，重新诉说着自我和本真。它曾经因为英殖民者焚烧森林改种橡胶树后，而"惨死在巴冷刀后／留下绿色的香魂／神秘的迷惑者／南洋各民族的欲望与幻想"（第57页）；这个潜伏着香魂的绿色植物却成为本土话语的承载者，它又是一种诱惑、一种苦闷的解脱方式，"热带雨林的班兰叶／一二片叶子

---

[1] 石鸣，《留住记忆——读王润华〈热带雨林与殖民地〉》，石鸣，《现实与抒情——感受新华文学》，新加坡：赤道风出版社，2002年，第20—34页，引文见第24页。

[2] 吴岸通过本土植物其实也相当细致和微妙地刻画了认同从中国到本土的内在嬗变，班兰无疑是这一嬗变的最佳纪录，具体可参本书中有关吴岸的专述。

的幽香／使到南洋的一切食物饮料／森林边缘的苦闷生活／变成一种诱惑"（第58页）。作为本土的象征，班兰叶不会因为历史的沧海桑田而失却本真，它一直或隐或显地是一种本土诱惑。

或许有点吊诡的是，橡胶树的角色变迁也反映出王润华后殖民认知的灵活性（抑或盲点？），原本作为外来者（巴西种植）和移植物的橡胶树同样也似乎是殖民的后果之一，却吊诡地成为对抗殖民者的凭借，甚至演变成为本土华人移民的精神象征。但不管怎样，诗人凭借热带丛林去殖民化的操作却令人回味、值得深思。

二、本土回归：水果的秩序和本土缠绕

王润华在接受访问时，曾屡屡强调新华文学的独特性及异言华文的可能性："新加坡华文文学像东南亚其他国家的华文文学一样，创作的作家是好几代生长在那里的人，他们与当地的文化认同，他的世界观不是很'中国'的，由他们手中创作的作品，虽然用的是华文，与中国大陆、港、台的作品应该差别很大，拥有自己的特色，形成另一种文化。"[1] 在此背后，显然，王对本土的强调仍然是不遗余力。

在王润华诗、散文合集《榴梿滋味》中，作者则彰显出另类的本土性，后殖民本土中的本土回归。在集子中，王罕见的一篇描写南洋动物的散文《会走路的鱼》却仍然透露出对殖民意识的有意抵抗和对本土的强烈认同。生鱼作为南洋水陆上生长的一种有益健康、能够补充体力的生猛的"良民"动物，到了西方竟然成为会走路、

---

[1] 王润华语、陈祖彦采访，《立足新加坡看东南亚华文文学——王润华教授访问记》，《幼狮文艺》（台北）总第491期，1994年11月，第12—18页，引文见第18页。更加详细的论述还可参王润华，《从新华文学到世界华文文学》，新加坡：新加坡潮州八邑会馆，1994年。

攻击人、破坏生态的"恐怖分子"。在这个类似"南橘北枳"的当代寓言中,王指涉的不仅仅是水土问题,更重要的是事件背后的殖民主义东方想象与意识形态,"西方霸权主义的心态,全表现在一条小鱼身上,制造了生鱼怪物神话"(第152页)。

如前所述,本文所关注的主要是王独特的南洋水果书写以及借此实现的本土回归。在《热带雨林与殖民地》中,诗人让山竹、番石榴、榴梿等热带水果成为自由自我、热爱生活对抗专制的高风亮节者,作为抵抗和消解殖民霸权的先锋,它们的自然的无辜与茁壮却是主体人(民族)精神、期冀的投射与寄托。当然,王的南洋水果可能还有更加深邃与丰富的蕴意。在我看来,至少有如下两种值得注意。

(1) 精神原乡与本土化归:以榴梿为例。榴梿作为南洋水果之王,本身就有其令人惊诧的极端效果:喜爱者嗜之如命,厌烦者则避之不及。同时,榴梿和"留恋""流连"谐音,却又传奇地道出了其中复杂的文化蕴含与本土流向。

榴梿的缘起追溯是一件令人兴趣盎然的事情,新马华人往往视之为三宝公——数度下西洋的郑和——大便的变体。王润华尖锐地指出了这其实是一种对民族文化母体的依傍,是一种精神原乡:"这种神话说明华人渴望有一个强大中华民族的心理痕迹。郑和舰队远征南洋与西洋,象征中华文化的霸权,中国人的威严,因此把热带果中之王的榴梿与中华文化认同起来。像这类热带丛林的事物所带来的思考方式,很容易引发作家走上魔幻现实主义的小说创作。"(第31页)

当然,除此以外,榴梿却也有其化归本土的精神蕴含,它其实是本土语境中一个不分种族、肤色和文化母体的多元意义汇结,当然,也是实物的维系。在回味着英殖民时期榴梿最美好的滋味(《后殖民的榴梿滋味》,第53页)的同时,王润华其实更深切地意识到榴梿的后殖民意味和本土象征:"喜欢吃榴梿的人才会留在南洋永远居住,落地生根,殖民者与过客都不能忍受榴梿的气味。它意味着他们不能向本土文化认同,不能拥抱本土。相反地,本土住民由于榴梿是本地区独一无二的特产,为别地区所没有,他们特意尊它为王,代表本地人拥抱土地的情怀。后殖民文学就以拥抱土地作为它的一项特点。"(第32页)这一说法是王通过后殖民视角对榴梿意象的深入阐释,其实也是他作为本土人热爱本土的一种取舍倾向的自况。

无独有偶,香港著名才女作家李碧华对榴梿的认知和评价恰恰反证了王的细致观察,李的观点也恰恰成了王所批判的最佳注脚之一,尽管我们从不否认李心直口快的可爱和坦率:"榴梿卖相奇丑,一身尖刺,脸色难看,如同死去的刺猬,要狠狠搏斗,方才剖腹取子,挖出瘫软滑腻的一团膏,这肉体,还是臭的。"又说:"榴梿这物体本身内外恶形恶状,吃它的人,一般恶形恶状。"[1]

不管怎样,王润华却以榴梿意象为例,深入浅出地言明了这一植物本身所蕴含的复杂意义,尤其是如果从本土视角来看的话,它恰恰是南洋本土文化独特性的表现,是南洋华人文化特质的表征。它们和博大精深的中华文化密切相关,同时,它们又不同于母体的文化,而是深层的认同本土,也本土化。

(2)水果的秩序和本土缠绕。需要指出的是,王润华对南洋水果的书写还有另外一层蓬勃又深刻的思考,在后殖民本土中,他更是别出心裁地推出了水果的秩序。为清晰起见,我们不妨以表格进行说明。

名称	秩序	理由备注
榴梿	果中之王	外形威武,香味四溢,个性鲜明,售价最贵

---

[1] 参李碧华,《只是蝴蝶不愿意》,广州:花城出版社,2003年,第146—147、241页。

续表

名称	秩序	理由备注
山竹	王后	价值重要,仪态端庄,和榴梿性热、甜腻配套,性凉、清淡
红毛丹	王妃	娇小玲珑,群居(后宫三千佳丽),采摘后五六日不吃就干瘪(薄命)
波罗蜜	欲拜右丞相	"我有满肚子的经纶/满肚子结实的经国济世的学问"(第69页)
凤梨	落魄帝王后代	头上虽然也有皇冠,但必须委曲求全
尖美娜	最受宠的公主	风韵不同,暗香独特

首先,考察王润华对水果秩序的排列,甚至包括未能列入表格的其他水果,我们不难发现王首先呈现出对水果自身特征的极大尊重和强化,在其极其丰富的想象力展现中,彰显的不仅仅是蓬蓬勃勃的诗情,更是对本土事物自身秩序的梳理和尊重。从此意义上说,王润华对本土话语的寻觅和建立有其独到的思考痕迹和进路。

在未被排列的四种水果中,诗人尤其表达了对水果个性和特征的形绘与神描。比如"木瓜"被切开后满腹的黑籽被诗人写成"两条独木舟/载满了密密麻麻的黑蚂蚁/在急流中翻来覆去"(第74页);"西瓜"则成为滋润诗人的甘霖;"杨桃"则通过两代人不同的吃法折射出不同年龄段的内在差异:老人的豪放、务实、细致,年轻人的幻梦等;而"人心果"则同样夹杂了现实操作,它往往被置于米缸中。对水果的处理在诗化之余,王往往不忘掺入现实的习惯操作和本土特征。

对排入秩序中的南洋水果,王润华显然更多也是照顾到了水果自身的价值、特征。其中尽管也保留了对社会秩序的考察,比如红毛丹本身存有不许女人采摘的禁忌和迷信,但同时我们应该看到,这恰恰又形象地反映出红毛丹所带有的作为拟人化的后宫嫔妃争风吃醋的小气。社会的解释的掺杂恰恰也符合水果的秩序,所以形象一点,王润华的这种实践恰恰是对南洋水果的本土产出。

其次，王润华的水果排序也显示出了他对可能固存的秩序的把握和揭示，尽管这种命名本身可能有其权力话语操作的一面。

20世纪法国著名思想家福柯在他著名的《词与物》中探究的是16世纪以来的西方文化进程中，人们为了建构语法、自然学、生物学、语文学、财富分析和政治经济学中所使用的怎样实证的知识基础，以及在时空中认可和设定了哪种秩序的形态。简言之，福柯考察的是特定历史时期的"区域性"的秩序的历史，主要是一个社会借以思考事物间的相似性的方式及事物间的差异从而能被把握、在网络中被组织并依据合理图式而被描绘的方式。

显然，王润华所总结的南洋水果的秩序和他所考察的对象有很大的不同，但福柯所言的秩序却有值得参照之处，他说："秩序既是作为物的内在规律和确定了物相互间遭遇的方式的隐蔽网络而在物中被给定的，秩序又是只存在于由注视（regard）、检验和语言所创造的网络中；只是在这一网络的空格，秩序才深刻地宣明自己，似乎它早已在那里，默默等待着自己被陈述的时间。"[1]

需要指出的是，王润华所创制的水果的秩序其实同时也是对南洋本土社会惯习的顺应。比如，他写道在榴梿、山竹、红毛丹每年成熟的6、7、11、12月间，在新马的街道，甚至公路旁，售卖时往往秩序井然："土黄的、硕大有刺的榴梿，紫红色的、结实健美的山竹，以及鲜艳夺目的、娇小的红毛丹，总是根据地位的高低，摆在传统规定下来的位置上。榴梿一定堂皇注目地被放在摊位上的中间，其左右放着山竹，红毛丹则一束束摆在地上的大竹箩里，或挂在木架上，红毛丹真是有被排挤到冷宫的感觉。它们地位之尊卑，

---

[1] 具体可参［法］米歇尔·福柯著，莫伟民译，《词与物：人文科学考古学》（*Les mots et les choses: une archéologie des sciences humaines*），上海：上海三联书店，2001年，引文见前言第5页。

跟其售价成正比例。"（第 38 页）从此角度看，这仍然体现了作者对本土的热烈拥抱和典型呈现。

下：放逐诗学——建构世华性

耐人寻味的是，王润华是一个不折不扣的放逐者。他从马来亚出发，到中国台湾政治大学留学，略作休整（回马教书），又继续负笈美国 University of Wisconsin（Madison）获得博士学位后，却又转身进入新加坡南洋大学（1955—1980）[1]教书，而后因为南洋大学被迫关闭，中文系被合并到了新加坡国立大学中文系而转任，历任讲师、高级讲师、副教授、教授等，2002 年他退休并到中国台湾元智大学教书，十年后，2012 年 7 月他返回马来西亚南方学院（大学）担任资深副校长。

毋庸讳言，王润华对放逐诗学有其相当清晰而坚定的认知，从自身的经历到学术研究都是如此，硕士期间他研究郁达夫就思考放逐的意义，而且终生不改。在他看来："从留学日本到回到中国，他的小说散文很明显地表现出郁达夫一直在自我流放。在中国他是圈外人（outsider）、零余者、颓废文人、自我放逐者。到了南洋，他的心态就更加如此。"[2] 同时，在他的创作中这一主题和涵盖亦不断重复、强化、丰富和回响，我们甚至可以称之为一种放逐诗学。简单来说，其放逐诗学可以分为三个阶段：（1）中国台湾、美国留学时期，创作上以

---

[1] 有关南洋大学的研究可参胡兴荣，《记忆南洋大学》，桂林：广西师范大学出版社，2006 年；李元瑾主编，《南大图像：历史长河中的审视》，新加坡：南洋理工大学中华语言文化中心、八方文化，2007 年；利亮时，《陈六使与南洋大学》，新加坡：南洋理工大学中华语言文化中心、八方文化，2012 年；周兆呈，《语言、政治与国家化：南洋大学与新加坡政府关系 1953—1968》，新加坡：南洋理工大学中华语言文化中心、八方文化，2012 年等。

[2] 王润华，《鱼尾狮、榴梿、铁船与橡胶树》，台北：文史哲出版社，2007 年，第 54—55 页。

《内外集》（1978年）作为分界；（2）新加坡时期，以《热带雨林和殖民地》（1999年）作结；（3）返台至今，以《重返集》（2010年）为代表。此处暂时以第三阶段为中心论述他对世华性的建构。

2002年年底王润华到了台湾元智大学继续执教，人在台湾的王润华具有更开阔的视野，作为全球化的支持者和获益者，他也更加全球化。其主要变化可以从《重返集》（台北新地文化，2010年）窥得，王在此书《自序：重返边缘的思考》写道："书写这本散文集里的文章期间（2005—2008），我每年必须申请外侨证，以异乡人的身份，自我放逐在台湾。作为知识分子，我原本就位居社会边缘，远离政治权力，置身于正统文化之外，这样知识分子／作家便可以诚实地捍卫与批评社会，拥有令人叹为观止的观察力，远在他人发现之前，他已觉察出潮流与问题。"（第iii页）

（一）坚守南洋立场。其实，早在《地球村神话》里面，王润华就已经实现了越界与坚守的辩证，一方面，他对本土历史、现实、文化有着浓郁的凝结；另一方面，他也跨越到其他时空和文化世界里遨游，显现出他南洋华人的本土视维，如人所论："因此他的越界不只是一国界的跨越，更是一殖民者／被殖民者间，那定义者／被定义者身份界线的跨越，其中着实带有深沉的解构批判性。也正是《地球村神话》对强势文化系统的反看、解构，使得诗人能拥有一有意识的后殖民视角，也重新向内回看自身的乡土马来亚。扩充与填充过往的马来亚乡土书写，一步步将南洋乡土的边缘地位消解而去，并在已充满南洋在地经验的马华人心灵里，在祖谱及想象的中国之外重新梳理历史记忆。"[1]

---

[1] 解昆桦，《后殖民／本土诗学的马来亚，1949——王润华〈热带雨林与殖民地〉的拘禁与流动书写》，《"话语的流动"国际学术研讨会论文集》，台中：中兴大学中国文学系，2012年，第189页。

《重返集》里面最少有两辑跟南洋有关,重返殖民地和热带雨林。非常耐人寻味的是,作家的立场因为重返而有了对照感,另外也因此呈现出双重视野之后的南洋立场,同样包含了本土生物,包含植物、水果、动物,当然也包含有关的人文书写。比如《重回花园城市》对新加坡保留大片绿化,尤其是东海岸公园的英明决策而欢欣鼓舞;《重回马六甲》则是继续强调马六甲对于汉学研究和中国现实战略的重要性;《重回水果树上》则是强调亲近低价乃至免费水果的自我倾向性,童年、少年时甚至在果树上准备功课,如此作者评论道:"我的梦是对后现代水果商业化、政治化的一种颠覆性反应吧。它说明我还有重返人类大自然原乡的意识。"(第111页)

《重回我家生猛的鱼》则是继续书写对生鱼的深厚感情,包括对其性格和优点的表扬,也对部分外国报纸后殖民东方主义观点加以批驳,2002年7月23日美国人把生鱼当作怪物,而且禁止进口,"我们东南亚土生的人,对美国东方主义的想象,感到非常惊讶。由于生鱼是原产地东南亚的本土淡水鱼,除了是我们爱吃的味道鲜美的鱼,又具有医疗与滋补的功效,新加坡的英文报《海峡时报》赶紧访问当地养鱼场的负责人,他们天天与生鱼接触,觉得美国人实在太夸张了"(第81页)。

需要提醒的是,王润华会特别注意复数中国性(Chinesenesses)中新马华人本土中国性[1]的表现特征,比如以新年节日为例,他发现了"捞鱼生"的独特性。在《重回捞鱼生的农历新年》他写道:"虽然捞鱼生被称作广东菜肴,却出自于新马,并非大陆和香港。它具有多元性,不触犯任何宗教、种族的忌讳,包括信仰伊斯兰教的马来人在内,都能接受。"(第142页)在《全球化的华人新年:人类美

---

[1] 有关此概念,可参拙著,《"南洋"纠葛与本土中国性》,广州:广东人民出版社,2014年。

丽的文化节庆》中他继续强调:"过年聚餐用各种宗教能接受的'捞鱼生',祝福愈捞愈好……在大陆、台湾、香港都没有。这是新马华人独创的饮食文化,因此更容易被各民族、各种文化宗教背景的人们接受。"(第144页)

黄锦树曾经批评王润华说:"也因为曾久居胶林及对历史的着迷,所以才对王润华《南洋乡土集》那种轻飘飘、欢乐童年、未识愁滋味的胶林书写感到极端的不耐烦。"[1] 其实,他这是对王润华的简单化和部分误读,因为王润华对自己的定位是多元化华人,所以才不会过分和刻意强调大马本土的伤痕和惨痛记忆,虽然他也不断通过回归加以强化和确认;同时,王润华对伤痕累累的故土进行原乡书写时,他采用的风格毋宁更类似沈从文,对故乡的认知添加了温情脉脉和苦难过滤之后的抒情性,而不是把累累伤疤撕裂给外人看,这大概也是他身为作家和批评家兼容互动、相得益彰的结果。[2]

(二)返观台湾。在台湾担任教授十年,王润华对台湾的认知和感情都会更加深厚,毫不奇怪,他对台湾呈现出很复杂而微妙的情感:一方面,他是台湾外聘的国际专家,而且台湾也是他身份转换的重要场域,从当年的侨生变成了侨居的外国人才,为此,他对台湾的诸多优点不吝赞扬;另一方面,正是因为对台湾感情真挚、深厚,而且由于台湾难得地拥有华人世界特别宽松的言论自由度,为此,王润华对台湾的不足也敢于表达建设性意见。

1. 褒扬台湾。台湾的人情味素来有名,但台南的去中国化意识和"台独"倾向也非常强烈,二者可以并行不悖吗?《重回台南的异乡人》则是书写他亲身的经历,以国语问路的"我"遇到只会闽

---

[1] 黄锦树,《乌暗暝》,台北:九歌出版社,1997年,第11页。
[2] 王润华本身也是沈从文研究专家,具体可参王润华,《从司空图到沈从文》,上海:学林出版社,1989年;《沈从文小说理论与作品新论》,台北:文史哲出版社,1998年。

南话的他，结果是离开很久的他又回来亲自指路，这当然不是个案，为此作者不禁感叹："我突然领悟，本土文化意识为台南制造很多文学家，为台南生产很多善良、负责的普通老百姓。"（第 4 页）人情味和效率当然也有来自政府机关的改良，《重回台湾政府机关办事》则说明台湾有关部门服务的提升，非常人性化、客气、高效等。而在《台湾文学的多元性》里作者也部分表扬了台湾文学对各色文学的涵容，有其世界性和开放性的一面，但作者也提醒台湾要提防"政治的本土主义单面向的性格"（第 221 页）。

台湾也有很美丽的自然风景，《重回台湾"解严"后风景区》提及很多风景因为"解严"后从军队或官方征用还给广大民众，令人惊喜不断，比如基隆的和平岛海滩、金门、龟屿"蓝色鲸喜"之旅、三峡大板根公园、莺歌陶瓷老街等。《重回野柳》就是对本土化之后的野柳自然风貌和附近的朱铭美术馆人文风景双峰并置的赞美。除此以外，一直提倡没有围墙的大学藩篱的王润华似乎也在其母校政治大学身上找到确认，《重回没有围墙的大学》其实是回忆自己求学时候政治大学的知识整合与开放性，如作者所言："今天重回台湾，所有大学都在建设校园文化、国际化、全球化，但是我在政大的读书日子，它好像已是这样的一所大学了。"（第 59 页）

2. 建议与批评。更令人感兴趣的或许是王润华对台湾的谏言，集中的几个问题如下：

简体字问题。王润华对台湾的简体字问题写了几篇文章，如《回返查禁简体字书的日子》《重回简体字的禁忌》《重回正体字的困境》《重回简体正体字的对立问题》等，可见他对此问题颇有意见。总结王润华的建议，其实主要就是强调简体字之于台湾的重要性，"因为简体字已经成为一种国际语文"（第 22 页）；"不能阅读简体字平面与数位化资料，也同样会失去许多中华文化"（第 177 页）；另外，他也淡化简体字、正体字所谓的"对立"问题，二者同样重要，但全球的一般民众考量则来自现实层面。毋庸讳言，汉字简化是个很复杂的问题，[1] 王润华提出的问题其实对台湾相当重要，学会认读简体字是基本要求，至少大学文科学生应该可以实现。

多元化/国际化问题。虽然台湾是一个国际化的区域，但在王润华看来，有些层面明显做得不够。《重读台湾新闻媒体》则批评台湾媒体较少关注台湾以外的社会进展，这自然也是本土化的限制之一，作者指出："台湾拥有最大的自由与文化空间，但很多文化人像我一样，仍然期待台湾会出现有文化广度与深度的新闻媒体。"（第26页）相应地，他也注意到台湾大学的某些问题，《重回台湾多元文化的校园》则一方面批评台湾的校园国际化和多元化程度不够，甚至比五十年前要差，另一方面，台湾学子出去留学的人数变少，这都是值得注意的倾向。

除此以外，他也在《重回大学生抄袭的烦恼》中提出要对学生的抄袭现象提出应对策略，加强规范教育；而《重回台湾的人行道》则对某些商家占道经营而且污染环境表示不满，作者写道："我不敢再步行逛街了，我不愿再看见这种脏乱、不守法规的现象。"（第33页）言语中隐约可显出作者对新加坡有秩序、干净的潜在认同。

有论者指出，王润华的研究风格是"活泼而自由"，[2] 其实王润华的创作和关注视野也是活泼、开放而自由的。《重返集》里面自然也包含跨学科、跨国界的关注与书写，多元杂陈、众声喧哗，甚至也关注到自己游移而永远放逐的复杂身份。在《我找不到一个适当的名词来称呼自己——新加坡人？海外华人？》一文中，作者总结道："现在回顾过去的一生，处处为异乡，但也四海为家，四处流

---

[1] 有些相对专业的讨论可参史定国主编，《简化字研究》，北京：商务印书馆，2004年。
[2] 陈春梅，《显微镜式的细读与交错式的比较——试论王润华"三论"的学术个性》，《常州工学院学报》2007年第1期，第34页。

浪，生活在政治文化的边缘，世界各地的所谓中国大陆、台湾、华侨、华裔、华人、离散华人的各种各类的文化属性建构了我这样一位的华人，我反而处处适应，处处认同，我已是一个多元化的华人。"（第235页）

毋庸讳言，王润华的创作也有自己的局限，他的书写和出版不乏重复和交叉之处，尤其是书写热带雨林、殖民地，在不同出版物里多处出现雷同语句、段落或相似手法，而且不少议题或对象写得过滥而显得苦口婆心，这当然也可反证出自我突破的难度不小。包括前面多家高度赞扬的"象外象"创作，诗人陈大为也指出其问题："这种诗的可贵之处就在于第一次的创意，只能写一次，之后就完全失去写作价值，沦为不入流的模仿。所以它是一次性的创作……除了创意，这类型的创作缺乏思想深度，比较经不起分析，也无法突显个人的语言风格。"[1] 所论不乏可商榷之处，但对于问题的指出有其坦诚性。

王润华书写的另一个问题在于，他的新奇性远胜于其深度。如果借用伯林（Isaiah Berlin）的说法，他更该是狐狸型[2]的学者和创作者，善于打一枪换一个地方，但开风气不为师。这就意味着无论是其创作，还是其研究的厚重度和体系性偏弱，在某些时候，也会因此显得原创性较弱。

结语：王润华的创作自有其独特性，他也不吝提携后进和本土创作，对于放逐诗学的作用他相当清楚，如其所言："这种流亡与边缘的作家，就像漂泊不定的旅人或客人，爱感受新奇。当边缘作家

---

[1] 陈大为，《最年轻的麒麟——马华文学在台湾（1963—2012）》，台南：台湾文学馆，2012年，第62页。
[2] 具体可参 Isaiah Berlin, *The Hedgehog and the Fox: An Essay on Tolstoy's View of History*, London: Weidenfeld& Nicolson, 1953。

看世界，他以过去的与目前互相参考比照，因此他不但不把问题孤立起来看，拥有双重的透视力（double perspective）。"[1] 作为一个跨国的多元化的华人，他孜孜不倦地汲取各种现代化的合理因素，柔韧含蓄，努力建构一种新的本土中国性，其重点则是南洋诗学建构，在此过程中，他既强调正面进攻，又借重他山之石加以强化、确认。当然，他从不故步自封，而是一直强调全球化和本土化的融合，力图实践并彰显他作为跨国华人的丰富文化属性。

---

[1] 王润华，《新加坡小说中本土化的魔幻现实现象》，《南方学院学报》（马来西亚新山）2007年第3期，第57页。

陈瑞献：马华现代主义的元老之一

引 言

某种意义上说，陈瑞献是呈现新加坡式吊诡的集结者。他良好的多语能力（中、英、法、巫）不仅驳斥了某些陈腐又自以为是的论断（华文好的人往往英语很滥，因此低人一等），而且更重要的是，在英文至上的新加坡语境中，他对中华文化与外来文化的热烈拥抱与有机吸纳使得他傲然独立，为世人所瞩目。"在英文占主导地位的语文大环境里，从小学到南洋大学一直接受在逆境中挣扎求存、自强不息的华文教育的陶冶，受到战后从中国南来的一批优秀的文化和教育工作者的教诲，不但为他奠下了坚实的母族文化基础，也让他取得了跨向其他语文和西方文化的制高点，终于成为一个在东西方文化艺术领域中来去自如、融会贯通的艺术大师，更形成了他今日的风骨与气概。瑞献可以说是东南亚草莽生存环境和新加坡独特文化生态的产物。"[1]他不仅超越了既得利益者的内在逻辑，还反过来以最不新加坡的方式代表了新加坡，而那帮自命不凡的英校生和某些统治者却不得不靠陈作为国家高雅文化匮乏/贫弱最好的点缀和补救。

如果深入到陈瑞献创作的内部，我们发现类似的吊诡赫然存

---

[1]《林任君序》，方桂香，《巨匠陈瑞献》，新加坡：创意圈出版社，2002年，第10页。

焉；在多元艺术家的光环叠加中，人们口号式的人云亦云并不能真正认识并剖析陈的独特价值与位置，换言之，表面的熙熙攘攘却无法掩盖本质上依旧孤独的尴尬，真正有批判力和洞察力的论述依旧近乎缺席。[1] 人们似乎忘记了，陈瑞献作为多元艺术家的发家史和初步成名凭借恰恰是源于"牧羚奴"的文学风云时代。彼时，他的多元才气尚未百花怒放。[2]

陈瑞献的内在孤独感一方面固然部分源于新马文人相轻习气的流弊所造成的伤害，另一方面却是因为新马文学批评界一贯的贫弱和相对滞后而令其独自品味曲高和寡。比如以目前的文学史对陈的处理为例，往往是漫无目的和无甚高论的扫描式应对，缺乏应有的对策和判断，比如黄孟文等主编的《新加坡华文文学史初稿》就反映出了类似的尴尬。[3] 而史英在他著述的《新华诗歌简史》中对陈的总评虽然大致不差，[4] 过于朴素的评价和论者本身的批评力量及问题意识的局限性密切相关。相对比较集中的算是陈贤茂主编的《海外华

---

[1] 目前用力最深的是张锦忠（Tee Kim Tong），他在其博士论文 Literary Interference and the Emergence of a Literary Polysystem (Taipei: National Taiwan University, 1997) (unpublished) 第四章中（第111—167页）专门讨论了陈瑞献，当然，他主要是考察了陈瑞献现代派诗歌书写所隐喻的新马华文文学本身在复系统（polysystem）中的"自主化功能"（the antonomized function of Modernist poetry writing）。而在他的论文《文学史方法论——一个复系统的考虑：兼论陈瑞献与马华现代主义文学系统的兴起》，张锦忠，《南洋论述——马华文学与文化属性》，台北：麦田出版社，2003年，第163—175页。其他如方桂香，《新加坡华文现代主义文学运动研究》，新加坡：国家图书馆、创意圈出版社，2010年，也可参考。

[2] 陈本人显然对他的文学创作相当看重，2004年9月3日笔者在与他的对谈中，他提及了这一点。

[3] 详可参黄孟文等主编，《新加坡华文文学史初稿》，新加坡：新加坡国立大学中文系、八方文化，2002年，第295—296、394页。

[4] "陈瑞献的诗自成一格，意象的繁复飞动、神秘诡谲，象征、通感的技法交错使用，是构成他的诗风之要素。他早期的诗较明朗易读，后期的则由于过于朦胧致难解，尤其是一些具有哲学意蕴、禅味较重的作品。"可参史英，《新华诗歌简史》，新加坡：赤道风出版社，2001年，第108页。

文文学史》(第一卷)对陈瑞献的俯瞰式总结,大多观点尚算持平,但往往比较笼统,而且某些论述明显表现出论者对新加坡本土经验的匮乏和外行。比如论述中,认为《平安夜》"通过两个深患'世纪病'的活死人百无聊赖、糜烂肮脏的生活,揭露了'新加坡屋顶下'底层民众生活的阴暗和颓败"。[1]需要指出的是,应该首先是两帮底层社会的青年而非两个,同时,论述中的阶级/意识形态观念明显让它偏离了对小说的更深刻体味。笔者以下会论及,此处不赘。

有鉴于陈瑞献自身创作的蓬勃活力和独特逸出,被命名为"延异"的本土现代性也可凸显出有机因应和无奈操作的张力。"被"的存在或潜隐其实对应了外界的忽略或陈自身的特质。相比于他自身的实际成绩,陈瑞献至今的孤独感反映了批评界对他的"延异"——耽搁和异化;而同时,他的书写也是一种"延异"的本土现代性。张锦忠曾指出,20世纪60年代末,现代主义及其思潮在欧美往往成为知识分子质疑的对象,而"在新马,却是文艺现代化的开始:是为延迟的现代性(belated modernity)。吾人试图透过瑞献的诗与诗集,追溯新马现代文学的始源,发现的仍是延异,可见始源终不可穷究"。[2]

当然,需要限定的是,陈的现代性并非照搬原汁原味的西方现代性,而毋宁更是一种混合:既混合了西方、港台的现代性,同时也加注了本土和自我色彩,我称之为"本土现代性"。此处主要是对陈瑞献文学创作对于新马华文文学史的现代转型意义的考察,由于寓言是他后来才大力发展且卓有成就的体裁,本文此处主要着眼于

---

[1] 详细论述可参陈贤茂主编,《海外华文文学史》(第一卷),厦门:鹭江出版社,1999年,第480—494页,引文见第489页。
[2] 张锦忠,《论诗的起源与陈瑞献诗》,陈瑞献,《苔厘魔》,北京:中国文联出版公司,1993年,第105—111页,引文见第108页。

其20世纪60—70年代的小说与诗歌。[1]

毋庸讳言，要想看穿陈瑞献的文本其实相当困难，笔者在不断重读其三十余年前的文本的过程中，仍然可以感受到其创造的勃勃生机与不可遏抑的实验性。如人所论："瑞献是一名难懂的艺术家，所谓难懂，并非不能懂，他的经验，甚为私有化，如小说'内空之旅'，诗'修观'，道行之深境界之高，令人咋舌，何可以常情度之？他并非不食人间烟火，只是不愿沦落为物欲的奴隶而已。瑞献的艺术世界堪称象喻世界，诸种意象，杂然纷陈，乍视之余，脉络不清，索解乏力，若归之于道，则图像显然，呼之欲出矣。"[2]为此，我们必须凝神细思，找寻破解之道。

作为一种风格独具的本土现代性，陈瑞献的本土意义其实相当丰富。论者往往指出这种现代性的总体上的混杂之处："实际上，在现代主义手法以外，他也糅合了现实主义、古典主义，以及新马华文学的本土色彩，呈现的是一种综合性特征。"[3]或者也强调某篇文本的杂交色彩。[4]问题在于，这种一概而论的宏观判断其实很大程度上并未能仔细体味陈书写的本土意义上的细致内涵。

在我看来，陈的本土意义不仅在于他对本土文学发展和文学传统的巨大革新和不懈推动，同时在借鉴和利用外来文学手法进行创

---

[1] 本文论述的主要文本是《陈瑞献诗集1964—1991》，新加坡：智力出版社；1992年；陈瑞献，《陈瑞献小说集1964—1984》，新加坡：跨世纪制作城，1996年，外加陈当年发表在《蕉风》等刊物上的散篇若干。如无特别说明，本文所引小说、诗歌皆出自上述两书。有关陈瑞献寓言的研究，马华作家何乃健不遗余力，展开了逐篇文本细读，并连载于《联合早报·文艺城》（新加坡）。

[2] 孟仲季，《小千世界大块文章》，《蕉风》（吉隆坡，1999年前）总第332期，1980年11月，第76—92页，引文见第79页。

[3] 方桂香，《巨匠陈瑞献》，第246页。

[4] 如苏菲（苏卫红）在分析小说《不可触的》时就指出"它是新华传统小说模式与西方现代小说模式，共同孵化的产物"。见苏菲，《战后二十年新马华文小说研究》，广州：暨南大学出版社，1991年，第222页。

造时，他同样也实现了本土风格的转化；更加不容忽视的是，陈的张扬个性也贯穿其中，更加凸显了其文本的别致与大气风格。当然，这样的说法绝非要否定陈对其他手法的承继与发展，而是要突出其崭新的本土转型意义与厚重的内在关怀。循此思路，本文的论述从如下几个方面展开：（1）琐细现实之外的大气／霸气：对传统现实主义的突破；（2）阴暗书写与悲天悯人：对西方现代主义的一种修正；（3）离散与找寻：本土现代性的一种主题；（4）文体互涉与他度可能。[1]

一、琐细现实之外的大气／霸气：对传统现实主义的突破

在我看来，即使是对传统现实主义的突破，陈瑞献也表现出其独特的本土特征：他不仅是因为对本土文坛"老现"（老派现实主义者）们不满愤而自我创造以至于超越前人，而且也表现出对中国现实主义等的突破与更新。

1. 脱颖而出破本土。对于20世纪60年代初期本土文坛的过于凝滞，包括陈瑞献在内的一批年轻作者显然有着他们独立的认知，在陈看来，至于什么流派、口号并不重要，关键是要开始行动：

> 对于不敢开始的人，"现实主义"一类的空话是口号，"现代"一类空话也一样是口号。它毫无机锋，它死翘翘，完全不能把一个没出息的诗作者从追随的嗔痴中拯救出来。[2]

---

[1] 需要指出的是，一些论断因为诗歌和小说文体书写的差异也会有所不同，故相关论断更多只是一种整体观照。在下面展开论述时会有所区分。

[2] 陈瑞献，《15人序》，贺兰宁编，《新加坡15诗人新诗集》，新加坡：五月出版社，1970年。原文无页码，由笔者自排，第8页。

我们不妨也考察一下当时的文坛概况,当时的作者文兵就指出文坛稳步发展中的水准堪忧。"一九六四年的马华文坛虽然不算丰收,但是也并非完全空白的,可以算得上'稳健',一切都在正常的程序下发展",但又说作为马华文学主要发表园地的报纸副刊的水准近乎"学生园地","综合副刊不外是翻翻炒炒的冷拼盘,娱乐副刊则为电影明星作'起居注',小说副刊刊登的不是武侠小说就是言情小说。"[1]

陈瑞献的对本土文学的突破更多是依靠了更能够凸现社会脉动、手法更加灵活多变的现代主义,一方面,这显然是对本土写实主义的反叛。如温任平就指出了写实与现代在马华文坛的实质对抗:"本来'现代主义'在基本理论上并无对立,唯是在'现代主义'兴起之前,所谓'写实主义'已经盘踞马华文坛数十年之久,显得老大疲弱,在民智愈来愈发达的六十年代,粗糙的文学表现形式已不能满足作者的内在要求,空泛的口号,皮相的描绘,已使不少勇于尝试创新的作者感到不耐甚至厌恶。"[2]

但另一方面,陈的出现同时又是当时社会困境的某种层面的反映:政治的动荡与挫败,中华文化(被)肤浅化的困扰,文学书写裹足不前的限制等因素都从客观上为陈的突破提供了不得不的理由。如张光达所言:"60、70年代的马华作家诗人,由于面对政治现实和文化属性的危机感日益深化,这些外在和内在的困境深深困扰着他们的思想观念,久而久之形成某种情绪表现,他们又借着文学的表现形式表现出来,对此表现得最淋漓尽致的要数60、70年代的现

---

[1] 文兵,《一九六四年的马华文坛》,《蕉风》总第151期,1965年5月,第68—70页,引文见第68—69页。
[2] 温任平,《马华现代文学的意义与未来的发展:一个史的回顾与前瞻》,《蕉风》总第317期,1979年8月,第83—101页,引文见第85页。

代诗人群。活在'自我'屡遭挫败的政治现实,对于现实敏感的题材不能抒写,现实环境层层的政治禁忌,无形中某种程度上迫使诗人更进一步认同和接受 60 年代开始输入的西方和台港的现代主义文学。"[1]

2. 大气／细腻观照下的承继与超越。当然,单纯强调陈的特立独行而视其突破是石破天惊的天外之作也是有失客观的夸大之辞,而实际上,陈的某些书写与实践态度与写实主义有着千丝万缕的关联。比如他对种种自然与现实的不懈又热切的关注,对下层或小人物的真切关怀与状写,都在在彰显其强烈的现实主义倾向。尽管如此,陈还是表现出与此类现实主义的存同求异——比如同样是强调现实书写的浪漫主义情怀或人物的高大圆满等,陈瑞献却表现出与众不同的大气甚至霸气,以下以诗歌和小说分论之。

有论者指出马华现代文学对诗歌的革新表现如下:(1)体制从自囿到自由舒展;(2)技巧运用之趋于多样化;(3)语言文字方面的推敲经营,力求曲折深蕴有歧义;(4)内容方面容纳性的拓展等。[2] 无须赘言,陈瑞献诗集《巨人》在 20 世纪 60 年代新马文坛自然有着不容忽视的重要性,它不仅是"在新华文坛上出版的第一本现代诗集,可以称得上是新华现代诗的奠立宣言"[3],更重要的是,《巨人》中可能寄托了许多大气的希望、信念与对新马未来的乐观主义精神,"《巨人》给新加坡带来了新的精神、新的观念、新的民族理想、新的时代性格,而不仅仅是形式和语言"。[4]

---

[1] 张光达,《现代性与文化属性——论 60、70 年代马华现代诗的时代性质》,《蕉风》总第 488 期(休刊特大号),1999 年 1、2 月号,第 95—108 页,引文见第 96 页。
[2] 温任平,《马华现代文学的意义与未来的发展:一个史的回顾与前瞻》,第 87 页。
[3] 梁明广,《梁明广序》,《陈瑞献诗集 1964—1991》。
[4] 陈实,《新加坡华文作家作品论》,北京:光明日报出版社、桂林:广西师范大学出版社,1991 年,第 202 页。

当然，陈瑞献跳出了传统现实主义豪情万丈、一味歌颂赞美抒发所谓壮志豪情的虚假与单调窠臼，其实他更是一个服膺诗神的诗人，强调诗的超越性："诗的世界，没有指导民主，没有有限主权论，没有主流，没有领袖，它是无政府的。"[1] 即使我们以他的代表作——三首同名诗《巨人》（1964年、1966年、1967年）为例，也可以窥出个中追求与匠心。哪怕是对巨人这类可以大肆发挥的主题的抒写，陈的创作也体现了他细腻的大气。陈瑞献自己曾经指出了三个巨人的所指："我父亲是小巨人，孙中山是中巨人，佛陀是大巨人。第三首《巨人》分三段，也是沿此思路开展，所以，做佛才是我最大的抱负。"[2] 在此指引的限定下，我们却仍然可以察觉到陈的独到。

第一首《巨人》（1964年）意在状写父亲，但陈却能够游走于己父与伟大父亲的形象塑造间，显出具体所指与抽象升华共存的大气操作。"你迢迢地来，涛声动魄／生存缩为日月的苦""你把灵魂把胸膛交给浩渺／面对海盗的长发与短剑／煎熬下，半个燠热的世纪／升华了你无尽的爱与大义""我背负如山重恩／耿耿于你年迈而洪亮的严训"等言辞中显然透出陈对父亲鲜活形象的致敬，[3] 但同时，我们也可看到父亲的艰苦卓绝、深明大义与无私奉献精神，这同时又是巨人精神的再现。所以结尾诗人自然升华说："我拙于刻画你崇高的形象／巨人呵巨人。"

第二首《巨人》（1966年）意在歌颂孙中山。作为中华民国的国

---

[1] 陈瑞献，《15人序》，第9页。
[2] 方桂香，《巨匠陈瑞献》，第252页。
[3] 陈瑞献喜欢自己的父亲，虽然在父亲生前他们之间有很多冲突，但陈觉得他父亲是个好人。他曾经回忆道："他为乡镇做了很多事情，他花在替别人做事，甚至出头的时间，比花在自己赚钱和家庭上的时间与心思还要多。在华族几次面临绝灭的关头，他都不顾生死站到最前端去。像这样舍己为人的豪杰之士，在我心中是一个巨人。"具体可参方桂香，《巨匠陈瑞献》，第131页。

父,海外游子的政治或文化效忠对象或者说精神汇聚,孙显然有着非同寻常的意义。巧妙的是,陈同样是借用了具体而微和宏大无比的意象并置/对抗的张力凸显其伟岸:一面是辫子、丑鸭子、坝等,另一面却是容海的大腹、治水大禹等。第三首《巨人》(1967年)的书写则又别具一格,从结构和意义的递进上,它呈现了巨人的逐层升高,从强壮体格、坚贞节操("岳武穆的节操")到傲骨精神,再到可以普度众生的释氏,陈对巨人的状写与刻画由此更显出更广阔的拯救意义与普世情怀。尽管如此,即使是勾画大巨人释氏,陈也是不乏精致和细腻,"我心常云霄/一收腹,即有狮首昂起/而在紫色的华盖下/坐着一个,两个/坐着亿亿万万的释氏"。

陈瑞献的大气总结若简单说来可以从内容与形式的推进上进行思考,从内容方面进行考量。

①凡事(物)皆可入诗的开阔视野与气度。当然,这在主体意识上是作者的有意为之:"内容方面,我不把自己局限在一个小范畴,我觉得到处都有诗。在斗室里,一朵花的芬芳可以浓成一只瓶子的形状,在浩阔的天空下,风的气息像一只够你飞扬的左钩拳。吃纸鸢的树,沙笼的图案,血,白骨累累的海洋,大街,城市,乡野的桥梁,一颗泪浑圆的回忆,爱人的鼻子,生命的严格,等等,一切的一切,都准备要考验一个诗作者是否有穿石的眼力和腕力。"[1]

在实践操作上,陈对诗歌书写对象的搜罗可谓巨细无遗。或者是事物名词(《蜘蛛》《金鲤》《哑子》《珠石小商贩》《古城》《两个松鼠》等),或者是文化事物(《夸父》《拈花者》),或者是地点(《巴士站》《健身室》),或者是事件(《母亲画画》《出院》《海豚的意见》等),或者只是一种精神或过程(《恒在求索》《诗人的冥想》)

---

[1] 牧羚奴(陈瑞献),《巨人·自序》,新加坡:五月出版社,1968年。

等。由上可见，无论动／静、人／物、虚／实、具体／抽象等事无大小皆可入诗人法眼，而其大气也因此彰显。

②诗歌关怀的激情特征与宏伟气势。对诗歌书写对象的宽容吸纳并不意味着书写呈现的大气，然而陈瑞献无论大小纵横捭阖的激情与四两拨千斤的潇洒却在在引人注目。他当然可以挥斥方遒，如《烤月火》；也可以心细如发，在《家书》中编织丝丝柔情与刚勇（"我流浪，我乃一尾愤怒的刺猬鱼／直斩着眼，逆泳向生存的山洪"）；他可以逐步超然走向澄明，作《拈花者》，也可以因了《巴士站》的乱象而对冷漠充满杀机；当然，他也可以困惑或痛苦而清醒，但很大程度上，"他的困惑是一种对存在的滑稽和人类努力的徒劳悲剧性感受……在诗境上，回旋着一股激情"。[1] 我们不妨以《蜘蛛》为例论之。在现实生活中非常渺小和不起眼的蜘蛛，在陈的笔下其实凝结着自然的美和温柔爱意，在不经意中，作者偶尔也会流露出在这个小东西身上赋予的霸气，"我以八足拨弦，层层传音／林中乃有千琴为我们合奏"。

在形式的更新方面，作者也显现出不凡的大气。

①诗歌结构／气势方面的宏阔。如人所论："他的思路跳跃性极强，跳跃幅度也相当大，这使他的好些作品呈现出一种视野恢宏、奔放、开阔的意境。"[2] 实际上，陈瑞献大多数的诗歌都是如此操作，当然这可能也是他的诗在一般人看来晦涩难懂的要因之一。比如其短诗《台》："裸女经过／战场／／一架古琴／睡在／在高空飞行的一段大树身上呻吟。"作为对台（平而高的建筑物）的大气又别致的解释，无论是裸女过战场的惊人一致的效果，还是古琴的高空平躺其

---

[1] 何绍庄，《十五个诗人，十五种风格——简介〈新加坡十五诗人新诗集〉》，《蕉风》总第 215 期，1970 年 11 月，第 50—63 页，引文见第 55 页。
[2] 方桂香，《巨匠陈瑞献》，第 263 页。

实都隐喻了这一概念的（具体或抽象）方向所指。

再比如《蝉声过程》的第一节"一条草径／八大山人的枯鸟／停在猪背上／最后一根路石，隐入鲜活的泥味／你伸手，合指／拈住油色的声音"貌不可解，实际上作者在以不同的意象事件的变化来隐喻蝉声的变化，意象之间貌似风马牛不相及，却构成了蝉声的不同阶段。

②语不惊人死不休的言语张力。陈瑞献诗的语言张力十足：隐喻、象征、夸张、拼贴、错置、活用等手法自然而又有意地将原本清晰可辨的语言化成了奇邪、晦涩、朦胧曲折，甚至是歧义丛生、近不可解。《烤月火》中的那句"中秋夜我们不读书／要读就去读豹，那只非常里尔克的豹"，由读书转向读豹，貌似不通或者变向，但一句"非常里尔克的豹"其实又将方向扭转（奥地利著名诗人里尔克其实也有一首《豹》[1]，书写了威武强韧与温柔倦怠的独特融合），从而形成一个回环。短短两句，语言奇诡、妙趣横生。再如《陆泳过路》诗中一句"烟尘一海豚一海豚的往后流去"，巧妙地以海的流动来比附"陆泳"，可谓独具匠心，同时将动力十足的海豚作为量词使用，又可显出陈瑞献语不惊人死不休的身体力行。也难怪有人指出："他的怪异的文字的运用，以及新奇的句法结构可说震撼了新马地的文坛。牧羚奴的大胆新颖，充分表现了现代主义的创新及实验精神。他的作品一出现，赞赏与抨击的声音几乎同时响起，使他成为文坛上的争论性人物。他的小说也常处理社会地位卑微平凡的角色——所谓下层阶级——可是他的处理方式却有异于陈俗，

---

[1] 全诗《豹——在巴黎植物园》（冯至译）如下："(1)它的目光被那走不完的铁栏／缠得这般疲倦，什么也不能收留。／它好像只有千条的铁栏杆，／千条的铁栏后便没有宇宙。(2)强韧的脚步迈着柔软的步容，／步容在这极小的圈中旋转，／仿佛力之舞围绕着一个中心，／在中心一个伟大的意志昏眩。(3)只有时眼帘无声地撩起。——／于是有一幅图像浸入，／通过四肢紧张的静寂——／在心中化为乌有。"

他没有把他们'美化'或'理想化',让他们在小说中一个个成了好人,他忠实于一己的体认,这些卑微的小人物在他的笔下有他们尊贵的一面,也有他们丑陋的一面。"[1]

陈瑞献的小说同样也体现出劲道十足,甚至不无霸气的显著特征。不过,与诗歌不同的是,陈的小说毋宁说更体现了他洞察人生哲理、挖掘(本土)人艰难存在和其内在劣根性的庞大野心。

我们不难发现,一方面,陈瑞献其实是非常现实主义地勾画了新马社会不同层面的社会生活的原生态:黑社会火拼、夫妇生存"缘分"的悲剧、异教徒的懦弱与反抗、出海穷人生存的艰难,以及麻风病、儿童世界、哑巴、贱民、走私、精神修炼、小丑等,而其叙事的策略却也是混杂的本土现代主义,包括改良的现实主义、现代派的意识流手法、荒诞策略、诗化小说、对话式等。"据专家学者的评论,陈氏小说植根于社会现实,而以正常、反常和超常的心态去感受万花艳发的生活场景;他糅合东西方文化传统的优秀成分,用崭新的文学手法来表现当代生活的许多层面,建造了一个奇特的艺术世界。"[2]

同时另一面,我们也可看出,陈瑞献对这些社会的原生态往往是采取了立体的呈现方式:作者主体介入评判的成分和痕迹并不多,但让小说自身说话凸现人生可能本质及人性弱点的自然主义操作却屡屡可见,其欲擒故纵的手法与独到用心令人称奇。"陈瑞献的小说不只包含着一种哲学的关切和眼光,更包含一种宗教情怀,以致作品总是对人生底蕴有所关注,并提供了若干新的深刻的认识。他的小说鲜少把生活戏剧化、抒情化;不进行道德审判,也不进行政治

---

[1] 温任平,《马华现代文学的意义与未来的发展:一个史的回顾与前瞻》,《蕉风》总第317期,1979年8月,第91页。
[2] 潘亚暾,《人性普露土——从陈瑞献小说〈白屑〉谈起,泛议其它》,《蕉风》总第459期,1994年3、4月,第46—50页,引文见第48—49页。

宣传。"[1]

比如小说《平安夜》中作者更多是对一帮黑社会群殴的原生态再现，作者并没有（义务）将这帮打打杀杀的暴徒绳之以法、大快人心（那其实更像是迎合读者的通俗小说），相反，它更多是说明了一群躁动、无聊灵魂对多余精力的暴力式宣泄，借此读者反问的可能不只是如何惩治暴徒，而是要质问社会自身，思考更深一层的道理。

综上所述，我们可以看到，陈瑞献的本土意义首先在于他成功地实现了对本土现实主义（甚至是整个文学）的突围，同时也巧妙地突破了中国传统现实主义的某些藩篱。尤其是，通过考察他书写的细腻之中的大气风格可以更清楚地发现这一点。当然，陈的有意借用现实主义符码与其说是现实主义化，倒不如说或是为了机智地展示现代主义在反映现实、勘探人性方面远胜于本土陈旧现实主义的居心与实践。[2]

二、阴暗书写与悲天悯人：
对西方现代主义的一种修正

张锦忠对陈瑞献的现代主义书写及其在新马文坛的意义有着相当精准的评判："到了陈瑞献前卫、创新的诗与小说出现，放眼世界、根植本土的新马现代主义文学才不致'经典缺席'，现代主义文风也得以抗衡甚至超越了当道的写实主义华文文学系统，进而彰显新马华文文学系统的繁复与异质性，约有十年之久，重写或改写

---

[1] 方桂香，《巨匠陈瑞献》，第300页。
[2] 张锦忠就敏锐地看到了这一点，具体可参 Tee Kim Tong, *Literary Interference and the Emergence of a Literary Polysystem*, p.145。

了马华文学史。"[1] 但问题在于，陈独特的现代主义操作是如何进行的？如何超越？

通读陈的小说，我们不难发现，其中弥漫着一种阴暗（dark）的气息，甚至暴力书写也点缀其间，加上其别出心裁的现代主义叙事策略的灵活运用，难免让读者滑入现代性的"颓废"（decadence）概念联想中去。周宁就指出："陈瑞献的笔法令人想起卡夫卡，病态的人生，病态的意象，读去有时让人毛骨悚然。陈瑞献有很好的西方文学的修养，在现代派小说与诗歌的尝试中，他都是最地道的、最成功的。"[2] 陈的诗歌甚至也有类似的倾向，比如《哑子》《巴士站》《弃婴》《无言剧》《无言剧2》《怪鸭》《鸡爪》《悲悯遭毁》《锅》等篇目，或者状写阴暗、悲惨、冷漠、变态，或者书写暴烈、荒诞等不一而足，似乎与西方现代主义中的颓废等一脉相承。

实际上，陈的阴暗书写与现代主义的颓废还是有区别的，在我看来，这种书写恰恰体现了陈对西方现代主义的一种修正。

颓废是一个异常复杂、矛盾和悖论式的概念，在不同历史时期、不同国度（区域），不同流派和个人那里往往有着不尽相同的强调。Matei Calinescu对此有着非常独特而深刻的总结性认知，他在其有名的《现代性的五副面孔》一书中对此做了精辟的分析，无论是关于颓废的种种说法、从颓废到颓废风格，还是关于尼采、马克思主义等不同个体或流派对颓废的处理等都独具慧眼。[3] 简而言之，从更深层的意义讲，在犹太教－基督教传统的时间历史那里，颓废往往成为世界终结的痛苦序曲——极度衰朽等，但另一方面，颓废也是

---

[1] 张锦忠，《文学史方法论——一个复系统的考虑：兼论陈瑞献与马华现代主义文学系统的兴起》，张锦忠，《南洋论述——马华文学与文化属性》，第175页。
[2] 周宁，《新华文学论稿》，新加坡：新加坡文艺协会，2003年，第188页。
[3] 具体可参 Matei Calinescu, *Five Faces of Modernity: Modernism, Avant-garde, Decadence, Kitsch, Postmodernism*, Durham: Duke University Press, 1987, pp.149—221。

一种方向和趋势，它通常联系着没落、衰老、耗尽等概念，但也意味着颇富危机感的进步。在美学层面上，颓废往往也和衰落或病态相关，当然它也和某种先锋性密切关联。

在文化学者李欧梵教授看来，在某些语境中，现代文学有如下的几个特征："反对世俗和批评荣禄——也就是批评了'布尔乔亚现代性'的庸俗面；它的风格使社会上惊诧，所以才提倡怪诞，反对当时所谓的真善美，而故意表扬丑陋、恶毒、腐朽、阴暗。"[1] 由此可见，在西方的颓废概念中又有其有意或刻意为之的一面。

在我看来，陈的阴暗书写很大程度上是对上述颓废的一种修正。因为，在对社会原生态的呈现背后，其实滚动着陈瑞献火热的激情——无论是他对社会的热切又敏锐的关怀，还是对于人生无奈、悲剧意味等一种深沉的悲天悯人。如人所论："如果说牧羚奴是个缺乏热情的写作者，那是不公平的；他笔下的人物，或是猥琐，或是蓬头垢面，或是哑巴，或是麻风病患者，或是贫困不堪，或是神女乌龟之流，这些，都是不为人所重视的小人物。牧羚奴有此写他们的腕力与魄力，又岂是一些只会空喊'热烈热烈地拥抱生活'的人可比？"[2]

考察陈小说的阴暗书写，就其书写对象来说，我们可以将其主要分为两大类：一为贱民或小人物，二为另类人物。无论如何，陈借他们向我们显示的往往是对人生存状态的深层思考，背后蕴含了作者非常真切的悲悯情怀和热切。

具体来说，在书写贱民或小人物时，陈重点突出了人生的悲苦、

---

[1] 有关中国现代文学中的颓废可参李欧梵，《漫谈中国现代文学中的"颓废"》，李欧梵，《现代性的追求——李欧梵文化评论精选集》，北京：生活·读书·新知三联书店，2000年，第141—173页，引文见第157页。
[2] 梅淑贞，《论牧羚奴小说集》，《蕉风》总第211期（小说特大号），1970年6、7月，第91—108页，引文见第96页。

艰难。比如《缘分》更多是一种对悲剧夫妻家庭命定式的归纳（混淆），《针鼹》是讲一帮做海的生意的苦力以生命为代价谋生的残酷，《不可触的》则聚焦于被侮辱的贱民，《割草人》写维生的艰难——工作朝不保夕，《暗灯》则通过死人的视角重审生之苦，《蜡翅》则写生计对人的巨大压迫。需要指出的是，陈没有泛泛而论人生之苦，不难看出，他是通过不同工种和阶层的人物的不同经历和凄苦命运来加以证明。

同时，耐人寻味的是，他也洞察到了悲凄人生中弱者对更弱者的欺压，实际上是用小说对鲁迅的某个精辟论断（"怯者愤怒，却抽刃向更弱者"，《华盖集·杂感》）进行深入的诠释。比如《白厝》中得了麻风病的吸毒老公竟然让人老珠黄的妻子卖淫以满足其淫欲，《虱》中"正常"人也常常欺负哑巴和哑女，甚至唆使哑巴欺压同类的哑女。为此，我们也可以看出陈的匠心独具：某种意义上，貌似低等或残缺的人恰恰可以他们独特的反抗方式彰显人生的苦闷、变态，社会的颠倒、错乱，等等。不管怎样，陈的态度还是冷静又热烈的，他在《海镖》中通过主人公的口谈及了他对人生的看法："活着，并不值得赞美。但活着，是对现实的反叛，没有什么比活着更加重要，我会更坚韧地活下去。"

陈还关注另类人物的生存状态。比如黑社会青年（《平安夜》）、走私团伙（《水獭行》）等。表面上来看，这些题材也是可以颓废一把的凭借。但实际上，陈将焦点还是锁定在生存状态的书写上。《平安夜》其实展现的更是一种生存方式和态度，是对被边缘化了的一群青年的激情宣泄的刻画（"他们是骷髅的制造者，肉体的存在只是累赘的多余……人生仅属弥留，就去醉心于一些挂人头的风俗吧，就讨论如何使利刃在骨骼的空隙之中急促地歌唱"），而《水獭行》中男主人公却也命丧走私。《鸡尾上》原本可以有更大的发挥空间，但实际上，它却主要勾画了某一类人在复杂社会中的艰难又玲珑的生存态势，也并非是颓废精神的抒发和刻意。

同样，陈的诗歌也有独到的书写关怀，和小说类似，在书写阴暗时，它同样也显现出悲天悯人的人生关怀和主体意识，他着力表现了现代社会中许多现象内部非人性的荒谬感以及反自然的病态，等等。比如在《侍者》中，他表现出博大的同情和关爱，因为他们不过是堂皇社会中最卑微的点缀（"他机械地记着日记／日记中没有自己"）；《哑子》体现出陈对其丰富内心世界的细腻洞察与体味，更有趣的是，陈在书写其生存的艰难的同时反倒也点出了"塞翁失马，焉知非福"的反抗性（"无闻于撼地的雷／绝缘自人性的丑面"）。《巴士站》则写社会的虚假、冷漠及作者对此的难以忍受（"我的肺叶膨胀，膨胀着杀机"）；《弃婴》在指斥社会无情的同时反衬出诗人的温情；《武彝士海商贩》则一鸣惊人，有着张爱玲小说式的洞见："生活，像爬满了红蚁的／一双乱摔的手臂。"

尤其值得关注的是陈的逆向思考与对异化的深刻体认。《组屋》中作者一反组屋可以让所有人有屋可居的乌托邦式神话，而指出了其虚假幸福，那不过是"把破碎的世纪和雕琢的自然／分组送入一格格刻板的鸽箱"，而有关组屋的事件，其实更多是琐碎、无聊、八卦组成的虚张声势和无用累积。难能可贵的是，陈对现代化异化人类的独到反思。《过渡之城》中"姓名变号数／他的衣是制服""所有的果类都有虫眼／最好的空气在真空管里"等字句都反映出陈对现代化的警醒和某种程度的保留。《绝处》则更是抒发了"我"的备受压迫、欺骗和逃窜，对政治等的反讽和映射可能深藏其中。

综上所述，陈瑞献的阴暗书写在某种层面上超越了人们所认为的西方现代性颓废的局限，而呈现出一种具有宗教信念的博大而深邃的悲天悯人，这自然体现了陈对西方现代主义的某种层面的实质突破和修正：不仅仅是态度上的，同时在书写对象上也有本土化的操作。

三、离散与追寻：本土现代性的一种主题

本土观念／意识的演进，在新马华文文学史上始终是一个重要的文化事件和向度。在受压制的时候，可能不绝如缕；在需要的时候，它们则如雨后春笋——蓬蓬勃勃。在马来西亚立国以后，对于本土的呼吁和提倡也就被逐步纳入了议事日程。梁园就曾提出文化工作者要关怀本土、立足本土："而最重要的，我们生存的地方——马来西亚，正在进行着生机勃勃的建国工作，显示在政治、经济、艺术等方面的大改革，我们有着活力、信心和乐观的精神。我们很自然地想到'民族主义'和'地方主义'的观念。因为这观念，正支配着我们行动的方针，更不论是刊物的编辑态度和编辑方针……因此，我们在一切之上，先要把根生存在这土地上，掌握着地方性的意识，不像无根的浮萍，随波逐流。就像早期的美国文学先驱者，我们不留恋文明的废墟，我们要在新国土上开放我们的新的花朵，只要用的仍然是华文便足够了。"[1]

在文学问题上，马来西亚华文作者比较关心政治身份和反映的认同问题，强调马来西亚文学应该是："第一，马来西亚公民的作品。第二，能够表现马来西亚人民的思想、感情和趣味的作品。"[2]在语文问题上，他们甚至可能会非常自豪于自己哪怕可能不通的华文（黄崖语）："我们所运用的华文，是马来西亚的华文，它跟中国的华文在文法上、用词上都有很大的不同。在我们的华文中，已经掺杂了一些马来话和印度话，在中国人看来，我们的华文是有点不

---

[1] 梁园，《马华文学的重要性》，《蕉风》总第 181 期，1967 年 11 月，第 46—47 页，引文见第 47 页。
[2] 《文艺座谈会：马来西亚文学》，《蕉风》总第 169 期，1966 年 11 月，第 4—7 页，引文见第 5 页。

通的，但我们却以此引以为荣，认为我们应该要这么写。"[1] 这一切都凸现了本土意识的腾涨和强烈呼声。

某种意义上说，陈瑞献的书写也是这种本土浪潮／意识挟裹下的一种别致的凝结，同时也是一个非常杰出的代表。表现在诗歌上，诗人对此有着非常清醒的认知："在整个诗坛像是一间老旧的屋子的今天，我们，星马少壮的一群，我们身材健壮，走了进来，自然只有苦闷和不能自如的感觉。重建是必须的。为了重建，我们只好把一间风来摇雨来漏的老屋拆掉。在这个地基上，在重建的过程中，蓝图的设计，材料的采购与应用等，除本地的之外，当然可以参考或选择一些外来的东西。但，没有一个诗作者可以从外地搬来一座房屋，除非他是神灯里头的恶魔。我们必须自建，自造一座自己的有现代化通风设备的大厦。"[2] 因为是重建，所以本土与外来的混杂使用在所难免，但关键却在本土自造。

同样，陈瑞献的小说中也明显地夹杂着本土色彩、本土事件、本土氛围以及本土的意识。如果从本土色彩考察的话，本土场所（亚热带的咖啡店、酒吧等）、语言混杂（英文、华文、马来文、闽南话等方言并存），从椰林到本土食物马来罗杂（Rojah）等无不映照出陈小说中的本土情境；同样，黑帮群殴、鱼龙混杂的鸡尾酒会、靠海吃海等事件无不散发着本土的味道。所以流川也从对《针鼹》的分析中读出陈瑞献小说的现实性和本土色彩："我相信牧羚奴不但有穿山的眼力，明察秋毫，而且也会积极深入'民间'，体会生活，亦即会有过这种生活经验，否则，小说中的人物，哪会有这么真实？……它也不是舶来品，它是属于本地的文艺创作，具有浓厚的

---

[1]《文艺座谈会：马来西亚文学》，第6页。
[2] 牧羚奴（陈瑞献），《巨人·自序》。

地方色彩,它不是无病呻吟,更不是呓语梦言!"[1]

当然,单纯纠缠于陈瑞献作品的本土色彩无疑是肤浅和过于空泛的,同时我们可能因此低估或遮蔽了其创作中的深层本土关怀,为此,我们必须另辟蹊径。张光达指出了马华现代诗的本土特质:"马华现代诗的'现代性'是西方/台港文学技巧和思潮混合的移植特性,交织着一些乡野传奇的本土特性,它有别于西方高度发达/腐败的资本主义社会文化,也有异于中国性现代主义自我流放的现代感性。"[2] 实际上,陈的诗歌也有类似特性。

通读陈诗,不难发现有一个意象频频出现,而且意义指涉各异,值得深思,这个意象就是"母亲"。张锦忠曾经注意到了这一点,他认为母亲的意义可分为:(1) 作为名词。一为专有名词,专指他画画的母亲或岳母与孟母;一为普通名词,即母亲。(2) 母亲形象。她"投射出海的儿女澎湃如潮声的孝思,是倾诉心曲的对象"。[3] 但在我看来,张的处理仍然有简单化的倾向。

总结说来,母亲的含义主要有如下几种:

1. 具有专指意义的母亲。比如画画的母亲,《家书》中的母亲,《野仔》中的母亲,《弃婴》中的孟母和岳母,《叶笛》中孩子的母亲,《哑童》中"他母亲抱起他",等等。这一类母亲往往有特定所指,意义相对明确。

2. 作为总称的母亲。比如《海歌》中的"慈母",《非山偈》中"亲爱的妈"和《思乡》中母亲的粽子,等等。当然,《家书》中的母亲也可转化为总称的母亲。此类母亲则是指宽泛意义上的母亲,

---

[1] 流川,《〈针鼹〉的解剖》,《蕉风》总第 211 期(小说特大号),1970 年 6、7 月,第 131—142 页,引文见第 142 页。
[2] 张光达,《现代性与文化属性——论 60、70 年代马华现代诗的时代性质》,第 106 页。
[3] 张锦忠,《论诗的起源与陈瑞献诗》,陈瑞献,《耆厘魔》,北京:中国文联出版公司,1993 年,第 105—111 页,引文见第 109 页。

所指并不确定或专属。

3．转喻的母亲。《思乡》中，母亲转义为"我们的渔场"；《孤石》中母亲的形象也在不断移动："看我啼哭着母亲的苦痛"也可理解为像母亲那样的，"母亲不在"中的母亲其实又转换成保护神的形象；《古城》中"岛中有爱，这么澎湃，这么母亲"则将母亲转喻成执着或细腻或无微不至的形容词。

4．作为（实在或精神）故乡的母亲。《烤月火》中母亲是一种泛指，我们的母亲。更加重要的是，母亲其实也逐渐变成故乡。此处，陈瑞献其实通过母亲彰显了一种离散诗学主题：作为一个精神流离和漂泊的游子，他一次次从不同母亲的形象中找寻寄托和不同层面的抚慰。当然，这种离散诗学更多是本土的（相对于中国而言）、海外华人的，而非中国的。在诗中，诗人的故乡并没有延伸到文化中国的概念，他更多是立足本土、扎根本土。

表面上看，这种书写好像是离散和找寻的封闭过程，而实际上，离散的苦楚与孤单却是恒久的，可传染的。诗人在《黑区》中的诗句"浮萍根短／水上的孤儿，有一些溜走／余被吃掉"则暗喻了海外华人的（被）流放的命运。当然，顺带一提的是，母亲并不是家或故乡的唯一意象，实际上，陈瑞献有他可能更大的追求——佛陀为家。

同样，陈瑞献的小说中，离散主题也时隐时现。《平安夜》中的黑帮、《虱》中的哑子、《割草人》中的割草者、《针鳗》中吃海的主人公们其实在精神上也暗喻了华人的离散状态：或被边缘化，或身不由己，种种遭遇与主题都或多或少涉及了离散。

当然，更为典型的或许是《不可触的》中的深层隐喻。作为地位最为卑微的贱民形象，作为一个外来人，他在家中备受欺凌和蔑视；即使离开家庭，他同样也只能死路一条："到处都有关卡，没有证件，他的确不能跑去哪里。若他死了，一如没有生之价值的东西必须自毁或他毁,一条横遭拒绝的灵魂,也只能绕在这儿上空的纬线上,衰败,易断,可被分化,却不可完全被抽离。"甚至连植物都有归属和标签,而他只是一个毫无尊严又无身份的沉默的他者。论者往往关注了他的卑下,而在我看来,更重要的是他身份的缺失,更进一步,流离的人又如何确认/确立自己的身份认同和文化认同?陈瑞献的高明之处就在于对这种离散诗学的高度哲学化的形象总结,而方式却是小说。

四、文体互涉与他度可能

陈瑞献在进行自己的现代主义实践时,早将视野和价值评判交给了长远和将来,或许他已经预见到书写革新所带来的巨大反弹,他宣告说:"(诗人)独立工作,默默工作,永远不为恶言或褒词所动。他特别不是向暴君、立法者、导师负责,他直接向时间负责。"[1]

方桂香曾经论及陈瑞献多元艺术之间的互通:"我觉得他很擅长将许多不同时代、不同风格、不能相融的思想与形式融汇在一起。在他的艺术创作中,所有艺术门类的边界都敞开了,它们之间不断沟通互动和交流,不断地生出新的观念和景象。"[2]他的小说与诗歌在整体创造上显然也有着其博杂的包容性,多元艺术家的种种艺术之光其实在这两个文类中已经初现端倪。很多时候,它已不仅仅是文体的互涉,甚至也是不同艺术种类之间的互涉,这种博杂其实本身也是本土现代性的整体特征。

---

[1] 陈瑞献,《15人序》,第7页。
[2] 方桂香,《〈陈瑞献谈话录〉序:与君一席话 胜读十年书》,《联合早报·文艺城》2004年10月19日。

如果考察文学创作与哲学思想（特别是佛学）之间的密切关联，我们不难发现，如今已是佛教徒的陈瑞献在文学创作中已经崭露出其独特又深刻的悟性以及"慧根"。尤其是《内空之旅》与其说是小说，倒不如说是相当写实地再现了一种奇特的精神与身体实验——可能接近释迦的一种独特体验。在诗歌中，陈对佛的礼敬则显得更加直接和丰富。如《巨人》（1967年）就是对释迦的歌颂，《拈花者》中对拈花一笑的另类感知，《大宝森》对受难的摹状，《非山偈》中对家的探寻——佛陀，《与舍利弗坐》则暗含了许多禅机和通透圆融的禅理。

甚至有些表面与佛无关的诗也彰显出相当的佛理，如《秋在凡尔赛》中"窗打开户／镜生水银……颜色扫荡天天地地的宫墙"在令人惊诧的大气以外，其实也闪烁着禅机。故而某种意义上，我们也可以说，陈瑞献恰恰是以诗歌和小说宣扬并体验了佛学。

值得注意的还有诗歌与图画的神交。陈瑞献有一些诗作近乎不可解，这些诗其实并非深不可测，而是特别需要"通感"。[1]如果从绘画的角度去捕捉意象，思考想象诗境，则个中的艰深往往也就迎刃而解了，比如《冰魂》《蝉声过程》《插花》《讯号》《菌生》《秋月》《鸟滑水》，等等。当然，这种绘画感不仅仅是演绎了一种别致的诗境，同时也可能是一种空间诗学，如《插花》本身就是一幅诗画。

小说中文体的互涉表现也是多姿多彩的，而其中尤为典型的则是小说的诗化。首先比较常见的是语言的诗化，这往往会导致小说语言的张力增强，而使意义显得含蓄，甚至有时也晦涩难懂，诗化语言几乎散布在陈20世纪60、70年代大多数小说中。

其次值得注意的是诗化结构。这也有轻重程度之分：或者部分，

---

[1] 钱锺书对此现象有着非常独到且深入的认知，具体可参钱锺书，《旧文四篇》，上海：上海古籍出版社，1979年，第50—61页之《通感》一文。

或者全部。《水獭行》中就有诗化结构的部分实现：文末几页曾仔细描述他死后的事态发展，那句"他的头颅沉重地吊在舷外"其实成为衔接不同场景的黏合剂，但这恰恰是诗重复结构的再现。而在《竹杖子》中则是一种彻底的诗化结构：不仅各个小节之间关联甚少，它甚至变成了一种类似后现代主义中的拼贴，当然这篇小说的内在关联还是有的。

当然，还有其他文体互涉就是作者将诗（歌谣）嵌入了小说中，使得小说的"小说性"（M. M. Bakhtin 语）增强。小说中同样也有对话体的插入，而有些诗作也有类似的操作，如《我问细胞》。

当然，除了文体互涉以外，其实陈瑞献也特别注意小说和诗歌空间的处理，甚至发展出独特的空间诗学。在诗歌中，他往往会注意到空间的压缩和扩张，同时类似绘画中的留白，他会在适当的时机灵活自如地因应。而小说中也有类似精彩的表现，比如《内空之旅》中有关心理空间的意识流密度操作让人不禁想起了香港著名文学家刘以鬯作于 20 世纪 60 年代的《酒徒》或者是后来的小说《蜘蛛精》的精妙实验。有论者曾经分析了某些篇幅的范例性操作，在《不可触的》中："他中断语言叙述的纵向延续性，把同一时间的几件事件，表现为空间的并列、形象片段的重叠，作家把意义完整的几大段话切割成无数小段，有意破坏它们原来的起讫秩序，并使之相互混杂，重新拼接，让读者在小说的接受过程中获得一种同时攫住诸多形象片段的感觉。"[1]

当然，如果我们考察陈瑞献在其他文体推进方面的努力，便不难发现，他其实还是后来在新加坡（1965— ）发展越演越烈，甚至

---

[1] 苏菲（苏卫红），《战后二十年新马华文小说研究》，第 220 页。

颇具本土特色的微型小说[1]书写的早期功臣／元老级人物，如果不是共和国文学有关书写的本土源头的话。

结语：需要指出的是，陈瑞献（们）的本土现代性的许多实验虽然引起了相当的争议，但在当时由于"老现们"的阻挠和客观环境的影响也遭到了相当的挫折，从另外一个层面上讲，似乎没有达致理想的效果，甚至连带今天的研究也并未取得应有的效果。谈及现代诗的沦落，这自然也和当时社会的功利性趋向密切相关："现代诗传入的时候，正值华文文坛沦入一年又一年不见出头的寂寞低谷，经济文化的冲击又使华文水平降低普及面缩小，在有识华人都意识到华文与华文文学都处于存亡关头时，现代诗的含蓄晦涩又使华文诗歌进一步地远离大众，自绝于读者也就自绝于华文诗歌自身了。"[2]

平心而论，陈瑞献的实验有其不成熟的地方，尤其是在早期的诗歌中，在许多激情的背后也隐含了相当的青涩与刻意成分，而在后期的一些小说实验中，他也有跨文体甚至是模糊文体的操作，往往令读者一头雾水。但我们必须看到，无论如何，他的务实性努力和勇气值得我们尊敬："从没有到有，从没有'程度'到有'程度'，从没有'文化'到有'文化'，从'诗的沙漠'到'诗的绿洲'，等等等等，中间的桥梁是工作工作工作工作，不是讲鸟话（自怨自艾自悲自怜自大自我作践）。不做，永远没有，讲一千年的鸟话，结果

---

[1] 由于呼应都市的快节奏和人们阅读习惯的改变等原因，短小精悍的微型小说在20世纪70年代以后的新加坡，越来越受读者和作者的欢迎。到今天为止，似乎无论创作和研究，都可谓显示出令人惊讶的强盛态势。比如2004年新加坡玲子传媒就出版了／即将出版世界华文微型小说研究会丛书系列（新加坡）的十本有关研究（赖世和，《新加坡华文微型小说史》）和创作（希尼尔、黄孟文、周粲、董农政、艾禺等）的丛书，从这一点也不难看出，微型小说在新加坡其实是被当作一门事业去经营的，而且声势相当浩大。

[2] 周宁，《新华文学论稿》，第135页。

还是没有。"[1]

　　本文称陈瑞献的文学创作为本土现代性其实别有深意存焉。如前所论，吊诡重重之中，我们不难发现，陈瑞献其实是以最不新加坡的书写方式代表了新加坡，同时无论如何，他又是新加坡这块土地上开出的奇葩，但他的本土现代性绝非局限于新加坡，而是开放的。马来西亚的批评者在批评20世纪60、70年代的现代诗或小说创作时往往非常自然轻巧却非常错误又轻率地跳过了陈瑞献，仿佛国籍的划分就轻易斩断了文学的内在关联和影响。实际上，陈瑞献的多数作品仍然于新加坡立国后在马来西亚重要的文艺刊物《蕉风》上发表，其影响力不是人为可以切断的。[2]

　　更加值得注意的是，后起的马华作家对陈瑞献的无形继承与发展。当马华本土作家黎紫书以书写本土赢得不绝于耳的掌声时[3]，如果考察她的暴力与阴暗书写，从谱系学角度看，其实最卓有成就的本土前辈应该是陈瑞献，尽管她的手法更像是西方现代主义中的美学颓废，刻意的成分（过分强调或有意为之）不难窥见。本土在陈那里很多时候更是一种凭借和载体，而其对社会人生的悲天悯人胸怀、对人性劣根性等的严肃拷问、对文体形式的不懈创新却往往超越了本土，而成为跨国性的深沉感悟和文化资产。

---

[1] 陈瑞献，《15人序》，第10页。
[2] 2006年11月4日，《蕉风》的主办单位马来西亚南方学院将第一届南方人文精神奖——"南方之鼎"授予陈瑞献，算是对这种偏见的一种纠正。
[3] 比如王德威在《黑暗之心的探索者——试论黎紫书》（黎紫书，《山瘟》，台北：麦田出版社，2001年，第3—8页）和王润华在《最后的后殖民文学——黎紫书的小说小论》（王润华，《华文后殖民文学》，台北：文史哲出版社，2001年，第225—226页）中都对黎紫书本土文学的书写给予了相当高的评价。

李永平：马华现代主义长篇第一人

毋庸讳言，无论是对于台湾文学，还是马华文学，李永平都应当有其至关重要的一席之地（吊诡的是，李永平往往被以政治身份规划文学史的书写者排除在马华文学史之外[1]）。王德威就指出："李永平是当代台湾文学传统中，从原乡到漂流，从写实到现代，最重要的实验者。他强烈的个人风格，在在引人瞩目。"[2]诚然，无论是其艰苦卓绝且卓有成效的文字修行，还是对中文小说叙事技巧（尤其是意境）的不懈推进；无论是他对在地的社会厚重又深邃的考问，还是对遥远的"本土"念兹在兹的萦绕／迷恋／回顾，李永平都以文字彰显着他令人讶异的独特风范。

李永平（1947—2017）大概六年磨一剑的创作速度似乎算不上高产，其主要作品有：《婆罗洲之子》（古晋：马来西亚婆罗洲文化局，1968年）、《拉子妇》（台北：华新出版社，1976年）、《吉陵春秋》（台北：洪范出版社，1986年）、《海东青》（台北：联合文学出版社，1992年）、《朱鸰漫游仙境》（台北：联合文学出版社，1998年）、《雨雪霏霏：婆罗洲童年记事》（台北：天下文化出版公司，2002年），

---

[1] 比如陈贤茂等主编的《海外华文文学史》第二卷（厦门：鹭江出版社，1999年）就很轻易地抹去了李永平的名字，而马来西亚一些本土评论者早将李永平扫除出马华作家行列了。尽管他们的操作看来似乎并无大碍，但实际上，以政治规划文学的短视已经破坏了文学自身的发展和关联生态。

[2] 李永平，《李永平自选集1968—2002》，台北：麦田出版社，2003年，封底。

《大河尽头》（上卷《溯流》、下卷《山》，上海：上海人民出版社，2012年；台湾版分别于2008年、2010年面世）。但是，严格说来，几乎其每一部作品都别有口碑和洞天，甚至具有深远的里程碑意义。

《大河尽头》作为李永平迄今为止最气势磅礴、结构井然、首尾呼应的长篇力作，呈现出李长于结构、精于布局、善于把握大叙事的独特优势。如果结合殖民主义词根展开思考，他既呈现出大历史视野下的殖民主义乱象，又立足于个体，呈现出个体成长/自我教育，自我清洗之后的重生，这其中自然也包含了解殖民或去殖民。当然，在这部长篇中，一贯书写"旅行本土"的李永平更加重了台湾元素的砝码，显示出其可能落地生根的倾向。

当然，如果掩卷沉思、仔细反思此部小说叙事的动力和韵味，其表面千姿百态、天女散花，令人惊艳，但一旦谢幕仍然有种繁华落尽的寂寞感和不满足感，即使书写的技艺已经臻至完美，如人所论："这本小说吊诡地用长篇巨制的物理形式（惊人的页数、字数……）去写一种不可写。它强调的每一个细节都在提醒我们，除了这些细节以外一无所有，还有更多的早就散逸流失了，而毕嗨的威胁言犹在耳。推动这本小说的与其说是叙事的欲望，倒不如说是叙事的焦虑——在小说大河的下一个弯道，万一领路鸟没有等在那里怎么办？这本书最深沉的哀伤便自此而来：回忆不可为，但仍需勉力为之，就像乘长舟逆大河而上。但这一次，再没有强壮的伊班、雅达克、马当族……的双脚能抵住时间激流，将小说的长舟推逆回去了。"

某种意义上说，李永平是幸运的，无论是在创作上还是相关研究上，他都获得了不少青睐和各式各样的支持/批评：无论是师友、出版人的提携与鼓励，还是批评者的辛勤努力，都让我们可以惊喜地看到不断创新的李永平，也持续增进我们对他的进一步认知。

纵览相关研究，我们大致可归纳为两大方向：（1）考察李永平独特的叙事策略，尤其是对纯粹中文渴求的"文字修行"；（2）探究其文本中包含的丰富意义。其中，尤其是对李永平苦心孤诣的形式更新和文字纯化的探究，由于论者阵容强大且数目众多，往往令人印象深刻。[1]

当然，这并不意味着对李永平小说的研究已经山穷水尽了，在承继前人丰硕成果的基础上，我们同样可以新人耳目、再辟蹊径。如果从本土视角进行观照的话，不难发现，李永平个案恰恰有效地跳脱了本土的限度、开拓了其容量，令人惊讶也令人鼓舞。

从早期书写婆罗洲为代表的"南洋"，到《吉陵春秋》怪异的抽离／模糊具体时空，再到20世纪90年代以来对台北等大都市寓言式或写实的再现，以及横跨南洋和台湾之间的文化、历史想象，李永平本土书写的焦点转换与整体策略显然有异别家，值得深究。尤其是《吉陵春秋》，则更显出"旅行本土"[2]的别样姿彩：它继往开来、承上启下、既此又彼、非此非彼。有论者甚至认为："小说最大的贡献，在于创造了个宜古宜今、既中国又南洋的吉陵镇。"[3] 其实可能只是揭示了其一半的哲学指向。

颇负盛名[4]的《吉陵春秋》自然吸引了诸多名家、读者和研究者的目光，但对意境和关涉主题的书写指涉则往往争论不休。或者是中国小镇形象，或者是南洋景观，或者是江南风物，或者是热带的

---

[1] 如王德威、黄锦树、朱双一、张诵圣、林建国、张锦忠等都一再探勘李永平的小说，可为成果迭出、声势浩大。具体可参胡金伦、高嘉谦编，《李永平小说评论／访谈索引（1976—2003）》，李永平，《李永平自选集1968—2002》，第407—414页。
[2] 本文旅行本土的概念绝不只是指本土的旅行，而更应该是本土的游移、离散。
[3] 王德威，《来自热带的行旅者》，王德威，《众声喧哗以后》，台北：麦田出版社，2003年，第383—384页，引文见第383页。
[4] 1999年由《亚洲周刊》主持评选、十四位各地评判甄选的20世纪全球华人中文小说一百强中，《吉陵春秋》以骄人战绩名列第四十位，这也是马华作家的最高排名和唯一入选者。

古晋等，不一而足。同时，由于多数论者往往缺乏足够的在地知识，也难以通过本土视角历时地看待它的独特位置，也使它的意义呈现并未得到充分彰显和体认。更加令人遗憾的是，我们也因此罔视了《吉陵春秋》对本土概念的开拓性努力与意义。黄锦树虽然很锐利地指出李永平某些小说中的"败德"母题，却偏偏未能注意到《吉陵春秋》的独特蕴意："从《吉陵春秋》以来，败德母题让李永平把乌托邦写成反乌托邦；同样地，败德母题也让他笔下的桃花源、神话国度呈现出堕落与腐败，传统文人的'桃源'从此不再是洞天福地，而是以罪恶为主体的死亡国度。《吉陵春秋》没有历史背景，所以还不大看得出它这方面的意义"。[1]问题则出在我们并未找到合适的视角剖析其可能的"历史背景"。

在我看来，李永平的吉陵书写毋宁更是一种本土的另类突破与超越——其独特的本土往往是旅行的、游移的，为此，其吉陵图像也相应地表现出一种混杂的、模糊的特征，而其内容也呈现出一种"恶托邦"（dystopian）的色彩。

如人所料，"恶托邦"当然是一个非常复杂、应用广泛但又众说纷纭的概念。它当然可以在科幻小说（science fiction）中指向"恶托邦"的场景，当然也可以在更广阔的文学故事范围内展现，比如，奥维尔（George Orwell）的《一九八四》（Nineteen Eighty-four）；在20世纪60年代流行的间谍影片中也有类似主题，当然，敌人可能来自外部，也可能是内部；甚至在医学中也可能有类似的倾向，尤其

---

[1] 黄锦树，《在遗忘的国度——读李永平〈海东青〉》（上卷），黄锦树，《马华文学：内在中国、语言与文学史》，吉隆坡：华社研究中心，1996年，第162—186页，引文见第173页。

是当医生把病人单纯看作有待修理的标本时。[1]

在芬伯格（Andrew Feenberg）那里，"恶托邦"毋宁更是技术化、科学化和理性化等所导致的社会恶果，所以"从这种恶托邦的立场看，技术进步恰恰不是价值中立的效率提高，而是一种全新的生活方式"。[2] 这可能也包括了政治专制和医疗等方面对人的非人性化操控。

福柯（Michel Foucault，1926—1984）虽然没有确切地使用类似的字眼，但他的探索却值得深思。他在著名的《规训与惩罚》（*Discipline and Punish-The Birth of the Prison*）中曾提及"全景敞视主义"（Panopticism）之下的封闭乌托邦。[3] 当然，"恶托邦"与此有别，因为它远远超越了这种外在权力无所不在监控之下的有限"幸福"，尤其是相对于之前的身体酷刑而言。

同样，福柯在他1967年的一次名为"Des Espace Autres"（"Of Other Places"）的演讲中却提出了"异托邦"（heterotopia）的概念。严格说来，福柯并没有给出非常明确的界定。在他看来，在每种文化／文明中可能存在真正的空间（real places），它们确实存在且形成

---

[1] 关于文学方面的论述，可参 M. Keith Booker, *The Dystopian Impulse in Modern Literature: Fiction as Social Criticism*, Westpoint: Greenwood Press, 1994。科幻小说和其他可参 Tom Moylan, *Demand the Impossible: Science Fiction and the Utopian Imagination*, New York and London: Methuen, 1986; Raffaella Baccolini, Tom Moylan(eds.), *Dark Horizons: Science Fiction and the Dystopian Imagination*, London: Routledge, 2003; Peter Ruppert, *Reader in a Strange Land: the Activity of Reading Literary Utopias*, Athens and London: University of Georgia Press, 1986; and Chad Walsh, *From Utopia to Nightmare*, Westpoint: Green wood Press, 1962；等等。

[2] [美] 安德鲁·芬伯格著，陆俊、严耕等译，《可选择的现代性》（*Alternative Modernity: The Technical Turn in Philosophy and Social Theory*），北京：中国社会科学出版社，2003年，第26页。

[3] 具体可参 Michel Foucault, translated from the French by Alan Sheridan, *Discipline and Punish-The Birth of the Prison*, New York: Vintage Books, 1979, pp.195-228。或者可参中文版本傅柯著，刘北城、杨远婴译，《规训与惩罚——监狱的诞生》，台北：桂冠图书公司，1994年，第195—227页。

于社会创立之时。它们有点像"反地点"(counter-sites),一种被有效扮演的乌托邦(enacted utopia),在其中真正的地点和其他在文化中发现的真正地点可以同时被重现、质疑和颠覆。这类空间在所有其他空间之外,尽管它在现实中可能显示其藏身之处。因为这些空间绝对不同于它们所反映和论及的地点,作为乌托邦的对照,被称为异托邦(复数)。

为更清楚地描述异托邦,福柯还提出了六条原则:(1)世界上没有一个单独的文化败于建构异托邦;(2)一个社会,就像它的历史呈现,可以它不同的风格发挥存在着的异托邦的某一功用;(3)异托邦可以在一个单独的真正空间内并置几个本身互不相容的空间、地点;(4)异托邦最经常和时间片断相关联;(5)异托邦经常预设一个开关系统可以让它们隔离又互融;(6)它们有一个可以联系所有其他存在空间的功能(从此意义上说,妓院和殖民地就是异托邦的两个极端类型)。[1]

不难看出,福柯主要是从社会史的角度比较宏观又抽象地描述了异托邦,这和他一贯的边缘立场和独特视角密切相关。而且,在我看来,"异托邦"和"恶托邦"的区别在于:前者并不一定关联了人性的扭曲或集体罪恶等恶果,在福柯那里,它更多是和不同视角与空间观念相关。

需要指出的是,在"恶托邦"与乌托邦之间存在着一种复杂的关系,我们不能单纯将"恶托邦"等同于反乌托邦(Anti-utopian),而应该深明其中的繁复。熟悉福柯的人知道,他比较反对提供一种批评的对立面作为备选答案,在他看来,"去想象另一种体系无非等

---

[1] 该文在福柯死后曾经发表于法国期刊 *Architecture /Mouvement/ Continuité* 1984 年 10 月号上。由 Jay Miskowiec 从法文译成英文。本文有关福柯的论述,具体可参福柯研究的专门网站:http://foucault.info/documents/heteroTopia/foucault.heteroTopia.en.html。

于延长在既定体系中的参与"。[1]

为此,"恶托邦"不应被简化为反乌托邦,而更应该是对颇有逃避式反应和倾向的乌托邦的一种反拨,二者应是对同一对象视野的有交叉的不同侧重。[2]

需要指出的是,《吉陵春秋》中的"恶托邦"与上述的诸种描述虽然不无瓜葛但同样有相当的距离。李永平的这部小说中,"恶托邦"则更多反映出半封闭的特点,扭曲人性的往往不是所谓的技术化、理性化和科学化,而更多是非理性、蒙昧和欲望的暴力式宣泄,等等。为此,笔者在论述时会进行具体的修正和更新。

或许,我们应该询问的是,李永平《吉陵春秋》中的旅行本土是如何呈现的?吉陵的"恶托邦"社会又呈现出怎样的特质?而在"恶托邦"与旅行本土之间又存在着怎样的关系?为此,本文主要从三个方面展开:(1)吉陵考古:"四不像"哲学;(2)真的恶声:"恶托邦"本土;(3)旅行的本土:离散与游移。

一、吉陵考古:"四不像"哲学

某种意义上说,《吉陵春秋》中的"吉陵"意象例证了"盲人摸象"操作的尴尬与有趣。为此,在剖析"恶托邦"本土以前,我们必须聚焦于仁智各见的吉陵图像,进行考古,甚至从中可以探勘出李永平所苦心营造的某种地缘哲学。

考察论者的意见/异见,关于吉陵,我们可做如下分类:

1. 中国(传统)小镇的塑像。余光中在《吉陵春秋》序言

---

[1] Donald F. Bouchard (Ed.), Donald F. Bouchard and Sherry Simon (Trans.), Michel Foucault, *Language, Counter-Memory, Practice: Selected Essays and Interviews*, Ithaca, New York: Cornell University Press, 1977, p.230.

[2] M. Keith Booker, *The Dystopian Impulse in Modern Literature: Fiction as Social Criticism*, p.15.

《十二瓣的观音莲》中就指出:"从虚构的立场说来,这本小说只宜发生在中国大陆。"(第2页)在此基础上更进一步的则是龙应台,她在《龙应台评小说》一书中对该书青睐有加,认为其难得一见,并指出:《吉陵春秋》可以视为作者对传统中国社会的指责、控诉。李永平的深度在于他能透视表面的和谐安宁而直指阴暗的人性,甚至于,对于阴暗面的形成他都有所熟悉。"[1]而在一篇访问记中,也有人对吉陵象征持类似观点:"他有那么好的能力可以驾驭、描摹一个传统中国的乡野世界,可虚可实,人物鲜明多面,像复瓣的绽放体。"[2]

2. 古晋与文化中国的糅合。作家钟玲甚至亲自跑到李永平的生长地——古晋进行探访。通过实地考察,她在指出李永平"吉陵"世界的独一无二结果时,却坚持"吉陵"是古晋与文化中国的杂交产品:"但《吉陵春秋》是一部内容奇特、风格独特、蛊人魅人的小说。其中一蛊人之处就在其地理上之扑朔迷离。这种扑朔迷离的谜底就是因为李永平是马来西亚人,二十岁以前都住在东马来亚的古晋城。他的吉陵城就是以古晋城的华人社会为其草图,在创作上糅合了现实中的古晋城与他想象中的文化中国。"[3]

齐邦媛教授也谨慎地持类似意见,虽然有所保留:"李永平笔下的吉陵镇,是一个模糊、无法找到具体定位的地域,评者有人认为吉陵是华南、台湾、南洋的综合;有人则视为一个中国小镇的塑像。我想,李永平创作《吉陵春秋》时应未去过大陆,他对中国的想象

---

[1] 龙应台,《一个中国小镇的塑像——评李永平〈吉陵春秋〉》,龙应台,《龙应台评小说》,上海:上海文艺出版社,1996年,第144—160页,引文见第157页。
[2] 孙梓评,《真诚等于力量——访问李永平先生》,《文讯》总第218期,2003年12月,第94—97页,引文见第97页。
[3] 钟玲,《落地生根与承继传统——华文作家的抉择与实践(二)》,《华侨新闻报·文艺沙龙》(南非)2002年3月23日。

纯然是文化性的，也许尚有侨居地的影子。"[1]

3. 混杂与神话。较早论及李永平《吉陵春秋》的曹淑娟却指出其中世界的混杂特征和神话色彩，认为"作者综合了他得自生活与学识的中国经验，营构了一个可以南、可以北的中国人生存空间。它的模糊暧昧，正可以舍离明确地点所必然连接的历史背景和社会制度，成就一个带着神话色彩的世界，或许它类似于西方文学中的一些虚构的城乡"。[2]

4. 普遍性与抽象世界。温任平认为有关南洋的一些问题和困境可能是李永平创作的动力，他从中读出了《吉陵春秋》指涉的普遍性："吊诡的是《吉陵春秋》时空背景的模糊反而使这部小说更具'普遍性'（universality），因为吉陵镇的暴力淫乱可以发生在南洋、中国台湾甚至大陆任何城镇，地理坐标因为'去地域化'而指涉更广。"[3]

而在黄锦树看来，那更应该是抽象的世界，无论是语言，还是叙事声音都有其刻意不确定的特征。吉陵"建筑在一块无土之地，它不在这里也不在那里；小说中的人物对话用的语言和我们生活世界日常沟通的华语相当不同，不论是它的腔调还是常用的动词；虽然它大体可以辨认出是中国官话系统的一个变种，令人既熟悉又陌生；占主导的叙事声音也可以模式化的话本语言及腔调、韵律、用语，仿佛在属于过去的某个不确定时段，诉说一则中国偏僻乡镇的

---

[1] 齐邦媛，《序:〈雨雪霏霏〉与马华文学图象》，李永平，《雨雪霏霏——婆罗洲童年纪事》，台北:天下文化出版公司，2002年，第I—X页，引文见第II页。
[2] 曹淑娟，《堕落的桃花源——论"吉陵春秋"的伦理秩序与神话意涵》，《文讯》总第29期，1987年4月，第136—151页，引文见第137页。
[3] 温任平，《〈吉陵春秋〉堪舆》，《星洲日报·文艺春秋》（吉隆坡，1957年后）1999年7月25日。或可参马来西亚"犀鸟文艺"网站 http://www1.sarawak.com.my/org/hornbill/my/swk/liyongping/liyongping02.htm。

庶世传奇"。[1]

在大量引用了诸多论者的意见后,我们其实应该看看作者的认知用以检视和束约我们可能的偏离。李永平在《文字因缘》一文中曾经借他人的洞见言道:"'吉陵'是个象征,'春秋'是一则寓言。《吉陵春秋》讲述报应的故事——那亘古永恒、原始赤裸的东方式因果报应,蛊祟一整个华人城镇的人心。"[2]

值得反思的是,他所借用的一个词居然是含混/暧昧的"华人城镇",宛如英文"Chinese"的复杂性(中国人?中国的?等等),显然李永平对"吉陵"图像有其出人意料的繁复考量。我们不妨称之为"四不像"哲学。

整体上说,李永平的吉陵蒙上了一层朦胧色彩和有意模糊化的环绕。一方面,它其中运行了相对清晰的地域、文化、社会背景;另一方面,这种混杂图像却有时有其互相抵牾之处,值得反思。

具体说来,不难看出,《吉陵春秋》中的中国图像清晰可辨,哪怕是历史背景。军阀割据的余绪、铁路通行、外国宗教传入、南货(红椒)北销等显然打上了中国的烙印。同时,小说中的中国图像却又是朦胧的、不定的,你根本无法确定其具体区域特色和背后的省市文化底蕴。某种层面上讲,这正体现了作者对历史中国的消解:"他心目中的中国与其说是政治实体,不如说是文化图腾,而这图腾的终极表现就在方块字上。李对中文的崇拜摩挲,让他力求在纸上构筑一个想象的原乡,但在这个文字魅影的城国里,那历史的中国

---

[1] 黄锦树,《流离的婆罗洲之子和他的母亲、父亲——论李永平的"文字修行"》,黄锦树,《马华文学与中国性》,台北:远流出版公司,1998年,第299—350页,引文见第311页。

[2] 李永平,《自序:文字因缘》,李永平,《李永平自选集1968—2002》,第27—47页,引文见第35页。

已经暗暗地被消解了。"[1]

"南洋"色彩尽管并未如早期的书写那样或者标签化的蕉风椰雨那样醒目,但间或的对话习惯也点缀其中(如第276页"惊吓到了",常见的说法是"吓着了")。更进一步,稍微有点南洋体验和文本经验的人便不难发现,小说中有关天热的书写相当有特色,不仅分量极重(小说中的其他三季恍若缺席),而且风格独具:暴烈、阴暗、浓郁等。或者是铺张暴烈的酷暑以及污浊:"天还没交正午,十一点钟,那一团日头白灿灿地早已泼进巷心。沟里的血污,蒸热了,只见一窝一窝的青头苍蝇绕着满巷子,兜啊兜的,嘤嘤嗡嗡了起来。"(第7页)或者是渲染烈日高悬的燥热:"小乐走出门来,一抬头,望见西天上的大日头,红泼泼地早已烧成了一个火团子,待沉不沉,半天里,吊在镇口河堤上。"(第50页)

如果将此类书写和其他马华／新华本土作家(比如陈瑞献、黎紫书等)进行比较的话,整体上我们可以清楚感觉到"南洋"场景的热度和火力。当然,这种热或许也可以挪移到酷暑的中国场域中。

耐人寻味的是,李永平其实是有意实践了其"四不像"哲学,其非中国、非南洋、又中国、又南洋的中性姿态也可以进一步得到论证。在小说中常常出现用作背景的(苦)楝子树其实也是"华北及南方各地"适宜种植的树种,显然作者在有意淡化或借此掩饰具体地域的色彩。

如果从语言角度进行考察,我们也不难从其表面的自相矛盾中体味"四不像"的哲学意味。在李永平刻意纯化的语言操作中,如果仔细检查,其中还有一些蛛丝马迹值得细究。"猪哥"["这一群热铁皮上跳窜的小猪哥!"(第102页)]做"公猪、种猪"解时,在闽、

---

[1] 王德威,《原乡想象,浪子文学——李永平论》,《江苏社会科学》2004年第4期,第101—105页,引文见第101页。

粤、客语中皆有所见；做"淫棍、色魔"解时，则见于客、闽话中；而"猪公"["家里那口猪公也杀了。"（第159页）]则是普通话中少用的词语，经查，发现它在晋语、福建官话、吴语、湘语、客话、粤语、闽语中皆有出现。[1] 如果根据这两个词语的交集，我们可以发现，小说极可能发生在广东或福建。

同时，小说中胡十一在追猪时发出的咒语却又暴露了貌似矛盾的季节推测："我刨了你，死猪！你再跑，我把你的皮活生生地剥了，做件猪皮袄，穿了过年。"（第146页）不难想见，能让血气方刚的小泼皮胡十一需要穿猪皮袄过的年一定异常寒冷，而闽粤两地严寒程度似乎无须如此夸张。从此意义上讲，李永平其实更强调的是一种具有典型特征的非个性空间，里面实践了"四不像"哲学。实际上，这个空间就是典型化的"恶托邦"世界。

二、真的恶声："恶托邦"本土

王德威教授曾经高屋建瓴地指出了李永平吉陵书写的"恶托邦"的独特及不凡意义："其中最显著的莫如此镇谑仿乌托邦的特质。与多数乡土、寻根作品所夸饰的纯朴落后的乡野不同，吉陵镇是个诸神见弃的市侩小镇，其中人心之险恶，风俗之败坏，十足引人侧目……鲁迅当年营造的那个堕落的、衰颓的鲁镇或绍兴，只能充作道德批判的布景；吉陵镇却在失去了礼教的凭依后，衍生出颓废却自足的风貌，生生世世，成为原乡者的梦魇，这不能不视为李对原

---

[1] 主要可参许宝华、宫田一郎主编，《汉语方言大辞典》第四卷，北京：中华书局，1999年，"猪公"一词见第5617页，"猪哥"见第5620页。

乡的传统的重大'贡献'。"[1]

李永平《吉陵春秋》题目就显出别样的反讽：以春秋笔法写罪恶昭彰的"吉"陵，其实应该叫作"凶陵梦魇"的。"恶托邦"表现在小说中则有其相当繁复的表征，李永平似乎摆出一副"恶不惊人死不休"的架势。但如果从"恶"的内外角度考量，我们大致可分为恶之本与无药可救两个层面。

1. 恶之花的复瓣。表面上看，"恶托邦"吉陵表现出礼崩乐坏的零乱与失序，实际上，"恶托邦"乱中有序，如果深入其中，其非理性的恶的主线则昭然若揭。同时，如果从人的角度考察，无论是个体的沉沦，还是集体的冷漠与帮闲都在在形构了"恶托"。

我们不妨以长辈和晚辈的关系加以说明。李永平小说的无父书写似乎是公开的秘密，故其小说的"寡母—独子"结构意义非同寻常，有论者指出："因为'寡母—独子'一向都是李永平小说里重要的人物结构。在亡父的传统里，寡母都因忠贞、坚毅而伟大、崇高。这是李永平最抒情的想象，也是最能包容自己漂流位置的依靠。因为母亲守住了家园，也守护了记忆。"[2]

到了《吉陵春秋》中，原本非常神圣的血缘关系则往往被世俗化：萧达三投靠大泼皮/流氓孙四房并认其为义父，则彰显出功利性取向对血缘秩序的僭越；泼皮胡十一和小乐对自己母亲往往不屑与不从；而老鸨与"妓邦"互相连缀又有所区别的丰富层面。

（1）颠覆纲常、传统沦落。吉陵说到底是一个罪恶、腐朽、堕落的世界，也是一个人吃人、世态炎凉的冷漠社会，其堕落的重要

---

[1] 王德威，《原乡神话的追逐者——沈从文、宋泽莱、莫言、李永平》，王德威，《小说中国：晚清到当代的中文小说》，台北：麦田出版社，1993年，第249—277页，引文见第273页。

[2] 高嘉谦，《谁的南洋？谁的中国？——试论〈拉子妇〉的女性与书写位置》，《中外文学》第29卷第4期，2000年9月，第139—153页，引文见第145页。

表征就是对传统伦理、道德、价值观念等的漠视与破坏。老鸨妓女间的母女的"义"（假？）关系则又诉说了职业对血缘亲疏的鸠占鹊巢及其精神层面的堕落。

同样被俗化的还有许多价值理念。比如婚姻的合法性（妓女秋棠和嫖客间相对随意的交杯酒仪式尝试）、亲情（萧氏父子居然可以共同迷恋上老鸨罗四妈妈而且为此翻脸）、贞节（原本是被众人诬陷和窥淫的寡妇秦张葆葵最终还是产下了私生子作为口实的对应），等等。不难看出，"恶托邦"首先是对传统价值、伦理、纲常等进行了相当的破坏，旧有的井然秩序和价值理念的有机运作因此轰然坍塌。当然，这并不意味着"恶托邦"社会秩序的失序，致命的是，取而代之的是它本身的恶主线。

（2）恶的主持：暴力、欲望、非理性蛇鼠一窝。臭名昭著的"吉陵镇"并非是凌乱不堪的乱世，相反，在光怪陆离的世相中，李永平也潜伏了"恶托邦"的治世纲领。和寻根派著名作家韩少功的寻根小说《爸爸爸》相比，韩文中的丙崽生下来很快学会的两句话，一是"爸爸爸"，二是"×妈妈"（后变成了"×吗吗"），这更多显出一种凸现人间愚昧的反讽意味；而到了《吉陵春秋》中，"刨了你"这句全镇流行的惯用语（从万福巷的老汉到乳臭未干的年轻小泼皮皆轻易挂在嘴边）则充斥了欲望和暴力色彩，但吉陵图像的整体恶的基调似乎也从此奠下。

更加令人触目惊心的是"恶托邦"中这条取代了正义的恶的纲领的巨大杀伤力。因为是暴力和欲望作祟，孙四房借酒力就可以在光天化日之下强暴洁白无瑕的长笙；长笙的丈夫刘老实却也吊诡地不是将利刃指向了肇事者孙四房和四个小泼皮，而是砍向了另类对比之下显得是淫贱和肮脏的污染源——妓女春红，以及同样是男人淫威受害者的孙四房的妻子，其中的非理性色彩和盲目暴力倾向也因此令人唏嘘。或许令人不可思议的是，原本是众泼皮中唯——个洗心革面、已经重新做人的鲁保林,其一家四口却被复仇的利刃无情屠戮、惨遭灭绝。

尤其令人关注的是,吉陵世界中,闲人、泼皮、妓女等罪恶人事的生生不息与欣欣向荣。闲人自是代代相传,泼皮层出不穷(无论是捉奸、滋事,还是看迎神庙会),而且年轻化的趋势越来越强;小说结尾中罗四妈妈旁边的那个买来的几岁女童则又预示了悲惨世界和堕落社会的永恒持久,被逼良为娼的秋棠的命运和悲剧又一再延续下去。

(3) 个体的沉沦。对主体意识和个性的弘扬到了"恶托邦"吉陵这里就慢慢变成了麻木、冷漠,甚至是帮闲与自奴化。不仅仅是男人对弱势的女人的种种欺压与凌辱,就连女性自己也往往缺乏必要的怜悯和同情心,甚至反过来成为谋杀同类的帮凶甚至主谋。

胡十一他妈在凶悍的背后其实也有着满腹的苦水,延续香火的儿子实际也是在丈夫的威逼利诱之下借别人的种生的,个中屈辱自不言而喻;而且丈夫喜欢寻花问柳,儿子甘当泼皮作恶多端,这原本已经加重了其不幸。吊诡的是,她却反过来和对面吴家婆娘沉瀣一气,成了传播谣言并以之惑众害人的病毒源头,而同一条街的寡妇秦张葆葵所遭受的言语和名声侮辱则泰半来自同性的她们。在受害者和施暴者之间,她们实在是"成功"的左右逢源的恶之花。

或许妓女春红则反映出更耐人寻味的堕落。作为妓女,在例假期间却不得不接客自然是她的悲哀,但更悲哀的是,她自己索性也破罐子破摔,不顾身体的禁忌,以此身躯勾引年轻的坳子佬,作贱自己,也捉弄别人。"那坳子佬,一扭头恶狠狠地吐出了一泡口水:'血虎!血虎!'煞青了脸皮,钻进人堆里去了。"(第19页)她终究死在刘老实刀下固然显得十分委屈,但同时她也挑衅木讷寡语的刘老实,嘲讽诅咒,同时,她的嫉妒话语也勾起了孙四房对长笙的浮泛欲望,间接挑逗了悲剧的发生。

在外部恶世界的强大逼迫下，内心的坚持逐渐失守，最后竟至于自奴化或者助纣为虐，因此增强了恶世界的网络力量，"恶托邦"个性的沉沦由此可见一斑。

（4）群体帮闲。人常言，"哀莫大于心死"。"恶托邦"中群体的冷漠、集体无意识和帮闲从很大程度上讲，非常深刻地延续了鲁迅笔下对国民劣根性的有力批判。这是怎样一个堕落至令人不可思议的世界：无事可做的闲人、惹是生非的泼皮和挑逗欲望膨胀的妓女层出不穷。看客们不仅前呼后拥、争先恐后地挤进妓女如林的万福巷观看迎神节目，也很识趣地、冷漠地旁观孙四房光天化日之下强暴长笙的悲剧上演："巷口看迎神的妇人一个一个中了蛊一般，只管愣瞪起眼睛，舒着头，静静地朝万福巷里张望。"（第120页）当然，他们也冷冷地看满身是血的刘老实持续他杀人的举措，一如冷血动物。如果从人性、正义、良知等准绳来衡量吉陵镇的集体道德水准，他们更无异于行尸走肉。

需要指出的是，吉陵这个"恶托邦"其实有它的独到之处，与常规的乌托邦和桃花源不同，它并非纯然封闭的环形／孤立结构，而是一个半封闭的岛状结构：吉陵镇与诸山坳的围绕。然而可悲之处在于，当对城镇（尽管不那么发达）充满幻想和期待的坳子佬进入吉陵时，他们的理想则不得不在腐化堕落的疯狂缠绕与诱惑中销魂蚀骨，恶的传染力近乎攻无不克，而恶因此也无所不在。从此意义上讲，"恶托邦"其实已经差不多泯灭了内在自我净化的可能希望[1]：无论城镇还是乡野，皆逃不出黑暗和堕落的掌心。

2. 外在救赎：无处可逃。李永平不仅翔实透彻地写出了"恶托

---

[1] 如果从希望的香火传递角度看，鲁保林妻子腹中的骨肉长大后最后仍旧被利刃铲除（第259页），这说明了蜕变的不被允许，而妓院其实永远是单纯的坳子佬们堕落的起点或者终点。

邦"内部的腐烂不堪、丑陋邪恶的本质,而且仿佛还嫌恶得不够过分,因此,他也不忘记从外在救赎的层面反证了"恶托邦"的无药可救。从此视角讲,鲁保林不管如何回归正统,他也无法抵抗恶的攻击。有论者指出:"鲁保林应该可以建立合理的人伦秩序,也为吉陵镇树立了一个通过良知自觉,可以完成自我救赎的榜样。可惜作者只让保林由浮浪迷失回复到刘老实曾经拥有的人伦秩序,而未推进一步,肯定他的回归的价值的意义。"[1] 这个论断似乎并未看清李永平对"恶托邦"本质尽情揭露的苦心和喜剧化色彩,李永平其实在小说中从几个层面(间接?)论述了拯救的不可能。

(1)羸弱的知识。知识原本是可以帮助一个人或社会摆脱黑暗与蒙昧,也能提升或改变人的社会地位;当然,它本身也可以变成一种文化资本(cultural capital in P. Bourdieu's sense),甚至也可能暗含了福柯意义上的权力因素。[2] 可惜,当知识光临吉陵时,前者却显出前所未有的羸弱和苍白。

身体羸弱的秦老师自然是镇上较受尊敬的"读书人",他迎娶寡妇张保葵原本就是对陈旧道德观念的破除,如谢媒婆所言,他"头脑新式,可不在意你是克过男人的寡妇,只要人品端庄,身子好,什么命带重煞,他只当是乡下愚夫愚妇的迷信"(第113页)。可惜,他本身却由于身体孱弱多病而无法起到邪不胜正的表率和榜样作用。吊诡的是,病重之时,他还拖着病体偷偷地去看迎观音的仪式,这不能不显出其世俗化的一面。

比较典型的堕落则是萧克三的父亲。读了十多年的书,最后回到镇上,在镇公所谋到文案工作,刚开始时,人家恭称为"萧先

---

[1] 曹淑娟,《堕落的桃花源——论"吉陵春秋"的伦理秩序与神话意涵》,第151页。
[2] Colin Gordon (Ed.), Colin Gordon et al. (trans.), Michel Foucault, *Power/Knowledge: Selected Interviews and Other Writings, 1972—1977*, New York: Pantheon, 1980.

生"。但他更加敌不过"恶托邦"的污染：居然迷上了老鸨罗四妈妈，而且还和长子为此争风吃醋。更加堕落的是，在被罗的相好孙四房暴打一顿之后，养好伤的他居然向罗借钱送给孙四房做遮羞费，而又到镇上做经纪人。这个过程无疑含义深刻，某种程度上，这不只是父亲自身的堕落式融入"恶托邦"，而且也宣告了知识救赎的悲剧性终结。其实，包括他的父亲和儿子都因此觉得读书无用（第177页）。

（2）中国神明：冷漠/无能的天公/观音。《吉陵春秋》中能够在某种程度上影响子民们精神生活的神明则主要是天公和观音。当作恶多端时，当天酷热难耐时，人们总会不时提起天公开眼或者雷劈等惩罚。但实际上，这不过是过于缥缈的道德监控辅助或惯性希冀，至多起到了心理威慑作用。事实上，天公的冷漠助长了"恶托邦"的发展，它不开眼，根本就不是合格的精神依靠和裁判。

观音，作为吉陵人最顶礼膜拜的神明，对"恶托邦"近乎无能为力。年年参拜观音的结果就是——恶托邦世界依旧吊诡重重：作为妓女的春红生育能力奇佳，几乎年年中彩，而洁白无瑕的长笙到处求神拜佛吃了很多香灰依然无济于事。饶有趣味的是，在祭神仪式中，郁老道那血潜潜的剑指向的却是白衣观音（第26页），其杀戮影射隐约可循；而作为观音的人间凡俗象征的长笙却被流氓孙四房强奸；等到了后来的郁老道的孙子主持的拜祭中，妓女凑份子装扮的观音却是颇有点自况意味或穿着类似代言人的喜红绸缎（第304页）。观音逐步（被）罪恶化的过程似乎又隐喻了其自身难保与不可避免的世俗化，因此，何谈拯救吉陵镇？

（3）被嘲笑的耶稣。人常言，"外来的和尚好念经"，但是一旦到了"恶托邦"吉陵，这句话可能就会哑然失灵。表面上看，教会学堂也可以培养自己的小学生，满口圣歌，操兵似的走过（第68页）。但是，这更多只是表面。一旦触及了灵魂问题时，这些东西似乎并未真正显出本土化的威力。

在《大水》一节中，当小七借用乐神父的话指责偷看新娘子的人们犯了淫罪时，媒婆的反应是："这是什么鬼话？"后来，当小七又碰到住店的恶婆娘（行为颇不检点）时，却和她交恶对骂起来，然后被巴掌伺候；当他持续以洋教义自卫时，又被店主卡住了喉咙。（第252—255页）最后，一位旁观的七十岁媒婆的话："这是什么鬼话？"表面上看是总结了这场闹剧，实则彻底消解了洋教义来拯救堕落的人们的可能性，而且从某种程度上也嘲弄了宗教自身。

李永平从"恶托邦"的内部与外在力量拯救可能的外部非常精妙地形构了恶至近乎夸张喜剧化的"恶托邦"，其手法、策略和苦心也因此历历可见。当然，如果跳出内容的缠绕，我们似乎不应该忽略李的文字功力，实际上，这恰恰是他乡愁的最终归宿。王德威认为："《吉陵春秋》不妨视为一场精彩的特技表演，藉此李永平把他的乡愁一次出清。以他的路数而言，乡愁最后的归宿就是文字，而文字之为用大矣，岂可儿戏？归根究底，李永平是以现代主义的信念与形式，重铸写实主义题材。"[1]

但同样需要指出的是，"恶托邦"的书写与旅行本土之间存在着一种微妙的因果关系，而其类似书写的延续性也同样值得探究。

三、圆形本土：离散、游移与回归

某种意义上说，李永平是个永恒的旅者，永远的（主动／被动？）放逐者，他自始至终对文化中国的仰望和迷恋是显而易见的。身处台湾，他同样也不会忘记生他养他的南洋。但是，如果从精神原乡的角度看，他似乎只能做个寻寻觅觅的旅者，永远的精神

---

[1] 王德威，《原乡想象，浪子文学——李永平论》，第102页。

旅者，他的精神历程和坚守姿态也说明了这一点。"他高中毕业时，原本打算到中国大陆读大学，刚好'文化大革命'爆发，于是到了台湾……虽然当初是他主动放弃出生地马来西亚的护照而选择台湾，但在台湾定居三十年，心底仍存在强烈的漂泊感，婆罗洲的家已将近二十年没回去……但开放大陆探亲后，他从未去过大陆"。[1]

但这并不意味着李永平和本土的关系是疏离的，甚至是隔绝的。恰恰相反，李永平始终关注着本土。不过，这本土是旅行的，既可以是南洋，也可以是台湾，当然更多应该是他魂牵梦萦的文化中国。如前所述，"恶托邦"和旅行的本土之间存有一种微妙的关系。于李永平来说，他永远也无法找到圆满的本土，因此他笔下的本土往往是有缺憾的。职是之故，《吉陵春秋》以后的书写尽管不见得会比吉陵"恶托邦"更凶险和堕落，但"恶托邦"的倾向、趋势与色彩仍然会保留，或者浮现，或者潜沉。

《海东青》（上卷）作为台北的一则寓言自然有其类似的乌托邦倾向，尽管台北的都市化更强，比吉陵更繁复和多彩。朱双一就指出海东和吉陵在恶方面的精神维系："可将吉陵视为海东的前身和雏形，将海东视为吉陵的延续和发展，从而显露一条时代发展轨迹。承认二者的这种内在联系，即可感知作者孜孜加以揭示的，或许竟是当代资本主义在东方传统文化区域内发展所产生的特殊、畸形社会状态。"[2] 同样，如果阅读李的《朱鸰漫游仙境》，从儿童或青少年的视角同样也揭示出台湾社会形形色色的某些"恶托邦"的可能素质。在李永平看来，《朱鸰漫游仙境》甚至比《爱丽丝梦游仙境》更可怕，因为后者里面有的只是各种妖魔鬼怪，而前者"里面的恶魔

---

[1] 陈琼如，《李永平——从一个岛到另一个岛》，李永平，《李永平自选集1968—2002》，第399—405页，引文见第401—402页。
[2] 朱双一，《吉陵和海东：堕落世界的合影——李永平论》，《联合文学》（台北）第11卷第5期，1995年3月，第156—161页，引文见第160页。

都是真实人生"[1];《雨雪霏霏》空间／视阈上虽然重新游荡于南洋和台北之间,但小说中在南洋历史记忆和浓郁中国性之外所书写的淫邪与被侮辱的等特质同样也携带或折射出"恶托邦"意味。

需要指出的是,这类对于不同地域"恶托邦"的书写其实和作者的本土关怀息息相关,当然,这里的本土并不一定就是坐实了的在地／本土,而可能是被想象的共同体——发展着的文化中国。

《婆罗洲之子》和《拉子妇》对南洋本土的热切关照自不待言,对中国性的凝结也闪烁其中。事实上,种族问题难免会涉及中国性的文化和族群性层面。不难看出,在早期的小说书写中,李永平在立足南洋本土的同时,也投射了他对文化中国的不同姿态的想象。

到了《吉陵春秋》时,李永平的南洋情结也不容忽略,尽管其对文化中国的仰视逐步升腾。林建国就敏锐地看出了这一点:"当李永平不断强调他创作上的'仰望对象'是中国'大观园'时,恐怕最令他尴尬的莫过于有人说《吉陵》具有南洋色彩;李永平最要否认的历史感恐怕就是它。'南洋'是李永平出生、成长和长大后被他透过社会实践(写作《吉陵春秋》)所'遗弃'的世界,'南洋'对他的历史意义再明显不过。"[2]

李永平长期居住台湾,但其旅行的本土书写仍然延续。《海东青》中重提一些被遗忘的"反攻"神话和政治、文化寓言,甚至令台湾论者质疑。张诵圣指出:"《海》书主题中凸显的'中国结',在今日台湾的政治气候下自然极具争议性。多少是作者本人投射,华侨背景的靳五动不动就考人史地'常识'(答案却常是出人意外的隐

---

[1] 陈雅玲,《台北"异乡人"——速写李永平》,《光华》杂志(台北),1998年8月,第108—111页,引文见第110页。
[2] 林建国,《为什么马华文学?》,陈大为等主编,《赤道回声——马华文学读本 II》,台北:万卷楼图书公司,2004年,第3—32页,引文见第12页。

讳），兼行祖籍调查。"[1]

而《朱鸰漫游仙境》与其说是朱鸰的漫游，倒不如说也是游子李永平又一次的精神本土旅行，只不过他借助了检视台湾的方式。王德威教授对李永平的台湾借用有很独到的洞见："他的台湾书写不必只是一般人念兹在兹的本土写实，恰恰相反，台湾的重要在于提供一个（政治的，欲望的，文本的）转喻空间，辐辏折射，使作家得以启动种种有情关照。"[2]

不难看出，李永平有关旅行本土的书写有其游移的焦点，从早期的南洋，到《吉陵春秋》中"四不像"映照下的中国图像，再到后来的台北寓言与繁复世相。表面上看，南洋色彩逐渐潜隐，台湾逐步上升，而实际上，他的文化乡愁与精神原乡却始终指向了永远也不能圆满的文化中国。黄锦树和王德威都特别强调李永平的文字修行、深厚功力和文字归宿，但在我看来，更准确地说，应该是文字（世界）：在苦修和纯化中文时，他也通过文字营构了可能无法圆满却可资寄托精神的文化中国与世界。

海外华人传统中的离散意识和身份问题到了李永平这里似乎显得更加复杂，他其实不只是身份问题，更是精神指向问题，因为更加离散和游移。甚至他的精神原乡也要被他丰富的现实体验切割、打散，却又如星星般互相折射出熠熠光辉。但无论如何拼凑，李永平的旅行本土书写在精神上都是无法圆满的，为此"恶托邦"倾向、色彩可能也是一个永远的伴随，只是程度不同而已。这种旅行本土的书写和意识显然超越了我们对某一固定本土的刻板认知，这恰恰也体现出李永平本土书写的别致风貌。

---

[1] 张诵圣，《嘲蔑中产品味的现代主义美学——评李永平〈海东青〉》，张诵圣，《文学场域的变迁》，台北：联合文学出版社，2001年，第193—195页，引文见第195页。
[2] 王德威，《原乡想象，浪子文学——李永平论》，第102页。

同时需要指出的是，李永平的本土又是回归的，可以确认的，无非是文化中国、马华本土与现实的台湾情结。因此，对于有情有义的李永平来说，台湾与婆罗洲都是他无法绕过去的家园，他自己提及1982年交稿《吉陵春秋》后，"那年暑假便拎起背包浪游台湾，将婆罗洲童年抛诸脑后，打算开学后好好收心回学校教书，暂时不再写那恼人的小说了，可那次旅行，看到阔别六年的第二故乡——唔，是第二故乡吗？台湾和婆罗洲在我心中的分量，放在手心掂一掂，实在无分轩轾啊，难怪在我作品中这两座岛屿——在南海、在东海，却总是纠结到一起，难分难解"。[1] 在实际创作中，这两处"故乡"都成为他念兹在兹的借重和魂牵梦萦的倚赖。

（一）圆形叙事和迷恋。鲁迅先生在他著名的《在酒楼上》有一段颇富意味的话语："我在少年时，看见蜂子或蝇子停在一个地方，给什么来一吓，即刻飞去了，但是飞了一个小圈子，便又回来停在原地点，便以为这实在很可笑，也可怜。可不料现在我自己也飞回来了，不过绕了一点小圈子。"这其实涉及一种人生哲理和无奈际遇，当然也可以引申出鲁迅小说中的一种环形叙事实践。[2] 此处借用此典故其实更想说明，截至目前，李永平的台砂并置其实是以婆罗洲开始，之后又以婆罗洲暂时告一段落并收尾的。当然，毋庸讳言，台湾体验和元素从未缺席。大致而言，李的台砂并置书写可分为三个阶段：

1. 返观与提纯：从《拉子妇》（1976年）到《吉陵春秋》（1986年）[3]。毋庸讳言，异域体验给了李永平以独特的眼光反观自我，找寻身份，同时也在此基础上反哺出相当精彩的文学再现，虽然李

---

[1] 李永平，《李永平自选集1968—2002》，台北：麦田出版社，2003年，第36页。
[2] 具体可参拙文，《鲁迅小说中的环形营构》，拙著，《鲁迅小说中的话语形构："实人生"的枭鸣》，北京：人民出版社，2011年，第五章第一节。
[3] 如无特别说明，作品后面的标志年代都是首次正式出版年，而非创作年。

永平一早就显示出他对故乡的感知和书写能力，如《婆罗洲之子》（1968年）。在早期的台砂并置中，李永平的书写（含出版）其实又可细分为二：在台湾留学时期和在美国留学时期。

曾经在台湾留学的李永平，其步入文学殿堂和台湾息息相关，先是王文兴教授的启蒙与激励，催生了《拉子妇》，后有颜元叔教授的马上一鞭，帮助醍醐灌顶。如果从此时期文学创作的质量来看，李永平拥有不错的起点。短篇《拉子妇》其实一开始就具有震撼人心的自省性，当然也不乏强烈的"孺慕"抒情，但若从华巫族群对立的角度思考，李无疑是具有超越华族文化限制的人性关怀。《围城的母亲》中彰显出更耐人寻味的寓言，母亲对已经化为赖以生存故乡的本土有着"围城"式眷恋——随大流离开又忍不住返回，殖民地中土著蠢动、超越种族的底层关怀等。《黑鸦与太阳》则关涉了紧急法令时期官方军队对抗砂共游击队的历史，小说从当地讨生活的华人角度着眼，能干的母亲务实地企图在两种势力间均衡，小心翼翼赚钱，却被官兵强奸，最终发疯，甚至失手打死投奔自己的伙计，这一结局可以部分看出李永平对有关历史的立场。但李永平对母亲和女性的高度关注其实也和他的原乡想象幽微呼应"母亲——母国、故土、母语——是生命意义的源头，但换了时空场景，她却随时有被异族化，甚至异类化的危险"。[1]

留美时期的李永平在转换位置后似乎有了更深邃辽远的追求。如果说《拉子妇》初步彰显出其书写功力和潜力不落俗套的话，那么后起的《吉陵春秋》则让人对南洋浪子刮目相看。之前的有关论述对"吉陵"的原型争议近乎喋喋不休，或者是李之家乡古晋，或说是某中国小镇，或有人关联台湾，也有人将之抽象化，同时，

---

[1] 王德威，《原乡想象，浪子文学——李永平论》，第14页。

也不忘在其语言追求上称赞其对"纯粹中文"[1]修炼的难能可贵,可谓好不热闹。

在我看来,《吉陵春秋》中的吉陵书写更凸显了李永平的"四不像"哲学,也即,既有是,又不全是,里面既有中国大陆文化,又有婆罗洲和台湾的,我们当然可以从其小说书写中加以考察和辩证。[2]特别需要提醒的是,李永平的这种追求也和他留学美国带来的冲击密切相关,相对单一的英语环境更加推助他提炼中文,而作为华人身份的凸显和再确认却让他更倾向于盛大而丰腴的文化中国,[3]而非坐实台湾或婆罗洲,但李永平并未去过大陆,只能通过已知经验来想象丰富未知。从此视角看,这是李貌似最远离台砂的书写和时期,但正是因为这样的位置,反倒可以让李高瞻远瞩、大刀阔斧而又言简意赅地剖析华人"恶托邦",而获得一致好评。

2. 台湾存在:从寓言到状摹。毫无疑问,作为李永平生活时间最长的台湾于他具有不可替代的意义,而彼时富丽繁华的台北对于刚从婆罗洲来的浪子冲击颇大,甚至令他记忆犹新:"长到二十岁了,几时看过这样繁华的灯火……我喜欢让自己迷失在台湾的灯火中,游魂似的踯躅行走,独自个,赏玩那一盏盏闪烁在夕阳炊烟中的霓虹,满心惶惑、喜悦,捉摸招牌上那一蕊蕊血花般绽放在蓬莱仙岛的龙蛇图腾,边看,边想,悄悄追忆我的婆罗洲童年,思考台湾的现实,探索中华的未来……"[4]

从目前来看,《海东青——台北的一则寓言》(1992年)是李永

---

[1] 具体可参黄锦树,《马华文学与中国性》,台北:麦田出版社,2012年,第201—234页。
[2] 具体可参拙文,《旅行本土:游移的"恶托邦"——以李永平〈吉陵春秋〉为中心》,《华侨大学学报》2007年第3期。
[3] 类似的个案还有王润华(1941—)的书写,在美国跟随周策纵教授攻读博士学位专研古典诗学的同时,他也有很有意思的《象外象》诗作,真正对照中国传统文化得出一己的体认和有趣关怀。可参本书有关章节。
[4] 李永平,《文学因缘》,李永平,《李永平自选集1968—2002》,第42页。

平台湾性最强的小说文本,其中对台湾的状摹可谓苦心孤诣,从地理历史连缀到现实繁华勾勒,从各色欲望铺张到世代更替中成长和发展的诸多问题,从阴魂不散的日本意象到意兴阑珊的蒋介石理念(包括类比成出埃及神话),从象牙塔无聊扯淡到政治民主开放初期的混乱,近乎无所不包,这部砖头样的皇皇巨著并未一如辞职专职写作投注巨大心血的李期待的那样成功。

被视为《海东青》下部的《朱鸰漫游仙境》(1998年)深得作者喜爱,[1]相较而言,此书在主题上变化不大,甚至不乏重复之处,台湾依旧是不折不扣的中心,和《海东青》的过于庞杂和宏大不同,其脉络相对清晰可辨,朱鸰视角的被借用让李对欲望台北的书写更有看头,虽然可以考察的场景和主题减少了。从此意义上说,靳五和朱鸰成为以脚丈量、以眼拼贴台北的重要凭借。

某种意义上说,李永平对台北的"寓言"或"仙境"的预设从内容包含上看的确有其独特成效,而从文字来看,尤其是《海东青》的刻意浓郁考究、精心铺陈也比较繁复地呈现出台北的美丽、繁华与包容(当然也鱼龙混杂)。同时也需要指出的是,读者和不少论者似乎对这两部长篇并不特别买账,为何?以下述及,此处暂时按下。

3. 从对视到回乡。从台砂并置的脉络来看,《雨雪霏霏:婆罗洲童年记事》(2002年)是一个承上启下的文本。承上,是它以相当精彩的手法结构故事,以台北某小学二年级姑娘朱鸰作为实际或潜在的对话者来书写,题材方面涵容台砂,往往从微观个体入手,不再过于凸显磅礴气势,但读者却首先是关注台湾,以台湾的方式反观

---

[1] 李永平写道,"出版后有评者认为写得太'白',矫枉过正,也许吧,但这部小说却是个人最钟爱的一本书,因为小丫头朱鸰是唯一的主角。"参见李永平,《文学因缘》,李永平,《李永平自选集 1968—2002》,第44页。

婆罗洲，如齐邦媛所言："本书主题更为强烈，素材脉络更加精简，凝聚了个人生命中对罪与罚的认知，而不似《海东青》那般因为野心勃勃，一再令台北和婆罗洲的景象重叠而引申庞杂，令读者难于聚焦。"[1]

相较而言，《雨雪霏霏》可读性强，主题突出，从三民主义到南洋妓女，再到中国图像、马共[2]、少年爱恋等，若非朱鸰穿针引线，题目上的确有些风马牛不相及，但同时却指向总标题"婆罗洲童年记事"，从书写主题看，是台砂并置相对平均和风格上最清新可人的文本。

《雨雪霏霏》下启的是李永平婆罗洲书写的强势回归，其代表作就是巨著《大河尽头》(2008—2010)。为了让此书叙述得更有条理，朱鸰依旧是一个叙事线索和对话人，但该书的主体部分毫无疑问指向了婆罗洲，李永平几乎调动了他所有的资源处理这部长篇：神话、现实、历史、后殖民、性、大河、石头、土著民族、白人、战争等等，但毋庸讳言，由于更多面向华人读者（首先是台湾），李永平书写得相对干净而好读。《大河尽头》作为李永平迄今为止最气势磅礴、结构井然、首尾呼应的长篇力作，呈现出李长于结构、精于布局、善于把握大叙事的独特优势。如果结合殖民主义词根展开思考，他既呈现

---

[1] 齐邦媛，《〈雨雪霏霏〉与马华文学图像》，李永平，《雨雪霏霏：婆罗洲童年记事》，台北：天下文化出版公司，2002年，第VI页。
[2] 毋庸讳言，马共和砂共区别甚大，发生的时间段和目标等都有差别，但本文把它们合称为马共，一方面是因为砂拉越最后并入了马来西亚，另一方面是因为马共从开始到结束历史的时间跨度也涵盖了砂共，因此本文并不做具体区分。此方面较新的研究资料主要有陈剑的《与陈平对话——马来亚共产党新解》（增订版，吉隆坡：华社研究中心，2012年），2012年由马来西亚策略资讯研究中心出版的黄纪晓的《烈焰中追梦：砂拉越革命的一段历程》及陈剑主编的《砂拉越共产主义运动历史对话》；其他如陈平口述，伊恩沃德（Ian Ward）、诺玛米拉佛洛尔（Norma Miraflor）著，方山等译，《我方的历史》（新加坡：Media Masters，2004年），以及马共主席的回忆录《阿都拉·西·迪回忆录》（三卷本）等。

出大历史视野下的殖民主义乱象,又立足于个体,呈现出个体成长/自我教育、自我清洗之后的重生,这其中自然也包含了解殖民或去殖民。当然,在这部长篇中,一贯书写"旅行本土"的李永平更加重了台湾元素的砝码,而显示出其可能落地生根的倾向。[1]

(二)台湾情结:再现与迷思。毫无疑问,李永平对台湾的刻写自有其独特之处,但同时亦有其迷思和缺陷值得认真探研。

1.台湾意象:再现与迷思。如前所述,李永平对台湾(尤其是台北)自有其隆情厚意,《海东青》《朱鸰漫游仙境》等直接以台北为中心,乃至标题就是一种证明。平心而论,李永平书写台湾的成绩和表现的确颇有争议,甚至某些方面出力不讨好,但都有值得深思之处。

其中特别需要注意的是他对台湾繁盛与堕落并存的高度警醒,比如将经济发达后的台北书写为欲望都市,无论是不同行业(尤其是商人们)夸张斗富,还是性欲泛滥,嫖宿女中学生,当然也包括物质化对全体人的操控和异化,政治纷争对族群和个体认同的撕裂。特别引人注目的则是对日本的反思——"二战"结束前的政治殖民统治与台湾繁盛时期的后殖民经济入侵以及身体买春等都发人省思。学者郭强生认为:"在李永平的'移民经验'里,台北自然具备某种神话性格,一个于民有民治民享信仰下的多元大熔炉。然熔炉则必有试炼,循李永平的台北地图,总会让我想到但丁的《神曲》。"[2]

另外,即使是略显土气和固执地对蒋介石和三民主义的认同和强调其实也提醒台湾读者要学会去芜存菁,保留政治偏执之外的合

---

[1] 具体可参拙文,《(后)殖民/解殖民的原乡(朝圣):〈大河尽头〉论》,《南洋问题研究》2014年第1期,第59—68页。
[2] 郭强生,《双重的乡愁》,李永平,《朱鸰漫游仙境》(经典版),台北:联合文学出版社,2010年,第424页。

理理想与追求。难能可贵的是,李永平也挖掘台湾繁盛前的殖民创伤,比如《望乡》(《雨雪霏霏》9)中就有对台籍慰安妇被迫留在婆罗洲孤寂卖淫为生的事件描写,既温情脉脉,又令人伤痛,刻画精彩。其中或许有"逆写"(日本人殖民过的台湾和南洋的对话与同病相怜,但更多是婆罗洲向台湾取经)的吊诡,但勇气可嘉,也引人思考,提醒人们关注惨痛的历史创伤和可恶的殖民逻辑,如人所论:"非常吊诡地,叙事者的'台湾性'竟因他的'南洋身份'而确立。对叙事者而言,在某种意义上,南洋性也是台湾性——至少,与他的台湾性之间有相当紧密的联动关系。在日本帝国扩张的过程中,日本对台湾的殖民统治,以及向南洋发动的战争,将两地命运的迹线串连起来。"[1]

但李永平的台湾书写亦有其迷思,学者王德威、黄锦树往往将《海东青》的不待人喜欢归结为其政治意识形态的生不逢时——宣扬老蒋却是在"解严"后的时期。[2] 但个人觉得,这似乎只是一个侧面。如果结合上述圆形本土轨迹中台砂并置第二阶段的所有文本,我们发现,李永平的台湾书写在叙事技艺和有关认知上皆有其迷思。

首先,台湾再现不同于《吉陵春秋》式的高度提纯,《大河尽头》的神话魔幻杂糅式处理,而后两者恰恰是评论家最看好的李氏代表作。在集中处理台湾时,尤其是《海东青》和《朱鸰漫游仙境》,李永平依旧采用"寓言""仙境"等"陌生化"手法,问题在于他的野心过于庞大,而焦虑感强烈:"台湾是华族文化具体而微的投影,也是回返故国的起点。台湾是李永平虽不满意,但能接受的

---

[1] 陈允元,《弃、背叛与回家之路:李永平〈雨雪霏霏〉中的双乡追认》,《台湾文学研究学报》(台北) 2011 年第 13 期,第 50 页。

[2] 可参王德威,《原乡想象,浪子文学——李永平论》,李永平,《李永平自选集 1968—2002》;黄锦树,《马华文学与中国性》,台北:麦田出版社,2012 年,第 235—262 页。

第二故乡。然而台湾已经堕落，劫毁的倒数计时已经开始。在一片繁华靡丽的描写中，一种历史宿命的焦虑弥漫字里行间。"[1]而他也因此对台湾的处理相对片面化，尤其是过分欲望化。《朱鸰漫游仙境》中借助宪兵扫黄推进叙事并力图有所扭转，《海东青》中的纠葛过于浓烈，但扫黄其实变成了无疾而终的闹剧，而且，让七个小学的小姑娘放学后不归家却能够轻易进入风月场所，看到有钱人的荒淫、炫富和无耻似乎也有点与现实逻辑有偏差；《海东青》之《一炉春火》中对大学教授们的集中刻画和辛辣讽刺却又呈现出繁复中的刻板与单一，虽然齐邦媛教授认为"他所经营的不是连贯的故事，而是情境"[2]，这些都令人难免怀疑。

　　同时，李永平的虚构技艺亦有刻意追求之下的吊诡之处。比如他精心设置的文字在让读者跟随他漫游台北时一方面有对台湾的赞美感和自豪感，同时另一方面又往往因为文字过于华丽和烦琐而焦点模糊，而且由于诘屈聱牙，时不时让人生出不堪卒读之感。而且，有关漫游台北的角色书写往往回返式重复，毫无疑问，重复手法自有其循环往复强化的效果，但过犹不及，亦有其贫乏缺陷。比如《朱鸰漫游仙境》中的安乐新角色，李永平对其重复多次（超过十次）的刻画就是三个动作：（1）将手爪放进胳肢窝使劲搔，然后拿出来嗅；（2）猛搔裤裆；（3）吐出血红的槟榔残渣。另外，常见的描写还有日本老人来台湾集体嫖娼和猎艳的书写，往往就是数个花白头颅，面如死灰，沿妓院墙根撒尿，一直同样的猥琐："八个日本老观光客虾起小腰杆一脸汗珠鱼贯钻出宾馆，咻咻哮喘着，整整西装搔搔裤裆，捉对儿打起四枝小花伞迈出尖头皮鞋，脸青青，死

---

[1] 王德威，《原乡想象，浪子文学——李永平论》，第17页。
[2] 齐邦媛，《〈雨雪霏霏〉与马华文学图像》，李永平，《雨雪霏霏：婆罗洲童年记事》，台北：天下远见出版公司，2002年，第IV页。

人样，哆嗦进海东夜雨漫京水霓虹里。"[1]而且，这种意象在《雨雪霏霏》（第67页）中也有出现。读罢之后，让人难以相信这种文字出自刻意经营纯粹中文的李永平之手。

2. 朱鸰象征。毋庸讳言，聪明、固执、正直、可爱的朱鸰成为李永平《海东青》以后挥之不去的人物角色，甚至在《朱鸰漫游仙境》中成为主角，在《雨雪霏霏》中又以之为时常出现的对话者，甚至到了《大河尽头》中还或隐或显出现，她是所有内叙事（内心活动）和外叙事（现实、历史、幻设的多种灵境）的见证者、推助者，恰恰是借助于她，李永平巧妙地黏合了婆罗洲、大历史、个体历史、土著、奇幻等诸多貌似风马牛不相及的风物与人事。[2]有时我们会难免发问，朱鸰是谁？她为何频频占据如此重要的位置？或许我们可以从两个层面思考。

相对简单的层面，就是作为叙事线索或推进主线的主角朱鸰，从此角度看，朱鸰的角色自有其独特之处：她是一个独特的漫游者，聪明、好奇、善于思考、明了利害，因此她总是可以拓宽读者的视野，"对成人世界的知识提供她们理解商品经济与欲望城市的基础，而她们未失去的纯真不但是堕落的对照，更提供了读者一个反思的距离与批判的视角"。[3]另外，她是叙述人（也是读者）的对话者，李永平往往在叙述者卡壳或许要继续推进对话时向她乞灵，以她为理想读者（target reader）和对话者。从此意义上说，她就是我们的代表，当然，她同时也是小说书写的对象。

相对繁复的是朱鸰作为价值判断和内容层面的象征。首先，她

---

[1] 李永平，《海东青：台北的一则寓言》，台北：联合文学出版社，2006年，第194页。
[2] 具体可参拙文，《(后)殖民/解殖民的原乡（朝圣）：〈大河尽头〉论》，《南洋问题研究》2014年第1期，第59—68页。
[3] 谢世宗，《欲望城市：李永平、漫游与看（不）见的鬼魂》，《文化研究》（台北）总第7期，2008年秋，第52页。

是一个叙述人和李永平喜欢的同道，他们都是漫游者、浪子，这些远不是某些人所猜忌的李的可能恋童癖（the child I love），或洛丽塔情结（Lolita complex）所能够概括的，但同时作为漫游者的靳五和朱鸰亦有差别："《海东青》中的靳五是典型的'男性漫游者'，自我疏离成为尾随群众的观察者与批评家，也因此在《海东青》中常常如同隐形人或隐藏式摄影机，仅仅呈现出社会乱象而不参与，也就藉此掩盖了其内心骚动的男性欲望。靳五的自我疏离是最单纯的自我防卫形式，将她者极度妖魔化，并划下不可跨越的界限，以确立自己的道德主体、否认男性欲望并保护脆弱的男性自我。《朱鸰漫游仙境》中的小女孩作为被欲望的角色出现，巧妙地置换了李永平的男性欲望。"[1]

其次，作为一个聪颖、正直、美丽的小学女生，朱鸰不只是一个对话者、小知己，同时又是一个审判者，让李/叙述者认清自我。《雨雪霏霏》中的李永平颇有一种忏悔情结，但朱鸰却是目光如炬的审判者，比如在《桑妮亚》一章中，她对于"我"说不清到底有没有进入宝斗里的妓女户之后的反应："——你骗我！还说你在寻找你的桑妮亚呢。你是个坏蛋！和别的男人一样坏。我恨你！"（第69页）同样，在另外一章中，她对于孩童时期看有辱华人尊严的电影的"我"的暧昧不作为和无反应一声不吭表示不满，"我"表示无辜和难以应对，朱鸰的回答是："——那天我若是在场，电影演完时，我打死都会跳起来大叫三声：中华万岁！"（第143页）她很清楚地彰显自己的民族主义情绪和爱国情怀。同样在《海东青》里面也有朱鸰指责年轻的洋人罗伯特"不要脸"地"下毒手殴打"八十七岁的少林俗家弟子于占海师父。

第三，她又是李永平及小说中人物欲望书写的升华者和救赎者。

---

[1] 谢世宗，《欲望城市：李永平、漫游与看（不）见的鬼魂》，第68页。

有论者指出:"一方面,小说藉由朱鸰的漫游,不只表现出对城市空间或兴奋或恐惧的主观经验,而是进一步勾勒出色情行业与城市经济的连锁关系;但另一方面,在漫游者眼中,妓女与嫖客始终缺乏与漫游者的深度互动,而只是在安全距离之外,以刻板印象出现,而此一再现他/她者的方式不能不说是漫游者的局限。"[1] 这种观点自然有其道理,但需要说明的是,朱鸰借由她自己家庭的道德沦落,尤其是其母亲和姐姐都被日本老男人(侵华老兵)包养和玩弄的切实经历和伤害让人感受到堕落的危害,而且朱鸰自身也受到到她家的日本老男人的身体虐待(他们不能玷污她的处子身,却经常用手拧掐等),无论是作者李永平还是朱鸰本身都有警惕之心,同时也有自我保护和升华的能力,尽管未必太强。

第四,或许相当切题的是,朱鸰还是李永平心中台湾理想家园的建构者和一部分,从此意义上说,朱鸰就是台湾,而李永平对她的保护也就呈现了他内心深处的焦虑和珍爱。

当然,如果从整体而言,李永平自有其从文体到语言到内容层面的原乡路径,如人所论:"文化原乡,从围城的母亲出发,经过《吉陵春秋》(神话)的文字修炼与《海东青》(寓言)大规模的文字围城实验,显示出自我与原乡透过文字(中华文字不仅是李永平所说的'中国语文的高洁传统',也是华人的精神与民族灵魂象征)及不同文体的操练建构他的主体性(历经神话—寓言—忏悔录的文类之旅),进行一场'自我与灵魂的对话'。到了《雨雪霏霏》(忏悔录),作者正视他的原乡欲望,终于回到故乡去寻找自我认同,回到他(父—母—我)的'伊底帕思'情境,流动的身体与灵

---

[1] 谢世宗,《欲望城市:李永平、漫游与看(不)见的鬼魂》,第55页。

魂对话的意旨就更明显了。"[1] 令人慨叹的是，李永平先生终究长眠于台湾，这为他的旅行画上了一个句号，但这位马华文学史上长篇小说的巨匠不该被忽略，而其声名与创作生命却期待更深的挖掘与梳理。

---

[1] 张锦忠，《(离散)在台马华文学与原乡想象》，《中山人文学报》(高雄)总第22期，2006年夏，第102页。

张贵兴：魔幻主义雨林书写

小说家张贵兴从20世纪70年代初试啼声的"极具潜力"[1]，到20世纪80年代的"取材决不随俗，部部皆有创意"[2]，再到20世纪90年代至今的汪洋恣肆、蔚为大观，他不仅仅考验和拓宽了广大普通读者的阅读期待/视野，同时也部分映照出专业文学史书写的故步自封与尴尬莫名。褊狭的本土台湾文学史家甚至可以从台湾文学场域中刨除长居台湾的外省作家，在本土浪潮甚嚣尘上的精神狭隘化（本土至上）与利益偏重（本土文学研究基金雄厚）夹击和排挤下，外来的哪怕后来入籍的张贵兴实在是边缘得可以；同样，在近乎同样狭隘的马华本土批评者（文学史书写者）那里，已经归化他国的张作为外人的身份自然证据确凿，于是乎，作为最优秀马华小说家（之一）的张贵兴就难免成了文学史论述中的"他者"——常常被拒之门外，对他作品的定位和归类似乎就实践了海外华人惯常的"离散"（Diaspora）精神和身份假定。

颇具讽刺意味的是，在文学史/批评中往往被放逐的张贵兴，其小说书写却从边缘实现了逆写（write back）的神话，不仅在台

---

[1] 早年张曾以纪小如、羽裳发表创作，其中篇小说《衣袂飘飘》就在《蕉风》总第275、276期（1976年1、2月）上连载。编者曾指出其是"一位极具潜力的年轻作者"，见总第275期，第96页。
[2] 王德威，《与魔鬼打交道的医生——评张贵兴〈薛理阳大夫〉》，王德威，《众声喧哗以后》，台北：麦田出版社，2001年，第135—137页。

湾文坛引人注目，而且其络绎不绝、活力无限的热带雨林书写也令"南洋"本土人目瞪口呆。张贵兴正在默默地从寂寞中爆发而且一发不可收，他"甘于寂寞地置身事外，既不怨毒也不轻蔑，以他自己的节拍持续纯粹化经营他的梦土，以及梦土里的可能世界。以热带虫鱼鸟兽花草树木人物事迹，织就他的浪漫传奇"。[1]

1956年出生于沙捞越，如今定居台湾的张贵兴在创作上可谓硕果累累，已出版（皆在台北）多部小说：《伏虎》（台北：时报出版社，1980年）、《柯珊的女儿》（台北：远流出版公司，1988年）、《赛莲之歌》（台北：远流出版公司，1992年）、《薛理阳大夫》（台北：麦田出版社，1994年）、《顽皮家族》（台北：联合文学出版社，1996年）、《群象》（台北：时报出版社，1998年）、《猴杯》（台北：联合文学出版社，2000年）、《我所思念的长眠中的南国公主》（台北：麦田出版社，2001年，以下简称《南国公主》）。与其说张小说主题关怀广阔、驳杂多变，倒不如说张对某些主题的书写幽深广阔，极尽夸张矫饰虚构编织之能事。

毋庸讳言，张贵兴的雨林书写无疑是他迄今为止最成功最集中最独到的美学凝练和意义铺张，涉及或专门铺陈渲染的竟有五部作品：《赛莲之歌》《顽皮家族》《群象》《猴杯》《南国公主》。[2] 但除此以外，张贵兴也有其他主题的实践：写世俗社会的爱恨情仇（《柯珊的女儿》）、颇有武侠气息和浪漫基调的江湖郎中（《薛理阳大夫》）、改编留学生活抑或乡野异闻（《伏虎》），等等。尽管这些小说的书写与后继者相比，往往在风格上显得相对不够成熟老练、个性

---

[1] 黄锦树，《希见生象——评张贵兴〈群象〉》，黄锦树，《谎言或真理的技艺：当代中文小说论集》，台北：麦田出版社，2003年，第439—440页，引文见第439页。

[2] 《伏虎》中的《空谷佳人》一文也是有关婆罗洲小镇的叙事，不过，主要描写了生活的阴暗和艰难，倒是和如今马华文坛上比较流行的暴力和阴暗书写有着某种神似，但是，雨林书写大致上讲是缺席的。

独具，稚嫩和生硬的痕迹难免，但是，张的这些小说中却往往隐含了许多可以持续发挥、深化和扩展的蛛丝马迹：从个体身份的质疑、追问到群体地位历史的反思与重构，从个体人的暴烈兽性的初步伸张到兽性蔓延肆虐后的集体堕落[1]，等等。

当我们回到雨林书写本身时，我们也可以发现其意义触角的发散与博杂，以及对书写对象关怀的宏阔。比如对欲望的刻画，张的分类和花样往往令人目不暇给，而在主题其中更是张力四射、林林总总令人目瞪口呆。显然，在《赛莲之歌》中洋溢着青春力比多（Libido）的气息，张贵兴有效地将腾涨的它们操控并化为文字上青涩、内敛的情感投射；当然，这欲望也可化为《猴杯》中雉与亚妮妮先性后爱的复杂爱恋；或者亦可汪洋恣肆，成为《顽皮家族》中顽龙夫妇混杂了各种生殖欲望、劫后余生的庆幸与夫妻情感的性爱爆发；值得关注的还有形形色色的欲望失控——性伐旅（sex safari）等，或许令人惊奇的还有《南国公主》中"父亲"肉体的狂欢释放后蓦然回首感情的形而上纯净化，等等，不一而足。

如果从时空转换的角度看，从台北到雨林，从华人城镇到土著人聚居区，从现实回归历史，又以神话影射现实，或以历史合并个体记忆又反过来隐喻集体记忆（collective memory）。张贵兴的雨林书写俨然透出令各类读者、研究者、模仿者不可忽视并各得其所的魔力。

和其他尚在苦苦挣扎／打拼的一些马华（在台湾留学）作家相比，张贵兴的曝光率和研究跟进算是相对蓬勃的，但同时也差强人意。在相关的研究成果[2]中，我们不难发现，直观和短平快的文章

---

[1] 林运鸿就指出，张的少作《伏虎》是一篇权衡其他版本的参照神话，预演了兽性及其狩猎。具体可参林运鸿，《邦国珍瘁以后：雨林里还有什么？——试论张贵兴的禽兽大观园》，《中外文学》第32卷第8期，2004年1月，第5—33页。
[2] 主要可参看胡金伦编，《张贵兴作品评论索引》，张贵兴，《南国公主》，台北：麦田出版社，第269—275页。外加其他散作。

占了多数。张自然有他吸引别人眼球的能力，他的《群象》最后虽然未能斩获台湾《中国时报》百万大奖，但是遗憾中却有着令人讶然的传奇花絮：所有作家出身的女评审无一例外投他的票，李昂甚至在读了他的小说后亲自走访了他笔下的热带雨林。[1]

同时考察现有的研究文献，我们不难发现张贵兴似乎仍然是小众的，大多数研究论文出自曾是或今为马华人的同人论者笔下，而且真正深入考察的论者也寥寥可数，无非黄锦树、王德威等几位有心人。现有的宏论中，或者论述其流亡的写作道路，[2] 或者深挖其个人体验到黑暗之心的转向，[3] 或者着重其讲述的马华故事，[4] 或者剖析其勾画的"禽兽大观园"，或者讨论其叙述的辩证以及旅台文学的未来，[5] 等等，大都能够开启和丰富我们对张的认知，甚至也可以引领我们洞察张的深邃、活力、艰难与局限，值得尊敬。

遗憾的是，在笔者看来，整体上对张的论述仍然是内在淡漠的，有时候甚至也有隔膜，仿佛他仍在（不得不）流亡。如人所论："口碑好是文学品质的肯定，而无人做论意味着文学言论市场并不以为他们的作品对今日的台湾有多大的意义，了不起只是作为一种文化上的点缀。"[6] 张贵兴在他作品的出版地——中国台湾尚且如此，在

---

[1] 可参陈雅玲，《文学奇兵逐鹿"新中原"》，《光华》杂志，1998年8月，第100—106页，引文见第100页。

[2] 黄锦树，《词的流亡——张贵兴和他的写作道路》，戴小华、尤绰韬主编，《扎根本土面向世界：第一届马华文学国际学术研讨会论文集》，吉隆坡：马来西亚华文作家协会、马来亚大学中文系毕业生协会，1998年，第202—217页。

[3] 黄锦树，《从个人体验到黑暗之心——论张贵兴的雨林三部曲及大马华人的自我理解》，黄锦树，《谎言或真理的技艺：当代中文小说论集》，第263—276页。

[4] 王德威，《在群象与猴党的故乡——张贵兴的马华故事》，张贵兴，《南国公主》，台北：麦田出版社，2001年，第9—38页。

[5] 简文志，《张贵兴小说的叙述辩证——兼以想象旅台马华文学的未来》，"新世纪华人文学及文化"国际研讨会论文，2004年4月1—3日，马来西亚吉打州亚罗士打市。

[6] 黄锦树，《词的流亡——张贵兴和他的写作道路》，第205页。

马来西亚和更大的整个华文文学批评界也就可想而知。

陈鹏翔曾指出,张贵兴有着非同寻常的意义,成就非凡,"张贵兴将婆罗洲的地理背景、西方的文学架构、中国的文字,结合成大架构的文学作品,国内几乎无人能及。"[1]对张贵兴,我们仍然有很大的挖掘可能和必要。

本文则企图从本土话语视角考察张的雨林书写。很多时候,本土往往被褊狭地妖魔化为等待超越或者遗弃的边界,而实际上,本土与外来(包含国际化)之间却是一种可以双向流动的发展性概念。从本土话语视角恰恰可以观照出张书写的多重关怀与独特的主体投射。在我看来,雨林书写在张手中已经幻化为"雨林美学",展示了马华文学本土书写的新高度。作为本土话语的最重要意象之一,雨林显然在张的笔下散发出和其自身一样繁茂、芜杂的意义涵盖与美学魅力。吊诡的是,张对雨林的书写话语权和代表性的有意/无意摄取却是遥控的方式——坐镇台湾,想象南洋。本文的主体分为三个部分:(1)雨林奇观;(2)本土话语:雨林承载;(3)雨林美学:"语"林,"意"林,还是囿于林?

一、雨林奇观

通读张的小说,不难发现,张的书写焦点渐渐转向了热带雨林,甚至表现出一种痴迷。他"持续的淬炼一己的故乡梦土,全心全意扑向婆罗洲热带雨林"。[2]但是,考察这一既定结果背后的原因,我们发现这样的选择其实相当复杂。

---

[1] 可参陈雅玲,《文学奇兵逐鹿"新中原"》,第104页。
[2] 黄锦树,《雨林梦土·传奇剧场——评张贵兴〈猴杯〉》,黄锦树,《谎言或真理的技艺:当代中文小说论集》,第441页。

首先，作为张最熟悉且已渗透到其成长历程或个体记忆中的热带雨林，其实是他创作的重要源泉之一，这本身有其自然而然的色彩。如其所言："因为这些部分是我所熟悉的，对中学时代的我而言，热带雨林确实是个我从生活逃逸的秘密基地，它已经扎根在我的生命土壤中，因此也自然而然成为我的创作养料。"[1] 即使是在精神原乡的层面上，婆罗洲热带雨林也是首当其冲的牵挂，"忽然就开始怀疑故乡在哪里？那个素未谋面的广东自然不是我的故乡，我住了超过十九年的台湾也不是，当然就只有那个赤道下的热带岛屿了"（《顽皮家族》，第4页）。

同时我们也要看到，选择雨林也是一种主体无奈／主动的复杂抉择，书写其实也包含了迫不得已的因素。一方面，书写在地的台湾固然也能占有一席之地或至少可以丰富华文文学的生产与面貌，但张贵兴未必比在地人更具优势或更易被接受，因此不能充分地发挥，凸显自己的独到与老辣；另一方面，如果从更宏大的中心／主流文学态势角度看，它们的逼迫也使得张不得不找寻或开拓另类的书写题材空间。"当古老帝国的符号完整性在现代世界的直线时间中无可奈何地破裂了，以文字进行文化生产的子民们很难避免精神上的出走，走出大中国的封闭、离开那意识上想象的完整性，带着他的方言母语，随着他的笔迹，在文字内在残存的帝国视域之外重寻存在的意义和可能。"[2] 雨林自然是一种可以边缘消解／对抗中心的凭借，它的沉默与苍白正意味着需要可能的代言人去填充与扩展，是一种必须，也是一种他度可能，尽管主观上，张的雨林书写毋宁更是出于"想象力分泌"抑或自我精神／情绪的宣泄。

---

[1] 可参李欣伦，《挖掘幽僻的人性雨林——专访张贵兴》，《文讯》总第196期，2002年2月，第73—76页，引文见第76页。

[2] 黄锦树，《词的流亡——张贵兴和他的写作道路》，第214页。

论者在在指出雨林书写作为诸多潜在可能性以供深挖的宝藏角色以及可以承载更多知性、感性的意义包容性："当日本、中国香港和台湾的文学创作者向都市靠拢，都市文学成为集体趋势，雨林书写可能成为建构马华文学最重要的路径之一……雨林书写不是异化自己，亦非旅行文学的变相，它应该是人文思索的起点，是'知性'和'感性'二者的融合。"[1] 在我看来，张贵兴不仅仅是上述论断的最佳执行者，而且他把雨林写出了名堂，仿若莫言笔下的山东高密红高粱地，它变成了一种动人心魄、铺天盖地的雨林奇观。简单说来，为论述的清晰计，我们可以将之分成三重雨林世界（实际上前两重的雨林难以截然切割）：（1）生态雨林，（2）人文雨林，（3）叙事雨林。

（1）生态雨林。很多时候，婆罗洲热带雨林（东马部分）对于马来西亚国内的西马人来讲，都是一个熟悉而陌生的所在———些人为和自然的限制将它们往往定格为被想象的熟悉/陌生存在。对于国外的读者而言，热带雨林自然更平添了几分怪异和神秘。

杨艺雄著述的《猎钓婆罗洲》（吉隆坡：大将出版社，2003年）在某种程度上为我们揭开了当今婆罗洲雨林的神秘面纱并部分袒露了其真面目。由于作者自身纵横雨林多年，个中风物经他道来，自然也别有一番风味：作者无论是对猎枪的奇谈、渔猎的细腻体验与技巧拿捏，还是对诸多生猛动物（野猪、野牛、鳄鱼、巨蟒等）的捕猎传奇经历缕述都令人大开眼界。

但是，《猎钓婆罗洲》中的雨林图像如果和张贵兴的雨林书写相比，则大有小巫见大巫之慨——如果我们称杨的书写为散发魅力，

---

[1] 钟怡雯，《当代马华散文的雨林书写》，吴耀宗主编，《当代文学与人文生态：2003年东南亚华文文学国际学术研讨会论文集》，台北：万卷楼图书公司，2003年，第147—164页，引文见第161页。

那么我们可能得称张的为极具魔力,同时,文字的虚构与想象的妙用由此可见一斑。在张贵兴那里,雨林的生态不仅仅是一种蓬勃活力和旺盛的生命力,它们的发育和生长也往往展现了一种"人化"色彩和奇幻化效果。

比如哪怕是普通的热带水果——红毛丹也焕发着养人和"塑"人的诡异力量:"这种多肉汁的热带水果,肉质近似荔枝,吃得我阴鸷畏缩,品性低劣,半生犹豫在AB两种血型中,在二十一号我诞生日的半座双子和巨蟹座中蹩脚一生。"(《赛莲之歌》,第18页)当然,如果到了张贵兴着力雕琢的奇花异果,它们则显出更加令人愕然的奇异情趣。《猴杯》中那奇诡无比的巨型猪笼草竟然可以用婴儿尸体培养,而且似乎更加生机勃勃。

张贵兴有时候也还原神话/传说中的某些飞禽走兽,或者赐赋更多的血肉与传奇予原本可能平淡无奇的事物。前者比如在《顽皮家族》中就有对海怪(美丽人鱼)的渲染和铺张,"海怪颇像传说中的人鱼,猕猴脸,蝙蝠翅膀,鱼尾,胸有两乳,腹部有四只手脚,体长如三岁婴儿",遇水后,"转换成一张粉红水嫩吹弹欲破的小女生脸蛋。它非但美容了脸蛋,连原来瘦瘦皱干的身体也变得苗条剔透,丰满诱人"(第27页)。而在《猴杯》中,更加富有梦幻色彩的则是戏中戏——达雅克人绘声绘色地描述他们如何神勇屠杀男女儒艮的过程(第204—205页),极尽渲染铺张之能事。后者比如《猴杯》中人和蜥蜴大战场面的精彩刻画(第260—278页),仿佛这不是人兽大战,而是一场惊心动魄的智慧、勇气、力量极限等的混战,同样极具震撼力。而类似值得一提的神奇动物还有犀牛(总督)、象群、鳄鱼等。

其实,即使我们回到对雨林的整体印象上,也可发现其丰富多彩引人注目的多重面目。或者通过被关在畜舍祖父的耳目书写其虚实交加,"没事干时,他爬到菠萝蜜树上遥望雨林和灌木丛,更用心聆听大番鹊鸣叫,湾鳄膘满肉肥的轰轰隆隆,在想象和现实交错进行的象群奔走声"(《群象》,第 9 页);或者狂欢奇特,"猪粪味使我夜里睡得更甜,也苏醒得更勤,无孔不入的熏臭让我烦躁不安。我从横陈兄长肉体的床上坐起来,离开闷热和汗臭的蚊帐,穿着宽松尿湿的短裤,打着赤膊拍打蚊子,踩死蜗牛和蜈蚣。母狗带着一窝狗崽子叫醒家人,父亲推开窗口,用超强电力的手电筒照亮鸡舍、猪溷,寻找偷鸡贼和蟒蛇、大蜥蜴。大哥握着弯刀,四哥拿起洒着野鹁血的万能弹弓,母亲试过各种武器,最后看上一根钉耙。我嚼食着大萍和猪粪,牙齿打颤,浑身发抖,虽然站在湖中央,湖水只淹到我胸部"(《赛莲之歌》,第 15 页);哪怕是《南国公主》中的人造雨林也是令人疑窦重重、魅惑丛生,成为"有鬼"的人造雨林:想调戏母亲的工头却莫名遁入雨林,众人前去寻找到他时,在山洞里的他一条断腿爬满水蛭,凄惨万分。当他惊恐地指责是母亲拐走他并让他迷路的,当母亲问他是否还想工作时,他说"这花园有鬼,这花园有鬼",然后又指着母亲说,"你,妖妇,妖妇……"(第 181 页)。

当然,还需要指出的是,在雨林和人之间也存在着一种互化关系,雨林化人或人化雨林。为此,雨林中往往也可能更蔓延着情欲的气息与特征,比如《群象》中的猎象者所探索的雨林就彰显着情欲化色彩,随余家同进入雨林狩猎的二十余人发现"走一步,连根拔起雨林的多情啜吻。雨林鸭般的唇齿刨耳。水鸟般的长喙掏耳屎。雨林的母性使他们产生许多绮想、幻象。伊乳房像熟烂野果等他们去撷、去吮。私处如樱桃,皮滑瓢嫩,如猪笼草装满蜜水。阴茎化成无眼无毛香肠状的鼹鼠,在布满腐殖质的雨林土壤中扒穴觅巢。晚上男孩看见帐篷外一批黑影躲在蔓丛中将精液射入肥沃的黑土"(第 25 页)。

同时,雨林也可能是包含蓬勃兽性(人也在其中)的温床。

2. 人文雨林。张贵兴在生态雨林中其实潜伏了更加丰饶的人文涵盖：信手拈来，人与动物的纠葛、神话传说、对重大历史事件的再现和重构（比如马共、日本的侵略等）、对异族（尤其是土著民族）的详细勾勒与想象、对人与人交往的丑恶、权力关系等深入描绘。比如《猴杯》"既是家族秘史（余家、阿班班家、猪笼草家族），也是冒险小说（余鹏雉的巴南河之旅），更是爱情故事（余翱汉与小花印、余鹏雉与亚妮妮），有推理，有丑闻（罗老师与余鹏雉嫖女学生），有阴谋（余石秀父子、亚妮妮族人），也有内幕（罗老师隐居雨林之隐、丽妹身世遭遇），既可视之为婆罗洲博物志（猪笼草、大蜥蜴、红毛猩猩、婆罗洲野生犀牛）、风土记（达雅克族、长屋、猎人头）、罗东地方志或华人拓荒史，更宜当作种族冲突史（华人和达雅克人的惨烈战役）或后殖民寓言读（'婆罗洲合众国'、'被马来蟒觊觎的雨蛙'）"。[1] 雨林因此被人文化，从而有了五彩缤纷的效能。

或许能够增添其异国情调的是对神话的复述，《南国公主》中"我"与春喜的对话就曾提及喜欢恶作剧的野人，"传说婆罗洲雨林有一种野人喜欢在黑暗中冒充旅人伙伴，牵着旅人的手在雨林里闲逛，直逛到旅人筋疲力尽迷路为止"（第95页）；但同时，雨林其实也是一种兽性弥漫的遮羞布，从此意义讲，雨林其实又是幽暗的心理雨林，"当我们涉入张贵兴建构的热带雨林核心，最终与我们照面的不是那些猪笼草、食蟹猴、丝棉树等雨林'群象'，而是那样裸露、那样真实、那样阴湿的人类的潜意识雨林"。[2]

在历史重构的意味上，雨林更可能是侵略者的葬身之地，"他（指日本侵略军首领竹场）把雨林里的许多真象当成幻象，却又把

---

[1] 张锦忠，《婆罗洲雨林的后殖民叙事：张贵兴的〈猴杯〉》，《星洲日报·文艺春秋》2001年2月22日。
[2] 李欣伦，《挖掘幽僻的人性雨林——专访张贵兴》，第75页。

许多幻象当成真象，于是他越深入雨林越对雨林感到迷惑和恐惧"（《顽皮家族》，第 157 页），但却是本土人的屏障：本土人生存的温床，也是避难所和再生地。日本人投降后，"他们真正舍不得的不是这个部落，而是这片曾经保护他们和给他们带来新生命的雨林……他们总共花了八天八夜才走出雨林，行列中多了家畜、粮食、小孩和怀孕的女人，比当初匆忙逃入雨林时多了更多家累，这都是雨林赐给他们的礼物"（第 165 页）。

而对于砂共的描述，雨林显然也在揭开其神秘的同时而平添了过多的情欲色彩，如《群象》中就描述了其领导人余家同战争与性爱的交织：穴外政府军枪声隆隆，"二人在穴内汗流成河，如泡在烂泥地。家同在宜莉身边细声说不要动不要叫，否则我们一起坐牢。说完抚她身体，吻她嘴唇。政府军向空中开枪示警，用扩音器呼他们尽早投诚。不远处传来格斗声，扬子江队员开始还击。家同撕开宜莉的黑衣衫，褪下她的黑长裤。当家同射出精液时，两位扬子江队员正鼠窜向丝棉树，在丝棉树下被机关枪和手榴弹轰得不成人形，血液像雨降旱地漫入泥土，染红树根和家同宜莉缱绻的整个穴，渗着宜莉的处女血"（第 170—171 页），又详述了两人的做爱场景。而《猴杯》的主题也不例外，母性化的操作弥漫其中。[1]

当然我们似乎更应该关注的是人文雨林中对土著民族的勾画。他们的存在本身就是一种可资借鉴的镜照与自我反思并提升的对比。其中自然不乏对其风土人情的铺陈，如奇特的迎宾舞就渲染热带雨

---

[1] 黄锦树指出，"和《群象》那借来的南洋——中国的议题架构显然有所区隔……其实却是回归张自身原来的精神谱系：绕过历史，（主体意识）经由抒情审美而直达神话——企图把故土在经由文字提炼为超历史的神话原乡，其中女性和母性的意象流淌，热带雨林彻底地被情欲化，地母在大森林里呼风唤雨，普度众生"。黄锦树，《雨林梦土——评张贵兴〈猴杯〉》，黄锦树，《谎言或真理的技艺：当代中文小说论集》，第 441—443 页，引文见第 441—442 页。

林的另类诱惑,或者异域风情,或者美丽丰润的少女温情脉脉(《群象》,第100—102页);独特的文身文化(《猴杯》)等。同时,还需指出的是,他们与外来者(如白人、华人等)的关系同样也是值得细思的人文脉络。

3. 叙事雨林。王德威曾经指出,《南国公主》中,"梦土上的公主是张贵兴心中马华主体欲望的对象,也是欲望失落,叙述开始的契机"(第30页)。实际上,通观张贵兴的雨林书写,我们也同样可以发现雨林其实又是叙事的雨林,里面富含了张的语言文字、意义营造和结构布局等的心机。我们主要可以从两大层面考察其叙事的雨林。一方面是书写的"语"林化,这其实包括了文字自身的密度和描述、议论的嵌入而导致意义的张力增强,另一方面则是指其叙事结构的繁复和意义象征等多重性。由于下文会详述,此处不赘。

二、本土话语:雨林承载

本文无意重复张贵兴雨林书写的奇特、复杂涵盖,因为在有限的篇幅内此笨拙操作至多是一种残缺的拾人牙慧式的复述,而笔者毋宁更想从本土话语角度探寻这些貌似杂乱无章的世界中的一些可能基本主线,从而纲举目张,稍微清晰地剖析此中光怪陆离的雨林世界。

戴上本土的眼镜去考察张贵兴雨林书写的轰轰烈烈的乱象,我们不难发现有两条主线值得仔细体味:1. 雨林书写其实是自我身份找寻、建构的延续,也是主体欲望的另类释放;2. 雨林书写隐然彰显了本土/外来的冲突、融合(也包含同归于尽)的流动又繁复的过程。

1. 身份的想象。王德威曾经指出离散之于马华文学的吊诡作用,"离散成了叙事的条件及结果,除此别无其他。这些作家逆势操作,化不可能为可能,居然繁衍了不少奇花异果……张贵兴是这一波旅台马华写作中的佼佼者……一本新的护照或身份证显然不能标明张贵兴的身份认同,让他追怀不已的还是婆罗洲的雨林长河,以及其中'横撞山路的群象与猴党'"(《南国公主》,第10—11页)。而如果从离散角度勘查张的小说,我们发现,从普通题材到雨林书写恰恰从整体上凸现了张贵兴对身份的别致寻找,同时也是他主体欲望的尽情宣泄。

《柯珊的女儿》中的《弯刀·兰花·左轮枪》其实是一篇有关身份质询的黑色幽默。小说中的主人公不明其实是作者刻意假设的稀有品种——一个不懂马来文,只懂华文和英语的马来西亚华人。他的尴尬经历因此而生:从一个有点责任心回乡的办事员被事实(语言不通、急于事功)逼成了"劫匪"。张贵兴在这篇小说中的主题表白显然是过于直白和单向了些,但是这一对自我身份的问询、找寻在继起的小说中其实未曾停歇,进入到雨林书写中时,这种企图变得潜隐、细腻和繁复,类似的主体欲望也因此可以在热带雨林中稀释。

《赛莲之歌》当然可以被视为是一部(性)幻想小说,作者自认"假设自己已抵达那座永远无法抵达的欲望岛屿。终究是一个不存在的岛国,终究是一具假面",[1] 而论者也指出这是一部个人体验的审美寓言,征召肉身的精神升华。[2] 这当然是张贵兴主体欲望的宣泄

---

[1] 张贵兴,《序/假面的告白》,张贵兴,《赛莲之歌》,台北:麦田出版社,2003年,第3—5页,引文见第5页。
[2] 如黄锦树认为:"无法充分宣泄的欲望不断地朝向隐喻及象征转移及转换,爱欲乃被精神化,审美化,和主体生活世界中的雨林体验结合,雨林中虫鱼草木走兽于是便负载了初萌的性爱能量,再经由来源于文学作品中审美表述模式的形塑,三者便完整地结合为张贵兴个人的体验。"见黄锦树,《从个人体验到黑暗之心——论张贵兴的雨林三部曲及大马华人的自我理解》,第271页。林运鸿也持类似观点,认为梦境和艺术当然都是性欲的压抑与超越,见林运鸿,《邦国殄瘁以后:雨林里还有什么?——试论张贵兴的禽兽大观园》,第25页。

和美学升华。

但除此以外,我们也应当看到,雨林书写分量并不重的《赛莲之歌》同样也是作者自我身份的找寻过程。不管是中国血统纯正的安娜·黄,还是受西方英文教育的凯瑟琳·朱,其实都预示了身份的归属。安娜作为移植个体的快速雨林化和与世俗的迥异,凯瑟琳向英国文化母体的回归(求学)都旁敲侧击地暗示和反衬了"我"的某种无助与失落。

《顽皮家族》则是以戏谑的方式重写了南洋华人移民史,其观点当然是比较另类的,但因为过于标新立异,追求轻快和另类也让这部小说的意义呈现得浮浅和轻佻,尽管它同时也表达了华人移民的乐观主义和滚滚活力。需要指明的是,这部小说仍然是聚焦于家族的个案的历史,其身份追求意义不言而喻,当然其中也可能凸显了顽龙认同的困境。[1]

我个人认为《群象》是张贵兴最成功的小说,小说中对自身身份的叩问和追寻则显得更加扑朔迷离,其繁复的象征运用实在令人叹为观止。比如以鳄鱼为例,我们不难发现,在单纯的动物凶猛夸饰(比如妹妹君怡就是被大鳄鱼吃掉的,第 44 页)以外,张贵兴的鳄鱼其实更蕴含了逆写(write back)的野心。它不仅仅是整个中华文化图腾——龙的前身,而且也是本土共产主义运动的象征动物之一。于前者,出土文物"雄辩"地证明,山西石楼出土的"一商代大石磐之龙饰图案,实际是一鳄"(第 20 页)。果真如此,中华文化的起源地可能就变成了南洋热带雨林,而所谓华人移民就成了回归母体。这其中的嘲讽意味可能相当浓稠:"象夺走中国的名字,鳄

---

[1] 简文志就指出,因为排外,"困境在于除了自身的被认同外,也在于对迫害者的无法认同,也就是当年夺抢的海匪,女儿顽凤竟成为他的妻子,换言之,劫匪成女婿,顽龙成岳父,建构成莫名其妙且无奈的命运造化"。详可参简文志,《张贵兴小说的叙述辩证——兼以想象旅台马华文学的未来》。

更正龙的传统。在这里,应当被指称的国家情怀,让位给四肢着地的篡位者,乡愁没有归向正确的场所,却成了动物图腾的多余负载。或者反过来说,中国想象,还有与中国同义的龙图腾,被劣等品带走了。"[1]

耐人寻味的是,砂共扬子江队长余家同却也最喜欢养鳄,甚至鳄吃的比人都好;无独有偶,后来走出雨林向政府投诚的另外一支共产党队伍首领王大达其发家致富的秘诀,竟也是养鳄!这其实很像王大达退出雨林后对前者的做补偿和凭吊——"办公室和王大达本人一样缤纷和充满活力。各类热带植物盆栽四处悬挂,使办公室有如菜市场"(第175页)。从精神的图腾供奉到物化的商品,其中转折吊诡重重,在精神上逐步堕落的同时,却换来了物质的丰盈。显然,《群象》关注的身份认同问题则是对整个华族的拷问。

值得注意的是,作为一个游离的孤魂,空间的对照和转换也是张贵兴加强身份探索的借助。台北,作为国际化的文化都市,和相对荒蛮枯瘦的热带雨林作为主人公流动中的不同据点,显然拓展了对身份认同找寻的叙述空间,而《猴杯》《南国公主》恰恰利用了这一策略。

《猴杯》中对自我身份的探寻其实通过了两种手法:一是在与土著民族达雅克人的比较中彰显出华人族群的属性特征,二是借助台北与雨林等的双线对照来勘探。当然,结果往往是令人遗憾的,张毫不留情地鞭挞了两种不同时空中却类似的内在堕落。当纯真感情在台北的过度风化与早熟中失落时,雨林中其实也是遍寻不着,也有它务实和残酷的生存哲学,就像曾祖教训祖父的格言:"可见得为了生存,有些东西是要牺牲的,但牺牲得要有智慧,你本末倒置,为屄奉献,结果是没头没脑,有勇无谋。"(第218页)

---

[1] 林运鸿,《邦国殄瘁以后:雨林里还有什么?——试论张贵兴的禽兽大观园》,第20页。

《南国公主》中则强化了雨林的堕落意味,而这些却都和台湾息息相关。由来自台湾的母亲苦心经营的人工雨林与热带雨林的对照中,前者似乎成了淫欲发泄和排解无聊的屏障,它比天然雨林安全,但也更无耻,回归雨林其实更是兽性的释放。比如小说中林元就指出:"'雨林太神秘了',林元即使对父亲交代这一个月行踪时也是不着边际,有如禅师开悟。'老友,你是对的。回归蛮荒和简陋,无疑是个人精神领域的最大提升和净化。我将像一颗即将陨落的残阳,在这里挥洒我的余生。'"(第59—60页)而所谓挥洒余生其实更多就是最后的狂欢和放荡:"我独自一人回到斗狗地点,目视黑暗花丛中一对裸体男女对我恬不知耻地微笑,我事后才知道父亲林元以斗狗为幌子找来一群年轻土妓并且关闭我家所有灯火在黑暗花园中寻欢作乐。我从来没有想到那花园子宫般的神圣黑暗是他们淫乱污秽的另一个迷宫阴道。"(第97页)从此意义上讲,《南国公主》其实更是对主体身份找寻和自我迷失的凭吊,同时也是主体欲望的如注喷射。

不难看出,张贵兴的雨林书写中其实或隐或显运行了对自我身份质询、找寻和部分建构的实践,同时也是张贵兴主体欲望宣泄的结果,这些努力,或者指向个体、家族,或者指向华族族性(ethnicity),个中努力值得我们仔细体味。当然探寻自我绝不仅仅是内视的过程,它也包含了与外在的对比、交往等复杂纠缠,这也就是下文即将论述的本土化的历程。

2. 流动与繁复:本土化与化本土。朱双一曾经指出张贵兴小说主题书写的两方面鲜明特征:"一方面逼真地呈现出孕育于热带岛国的热情奔放、生命力旺盛的南洋人群特色,另一方面有意无意地流露与中国文化和台湾现实的割不断的内在联系。"[1] 遗憾的是,论者似乎并未意识到二者之间的复杂关联——其中蕴含着本土化/化本

---

[1] 朱双一,《战后台湾新世代文学论》,台北:扬智文化出版社,2002年,第229页。

土的复杂历程——冲突、本土化及其后果。

（1）冲突：以化本土为中心。在所谓本土与外来的冲突中，其实呈现出复杂的权力结构，至少有如下几重：①殖民者对土著和华人等的欺压／利用；②华人对土著的压制及反弹；③作为想象／现实的中国（文化）符号对南洋（雨林）的凌驾与相关逆写；④华人内部的压制。

张贵兴对第一种压制着墨不多，相反或者吊诡的是，第二种结构反倒因此更加呈现出相当的后殖民色彩：当白人面对荒芜贫瘠的种植园束手无策时，是华人的继承者脱颖而出，显示出特有的聪明机智，但统治起来则更加贪婪好色、冷酷与变本加厉。

①利用／反利用。华人往往利用土著的朴实、简单来谋取经济利益或其他好处。《猴杯》"写的是在那边的海外华人移民到现在的一种生活形态，一般人可能并不是那么了解在马来西亚的华人奋斗或生长的过程，有很多人去那边是被像卖猪仔一般地卖过去的！当然他们是被利用的，但是当他们取得权力之后，也采用相同的模式，运用狡猾的智能剥削当地的土人，占领他们的土地"。[1]《群象》中队长余家同也曾主张华土通婚，但那不过是想让共产思想渗透全民的权宜，而余保留纯粹黄种的思想却深植心中——他对和土著女孩关系不错的外甥施仕才告白道："你是施家唯一的传人了，别让番人肮脏的肤色渗入你纯种的黄色皮肤……"（第173页）当然，小说中的反利用意味也很强烈，余家同恰恰可能死在熟识中华文化的"番人"朱德中及与土人关系密切的外甥刀下，这种反利用的吊诡发人省思。

---

[1] 潘弘辉采访，《雨林之歌——专访张贵兴》，《自由时报·自由副刊》（台北）2001年2月21日，第39版。也可检索网址：http://www.libertytimes.com.tw/2001/new/feb/24/life/article-5.htm。

②身体攫取与死亡对应。华人外来者不仅仅在文化上把南洋或热带雨林当作意淫对象，他们同样也在实际上攫取土著女人曼妙、丰满的身体，更甚的无非是进行浩大的性伐旅（Sex Safari）。从此意义上讲，这些华人和白人同样是身体殖民主义的帮凶和实践者。

《南国公主》中情场圣手林元和父亲其实恰恰是借人造雨林等掩护对土著少女（甚至是未成年的）进行荒淫无耻的勾当，而《猴杯》中祖父对有土著血统的丽妹的性霸占本身也体现了某种身体上的权力机制，所以王德威指出："百年后，主角的父执辈进入雨林，从事性的杀伐旅；他们对土著女子宣淫肆虐，无所不用其极。从禁欲到纵欲，张贵兴写尽殖民者——包括中国人——对婆罗洲处女地浪漫欲望的两极。"（《南国公主》，第32—33页）

当然，作为对压迫和残暴的反弹，土著人也有其杀手锏——死亡往往变成了猎取者的宿命。《猴杯》中勾引、嫖宿土著少女的罗老师虽然因故免于一死但却经受暴打，而最后误将亚妮妮当作丽妹而欲进行非礼的祖父却被毒镖猎杀；甚至是《南国公主》中吃惯了荤腥的父亲突然回心向善从肉欲走向供奉圣洁（这个突兀转变未免过于惊世骇俗），但是洁身自好后的父亲改变不了他以前疯狂攫取土著女人身体的宿命后果（尽管事实上他并没有染指最后一个心爱的土著少女），死亡仍然光顾了他。父亲坚信在爱情滋润和教化下少女可以恢复十岁前因为食物中毒发高烧前的智商，而一个月后的确效果显著。但"十多天后少女从前男友突然出现，用吹矢枪向正在教导少女吟唱拿坡里民谣的父亲射出两支毒箭，父亲负痛开枪还击，二人激斗许久，青年终于被父亲击毙，但父亲挣扎呻吟两天后也毒发身亡"（第176页）。

或许比较值得关注的是张看待中国与南洋关系（无论文化还是现实）的复杂态度，张贵兴力图以鳄鱼的考古学逆写文化起源的努力前文已述，而实际上，站在本土的立场上，张的雨林书写仍然表现出对"中国"的冷静思考和态度，甚至是强烈距离感。

《猴杯》中的罗老师其实很大程度上隐喻和象征了中华文化／中国符号，但是他表面的博学和儒雅，遮蔽不了内在的蠢蠢欲动的淫邪——他利用小恩小惠和甜言蜜语勾引并嫖宿达雅克女子，夜夜笙歌，而且还建议自己的学生雉最好每晚的交欢者都不同。或许如下的场景可以反衬出其道貌岸然，也反映出作者的态度："罗老师的国乐有时激昂壮观，有时平静妖妄，乱弹神经，麻痹五官，佛禅起舞，一派正经，让人难以察觉寄生逍遥其中的靡靡淫荡。长夜漫漫弦丝迢迢，罗老师掩人耳目不是屏声息气而是大张旗鼓，一个咳嗽、一个翻身即可贯穿数间卧房的动静观瞻在罗老师却转化成仙女散花如鱼得水。"（第243页）某种意义上，罗老师对达雅克女子的诱奸其实也隐喻了中华文化之于本土的类似姿态，而罗老师之后被暴扁的遭遇其实也灌注了张本人对中国大陆的态度。

回到华人内部的压制层面上来（虽然和化本土关系不大），在《猴杯》中，我们可以发现华人整体族群的劣根性：作为统治者的奸诈多端，以妓女（性）、赌博（可能希望的陷阱）和鸦片（上瘾）等不良娱乐牢牢拴住苦力，让他们成为可以终身榨取的长工；而作为被统治者，却也懦弱、猥琐、缺乏自制力。

（2）本土化。张贵兴在他的雨林小说中或多或少都寄托着华人本土化的希望。整体而言，《赛莲之歌》中热带雨林的书写分量并不重，和张贵兴后期浓郁的雨林场景、色彩、风格相比，雨林在其中只是显出了淡雅的特征：它并非事件发生的主要场景，也并没有因此被渲染得五彩缤纷、光怪陆离。但需要指出的是，尽管如此，雨林其实在此小说中有着引人注目的变异：雨林／人的比拟书写，比如原本都是外来者的安娜和凯瑟琳都成为张欲望和意念的投射，同时也是雨林的化身，带有雨林化的特征或南洋风情。比如安娜健康阳刚、热力逼人，她的一举一动似乎都有热带风情，哪怕一展腿伸腰,"太阳从绿屏风漫入教室时,安娜展腿伸腰的姿态就像一棵向阳植物,连插花也响应主人似的向阳……她的头发、眉毛、睫毛、瞬膜、鼻翼、嘴唇、耳叶、汗毛、汗毛孔、手指朝着阳光摇摆,神经系统垂曳性地拐向东边,连五脏六腑也竖立起来四面翻晒,像雨后向温暖的阳光展翅剔翎的喜鹊"(第 45—46 页)。即使是静止后也仍然活力四射,"她虽然停止了运动,身体却像雨后的树丛淌着积水。她的行动、她的气味、她的肉体、她的野性和美已经和天地融为一体,仿佛蓝天、白云、海洋、沙滩、枞树林就是她,她的讯息无所不在,而我就在她的无所不在中,就像泡在海水中忽然发觉身边涌起一个浪头,她就这样神秘地出现在我面前"(第 54 页),甚至她被想象成热带公主(第 103—104 页)。

同样,凯瑟琳也有着南国女人的味道和早熟,她"有南国姑娘早熟的粗犷和壮大,有北欧姑娘从磨房和主日学课程里陶冶出来的好劳性和教养,而没有华侨的土味和富家子弟的故作姿态"(第 137 页),"她那南国姑娘的早熟身材……我无需在这方面浪费笔墨,所有成熟女人必备的视觉条件都明显而丰富地显示在她年轻的身上"(第 149 页)。从视觉效果上看,她们和热带雨林的土著少女似乎有着某种神似,我们可以法蒂亚为例进行参照:"宴会中令男孩遐想翩翩。成熟女人的身体和风韵。眼神像拉让江,笑容像热带雨林,声音像涩果,皮色像夜晚。十指,飘悠悠,像她的长发。腰板,千折万拗,像她的十指。脚掌丰,趾嫩。"(《群象》,第 78—79 页)

《顽皮家族》中更多隐喻的是华人移民史的源头和初始经历,原本离本土化颇有距离,但字里行间却也偶尔透出本土化的意味。比如顽凤在遇龙卷风消失十八年后再见时也已被雨林化(南洋化):"他记忆中的七岁大女儿现在已是个穿着摩登洋装、美丽高挑的二十五岁女人,这个年龄正和十多年前下南洋的小兰相仿,比起年轻时候的母亲,女儿显得成熟黝黑,眉间深藏着某种属于亚热带的气质,或者是慵懒,或者是忧郁,或者是浪漫,或者是享乐,或者是暴风雨的莫测和破坏。她不属于母亲的摄人的美使顽龙几乎不敢相认。"(第 90 页)值得注意的是,小说中还有一个高度象征的走向本土化的描写:作为"诺亚方舟"的海盗船后来成了顽龙一家的居室,但经常倾斜摇晃,后来才发现其龙骨为热带植物热烈拥抱:"一棵生命力顽强得超越人类想象力的热带植物紧密地依附在龙骨上,根须和枝丫完全植入龙骨中,仿佛它是龙骨的筋脉或是附着上面奇形怪状的权节,不仔细辨认只会理所当然认为它是龙骨的一部分皮肉或刮痕。植物已死,它所遗留的生命力却不死。"(第 45 页)

哪怕是到了主要书写砂共故事的《群象》中也夹杂了一些本土化的描写,比如余家同屋中的《风雨山水》画的浓稠的中国性渐渐为幻想的南洋所替换:"《风雨山水》在煤气灯照耀下显出另一份娇媚,拟态成酷热潮湿的热带山水,如男孩在拉让江两岸看到的风景,长臂猿和大蜥蜴攀爬山壁上,榴梿和红毛丹点缀汀渚河岸上,长屋和高脚屋取代了琼宇绣阁,游山玩水的文人书童换成了戏水的伊班半裸少女,整幅南宋山水画变成了以渲染南洋风情为主的蜡染画。"(第 149—150 页)当然,可以反思的是,这种转换其实在本土化的意义之外,也析离出一种革命理想堕落、颓败的无奈与嘲讽气息。

或许更加引人注目的是华人与土著人的融合过程,《猴杯》中,在华人种植园备受蹂躏的悲苦的三十多名妇女在日军侵略时,也趁机仓皇逃窜,吃林中果实、喝猪笼草瓶子中的水,最后为达雅克人收留,"女人从此口吐达雅克语,言行表里宛如达雅克,黑壮勤劳,认命干活,不再细皮白肉。她们下嫁达雅克男人,生下一群子嗣,为了纪念那段逃亡日子,子嗣手臂上都文着猪笼草瓶子"(第 277 页)。尽管张选择了一帮走投无路的"贱民"下嫁土著民族,但本土化的意义却不容小觑:这毋宁更体现了种族的融合和可能性。

同时需要注意的是,《南国公主》中人工雨林里人的兽性化其实

张贵兴:魔幻主义雨林书写 | 173

很难被视为一种本土化历程，那更多是潜伏在人心中的兽性在雨林中的复苏，情欲化的雨林和南洋原本就是外来者一厢情愿的预设和文化优越感作祟的产物。

（3）结果：混杂或幻灭的狂欢。考察张贵兴雨林小说中本土化的表演，我们也不妨总结一下其可能的结果。在我看来，它更多是在对话的可能基础上的一种混杂，同时从张贵兴对外来者的不欢迎态度上，我们也可以看到霸权者可能的幻灭，或者是与本土的同归于尽。

《赛莲之歌》的艳俗结局（凯瑟琳要求"我"吻她）其实也预示了对话的可能；《顽皮家族》中更是上演了南来华人和"本土"华人和睦相处、互帮互助，甚至是共御外侮（日本侵略者）的温馨又感人场面；《群象》中仕才和法蒂亚的若隐若现的好感却也耐人寻味。更加耐人寻味的是，张在小说中揭示的施家秘史：其子嗣多数是她的哑巴母亲和债权人（父亲是赌鬼，彼时被日本人割掉了阳具）还债的杂种，其中还包含了一个由日本人强暴所带来的孽种，"姐姐和债主的一次交欢，抵偿了姐夫对那债主的所有债欠。九月后，生下仕书。这样的抵偿一再重复，直到生下小甥女君怡"（第218页）。这种近乎石破天惊的结局固然令人难堪，却又说明了混杂的宿命无处不在；当然，《猴杯》中三十多个苦命女人和达雅克男人的结合以及"我"和亚妮妮终于结成夫妻修成正果都体现了本土化的不同意义和相同的混杂指向；即使在《南国公主》中当父亲和林元不断猎取土著女人的身体发泄时，母亲却也疯狂地迷上了一个达雅克男人，并有了他的骨肉（也是因此疏忽大意失去了自己的亲生女儿），尽管后来此杂交结晶为父亲所杀，但混杂的本土却历历可见。

与此同时，我们也可以看到外来强权的逐步败落，甚至幻灭。为此，我们更要仔细体察张小说中的几个动物意象，如象、犀牛（总督）等。《群象》中象其实包含了过于丰富的内涵。在文学手法上,它可以成为一种美学原则:"这样的(美学的、政治的、历史的)符号操作,除了部分有历史的依据之外,其建构原则,也即是'得意忘象'的'象'——心象、意象、象喻、象征——相像、好像、不像。而本书最值得注意之处或许就在于作者淋漓尽致地实践了这样的美学建构原则,从题旨的深处到表面的文字,从内容到形式,切入以致颠覆、置换革命浪漫主义者们的红色中国想象,以象寻象,以象补象,以象忘象——以文字为群象。"[1]

但除此以外,仍然值得深究。象当然可以是物质上令众人垂涎并积极猎取的目标;同时,它其实也是性欲的凝聚和折射,比如根据余家同的呓语,凌巧做爱时的呻吟像象叫:"在炮声隆隆中,在同志惨呼声中,在沁云的猴声和宜莉的海牛声中,从遥远一角传来象叫……这时候,我会放弃一切追踪那声音……凌巧……她是我扬子江部队最后一个爱人……乳房阔厚,屁股密实……兴奋的呼叫……像……多奇怪……就像象叫……有时深沉遥远,有时震耳欲聋……有时温柔,有时粗暴……让我全身奋昂,想对着她脑袋扣下扳机……"(第190页)

更值得注意的是,象和人有着众多的类似,"令男孩惊讶的是和人类拥有相似寿命的大象也拥有和人类相似的行为和感情"(第95页)。因此,它是人的某种形式的变体和性格凝聚。

可以更进一步的是,象实际上就是砂共队长余家同,甚至也是雨林中的共产主义理想。余对象的浓厚兴趣毋宁体现了他对神话、自我和精神信仰的寻找,而最后当他看到了皮肤溃败的象群时,"甥舅现在看到的不像是象,而是一块会行走的腐肉,一个像波浪正在翻腾的伤口占了母象整个臀部,漫至整只右后肢。后肢已近溃烂,骨骼露出,使它行走时一颠一拐……失去臀部的母象试图加快速度"

---

[1] 黄锦树,《希见生象——评张贵兴〈群象〉》。

(第 195 页)。余家同其实已经感知到了象群、自己和所从事事业的命运——幻灭。

《猴杯》中的总督——犀牛其实隐喻了另外一种霸权统治,它对雨林世界动植物界的呼风唤雨、全权操控某种程度上暗示/象征了作为外来者——华人统治者的鼎盛——对本土的强有力操纵和掌控,但一旦当它慢慢兽性失控、功能衰退时,它的逐步衰落和灭亡同时也宣告了统治者的末日,所以祖父意兴阑珊地说:"总督一死,我活着的日子也不长了。"(第 264 页)

总体上看来,张贵兴表达的是一种走向本土的狂欢:既可能消解强者霸道的索要、摄取与高傲姿态,又能够以本土的豁达、宽容来吸引外来者,让他们的化本土变成本土化,从而达至融合的境界,仿若作者自身对雨林母亲的呼唤、拥抱与融合:"你奶水羊水血水汗水孕育我,我的秃笔干瘪瘪深入你的阴道子宫乱戳一气,仍然体会不出你温柔精彩的亿万分之一。母亲,雨林,大地之母,地球之肺,给我一次美妙的抽搐,让我龌龊的基因沉淀在你的根茎下,透过你的腐殖土壤让他们有再生和脱胎换骨的机会。"(《猴杯》,第 12 页)

三、雨林美学:"语"林、"意"林,还是囿于林?

如前所述:雨林书写到了张贵兴手中已经幻化成雨林美学,而张俨然已是雨林的代言人:"张贵兴,在台湾用一套独家的——却被他们(东马作家,朱按)认为是失真的——婆罗洲图像建构了一系列以雨林为舞台的家族史传奇小说。挟着台湾出版市场的强大优势,以及各种年度十大好书和中国时报文学奖的肯定,张贵兴俨然成为婆罗洲雨林的真正代言人,在马华文学版图上矗立他的雨林王国。"[1] 但问题在于，雨林美学体现出怎样的特质？它又表现出怎样的限度？到底在美学虚构与历史现实之间又有着怎样的吊诡关系？

如果从后顾的角度看，重新思考张贵兴不可遏抑的叙事野心，再加上雨林的复杂与丰硕，或许我们不得不承认，也只有雨林美学才能对应主客观双重照耀下的雨林图像。某种程度上讲，雨林恰恰是一解张贵兴乡愁饥渴的救济："只有重新进入距离脑髓最遥远的那一片潮湿地带，才能使那些枯干萎缩的记忆再度复活……"（《赛莲之歌》，第7页）因为距离与渴望，他反倒将它装扮得更加绚烂多姿。

同时，也可能是出于压制之后的反弹效果，由于张出身英语源流学校，"过去不能自由运用中文，受到压抑；来到台湾后，有一种补偿心理，更用心于文字的经营。'有点像是在发泄'"[2]，所以他的文字也就相当黏稠富丽、雨林化。详细说来，其雨林美学主要可分为如下几个特征：

1. 密度张力——"语"林。相信读过张贵兴作品的人，无不慨叹其文字密度之高，其铺天盖地的恢宏气势让人觉得是雨林也是"语"林。早在《赛莲之歌》中，雨林式的文字特质也已经初步呈现，这毋宁说是张汪洋恣肆，同时又杂乱无章、蔓延无边的文字风格的预演。比如"我"在听说了有关安娜纷飞的传言后对安娜形象的复杂想象："报章上刊载的各种和女人有关的异色新闻：曝晒河畔的女尸、警察在酒廊逮捕的一群陪酒少女、被强暴的女孩、被卡车碾得血肉模糊的一对骑机车的少男少女、被建筑工地的鹰架压死的女工……似乎和安娜有一点关系，似乎又都和安娜没有关系。张贴在电影院的剧照、海报、广告看板也使我泛起不切实际的联想：

---

[1] 陈大为，《序：鼎立》，陈大为、钟怡雯、胡金伦主编，《马华文学读本II：赤道回声》，台北：万卷楼图书公司，2004年，第I-XVIII页，引文见第IV页。
[2] 可参陈雅玲，《文学奇兵逐鹿"新中原"》，第102页。

一个女子被一把刺向自己的匕首吓得魂飞魄散、一批被鞭笞的女奴、一个脖子流着血的年轻女子沉睡在吸血鬼怀里、一个拨弄一箱珠宝的妖冶女子……"(第112—113页)。许多有关联、没关联的形象就在思绪的飞扬中得以串联。再比如"我"对凯瑟琳用过的香皂的意淫过程描绘:"我开始追溯某种萃取和提炼过程,似乎闻到了薄荷味,闻到了某种树脂油,某种葡萄酒,某种榨取自康乃馨的花香,某种来自阳光和雨水充足的、被面颊红润的姑娘摘来的肉汁饱满的水果——我想起我经常咀嚼的热带水果,那多汁液的红毛丹,柔脆的山竹,渣乎乎的菠萝蜜,浓稠稠的榴梿肉……我手里似乎就捏着这样一个易溶的和肉质感的东西,同时这些性热的水果使我的喉咙升起了燥热感……我脸上的青春痘……啊,安娜……"(第152页)饱满的文字中本身就弥漫着肉欲的气息,让人浮想联翩。

有论者精辟地指出:"张贵兴细腻善感的描述,丰富的联想力,精确且暗示性极强的明喻和暗喻,使得全书文字密度极高……意象遍布全书,有如热带雨林中纠结繁密的枝叶,使人仿佛置身陷阱重重、阴郁诡秘的生命丛林,孤独、惶惑、惊惧和欢愉交缠的情欲沼泽。"[1]张的其他小说在此方面的风格也往往各有千秋、枝繁叶茂,他人论述已多,加之此特征显而易见,不赘。

2. 膨化意义——"意"林。张贵兴雨林书写中同样非常关注对意义的膨化,他不仅擅长将平凡的事/物进行夸张、充实,也能够信手拈来一些道听途说或可以随意点染的题材进行煽风点火、添枝加叶,甚至也能够虚拟出别样的雨林风情,利用神秘化的策略让雨林的意义丰富无比,甚至显示出一种意义和语言上的暴力倾向。

比如原本一如衣食住行很平常的夫妻敦伦,在《顽皮家族》中

---

[1] 陈黎,《孤寂、渴慕、惶惑的青春图像——评张贵兴的〈赛莲之歌〉》,《联合文学》第8卷第11期,1992年9月,第78—81页,引文见第81页。

就表现出一种过剩的夸张:"一种遗失子嗣的恐慌使他们在树根上疯狂地做爱,或者是一种情欲的需要,他们在海上已经克制了将近一个月。他们舔着对方脸上的热泪和全身上下的热汗,他们赤裸身子上面吸饱了血的蚊蚋也被他们舔了进去,他们伤口上面的药草和污血也被舔了进去,他们被晒脱的脆皮也被舔了进去……他们在血腥、药味和汗臭味中融入彼此的身体,喘息和呼喊淹熄了四周吸饱了血的蚊蚋声。"(第 24 页)而树木的生命力甚至可以听得见,可以感觉到:"树苗入土后展现了强大而反常的生命力,生长得非常快,夜深人静时可以听到它们兴奋地开权分枝和生根吐叶,声音就像被烈火燃烧的干柴和枯草。"(第 42—43 页)

值得一提的是,张贵兴往往在小说中加入自己的独特感知,夹叙夹议,从而也让意义的指向变得众声喧哗、丰富多彩。比如《南国公主》就不仅仅通过诸多事件、情节的演进等来暗示人工雨林的种种象征意义,甚至借了"母亲"的口进行主体介入,现身说教:"母亲说当初不停放火烧芭就是希望制造一块净土,就像当初跟着父亲来到婆罗洲以为来到人间乐园,没想到净土成了寻欢作乐的声色地带,而所谓人间乐园却是愁苦种子遍地。母亲说我们生活在一个肉食动物遍布的荒蛮世界,骄傲的狮子,悭吝的豺狼,嫉妒的蛇,懒惰的猪,贪饕的鳄,纵欲的猴,忿怒的猪笼草,它们强壮暴烈,我们瘦弱善良,以小鹿的戒惧纯真行走在它们的獠牙血口下,眼看伙伴明争暗斗罪宗恶习逐渐形成,一个因为骄傲嫉妒懒惰等被其中一只或许多只禽兽俘虏,我们死前终于知道我们可爱的鹿脸已经长出狮牙狼爪血统里已经猪蛇猴鳄混杂。"(第 204 页)言辞间透露出人在雨林中的逐步兽性化和走向混杂。

如果从整体上观照,我们也可以发现张贵兴意义建构方面的逐步雨林化过程:从初始的清晰可辨逐步趋于复杂、繁复、广阔。故黄锦树指出:"到了《群象》,'以文字为群象';雨林的情欲化及文言化更形扩大，从局限于雨林边缘的《赛莲之歌》更往内延伸，舞台加大，尝试驾驭一个更大的对象，砂共与中国性；《猴杯》体验的规模更大，调动的资源更多，视域也更大，深入到达雅克人的长屋里去，召唤华人移民史、华人与原住民族群恩仇爱恨，更多的要素与材料，然而其力比多经济是类似的，在企图转化为国族寓言的过程中却似乎受到了某种张力的遏阻，被拉向作为物的文字自身，精神的居所、存有之家——幽幽地散发出它自身的妖异绮色的光芒。"[1]

3. 芜杂——结构特征。张的雨林书写在小说结构的设计上也表现出类似雨林的扑朔迷离的芜杂特征。很多时候，作者往往故意断裂了叙事的情节、节奏，而将进程重新拼贴，其盘根错节令人眼花缭乱。这一点，尤其是在作者游移于台北和雨林间的小说中表现突出。

比如《猴杯》中作为中学老师的雉和作为婆罗洲雨林之子的双重身份让他在多个语境中游移：达雅克族、祖父曾祖的家园、台北，等等。以该小说第五章为例，我们不难看出其结构的芜杂与雨林化。先是写土著小姑娘的生活情趣，后转到帮王小麒改试卷，而后切换到亚妮妮，又到与王小麒玩游戏机。然后转到找罗老师，又转到台北和老萧、凤雏（王小麒装扮）喝花酒；后雉遭蝎子咬伤，亚妮妮陪夜；又转到祖父和小花印的恋爱故事，祖父遭曾祖教训、关押，花印被逼成了妓女；和亚妮妮共宿，和王小麒共睡，有女（丽妹？）来共枕；罗老师恶性败露遭打，小麒向雉透露他曾嫖过她；送罗回家，禁止性伐旅等。我们不难看出，小说的叙事其实往往是交替进行，多线并进，颇具雨林风格。《南国公主》其实也有类似操作。

---

[1] 黄锦树，《从个人的体验到黑暗之心——论张贵兴的雨林三部曲及大马华人的自我理解》，第 271—272 页。

值得一提的还有同样相当芜杂与繁复的《群象》，不仅小说对事件的真相深藏不露，到最后才豁然开朗，颇具雨林情趣，就是整体的结构、基调亦如是。有论者指出："《群象》里面的故事纵横交错，文字叙述也纵横交错，呈现出片断、穿插、零乱、跳跃的特殊风格……可以说，穿插、跳跃、灵动、飘忽，是本书的叙述主调。"[1]

张贵兴的雨林美学文字稠密华丽、结构繁复芜杂、意义散漫不羁，往往为论者所瞩目，但同时值得反思的是，张的雨林是否也因为过度阐释而成了一种矫枉过正的"余"林？张贵兴曾经论及故乡婆罗洲小镇被殖民者开发后的贫乏："帝国主义有如武侠小说里的吸星大法彻底掏空她的元气，只给我们这些还在流亡的子弟留下一块臭皮囊遮挡风雨。"[2] 张的雨林书写在力图以其繁复的文字进行血肉丰满的填充和润饰过程中却偏偏暴露了主体内在的空虚和失语的焦虑。或许正应了一句老话，"过犹不及"。

特别耐人寻味的是，东马的雨林拥有和居住者对张贵兴书写的高度质疑（请允许我大段引用）。有关《群象》，"我认为是失败之作，失败的原因是扭曲了婆罗洲的真实面貌，文字与布局也无甚可取之处……书中有些'离谱'的描写比比皆是，有时到了令人难以卒读的地步。由外国人来抒写婆罗洲，读起来总有一种'隔了一层'的感觉（李永平与张贵兴出身砂州，长期定居台湾）。真正的婆罗洲书写，恐怕还是要靠我们这些'生于斯、长于斯、居于斯'，愿意把这里当作我们的家乡，对这块土地倾注了无限热爱，对它的将来满怀希望和憧憬的婆罗洲子民进行。文学允许想象和虚构，但太离谱的编造与扭曲，或穿凿附会，肯定不会产生愉快而永久的阅读效果，

---

[1] 黄锦珠，《飘忽又写实的叙事风格——张贵兴〈群象〉》，《文讯》总第165期，1999年7月，第30—31页，引文见第31页。

[2] 张贵兴，《序／假面的告白》，第3页。

我们要求的是在真实基础上的艺术加工。"[1]这种近乎截然不同的书写理路自然显示了现实／意识形态与美学／虚构的较力。

笔者固然不同意上述言论的自我封闭心态（本土一定由本土人写）和陈旧书写观念（文学必须反映真实现实），这种针对张贵兴雨林美学高度所采取的道德感和地域论反驳其实是相当无力和苍白的。但是，我们同时却需要质疑的是，张的雨林书写在高度美学化的同时，是否也遮蔽和简化了某些东西，从而造成了实质上的历史贫困化？黄锦树曾经点出："因美学上的过度充盈满溢而让历史在其中自我贫困化。"[2]

毋庸讳言，我们无论如何都不能忽略美学背后的历史深意，尽管反映手法可能是直接、间接或者变形式的旁敲侧击等，但张贵兴对某些历史的虚构确实因为过于强调美学化而失之于片面和简单。比如以其小说书写中的砂共[3]为例，《群象》中作为其领导人余家同似乎最引人注目的政绩便是在雨林中情欲泛滥玩女人、猎象、喂鳄鱼和提防他人可能的刺杀／暗杀，《猴杯》中大腹便便的女共党分子也是情欲的载体。张贵兴着力将雨林母性化和情欲化，在《群象》中甚至连七岁的小男孩都可感受到："男孩对兽声有种惊人认识，可从声音中感觉到马来熊在排泄，猪尾猴在喂奶，大蜥蜴在交媾，宛如他的屁股、奶头和龟头长了耳朵，可感觉到其他族类喧腾的情欲之声。"（第186页）顺带也旁及了其中的生存个体，从而将所有的事件都蒙上了情欲色彩，甚至成为主导因素，这种手法和结果也未

---

[1] 沈庆旺，《雨林文学的回想——1970—2003年砂华文学初探》，陈大为、钟怡雯、胡金伦主编，《马华文学读本Ⅱ：赤道回声》，第605—643页，引文见第635页。

[2] 黄锦树，《从个人体验到黑暗之心——论张贵兴的雨林三部曲及大马华人的自我理解》，第274页。

[3] 尽管不乏争议，但田农著述的《森林里的斗争——砂胜越共产组织研究》（香港：东西文化事业有限公司，1990年）仍然比较翔实地记录了沙共组织结构和历史的复杂性，可以作为参照。

免太过流于想象和回忆[1]了。

同时由于作者过分强调了小说的叙事性和美学性，反倒因为主体介入的过于强大而让书写对象变得扭曲和变形，又难以升格为文学／艺术的真实，而雨林里面所承载的许多意义（尤其是历史方面）也就很难经得起仔细推敲，为此也为论者所质疑："雨林是作者个人书写的主体，亦是大马以华文写作者全体所背负的共同记忆。雨林，长出生命，也消失生命；类似的故事内容，雨林成为一个书写的道场，似曾相识，同样长出作品生命，也淆惑了创作者自主性。作者仿佛在转述一个流传在东马华人间的传说，使我们产生一种阅读上的熟悉感，这是我对这篇小说质疑的地方。"[2]显然，张贵兴似乎需要扩大自己的历史视野以丰富和提升主体意识。

还需要指出的是，张对热带雨林的书写由于过度挖掘似乎也有被物化之虞。往往张在不同的小说中会对热带雨林里面的许多事物进行点拨，整体上遥相呼应，形成一个巨大的雨林事物网络；然后他在某一小说中将个别重点叙述，铺陈为奇观，这种连环做法时间一久难免会掏空自己和雨林资源，从而造成雨林题材的被物化或者商品化，反而成为一种异化的起点。[3]

或者，作者不得不进行自我重复或重复他人，实际上通读张贵兴的小说，我们很多时候可以发现莫言的影子。比如《猴杯》中的人蜥大战其实更像是莫言的《红高粱家族》里面的人狗大战的本土移植，独创性也因此大打折扣。张贵兴自己似乎也感到了书写的困境，他曾指出："年少的世界太宽广，思绪太自由放肆，写作可能是

---

[1] 可参李欣伦，《挖掘幽僻的人性雨林——专访张贵兴》中张的自述，第74页。
[2] 苏伟贞，《循着记忆的地图》，张贵兴，《群象》，台北：时报出版社，1998年，第237—239页，引文见第239页。
[3] 王德威语，见胡金伦整理，《异域的声音——与王德威教授谈马华文学》，《中外文学》第29卷第4期，2000年9月，第12—19页。

一种过度捆绑，画地自囚，建立自己的城堡神话。中年的世界太窒碍龌龊，写作只是妄想挣脱牢笼，自我净化，杀出一条活路。"[1]

总体上看来，张贵兴深陷热带雨林，其辉煌和活力与之密切相关，但其重复他人和自我的弊端也初现端倪，如何能够突破自我而不被标签化其实会是一条很艰辛的路。王德威曾指出一条路向："张瑰丽丰富的叙事姿态，奇诡多端的故事素材，尤其令我们想到大陆作家莫言……张贵兴的作品如何在刻画异乡情调外，仍能凸显他自己的历史意识，依然是未来努力的方向。"（《南国公主》，第23页）这种说法固然有道理，但我觉得张贵兴实际上似乎并未真正深入到本土视维的层次，本土事物的确成为他念兹在兹的凭借和缠绕，遗憾的是，他更多还是用外来者的眼光看待这些东西。尽管其中灌注了他充沛的感情和想象力，但理性的认知和独到总还未自成一家。尤其是他更多"远在中原（台北）以五彩斑斓的暴力想象和追忆，直接凭象形文字的感悟来遥控（遥想）一座番国（南洋）雨林的丰饶和凶险，个人的体验反而不是前提，而首先是对象形文字近乎膜拜的情结，才是语（雨）林的生产条件"。[2]

但对于马华文学来说，张贵兴其实已经是一个相当值得仰慕的高度，其热带雨林书写更是因为他独特的"雨林美学"创设而独树一帜，值得持续的关注和反思，而实际上，张贵兴是少数能够让我们感知阅读小说快乐并值得礼敬的作者之一。

---

[1] 张贵兴，《环境逼迫我们写作》，《印刻》杂志（台北）2003年创刊号第4期，第212—214页，引文见第213页。
[2] 许维贤，《在寻觅中失踪的（马来西亚）人》，吴耀宗主编，《当代文学与人文生态》，台北：万卷楼图书公司，2003年，第257—293页，引文见第279页。

林幸谦：中国性书写的本土与离散

毋庸讳言，林幸谦（1963—　）是马华文坛上六字辈里面相当独特而丰富的存在。他兼擅散文与诗歌，创作甚丰，主要有：《狂欢与破碎：边陲人生与颠覆书写》（台北：三民书局，1995年），《诗体的仪式》（台北：九歌出版社，1999年），《原诗》（香港：天地图书有限公司，2001年），《漂移国土》（吉隆坡：学而出版社，2003年），《人类是光明的儿子》（吉隆坡：马来亚图书有限公司，2004年），《幸谦的诗》（吉隆坡：群岛出版社，2005年），《千岛南洋》（马来亚图书有限公司，2005年），《愤懑年代》（马来亚图书有限公司，2005年），《叛徒的亡灵：我的五四诗刻》（台北：尔雅出版社，2007年）；同时，他又是张爱玲、白先勇等方面的研究专家，著述主要有：《生命情结的反思：白先勇小说主题思想之研究》（台北：麦田出版社，1994年），《张爱玲论述：女性主体与去势模拟书写》（台北：洪叶出版社，2000年），《历史、女性与性别政治：重读张爱玲》（台北：麦田出版社，2000年），《荒野中的女体：张爱玲女性主义批评I》（桂林：广西师范大学出版社，2003年），《女性主体的祭奠：张爱玲女性主义批评II》（广西师范大学出版社，2003年）等。

古远清指出："林幸谦的散文兼容真实的梦幻和荒谬的现实，兼容寓言与小说、哲学与自传，还有魔鬼与天使、胶园与草原。这里有无规则的跳跃，又有悲豪的幻想；既有绵密细致的笔致，又有轻倩灵巧的构思，在海外华人散文创作中可谓独具一格……林幸谦具有当代人新的精神追求和文化观点，善于将学术探讨与文体实验圆融一体，不愧为同道中的高手。"[1] 其实何止是散文，林幸谦的创作整体上看可谓别具一格，他的格局与视野大气磅礴，一扫文字绮靡、过分雕琢的在台湾留学的马华作家的文学习气之一，同时他追求执着，对原乡的迷恋可谓一种执念，其复杂之处颇可探勘。

和在台马华文学作家大学本科期间往往出版作品集子的趁早出名相比，林幸谦出道相对较晚，但起点也较高，有关研究亦相对蓬勃，尤其是，在其成长路途上，屡有名家对其青睐和提携，从白先勇到痖弦，从刘再复到钱理群，从陈芳明到郑良树，等等，其书写颇受大马及中国大陆、香港、台湾名家器重。简单而言，其相关研究路向大致可分为：一、整体性研究，如杨乃乔《诗者与思者——一位在海外漂泊的华裔诗人及其现代汉诗书写》（《天津社会科学》2001年第2期）、刘小新《马华作家林幸谦创作论》（《华侨大学学报》1998年第2期）、古远清《离散族群的边缘心境——论林幸谦新世纪的华文创作》（《南方文坛》2008年第4期）等；二、专题性研究，如王列耀、马淑贞《从"传承"到"裂变"——论马来西亚华裔作家林幸谦的诗歌创作》（《暨南学报》2005年第4期），还有张锦忠、曾一果、陈婷婷等人的研究。[2] 除此以外，还有对其文本的细读／赏析性论文，等等。

总结相关研究中的关键词，认同、原乡、离散等赫然在列，但前人研究在增益我们认知的同时却也不乏可商榷之处。和其他在台湾留学的学生／在台马华作家的不同之处在于，林幸谦完成其大学教育的学校分别为马来亚大学、台湾政治大学、香港中文大学，最

---

[1] 古远清，《离散族群的边缘心境——论林幸谦新世纪的华文创作》，《南方文坛》2008年第4期，第100页。

[2] 有关研究论文可参林幸谦，《人类是光明的儿子》，吉隆坡：马来亚图书有限公司，2004年，附录三。

后定居于香港,长期在香港浸会大学执教。四年大马学习,与一般在台湾留学的学生的差别在于——在他成长的黄金时期和大马的变迁同步共振,对某些不公、挫折感同身受,也因此更具本土意识;而最后落脚于香港,却更易让他以相对中立的眼光看待中国大陆及其文化隐喻,而非像在台马华作者因为意识形态或媒体报道的影响而对中国大陆颇有不少偏见而带来偏差,而这样的出走路径也让他的归返更显复杂与多元。本文的问题意识是:林幸谦如何原乡?其层次如何?他如何面对中国,如何处置归返?

一、大马情结:本土认同

杨宗翰指出:"大体而言,在国族认同问题上,这辈马华作家已逐渐由全然倾慕、追逐(强调普遍性的)'华'演变为对自身(突出差异性的)'马'部分之珍惜肯定,或可说是'本土意识'的再度确立及昂扬。但是这种转变在六字辈作家身上并非人人皆然,而这少部分的'例外'(如林幸谦)不该被视作不值一论或全盘排斥,因为这些人也有'转变':他们'认识"中国"的方法'与'神州'诸人可说是大相径庭,千万不可仅由表面立判两者皆属一类,从而排斥甚或任意诋毁其写作成绩。"[1] 毫无疑问,林幸谦有其相对清晰可辨的本土认同,虽然表面上看,他对本土也有不少不满。这种认同可分为两个层面:一个是涉及其个体及小家的大爱与反省,二则是关注华人种族及大马的命运。

(一)自我及小家。依据林幸谦自己的描述,故土、原乡书写是他边陲书写的一部分:"现实和书写中的自我,构成我的经验世界。不论在荒野旅游、在闹城工作、在异地求学,还是在故乡故国终老,

---

[1] 杨宗翰,《从神州人到马华人》,《中外文学》第 29 卷第 4 期,2000 年 9 月,第 120 页。

那些富于多重内涵的边缘人物，如我，如异乡人、原乡人、故土的异客、异国的故人、癫痫患者、弱智者、南洋人、海外人，内心都布满了破碎的个体神话，不堪尽诉。神话坠落中，自有破裂的边陲情结。"[1]

《溯河鱼的传统》其实更书写了作者在大马求学时所遭遇的种种不公，《人类是光明的儿子》中则续写校园政治中有关传统或华人优势被改变，并被步步紧逼的挫败："一九八六年那个沸腾的夜晚，所有关心理事会选举的华裔学生都知道整个端姑湛瑟勒礼堂挤满了土著学生。闷热的夜晚，每人的心头似乎有一座海洋被逼压得沸腾起来。英语、马来语、阿拉伯语、华语、兴都语、闽南语和粤语在礼堂里杂交……当马来候选人获胜的那一刹，礼堂内暴响起《古兰经》内某句圣言，一声接一声，声声震耳。刺透了远方的雨季。"（《狂欢与破碎》，第62—63页）但偶尔其中也显出感伤的吊诡："花叶纷纷谢坠的校园，一座临时舞台就建在几丛翠竹之旁。校长伉俪坐在一双金碧辉煌的桌椅上，静静地欣赏一支传统马来民族舞蹈。三年前，前任校长最后一次莅临同欢会的开幕礼时，台上破例第一次跃上一对南狮，结结实实踏破每一声牛皮鼓。"（《狂欢与破碎》，第65页）坦白说，具有马华文化表演性的南狮即使出现，其实也不过是一种赏赐。但作者对这种失去的偶尔际遇终于有一种超越性感叹："人类虽然是光明的儿子，影子的色彩除却黑暗，竟别无颜色；影子的感情除了麻木，竟也别无知觉。阳光与影子，土著与非土著，不过是荒谬的游戏。"（《狂欢与破碎》，第69—70页）

同样，在林的诗歌创作中也有对自我的抒发，《我的神话与年少的终结》书写自己的分裂、成长、种族维系等，"种族的情欲／

---

[1] 林幸谦，《异客之书（自序）》，林幸谦，《狂欢与破碎：边陲人生与颠覆书写》，台北：三民出版社，1995年，第2页。

把幸存的神话留在身边／内在的裂口日愈扩大／追忆的能力却日愈萎缩／你的体香，日愈／干扰我的性别／我双重的人生／瑰丽狂野，点缀了／成长的神话"（《诗体的仪式》，第172页）。《中文系的暗廊》中表面上书写中文系的败落，其实更隐喻了华族的溃败与被阉割，"中文系的门廊／被人挖孔的阳具／年年度过寂寞的春秋／你仍旧软弱／忙得做爱的时间，和心情／都没有"（《诗体的仪式》，第182页）；《独处马大中文系》续写这种愤怒和迷茫，"南半球以北古大陆以南／南来的海外人／远远瞥见苍荒的赤道／墨泼全册华侨史的清哀豪悲／无语是丁卯期频频的凌辱／小小中文系／是我梦外的兰亭小港／什么帆什么年代再次怒掀／什么时候／海外人与原住民／皆竟失了航线的去向"（《诗体的仪式》，第186—187页）。

  林幸谦因为家中大弟、小弟各有自己的不幸，一为癫痫，一为弱智，作者自然有着十指连心、感同身受的切肤之痛，反映到创作中来却又是相当动人而精彩的再现与反省。《癫痫》是以第一人称的口吻状写出病患者丰富、深刻而又痛苦的内在变化，作者也不断提升此类书写的哲理性："虚虚实实的尘世，我只是一个孤独的异客，来到人间赎罪，像一片飘浮在绝望的空气中的落花，永无着地的时候。一年又来到年底，残月永远是残月，装满了别人的记忆，从我头上缓缓移过，冷峻如斯。"（《狂欢与破碎》，第119页）令人感叹。《繁华的图腾》以"我"的口吻跟弱智者亲切"对话"，在哲理性之余，更是以情动人："偶尔我打越洋电话回家，会请母亲唤你来听电话，我们的交谈不守语言文法，叽叽聒聒，你显得格外的兴奋。从某种心灵感应的角度来说，我们的对话就是一种心灵的交流。你知道我的心意，而我却没有十分的把握捉拿你的心情和梦想。在家里，你的生活还好吗？还常一个人在炎热无风的午后，在街上无聊的闲逛吗？阿狮，我很想你，你知道吗？"（《诗体的仪式》，第130页）

  《水仙子的神话——弱智者的内心独白》则以第一人称的方式

叙写弱智者的思考，从孤独的舞姿、寂寞的水仙、残缺的目光角度书写其忧伤、丰富、纯粹与孤独，但结语却是淡定的："而我，可以因为我的天真而感到自豪，我也可以因为我的无知、我的语无伦次而狂欢；但我并不沉溺于感伤主义，也无须用语言去表达我的心情。我的人生态度，和我对世界与欲望的方式，都是我对情感本身和生命本体的一种生活形式。"（《诗体的仪式》，第194页）《残余——弱智者的自我对话模式》分为两小节，"分裂的语言"哲思居多，书写语言对弱智者的独特性及有关反思，"无价的人生和雨声"在自然中反思自我，亦有追问："我的日子如常，星子如常地召唤地球。残余的命运与繁华的诱惑，仍旧是天父戏弄人间的一种寓言模式；然而我的人生，真岂是一场自由而无价的梦幻吗？"（《诗体的仪式》，第242页）

　　陈慧桦指出："更恰切地说，他已能深切感受到真正的边缘性的悲壮与荒谬、边缘性中的欲望和压抑。故国本土的人只能设想，他却是边缘性的化身；他要用他的边缘性书写来突显其中所扯牵到的庞杂问题。"[1]《魔幻人生》把自己的成长与华人祖先贯穿、自己的书写和人生要义通联："在我走向语言化的世界，我提炼一套介于抒情、叙述和论述的独白模式，以反叛肤浅稀释的书写。虚构的分崩离析，有朝一日将沦为下品。对于执着书写的人而言，书写是另一种更为真实的人生历程，更具有无与伦比的权威性。"（《狂欢与破碎》，第158页）《隔世灵魂》书写的是被马共队员枪杀的外祖父，借他的个体命运却也有对马共的反省："自从马共被逼入森林以后，热带雨林晃荡着旷野的秋色。马共不但从那些原已处在贫穷线的村庄剥取物资，也秘密进行地下广播扩大影响力，宣扬大中华主义和共产主义的乌托邦政治理想，借以影响青年加入游击队。华人村镇

---

[1] 陈慧桦，《都从故国梦中出发》，林幸谦，《狂欢与破碎：边陲人生与颠覆书写》，第1页。

此后提供马共物力、人力和食物的关系一直勉强维持到英殖民政府推行'华人新村计划',把边远地带的华人集中到新村里,这血缘关系才逐渐断绝,结束了林边乡镇作为马共势力的'地下殖民地'时代,也结束了大马华人在痛苦中寻求政治智慧的时代。"(《狂欢与破碎》,第171—172页)《月在海上》则书写母亲含辛茹苦的勤劳与坚韧,也盛赞她的平凡而伟大。《秋,我来到了福尔摩沙》亦有对本土的书写,原本更多是书写恩师郑良树的,但作者以人推己,书写郑远赴香港也跟大马华裔的生存环境恶化有关:"生命本来就不是伟大的果实。在政治、经济和文化的主权争夺战中,我们在多种形式的压迫下终于成长,对社会环境的各种变异,自然极为敏感,感受却分外无奈。在这种时代背景下,我们在成长的历程里不免妄想要求某些合理与荒谬的东西。"(《狂欢与破碎》,第267页)

(二)大家与大马。何国忠指出:"原生性认同和公民性认同,如果以'马来西亚华人'的身份来说,前者指的是'华',后者指的是'马',这两种身份认同是现实的产品,但却因为不同的目的而不和谐。"[1] 善于纵横捭阖的林幸谦其实往往把大家、小家、自我、国家整合到一起,恰恰是因为各种歧视的存在,才让他这种现实愤懑、个体遭遇与生命哲思往往三江并流,在《溯河鱼的传统》中他就指出:"平等与不平等的条约和政治承诺,有关新经济的偏差与传闻,早已经成为大马知识分子的忧虑中心点……许多年轻人遭受到政治无力感的挫折处境。愤懑的新一代华裔子弟,对政治和教育前景充满焦虑、忧心和失望的体验。"(《狂欢与破碎》,第44页)

如果进一步升华林幸谦对自我和世界的关系处理,我们可以发现其间的复杂对流与互助,如人所论,林幸谦解构了原乡的神话,

---

[1] 何国忠,《马来西亚华人:身份认同和文化的命运》,何国忠编,《社会变迁与文化诠释》,吉隆坡,华社研究中心,2002年,第169页。

"转而进入了个体的内心世界,用沉思的方式追问荒诞本身,终于他在自我的内心世界找到真正的'生命原乡'。正是在诗人的召唤和决断中原乡的真理在遮蔽的同时又自行敞开,世界和个体自我重新获得了生命"。[1]《赤道线上》其实是一个历史丰富的贯穿,既有对自我的书写,又提及祖父的拓荒时代,也提及华人是大清帝国的"弃民"身份,更逐步落实到晚清的南洋,孙中山的槟城经历、革命、国共内战,等等,但最终将落实在自己的家乡赤道:"赤道线上,天色水色风景雨景——都落上我磊落奇蟠的胸头。沉郁变化之中,只有这一景最为刻骨铭心:祖邦成了异邦,他乡成了家乡。"(《人类是光明的儿子》,第105页)《狂欢与破碎》一文其实更是对其文学创作的一种高度总结和自我反思,作者书写他们的种族情结和边缘身份:"当年在海外落地生根的中国人,他们在海外的身份和他们在故国的位置都同样模糊,同样是某种意义上的边缘人。他们和后现代社会的各色人种一样,并没有找到自己在这世界的位置。'肉体的诅咒'简化了文化置换中的心理挣扎。许多人,活到一把年纪,才发现自己的情感原来没有边界。"(《人类是光明的儿子》,第200页)同时他也提及自己书写的集体性和代表性:"我在书写中力图寻找海外中国人的某种集体潜意识,以期把自己融入整体幻想之中。对于集体感的追寻,内心残存的原乡神话的记忆,一点一滴渗入意识层。集体记忆中残存的痕迹,被理想化了的原乡以其欲望的面目为我乔装。我试图揭开隐秘的自我,却一再受挫于繁琐的压抑体制中。"(《人类是光明的儿子》,第206页)《候鸟情结》在感叹自己的离散之外,同时也回望故土与大马,却又对华人文化在大马的受压抑而不爽。《火树之幻》中书写了马大,同样也书写了马六甲古城,

---

[1] 曾一果,《从原乡追寻到生命原乡的沉思——林幸谦散文的异客语境与主体风格》,林幸谦,《人类是光明的儿子》,第215页。

并回顾了大马华人的民间历史,作者对其中的种族歧视显然不满:"在今日多元种族矛盾的社会中,想来马六甲海峡的夜,在海峡未被定名以前的亿万年里,就等候在宇宙的荒岛上,时辰一到,便急急闭上足以造就天堂的眸子,把种族沙文主义和种族歧视的黄昏一一收藏,不忍留下任何一片惹人感伤的晚云。背着人类的贪婪和无知,独自在宇宙中对着种族的身影神伤:愈暗,火树的灵魂便愈加不知所措。"(《人类是光明的儿子》,第227—228页)

除此以外,林幸谦也书写了大马华人的重要历史空间与场景,并借此记录华人的民间精神场域。《故园与忧郁的深林》是书写并强调华人的精神故园——"南洋第一座寺庙"青云亭的重要性:"先祖们漂泊的身影,背负着反清复明的沉重心事,怀抱着海外孤臣孽子的秋愤,在此处烙下漂泊南洋的第一道灼痕,结结实实刻在马来半岛的土地上。"(《人类是光明的儿子》,第230页)毋庸讳言,其中既有个体的记忆,又有对种族的升华:"我们蓝潮翻涌的记忆起自忧郁的林子深处,关于香妃城的祖父、关于古城的你,以及故乡的种族心事,曾经都是雪白如白雪的菩提纱,随年华的飞逝逐一逐一灼上魔鬼与诸神对立的记忆。纵横交错的菩提叶,密筋极其细腻极其动人,贯穿故园山川,贯穿火树青云,贯穿遥远的童年。"(《人类是光明的儿子》,第236页)《马大文学院》自有类似的升华;《马六甲古城的树》借火树书写大马的历史变迁,也提及华人前辈被淡漠化,甚至被遗忘的悲楚。某种意义上说,林幸谦对此有着感同身受的感性抒发,里面也凝聚了理性沉淀,如其所言:"记得一九八二年初来首都吉隆坡求学,我曾在苏丹雅都沙曼宫殿旧址附近,立看巴生河一分为二,分别流过一所象征土著宗教地位,外表美观的古典式回教堂,这两支河水自从脱离殖民统治三十余年之后,一支象征新兴土著商业巨团,从太子世界贸易中心雄雄地流来;另一支象征失落了政治地位和文化权威的华人社群和印度人社群,不知从哪里流往哪里。独立后,河床上的沙泥经过三十余年各种族争权夺利,迅速沉淀,年轻一代的非土著心中被压抑的悲恚也深厚起来。"[1]

毋庸讳言,林幸谦对大马、种族的书写自有其超越之处,易言之,其本土认同中也包含了对自我、种族与大马的深切反省,而其中往往散布了一种悲怆感和不满,如人所论:"林幸谦的殊异处在于怀疑这种人类所普遍必具的植根性需要能否真正得以满足。这种怀疑逐渐生成迷思哀愁和一种浑重的悲怆感,并渗透进诗人个体生存的诸感性与知性层面。"[2]

二、放眼大华:华人大同

有论者指出:"林幸谦打破语言逻辑,为返回'诗与思'这更为原初的本质,为返回语言的具体性和诗意性做了不懈的努力。在面对被科学和理性分割得支离破碎的世界人生图景时,他以遗世独立的澄思揭示了生命的谜底与存在的意义。"[3]这当然是点出了林幸谦对诗歌语言的独具匠心与苦心孤诣追求,在其背后却是对原乡认同书写的超越性追求和实践,自有其值得探勘之处。

(一)亲身游历:台港反思。在《失落的航道》(1998年)一诗中,林幸谦进行了别有意味的书写:"许多年后/海德格仍然记得生前的怀想/历史瞥见他的内心/瞥见我的航道/途经吉隆坡或台北或香港/逐渐了解城市失语的细部情节。"(《千岛南洋》,第113页)然后他也提及自己的航道,在马来半岛写作,然后走过吉隆坡、台北、香港等,不断跨界,"许多年后我将回返曼谷或耶加达/北京

---

[1] 林幸谦,《漂移国土》,吉隆坡:学而出版社,2003年,第105页。
[2] 刘小新,《马华作家林幸谦创作论》,《华侨大学学报》(哲学社会科学版)1998年第2期,第81页。
[3] 朱文斌,《词语之悟与存在之思》,《蕉风》总第503期,2011年3月,第110页。

或新加坡／看城市的暴动／和国家主体求存的渴望"(《千岛南洋》，第 115 页)，也返回本土，"海德格一生寻觅的秘图／揭露了我的航线／杂色纷陈／面对暴雨中的群岛／我肩负众望"(《千岛南洋》，第 116 页)。这一路线图毋宁更指涉了林放眼大华人圈的开阔，从其自身作为个案而言，他更具有个体的华人大同意识。当然，和路线近似（所谓"在台"又"不在台"）的温瑞安、方娥真相比，林幸谦具有更强烈的主动自我放逐性，所谓"再度离散"，[1] 包括对台湾也是如此。

在《漂泊的诸神》中他对台湾有着诚恳而深切的反思，也更确认了自己离散身份和流放实质，当然也难免一种疏离的感伤，但同时亦有反思后的收获："台北三年余，我庆幸摆脱了民族主义的束缚，纳入以人为主体、以历史——社会和民族——文化为客体的思考模式。自从挣脱民族主义的信仰，我亦脱离了神话思维的世界，用玩笑和泪水证实了自我的存在，回绝了世界的堕落，体会到身为海外人的后裔，漂泊的命运只是一出渺小的野台戏，悲壮也罢，凄凉也罢，注定被失根和寻根的吊诡所渗透，一生充满了冲突与矛盾、追寻与失落、希望与痛苦。"(《狂欢与破碎》，第 37—38 页)

《离开民国》(1993 年冬)一诗既部分消解了台湾作为故乡的可能性，同时又对新的回归加以消解："离开一座孤岛／被我伪装成／故乡的异国／／离我远去／美丽的历史已经颠覆／消失的他者／也是一种乡愁／一种伪装的回归"(《诗体的仪式》，第 36 页)。而在《过客的命运》中，他又提及台北对于他个体反思的重要性以及自身的升华："来到台北，正好给了我一个反思的机会，在文化乡愁中意外地解构了漂泊与回归的迷思，看破了民族主义的虚无与虚伪。解构

---

[1] 张锦忠，《文化回归、离散台湾与旅行跨国性："在台马华文学"的案例》；林幸谦，《千岛南洋》，吉隆坡：马来亚图书有限公司，2005 年，第 17 页。

乡愁，对于海外人形同一种灵魂的解禁。纵然精神祖国与现实家乡同样吊诡十足，然而我已习惯了生活在文化和历史的裂缝里，对世界的破碎景观也已经见怪不怪，悲无可悲。"（《狂欢与破碎》，第90页）《诸神的黄昏》（1994年）中，他同样不乏对台湾有所思考，同时更反衬出主体的思考位置："在精神上，台北的日子流逝得快；现实里，却特别缓慢。北台湾的岁月，精神生活渗透着由乡愁伪装而成的空虚。然而，曾几何时，思乡的语言已无法再次言说自体；思乡已失去原有的意义，故乡亦失去了形体，徒具象征的符号，意义已被架空。"（《狂欢与破碎》，第279页）《指南山下的末世记忆》（1999年）书写自己台北的经历，指南山麓，更多是一种朝圣之地，"许多年后／石级发现自己成了朝圣的长阶／通向指南山麓的寺庙"（《千岛南洋》，第89页），但同时又可能是意义迷失之地，"最初被秋雨封锁到底的语境／通向庙宇正殿／安置神色柔和的仙道女神／在记忆亡佚之前／意义找不到回家的路／陷于指南山麓的门径"（《千岛南洋》，第90页）。

相当引人注目的还有林幸谦对香港的书写，当然其中有些是浮光掠影的一瞥，比如《酒吧夜店的丛林》就写道："长发由丰臀悄悄爬上五官／找到各式各样的恋人／丛林挤迫街巷两岸／黄昏的灯火被红唇吞噬／湾仔、西门町和红灯码头真实的活着／很快被音乐灌醉。"（《千岛南洋》，第74页）香港是其中一个场景发生地，同样也有对自己读书、工作生涯的泛写，毫无疑问，其潜在的语境就是香港，如《博士候选人》《学者》等，其中《学者》（1997年春）写道："列队，一九九七年冬／租界大学的风格／步入礼堂／踏在舞台内在的视觉／在历史和政治交替的内在鞠躬／接受形象的洗礼。"（《千岛南洋》，第32—33页）书写学位授予和学者职业的关系。同时，他在《浮世车站》也把对故乡热带雨林的回忆和香港现实并置书写："漂泊是一朵离枝的玫瑰／在进化论中寻找生存的理论／和我和原始雨林的初恋／和黑暗的地道交织在一起／组成集体的意识／凶吉未卜／地下成为雨林的天幕／有种淋漓尽致的痛快／我立足尘寰／来到九龙半岛。"(《千岛南洋》,第87—88页)

而更深层次的是他对香港1997年回归前的组诗呈现——《香港之幻》。其之一《典故解读》中诉说回归前对中国历史母体的辨认,之二《命运之名》书写过渡时期中命名的权力／话语及其微妙心态,之三《过渡时期》则书写对回归的复杂情愫,既有期待,又有忧伤:"内在惊醒的时期／割断我的回归之路／怀中的海岛／在海中溃烂／——向我告别／岛上的生活布满母亲的星光／华丽的期待／统一的中国／重组岛的身体／／走在过渡的路上,我／种植内在的忧伤／一种过渡,一种／命运的史诗。"(《千岛南洋》,第100—101页)

杨乃乔指出:"在某种意义上我们可以说,西方人眼中充满后殖民色彩的'东方神话'与'东方寓言'不完全是西方人虚构出来的,也更是东方人虚构出来的,并且东方人虚构的'东方神话''东方寓言'及异国情调远远超越了西方人的后殖民想象。"[1]林幸谦对《香港地图》的书写颇见功力,它既写到了街道和个人的复杂关系,"街道在城中生活已久／成为居民一种新的器官",又写到其中可能的异化与单调,"住久了,生活变得内在聚焦／多元,但是孤独",同时也写出香港的特色,比如电影,"动作优雅的电影／刻意模拟造物主的角色",还写出城市和书写的关系,"谋杀作家的城速写日日夜夜／一个异乡旅人反街道反空间反现代的反抗"(《千岛南洋》,第142—143页)。某种意义上说,这是旅居香港的作家林幸谦对后殖民／后现代香港的精彩感悟与状摹。

(二)精神原乡:大陆批判。王德威指出:"前朝或故国都只能

---

[1] 杨乃乔,《后现代性、后殖民性与民族性——在世纪之交,艺术创作与批评应该追寻一种比较的视野》,《东方丛刊》第1期,桂林:广西师范大学出版社,1988年,第8页。

是一代人的纪念。因为多少年后，遗民与移民的后裔势将成为同一地方的土著。然而有关移民与遗民的记忆、欲望甚至意识形态，却未必因此销声匿迹。它可以成为国族想象——以及政治斗争的资本；当然，它也可以成为文学创作的渊源。"[1] 林幸谦对祖父一辈的故国——中国大陆的书写可谓颇有深意。

具有代表性的是其诗作《中国崇拜》，全诗相当清晰地指认了自己的（文化）中国崇拜，"在图腾宴上／忍着泪／把吞下的传统回吐／／我突出我的中国／自己变回蛇体／钻入黑暗的地狱／冬眠"（第145—146页），但对现世中国却相对淡漠，"现世中国／纯属个人的私事／梦中没有故乡／传统都在变体／独尝梦的空虚"（《诗体的仪式》，第146页），而其实诗人亦有更大的关怀和不可避免的空虚，"中国崇拜肯定了传统的变形／我在变体的空虚中，战栗／难忘做神与虫的滋味"（《诗体的仪式》，第147页），但需要说明的是，林幸谦也对中国有所批判，"崇拜神龙的中国／实则蟒蛇崇拜／神圣不足，狡猾有余"（《诗体的仪式》，第146—147页）。

与此相关，林幸谦也一直书写大华人，尤其是海外人的漂泊性，如《海外人》中祖国变成了梦，"完美的肉体／趁海离去／远去的湖南湖北／疯狂的洞庭之春／闽江之水／光影江山，尽在，骇人的梦中"（《诗体的仪式》，第163页），而今生却只能是无根的漂泊，"故乡的海水把故土埋葬／纷乱埋葬的憧憬／化为海外的中国／前世他们离开／今生的根／丧失在汪洋的海上"（第165页）。《破碎的乡愁》却又书写大马华人的乡愁，同时亦指向海外人的孤独命运，"海峡渐渐离去，漂泊／信天翁在片段的历史间饱受文化的饥饿感／支离破碎的，海外人的国度／寂寞如孤独的漂泊信天翁／在破碎的国

---

[1] 王德威，《后遗民写作》，张锦忠、黄锦树主编，《重写台湾文学史》，台北：麦田出版社，2007年，第84页。

度中觅食"(《诗体的仪式》,第160页)。《漂鸟们》亦是书写漂泊的命定性和悲剧性,"赤道的晚潮/扮演群岛与陆地的语言/用陌生的口语/咨询热带雨林的部落,狩猎/在流浪的南方/一声声/一生生嘶竭唏嘘"(《诗体的仪式》,第158页)。《故国的神话》中也密布了类似的意象,流亡、放逐等。

在散文中,林幸谦也不乏此类书写,《革命与追思——中国留学生的哀思》书写从晚清到民国的留学之旅和他们艰辛的努力:"狂乱而又恍惚不安的年代里,中国留学生大量参与革命运动,颤抖着,准备为东方塑立一个合理的乌托邦。"(《人类是光明的儿子》,第58页)《留学驿站》则是续写中国留学生们的灿烂、从容与悲伤。

然而,林幸谦绝非是文化中国的简单拥护者和崇拜者,他其实亦是一个批判者,尤其是对现实中国,因为符号中国和文化隐喻更让他有了可以观照的底气、勇气和取舍基础。他和温瑞安力图建构的"文化中国"那代人最大的差别在于,他对无论是故国精神原乡还是现实回归的不信任和高度质疑,尽管身为华人的文化属性建构让他不得不屡屡回归汲取营养。钟怡雯曾经借助类似意象来牵扯林幸谦和温瑞安的"接近"性,"只是以大量形容词、副词或术语雄辩抽象命题的衍绎过程,并没有让他接近符旨,形而上的故乡反被推展到更远处,终究成了如他所言'灿烂的幻象'"。[1] 这当然只是一种片面的误读和标签化策略,过于抽象化乃至偶尔的空洞化或许是林幸谦的缺点之一,但并非是他属于大中国的充分证据。

三、大中国乎:无地归返

林幸谦指出:"我总记得我活在人间。新一代海外华人挤在祖先

---

[1] 钟怡雯,《马华文学史与浪漫传统》,台北:万卷楼图书公司,2007年,第130页。

和原住民的文化传统之间长大了,成长的历程中不断面临文化认同的危机。在抉择过程中,血统观念和文化认同,是魔鬼的人和神的人所争夺的灵魂的筹码……乱红纷飞中,我在民族之爱与人类之爱之间的裂缝里,试图思考一些内在自我超越或者外在超越的途径和可能性。"(《人类是光明的儿子》,第138—139页)某种意义上说,这就是他对自我书写实践路向的一种总结和自况。尽管如此,依旧会有人有意无意误读他的追求与关怀,尤其是涉及原乡层面和中国书写时。

(一)定位反省:归位的迷思。颇吊诡的是,指责林幸谦大中国意识浓烈的学者往往是大马华人,如张光达:"林幸谦的大中国意识笼罩在层层庞大的历史阴影中,显得那么孤绝凄厉,也充满了疏离矛盾。这样勇往直前的自我边缘化/放逐心境形成绵密的梦幻、欲望、精神错乱、颠倒扭曲的面貌,看不到在地物质性的历史具体存在意义。"[1]我们不妨以林幸谦书写"五四"题材的诗集《叛徒的亡灵——我的五四诗刻》进行剖析。

这部诗集中,林幸谦广泛地处理了不少名家:沈从文、鲁迅、郁达夫、萧红、徐志摩、林徽因、张幼仪、张爱玲、盘古图(钱锺书、老舍、巴金、茅盾、弘一法师、熊十力)、女娲图(丁玲、石评梅、庐隐等)。某种意义上说,这可以部分呈现出诗人的勇气,以诗作的形式处理中国现代文坛上的经典和代表性作家,既必须有清晰、深刻、独特的学术判断,又必须有诗人的诗性气质和才思才可连缀成文。

毋庸讳言,诗作中不乏相当犀利的作品,如书写沈从文的乡土之爱的《楚声》中如此写道:"死难是颗装腔作态的佛舍利/深知返

---

[1] 张光达,《马华当代诗论——政治性、后现代性与文化属性》,台北:秀威出版社,2009年,第58页。

乡恋人的痛苦／知道深埋于乡土的欲望／用死而后生的启示／用我的存在／反照异地他人的存在。"（第16页）既言明沈从文特色，又点明其超越性。写得最早而颇有心得的可能是张爱玲图，比如《如果》中书写张氏的荒凉与博大："是怎样的一种果子／如之果／把世界裹在核心／岁月才会落在毯上／带骨生根。"（《叛徒的亡灵——我的五四诗刻》，第131页）同样诗人也会带入自己，《七巧与貘》："金锁锁着／钥匙被作者偷走／我穿越匣子／确信没有任何的疆界／无法确知自己在场的人／失去自己的本义／／延伸的荒野／无限／无界／梦与貘的临界／作者以文字的真情召唤我／哀求我的遗忘／记忆深处的名字。"（《叛徒的亡灵——我的五四诗刻》，第127页）如果要结合马来貘解读，或许又难免本土意味。

更值得关注的是，作者经由书写所呈现出的可能的"本土视维"[1]，这其中可分为两个层面。

1. 关联本土。如郁达夫图中，《郁达夫的罗浮一梦》"狮城之岛沦陷以后／你的行旅远赴更南的孤岛／成为传奇／成为中国文人的起殇梦语／新时代的相祈书／落荒于略微宽广的街道／一座凉棚建起历史的寓言／一夜之间／消失在苏门答腊的雨林边缘"（《叛徒的亡灵——我的五四诗刻》，第60—61页），提及郁达夫的南洋传奇，而这往往也是倍觉焦虑的马华文坛的主题缠绕之一，比如黄锦树就多次以郁达夫为内容进行书写。[2]《郁达夫驿旅》中把郁达夫的各种角色安放在南洋经历中，"我曾做过出色的病中失业汉／那是一个骨骸迷恋者的薄命人生／我也扮演过经济枯窘的作家／成为亡命的逃难人／在狮城南方的孤独路上／离开赤道的南方／陷入苏门答腊

---

[1] 有关论述，可参拙著，《本土性的纠葛》，台北：唐山出版社，2004年；《考古文学"南洋"——新马华文文学与本土性》，上海：上海三联书店，2008年。

[2] 具体可参拙文，《争夺鲁迅与黄锦树"南洋"虚构的吊诡》，《暨南学报》2015年第10期，第8—10页。

的古老小镇／忧郁让我碰上日本鬼子／鬼得很／吞食我整洁的字体"（《叛徒的亡灵——我的五四诗刻》，第55页）。《在老舍的舞台上》也提及，"没有小坡的生日／新加坡永远只是一座死城／／没有种族的问题／小坡永远弄不清楚他到底是福建人还是马来人"（《叛徒的亡灵——我的五四诗刻》，第142页），此诗虽然略显肤浅，但却涉及了老舍对新加坡多元种族和城市国家的寓言。[1]

2. 关联自我与独立性。在书写萧红时，《在中环追忆远去的商市街乱影》将萧红的命运、感受与"我"紧密相连或暗中契合："七月，谁曾坐在一八七零年的中环毕打码头／眼看德辅道在一场填海工程后诞生／我独自吃着鳟鱼午餐／人生的刺／在喉咙里嘲弄。"（《叛徒的亡灵——我的五四诗刻》，第81页）而在鲁迅图中（《鲁迅学派》），他也有对鲁学研究者的犀利批判："冬天，学派坚守我的身首／即使首身异处／也要响应伟大的号召／缄默的冬季深处的学派／把世界弄成平庸俗物／既无耻又淫荡。"（《叛徒的亡灵——我的五四诗刻》，第38页）

有论者指出："从林幸谦以诗歌反反复复'认证'根与根性的冲动，以及与之紧随的'伤残''幻灭'意象之中，我们看到：海外华人对这种'根性'的找寻，本身就是一种自我裂变和成长的过程；海外华人，既是一种双重的身份，又是一种'合一'的身份；在他们所谓安身立命的'时间、地理'边界，已经悄然出现——正在长出并迅猛地向着深处蔓延的他们自己的'根'。"[2] 其实不只是书写本土题材，在指向中国题材时，林幸谦往往亦有相对清晰的本土认同或视维，如前所述，表现策略就有：文化中国的精神原乡、现实批

---

[1] 王润华，《老舍在"小坡的生日"中对今日新加坡的预言》，王润华，《老舍小说新论》，台北：东大图书公司，1995年，第29—46页。
[2] 王列耀、马淑贞，《从"传承"到"裂变"——论马来西亚华裔作家林幸谦的诗歌创作》，《暨南学报》2005年第4期，第134页。

判以及认同解构,等等。

(二)另辟蹊径:无地归返。林幸谦敏感而多情,见识过家庭内外的挫折、不幸与离乱,同时对于大马华人的无根感和注定漂泊命运有一种巨大的承担感,这都让他的写作呈现出忧民忧族忧世界的感伤情怀,这就给他的原乡执念打上了无地归返的意味,他也有他自己的描述与总结:"无家可归正是被祭者的痛苦处境:主客观的历史和文化认同不断在现实人生里扭曲他们,嘲弄他们;逼使他们体认到事实的真相:认清自身的历史位置和文化角色,走出中国的迷惘,不再为海外人的命运自怜自伤。与其视故乡为一种文化精神的意想,不如视之为现实人生与现实世界的一种象征,从而解构了乡愁,也摆脱了漂泊的迷思,安然走在回家的路上。"(第36页)不难看出,一方面是无地归返,另一方面,却也要跳出各种迷思,如中国、乡愁、漂泊等。

但不管怎样,无地归返和继续漂泊似乎成为一种难免的宿命,在他的创作中阴魂不散,甚至在前面提及的"五四诗刻"系列中,他其实对"五四"名家们的人生命运和幽微情怀都打上了悲悯的色调:"在诗人塑造的幢幢魅影中,我们警觉到中国的'巨神'(林幸谦心中的文化形象)久已迷失在失根与寻根的茫然中,诗人的血泪乃来自寻找精神家园而终不可得的悲哀。这些悲剧的演出,悲剧的想象关照,以及最终经过沉淀而升华为一种悲剧的超越。"[1]

但同时需要提醒的是,无地归返更多是原乡的解构性层面,虽然它近乎林幸谦的主题性层次,但我们也要注意到其中的建构性层面。易言之,无论是林幸谦有关大马、自我,还是香港、台湾、中国大陆等的书写,其实他是想借解构的利器来呈现出他世界性、普

---

[1] 洛夫,《亡灵的美学:读林幸谦的〈五四诗刻〉》,《南洋商报·南洋文艺》(吉隆坡)2013年4月2日。

适性的华人关怀与身份,也即:既扎根本土、放眼世界,又解构质疑本土、丰富本土,走向世界,从此意义上说,混杂、多元、解构的轨迹本身亦是一种建构的表征。如人所论,文化身份的缺失是林幸谦诗中最为惆怅的歌唱,其汉诗写作已不纯粹是凝聚其诗中东方中国文化传统与西方文化传统的互文,而是马来西亚本土文化、台湾文化、香港文化、西方殖民文化、西方后现代文化、西方后殖民文化与东方中国文化传统的多元互文,所以其诗中的文化含量特别大。[1]

而他在有些创作中也带有多元解读的可能性,诗歌中不乏此类书写,《男体》中书写父亲的肉体:"我学习父亲／找寻肉体的春天／四海散播我理想崇高的精子／变态的父亲向我纯真的肉体／施展千古不变的,爱情诺言／庸俗的岁月在体内震荡／放荡的话语／反复玩弄我／政治与父亲之间的爱情。"(《诗体的仪式》,第89—90页)这种对身体政治的书写,既可以解读为大马土著统治者对华人的政治压迫与诱奸,又可以解读为父权体制对人的压抑。《处女》则有一种续写的感觉,同样也指向解构父权/文化政治("父亲的语言／爬上我的身躯／构成你,对我的思念",《诗体的仪式》,第95页)、具有闺阁隐喻等("我用处女的肉体／在南方的雨林的边缘／与你结婚／用雨林的雨水／书写隐喻连篇的传记／婚后也有悲哀／荒凉如处女的雨林",《诗体的仪式》,第96页)。

林幸谦对自己的散文风格显然有着清晰的认知和有意为之的实践:"至于我这样的书写风格,基本上源于我对散文文体及其体质的不满,其中也包括了我对语言的反省与实践。既重视外在现实历史,亦要重视内在影像和心理意识。意象、意义、历史、往事,在语言

---

[1] 杨乃乔,《诗者与思者——一位在海外漂泊的华裔诗人及其现代汉诗书写》,《天津社会科学》2001年第2期,第81—85页。

和主体之间置换，延伸。借助叙述者和叙述视角的置换，试图打破静态、狭义的散文传统，纳入诗、小说和论述的语言，在前人的基础上为（个人）散文体带来更丰富的空间。"[1]毋庸讳言，他的这种追求和努力给一贯绮靡、缠绕、浮浅、小气的本土文坛吹来一阵清新而大气的罡风，整体而言，他的理性散文或大散文写作比较成功，他可以继续扬其所长。

但同时需要指出的是，此类书写亦有其宏大叙事、过于拔高，甚至空洞无物的弊端。比如《山河飞花犹坠》（1993年）一篇散文中书写一百五十年的留学和革命史，难免显得论断太多，论证太少，情感空洞，大而无当，如"在渺小和伟大中，人类逐步走过苦涩的岁月。对于诞生与死亡在传统文化中的中国人，到二十世纪末才懂得扶着理性的拐杖看清人性的本质，勇敢地粉碎了民族主义与排外主义的束缚"（《狂欢与破碎》，第259页），这样的判断自然有失主观和笼统；"雨漫漫，乱影翻窗，百年岁月，滴水足以穿石，但是中华民族今天不但不能全面建立东方的学术权威，甚至连文学强权也失落了。"（《狂欢与破碎》，第261页）代言的无力感显而易见。同样的问题在其诗歌创作中也是不同程度的存在，哲理或议论入诗，固然可另开门路，但如果一旦程度拿捏不好，这样的诗歌就变成了僵硬而空洞的结论描述，枯干苍白、无力动人。故有论者指出，如此写法让其诗作"变得沉重，只有学者才会深究他的诗句"。[2]此言难免夸张，但却是林必须正视的问题。

结语：林幸谦的原乡书写与追求往往刚烈、浓郁，他既有相对

---

[1] 林幸谦，《异客之书（自序）》，林幸谦，《狂欢与破碎：边陲人生与颠覆书写》，第2页。
[2] 君临，《君临直观香港十八诗人》，《圆桌》诗刊（香港）第12期，2005年6月，第71页。

清晰的大马认同——书写自我、小家，又将其升华为大家、华族与大马的议题与身份认同探寻，同时，又由于他有相对特殊的留学经历和线路，又让他可以反思台港、批判地看待大陆，既有精神原乡，又有现实历练。和大多数在台湾留学的学生对台湾相对固定或稳妥的认同不同，林幸谦在马大求学时期曾经历了许多政治不公下的恶果，例如种族固打制（Quota）[1]曾一度令其不得入读大学，马大理事会曾一度禁止中文系系外学生选修中文系课程，学生理事会选举时华裔学生集体竞选失势，等等。这些经历和遭遇可以让他在黄金成长时期比多数在台湾留学的学生更好地体验什么是身居本土的不得不漂泊和难以归返的吊诡。

表面上看，林幸谦似乎是一个无地归返的过客，甚至是一个文化孤儿（如王德威所说，"遗民还能遥念前朝往事，有所托付，孤儿则是伶仃失怙，孑然一身；往事从头开始就是知之不详的遗事。消散的记忆，模糊的谱系"[2]），或者是倾向中国大陆的神州迷思纠结者。在我看来，实际上，他更是一个通过解构来建构华人大同的个体实践者。当然，我们也要注意不可将其对中国大陆的浓烈精神原乡视为中国情结，更要辩证而清醒地看到他的宏阔视野与追求，以及偶尔的宏大叙事。

---

[1] 具体可参胡爱清，《由固打制向绩效制转变：机遇抑或挑战——马来西亚教育政策的转变及其对华人受教育权利的影响》，《世界民族》2004年第1期。
[2] 王德威，《后遗民写作》，张锦忠、黄锦树主编，《重写台湾文学史》，第102页。

黄锦树:争夺鲁迅与虚构"南洋"

王德威教授在分析李永平(1947—2017)的《海东青》写了五十万字尚未结束的原因时指出:"他的叙事形式与叙事欲望相互纠缠,难以有'合情合理'的解决之道。他所沉浸的现代主义在形式和内容间的永不妥协,固然是原因之一,但更往里看,我要说如果李永平写作的终极目标在于呼唤那原已失去的中国／母亲,付诸文字,他只能记录自己空洞的回声。他的一无所获,不是叙事成败的问题,而是欲望(或信仰)的得失问题。"[1] 时过境迁,李永平以其厚重博杂的《大河尽头》(上、下)重返书写婆罗洲,以神话、历史、传说、现实的交错相当精彩地实现了形式和内容之间的叠合。这当然是从美学层面考察,但若从现实的双乡(中国台湾—大马)关怀切入,李永平以及今天的在台马华文学家回望大马时,其文学的再现是否也呈现出一种繁复的空洞?毋庸讳言,缩小范围一些,在台马华作家中特立独行的作家黄锦树(1967—)其追求和书写路向与其他人的似乎又有较大的差异,可以视为原乡书写的另一种可能实践。

黄锦树的小说主要有:《梦与猪与黎明》(台北:九歌出版社,1994年),《乌暗暝》(台北:九歌出版社,1997年),《由岛至岛》(台北:麦田出版社,2001年),《土与火》(台北:麦田出版社,2005年),《南洋人民共和国备忘录》(台北:联经出版社,2013年),

---

[1] 王德威,《后遗民写作》,张锦忠、黄锦树编,《重写台湾文学史》,第114页。

皆为中短篇集子。黄万华教授认为其政治叙事狂野诡异,是"五四"传人:"黄锦树的'归家系列''马华文学史系列''星马政治狂想曲'等小说在青春原欲的宣泄中突入被视为创作'禁区'的政治历史,并自然地转换成文化的'招魂',成为大马华人命运的真实呈现。他在历史倾听中赋予回忆以生命本体的意义;他以才情丰盈的小说形态表达出挑战传统的南洋经验,探寻着马华文学的始源和归宿;他以诡谲狂野的风格叩问着政治叙事的极限,以此扮演'五四'传人的角色。"[1] 相较而言,由于黄左手为文,挥舞批评大棒,右手创作,高扬现代主义大旗,往往引人注目也侧目,而有关其创作的研究亦相对丰硕,从美国的王德威到中国大陆的黄万华,从在台马华文学批评圈到大马本土的论述与论争,都算得上炙手可热。

毫无疑问,虽然长居台湾,但大马始终是黄锦树文字衣锦还乡的桥头堡,这不管是从其现实名声关切,还是从其文学再现书写都有迹可循。通览黄锦树小说,其虚构中却涌动着与大马本土对话的强大张力,不管是美学追求方面的标新立异,还是对本土现实事件的特立独行解读,都在在可见。如前所述,言其是"五四"传人固然不错,但也有空泛之嫌,然而隐隐然他却遥遥礼敬鲁迅,[2] 甚至不惜与"本土老现们"争夺鲁迅。

毋庸讳言,鲁迅一直是大马本土文学传统长期汲取的思想资源,当然偶尔在后殖民意识/本土意识觉醒时也成为解构与批判的对象,[3] 但大多数时期都是话语争夺和借鉴的泉源:新马的本土现实

---

[1] 黄万华,《黄锦树的小说叙事:青春原欲、文化招魂、政治狂想》,《晋阳学刊》2007年第2期,第115页。
[2] 黄锦树写道,"鲁迅三十八岁开始写小说,那是我如今的年岁",这当然是一种显现的表白,潜在的致敬早就存在,见黄锦树,《台湾经验》,黄锦树,《土与火》,台北:麦田出版社,2005年,第15页。
[3] 代表性的则是王润华,《从反殖民到殖民者——鲁迅与新马后殖民文学》,王润华,《华文后殖民文学:本土多元文化的思考》,台北:文史哲出版社,2001年。

主义者,无论是史学家方修,还是代表性作家,如方北方等,他们都坚定地把鲁迅视为现实主义作家,并以自己的观点和理念加以解读和打扮;实际上,黄锦树也不时提及鲁迅并加以阐发,只不过他更多采用现代主义观点。幸运的是,鲁迅先生的复杂性、深刻性却又可以因应各种学说/流派,如唐弢先生所言:"我们知道,鲁迅的现实主义是活的,发展着的,他的现实主义不仅有浪漫主义的成分,还常用象征手法。"[1] 唐弢先生限于历史语境还有些保守,实际上,更进一步,我们甚至也可以从鲁迅作品中找到现代和后现代元素,比如《故事新编》中的文体、语言、思想指向中的张力的狂欢,亦有自己的流变和新传统(比如蓬蓬勃勃的香港文学时空)。[2] 从此视角看,鲁迅其实完全可以成为解读黄锦树的一把标尺。

一、杂文性讽刺

很多读者对黄锦树小说叙事技艺的营造深表赞许,连他自己也诉说后设叙事的功能和意义:"后设形式的趣味和意义不在于愚蠢的自我解消(保留了手而取消大脑),而在于癌细胞式的、恐怖的再生产——再生产的恐怖主义——一种难以压抑的繁殖欲望,如我家乡雨季胶园中嗜血的母蚊子。"(《梦与猪与黎明·自序》,第3页)但若从大的小说文体学角度思考的话,其"后设"不过是小说杂文化的一种表现策略。

毋庸讳言,黄锦树小说书写的主题其实和其马华文学批评、研究有着一目了然的主题共享,但落实到小说文体时,由于杂文性讽

---

[1] 唐弢,《代序:一个应该大写的文学主体——鲁迅》,汪晖,《反抗绝望》,台北:久大文化图书公司,1990年,第10页。
[2] 具体可参拙著,《张力的狂欢——论鲁迅及其来者之故事新编小说中的主体介入》,上海:上海三联书店,2006年。

刺的使用，使得他比评论／学术研究具有更大的活动空间，比如夸大、情绪性宣泄，甚至是主体隐私性揣摩都可一拥而上。从书写精神来看，黄锦树有模仿鲁迅小说杂文化的追远，但同时因为缺乏节制，却远比鲁迅刻薄和放纵。

（一）现实热讽。如前所述，虽然长居台湾，但大马本土却始终是黄锦树念兹在兹的挂牵，而通过批评刮起的"黄旋风"更多是因了"见佛杀佛、见祖灭祖"与马华现实的千丝万缕的关联：文学、文化、语言、政治等等。

1. 马华文学清算。毫无疑问，身为作家的黄锦树对马华文坛的诸多弊端感同身受乃至有切肤之痛，也因此对清算颇有着对症下药式的心得和犀利。《M的失踪》简单而言，对应的是马华文学经典缺席的焦虑议题：借助一个"大作家"M的横空出世却身份可疑，大马文坛也因此呈现重重吊诡：马来国家文学的偏执与狭隘、马华文坛的各自为政等在在可见。尤其可显出黄锦树恶作剧式淘气的是，他借助一个记者的视角，深入M可能出没之地，甚至让郁达夫显灵，也让此篇小说以及有关现实评委尽落入叙事的圈套，在表面的玩世不恭或一本正经中反讽大马文坛经典匮乏的窘境。

同样耐人寻味的还有《胶林深处》。简而言之，此篇小说更指向了传统而朴素的马华现实主义的内部破产。作品书写一个出身贫苦、文化水平不高却异常努力、借助一本《中华大辞典》写作的业余本土作家林材的故事：他笔耕不辍、小有名声，后来他经人点拨日益关注中华文字的活力，也明白橡胶林象征意义的重要性，却对自己的写作能力感到怀疑与焦虑，此中呈现出黄锦树对"本土老现们"的嘲讽、预测以及对有关马华文学的非专业文学批评的不满（第66—69页）。

到了《大河的水声》一出，黄锦树对马华文坛的嘲讽与批判达到了一个让人侧目的程度：核心内容自然是清算本土现实主义作家茅巴（方北方？），同时枝蔓处处，杀伤力不小，不仅仅指向本土的自我经典化的《动地吟》的表演性，而且还辛辣地指向了文学场域生产机制中的恶俗化、商业化、尔虞我诈与龌龊化种种。毋庸讳言，其中既有敏锐的洞察力和批判性（与经济、政治元素的角力等），但又有黄锦树风格的插科打诨与尖酸刻薄。

2. 新马现实攻讦。毋庸讳言，由于多元种族、政治历史因素以及周边国际关系复杂，新马文坛的书写有不少禁忌：如宗教、种族、政治习惯等等。诸多限制如影相随，利剑高悬，甚至内化到书写人的血液中，让他们战战兢兢画地为牢，也有人选择技术性逃遁，但黄锦树却自有其追求："黄锦树把这个时期（20世纪60—70年代）的马华现代主义称为中国性现代主义，这些现代主义者是一群无法在现实土地上扎根于是遁入想象的乡愁的文学逃亡者。黄锦树拒绝这种现代主义，因为它完全与大马华人的生存处境和人生经验绝缘，仅仅是一种表演，徒有一份激越和伤感。"[1]

《天国的后门》将矛头指向了大马，部分影射前首相马哈迪和副相安华的政治争斗（所谓鸡奸事件）。但覆盖面显然不止于此，他把大马变成了一座模范监狱，将大马历史上的政治人物，如东姑（谐音冬菇）编排进小说中并对他们的伪善、多变进行嘲讽，当然也涉及官商勾结、官学勾结带来的学术堕落，许文荣认为："它的基调从官方对华族的霸权扩展到对于民主与人权的压制……在这个'天国'监狱当中，包括了华人、马来人与印度人的'囚犯'，甚至位高权重的前副总理，也同样是这个体制的'受害人'。小说书写能够采用这样比较阔大的叙述视角，而不只是沉溺在种族主义的狭小框架中，

---

[1] 刘小新，《"黄锦树现象"与当代马华文学思潮的嬗变》，《华侨大学学报》2000年第4期，第61页。

是一件可喜可贺的进展。"[1]

《乌鸦巷上黄昏》则是对新加坡的强烈嘲讽。通过对面摊老板朱大保的监控与处置，黄锦树反讽了李光耀灵活或阴险的政治手腕（第296页），而偷渡来的年轻人（影射朦胧诗人顾城）身上所携带的纸片却又开启了另一段南洋本土叙事：日本人登陆、大肆屠杀、尸横遍野、乌鸦横行；年轻人被驱逐后遭岛人搭救，却和土著女儿添加了一段风流韵事并使其怀孕，而他最终也死亡。小说中还穿插"我"的一段纯洁但悲剧式恋爱，同时，瓶中书的叙述中也会直接贴上一段《联合早报》剪报，言及被老李关押了二十余年的反对人士——谢太保，说他不悔挑战白色恐怖。抗议与嘲讽情绪弥漫，可谓此处无声胜有声。但此小说头绪偏多，结构上略显松散。

（二）历史冷嘲式再现。毫无疑问，对于限于历史条件而无法亲历的大马乃至南洋历史，黄锦树同样亦有其积极关注和巧妙的呈现策略。

1. 政治狂想。毋庸讳言，20世纪40—60年代马来西亚波诡云谲的政治斗争史（左翼、马共、反殖民、"二战"、种族、冷战、独立等等犬牙参差交错）黄锦树一代人无缘亲历，但他却又兴致勃勃，无法也不想绕过。

《郑增寿》是黄锦树较早的一篇作品，并不直接主攻马共历史，尤其是20世纪80—90年代初期陈平率众走出丛林之后此题材炙手可热的时间段，他更多是关注小人物或边缘角色，但他们这样的个体却组成了集体，郑增寿这样一个在不同时间地点都被假借使用的姓名符号，可以部分反映出马共政治存在的手段之一——集体主义的高扬和化名策略。

---

[1] 许文荣，《南方喧哗：马华文学的政治抵抗诗学》，新加坡：八方文化创作室、马来西亚新山：南方学院出版社，2004年，第121页。

真正有震撼性的代表作则是《猴屁股，火及危险事物》，此篇小说借助在华人区相当炙手可热的文化人"我"（疑为影射余秋雨）的视角去探勘被新加坡建国总理李光耀流放的对手的近况。黄锦树左右开弓，既借"赖得"（lighter，谐音马共全权代表莱特，黄还把他的收集打火机嗜好和名字关联）攻击老李的荒诞自负、诡计多端，同时又反过来嘲讽李的对手跋扈恣睢、专制兽性（比如诱奸母猴）、人格分裂（白天是囚犯，晚上变成了面对猴民们善于演讲的伟大领袖）等，从而揭示出他们一丘之貉的共通本质。

毋庸讳言，这似乎也是一种针对新马繁复历史与诡异现实再现的应对策略，对于富于政治禁忌或内涵过于复杂难以廓清迷雾的历史，作者往往采用狂想的方式加以夸张处理，在佯狂或嬉笑怒骂中痛快淋漓、直指要害，这自然是新马本土书写者难以拥有的优势；但同样这种手法亦有其吊诡，恰恰反证出黄锦树的可能局限，由于不了解历史的全貌，只能剑走偏锋、肆意发挥。2013年出版的《南洋人民共和国备忘录》是黄锦树集中书写马共题材的小说集，经由个体的具体性、复杂性和暧昧性，黄锦树从某个视角呈现出马共的面目：一方面，他采取了和盘托出的态度将马共题材当代化，部分坦诚地交代了它的复杂和面目模糊，这当然是一种艺术真实；另一方面，黄似乎对这个题材把握并不大，也无力下手进行新的创制，[1]所以，他依旧采取了历史、现实拼贴和插科打诨的处理方式，反倒让原本扑朔迷离的马共面目更加难辨。

2. 反思文化传承。黄锦树还相当锐利地反省大马华文文学传承

---

[1] 可以结合潘婉明的有关论述（①《马来亚共产党史的产生与问题》，《人间思想》2012年夏季号第一期，第155—169页；②《文学与历史的相互渗透——"马共书写"的类型、文本与评论》，徐秀慧等主编，《从近现代到后冷战：亚洲的政治记忆与历史叙事》，台北：里仁书局，2011年，第439—476页）进行比较，很容易看出黄的书写内容上并无新质，虽然手法上看起来有多种现代、后现代的尝试。

的局限性,他的论著也屡屡指出并加以批评马华文化的表演性和商业化缺憾,[1]而在小说中也不乏类似关注。

《大卷宗》中同样掺杂了马共背景,父亲因此被抓,但祖父最终决定离弃马共转而为本土华人立传。或许更耐人寻味的是祖父的书写指向未来性,他的作品甚至提前参考了孙子"我"的博士论文,"还有赵在晚年写的一部关于华族领袖的书"(《梦与猪与黎明》,第61页)。而"我"和祖父竟是神交连连,甚至"我"有不学而会的本领:"有许多书,当我在念研究所时,明明是没念过的一看封面就知道里头说什么,有些还是前几天才出版的。同学小赵就一直认为不可思议,尤其是在知晓我不学而会读、写梵文、阿拉伯文时。"(第49页)这种书写其实有两重含义,一是强调本土华人的历史主体性,孙子和祖父之间的传统延续,二是说明后辈华人书写和思考的重复性操作,如黄万华所言:"这似乎暗示出了马华文学的文化属性:它恰如小说的某种后设形式,一方面进行着难以压抑的再生产,另一方面又以'复制'的存在自我消解。"[2]

同样需要警醒的还有《刻背》,表面上看它似乎关注的是文学书写的影响焦虑问题,但实际上更是借助田野考察的外壳讲述一个百年的经历,华人(福先生)在马来亚(尤其是新加坡)的种种阅历:文化和重大事件、人物一一呈现,历历在目。刻背最后成为他最重大和想象力的创作:"他终于找到中文创作的一种不可替代的革命性的现代主义方案,用最现代的文字形式、活生生的载体、立即性的发表、随生命流逝的短暂性——瞬间性的此在 dasein 而存有、绝对不可翻译的一次性、绝对没有复本,而彻底地超越了中国人的中文书写局限于纸或类似纸的无生命载体。"(《刻背》,第353

---

[1] 具体可参黄锦树,《马华文学与中国性》(增订版),台北:麦田出版社,2012年。
[2] 黄万华,《黄锦树的小说叙事:青春原欲、文化招魂、政治狂想》,第118页。

页）最后日本人侵略并占领了马来亚，创作中断，这些流动的载体星散。

二、介入式抒情

毋庸讳言，鲁迅小说中呈现出浓郁的抒情性，如《故乡》《社戏》中令人过目难忘的怀旧情结与脉脉温情，《孤独者》《在酒楼上》那阴郁、萧瑟的氛围直逼人心，其他，如《鸭的喜剧》《兔和猫》又带着淡淡的抒情，这种抒情性或诗化[1]风格甚至成为冲淡或连缀叙事的工具，这也可以部分解释鲁迅的小说何以不刻意强调情节性。

黄锦树的小说抒情性与鲁迅遥相呼应，但亦有变化："中国内地读者熟悉的是鲁迅'故乡'小说开启的'离去——归来——再离去'的叙事，而这种'旧家'叙事模式到了黄锦树的笔下，不仅呈现出异常丰富的形态，而且有了多种变奏。"[2]在我看来，黄锦树的抒情增加了更强烈的介入性，这种介入性一方面化为对本土的眷恋与审视，同时另一方面却又呈现出对本土未来的构设与反噬。

（一）怀旧与返观。在黄锦树看来，"自有中国（或中文）以来，故乡很显然便呈显为尖锐的问题。鲁迅的《故乡》标明了此一精神史的起点……但鲁迅的精神漂浮仍限于国土之内，几个急速现代化中的城市，还未及真正的边城——虽也曾留日，游香港——及经历更惨裂的失根失乡（'文化大革命'）、被殖民统治及分裂国土中的暴力，及从华侨到华人的移民受虐的文化情境，都让整个问题变得更加的复杂"。[3]在黄自己的小说中，热带雨林，尤其是其出身的橡胶

---

[1] 有关研究可参张箭飞，《鲁迅诗化小说研究》，南宁：广西教育出版社，2004年。
[2] 黄万华，《黄锦树的小说叙事：青春原欲、文化招魂、政治狂想》，第116页。
[3] 黄锦树，《文与魂与体：论现代中国性》，台北：麦田出版社，2006年，第321页。

园往往成为各种故事发生和欲望伸张的场域。

  1. 作为情感结构的怀旧。可以理解的是，作为黄锦树从小成长、生存，成年后回望、纠结的热带橡胶林故乡，已经成为其相当复杂的情感结构场域，它绝对不是简单的异域风情再现，而同样更是他安妥灵魂与冲动情绪的家园，除此以外，它同样也是马华本土事件的历史、现实与文化的载体之一。黄锦树的所有小说集都未曾放弃过这一题材，在熟悉他的陈大为看来，"胶林在黄锦树的生命体验中累积了相当可观的宝藏，由于空间的封闭所引起的孤寂、苦闷、恐惧，逐渐转为脱困的欲望，以及对现实世界的孤僻、敌视与愤慨，那座胶林在重新提炼成创作文本的舞台之际，它同时退隐到作者内心深处，成为隔绝俗世的形上碉堡。一旦离开了胶林，他的叙事就显得比较吃力"。[1]

  《梦与猪与黎明》以相当写实的笔触写出一个华人母亲非常勤快而不知疲倦的橡胶园生活：起早贪黑、养猪割胶，而且生养众多子女，乃至疲惫过度而晕倒。黄锦树用相当乡土的笔触、内心充沛的感恩之情来描写橡胶园，描写母亲，也安稳自己的思乡之情。《落雨的小镇》情节亦相当简单，小说中的木瓜树、热带风情、多元种族底色却又传递着作者别样的兄妹感情。《乌暗暝》同样也呈现出辛勤劳作的马华母亲对游子的亲切怀念与期盼，抒情性远远强于情节性。

  同样，雨林或胶林亦是现代历史的发生地，比如日军三年零八个月的占领和剥削，彼时，作为具有中国情感（无论是文化还是政治认同）的大马华人当然会以各种形式对抗侵略者的残暴。《说故事者》就呈现出黄锦树对抗日时期热带雨林（榴梿树）所倾注的情感

---

[1] 陈大为，《最年轻的麒麟——马华文学在台湾（1963—2012）》，台南：台湾文学馆，2012年，第219页。

关怀和历史意义,华人与南洋土地始终紧密结合、息息相通。

但无须多言,橡胶园又可能成为非法移民蚕食华人利益和藏污纳垢的地方。《非法移民》一文更呈现出对胶园内不时闪现的印尼劳工的担忧,背后则是对政府双重标准的批判——歧视华人,却对印尼外劳大开绿灯。《血崩》继续探勘1945年日军投降后大马本土出现的"十指连心会",他们都曾经是受害者,所以秘密结社神出鬼没,暗杀汉奸、黑皮和不愿投降的鬼子,但最终因为内讧而覆灭,黄锦树无疑更是借书写榴梿园等来凸显故乡雨林的丰富人文空间。《貘》借大马的本土动物貘的特征和隐喻含义,其实更是一种梦幻的拼贴,其中富有历史、现实、种族冲突、神奇经历、梦幻等等。《槁》在书写父亲的临死前的过程时偶尔也涉及回望故土的无奈与感伤——离散的子女其实已经心不在焉。

《旧家的火》更是一个美丽而忧伤的抒情性范本,年轻的一代如何看待老一代人眷恋他们的橡胶园?在现代化的便利、利益获取更快与传统的生存方式习惯、他人看法影响、生病不便就医等张力对比之间寻找一种平衡,最终父亲去世,让"我"更能设身处地地理解母亲的坚守,字里行间都是暖人的亲情。《土与火》同样书写橡胶园,包括它的荒芜与死亡,火葬与土葬,非法印尼移民的侵入故园,等等,这些都隐喻着故土的变换乃至星散,但无论如何却又是逝去的墓茔和家园:"初日现,醉红。但那却是墓塚,有碑,我看到父亲的名字。祖父的名字。我们的名字。"(第45页)毋庸讳言,一方面是对脚下土地和胶林的深沉投射,但同时却又对其中的危险、不公心存忧虑,所以整体的氛围往往都是抑郁的、晦暗的,也可能"暗喻着马国华人的政治地位与文化延续处在暗淡得看不见前路的处境中"。[1]

2. 审视自我的返观。和对故乡母亲书写的正面塑造不同,黄

---

[1] 许文荣,《南方喧哗:马华文学的政治抵抗诗学》,第151页。

锦树同样也关注对乡土自身的审视问题,如其所言:"我们是被时代所阉割的一代。生在国家独立之后,最热闹、激越、富于可能性的时代早已成过往,我们只能依着既有的协商的不平等结果'不满意,但不得不接受'地活下去,无二等公民之名,却有二等公民之实……也因为曾久居胶林及对历史的着迷,所以才对王润华《南洋乡土集》那种轻飘飘、欢乐童年、未识愁滋味的胶林书写感到极端的不耐烦。"(第 11 页,《乌暗暝》)

《未竟之渡》中的父亲其实是来自台湾的到东南亚战场为天皇而战的日军台湾士兵,毫无疑问,他也参与了凶狠而兽性的掠夺与杀戮,却又良心发现故意受伤而逃离,最后留在当地,但立国后却又拿不到合法的身份(如护照、身份证等),黄锦树在检视父亲的曾经罪恶时借此也揭示了本土的复杂性和不公之处。《那个大雨滂沱的夜晚》中,父亲是个酒鬼,"二战"时曾经参与日本人办的马来语培训班,也曾经受到雨林的伤害,如看到同伴被猎杀、动物凶猛等,成为"战争的遗魂"(第 83 页)而时常惴惴不安,所以酗酒不断,后来也在大雨滂沱的夜晚闯进女儿的房间几欲乱伦,却因为性无能而作罢:"那个夜晚,他只是颤抖着解开她的衣裳,抚摸她初发育长大的美好胸乳,然后像个小男生那样坐在床边哭泣,好像想起久远的悲恋情人。"(第 93 页)但无疑父亲的被去势也是一种审视。《公鸡》中也呈现出审父的情节:喜欢待在大瓮里的父亲临死前居然生了两粒卵在手上,一颗孵化成公鸡,被老祖母视为是其再生,倍加爱护,公鸡雄壮威武、喜欢追逐其他鸡,尤其是母鸡,但最终公鸡因为和扑向小鸡们的老鹰搏斗身受重伤而死,祖母也郁郁而终,但周围的鸟类身上都出现闪着金色的羽毛,这意味公鸡(父亲)的虽死犹生转化?但毕竟也变成了异形。

《繁花盛开的森林》似乎走得更远:欲望蓬蓬勃勃,祖母被施暴而生下了施暴者的种——父亲,祖父为此染上奸淫恶习,不仅嗜杀，而且进山当游击队（山老鼠），历经多次生死，他成为"杀不死者"，最后在猎艳后被仇人砍头而且割去生殖器。父亲小时读书，后成为一名抄写员，而主人公"他"却一直在外浪荡，玩女人，父亲劝他回故乡发展。在黄锦树审父的视野下，乱伦的暧昧弥漫全家，比如祖父扒灰，"人们都说，父母新婚之夜及其后，夜里常看见魔鬼般的祖父从窗外偷偷爬进母亲房里，弄出许多声音，难怪祖孙长得那么像"。而母亲却一直喜欢和"他"同眠，即使在他青春期发育后，"在她薄薄光滑的睡衣后，他可以清楚地感觉到目前好丰腴的胸乳软软的磨蹭。她竟没穿内衣。他不知如何回应，往往只得侧身向里，而初熟的生殖器却总是不受意念控制的热烘烘硬如铁杆劲挺。只得在一波波的性幻想里完成狂暴的发泄"（第116页），甚至自己也搞不清楚到底是否和母亲做过。而在外浪荡的"他"却在疯狂做爱时杀死了有身孕的女孩，和祖父的淫荡凶残血脉相连、如出一辙。

毋庸讳言，对父辈的审视包含了黄锦树非常复杂的情愫，既有愤怒的清算、身体或精神的象征性去势，但同时又有更加宏阔层面的情感复杂的哀悼，如林建国所言："这种'附魔'中对父亲的文字／真身、文件（残稿）、典律（郁达夫）、宗法（文学史）、规范（文学传统）、逻各斯（大卷宗）的回找，其实是无人能承受的哀悼？美学理念的坚守，后设装置的设计，其实也是这样的哀悼？"[1]

（二）展望／反噬"未来"。黄锦树曾经提及他书写中的痛苦介入与强迫性："那样的写作绝不只是李天葆所谓的'把写坏了的题材拾掇起来'而已，它凝结了极大的痛苦和无奈在里头。既然要写作，

---

[1] 林建国，《反居所流浪——读黄锦树的〈梦与猪与黎明〉》，黄锦树，《由岛至岛》，台北：麦田出版社，2001年，第370页。

即使老是写不好，也非写不可。对我而言仿佛有着一种伦理上的强迫性。"(《乌暗暝》，第8页)耐人寻味的是，关于大马华人（种族和谐）的命运与未来，他也呈现出相当浓厚的情意结，并以小说进行试验和剖析。

1. 被同化的悖谬。为了试验华人和马来人种族和谐的可行性，尤其是为了试验傲慢官方所持有的彻底同化华人的臆想，黄锦树以小说的形式把这种语境设置推到极端。《阿拉的旨意》中"我"的重生在1957年（大马立国）10月2日，他原本以叛国罪被判死刑，但因为父母的求告，原本是发小后来变成国家重臣的朋友设计让他逃脱死刑，但却必须改头换面，变成了空投到其辖区内的某土著小岛上的新"马来人"。一方面"我"被实行割礼并按要求"为弱小人民服务"改造小岛，使养殖业、种植业增产，而另一方面他也被要求不得和旧有社会关系联系。物质生产上经过努力垦殖相对成功后，他又被要求转攻教学，在岛上建立一所小学并任校长，成功给西马中学输送"人才"。但同时"我"又不被允许离岛，也不许阅读中文读物，三十年过去，"我"依旧是华人："三十年来不说中国话、不写中国字、不看中国字；说马来话，教马来文，不吃猪肉，吃马来菜，娶马来妹，生马来囝。可是心中那一点中华之火，仍旧无法熄灭。"(《由岛至岛》，第101页)而且，还被视为不懂感恩的外来者，但"我"依旧难以摆脱中华属性，比如中华文字一直如影相随，甚至马来太太坐月子也是按华人习俗养得胖胖的，而在求雨的祷文中也有中文书写。小说在在说明，大马若采取彻底同化华人政策其实并不能让华人变成马来人，即使他们背有极强的负罪感有相对容易同化的基础也不可能，文化的中国性依旧流淌在血液里、习俗里、文字里；何况观念上马来人也未必就真正认同这些貌似归化的华人为同类，或许和而不同、多元并存才是更合理的共生之道。

2. 主动出击的挫败。耐人寻味的是，黄锦树也设置了别的可能性实践，即急功近利的华人可否主动出击，以马来人的身份不择手段获得成功或者实现种族和谐？《我的朋友鸭都拉》就是一个尝试。鸭都拉皈依伊斯兰教，华族太太的依旧存在是历史包袱。他有自己的 2002 宏愿（影射大马第四任首相马哈迪的 2020 宏愿）："娶四个不同种族的妻子，一个华人、一个马来人、一个印度人、一个'山番'。"（《土与火》，第 63 页）他也喜欢去泰国嫖妓，尤其喜欢幼女。稍微收敛一段时间后，他的马来妻子怀孕，但他却感染上三种印度人特有的凶狠性病，还连累了舌头、双唇等部位，病情虽部分被控制，但问题多多，马来妻子要求离婚成功。经济上不景气，他失踪了，而且因为和"亚洲奥萨玛"有接触而上了美国人的通缉名单。最终"我"在黑风洞附近的华小旁找到了失魂落魄的他，而他已经成为更靠近神明的诉说者，最终死去。鸭都拉相对繁复和离奇的经历令人唏嘘，但小说却清晰湮灭了一个转型的可能性和未来，即便是华人主动出击，诡计多端，似乎也无法被拯救，种族和谐必须另觅他途。

同样值得注意的是《第四人称》。在刻画独立华文中学的艰难[1]与伟大以及同学聚会的唏嘘与温暖之外，小说将焦点指向了极其聪明却又经历坎坷的"咸鱼"。他出身贫寒，因家里从事殡葬业而身存异味为人所看不起，但却精通数学、象棋和语言学习，原本前途一片光明，却又因"奥尔根事件"牵扯而被援引"内安法令"坐牢两年，在监狱里备受折磨，出狱后又脏又臭只得去华人义山看墓，却又碰上一个丧夫的印度女人并与之同居。"咸鱼"有自己的伟大计划："他正在研发一套具备第四人称的语言系统，基本架构已经完

---

[1] 有关独立华文中学的进一步解说和小说中提及的人物之一的现身说法，可参廖宏强，《失落的一代》，《星洲日报·文艺春秋》2004 年 6 月 20 日。

成。信中他说，如果人类不过是一个物种，所有的种族不过是语言文化的差异，而血缘的混迹是历史常态，非常合理的，他要创造一个新的种族。"他的计划是，找一群各种族的女信徒，一队二十人，每人生四个，就有八十个，组成一个部落，社区，循序渐进实现理想（《土与火》，第273页）。但最终结果是，他却没有生育能力，虽然印度女人性功能和生育力旺盛，但他每次高潮时射出的不是精液，而是"一节节硬挤出的脊髓"（第275页），反讽的是，他其实已经是一个活死人。黄锦树略显夸张离奇的结局宣告了种族融合的失败，也嘲讽了新村试验的悖谬和荒诞。

三、解构式重构

某种意义上说，解构才是黄锦树小说的底色，重构反倒成为一种潜隐的存在，这一点他同样有向鲁迅先生致敬之处，比如"故事新编"系列中的郁达夫重写、续写鲁迅同名作《伤逝》，等等。

（一）反思中国性。毋庸讳言，中国性一直是黄锦树念念不忘的核心词汇，在有关论述中，他对其追根究底、剥皮去骨（揭示其表演性），当然也吊诡地深化汲取（否定本身也是一种强化），[1] 并在小说探索中将马华与明清时期的中国性挂钩。实际上他把自己的创作目的之一也和清算中国性息息相关："对我来说，写作也不免需要两面作战——沦为大中国意识奴隶的过度中国性，向官方意识形态俯首的伪本土性或国民性。"[2]

代表作就是《开往中国的慢船》。老迈的来自中国的讲古者"唐

---

[1] 具体可参拙文，《吊诡中国性——以黄锦树个案为中心》，《海南师范学院学报》2003年第2期。
[2] 黄锦树，《与骆以军的对谈》，黄锦树，《土与火》，第323页。

山先生"讲到郑和下西洋时留下一艘宝船,可缓慢到达中国,来回要十年。(第247页)铁牛的父亲早年被树桐压死,母亲对待调皮的他甚恶,他问父亲何往,其母戏曰,"去唐山卖咸鸭蛋"(其实就是死亡的隐晦说法)。两相结合之下,铁牛以为父亲去了唐山,于是骑着水牛找寻开往中国的慢船想去唐山。他一路上奇遇不断,如侥幸逃脱虎口,风餐露宿,当然也碰到不同种族,如马来人、华族的示威活动,直到最后冲突、开枪造成血案(1969年的"五·一三事件")。途中铁牛也遭到过马来人的掌掴,也看见过华人的叫嚣,他被开卡车的马来人送到港口,看到破烂不堪的"宝船"——"虽然看起来沉没已久但仍可以见它的巨大,它让整个港犹如一片死地,堵塞在港口,倾斜着,桅杆已经歪斜或断裂,朝天伸出尸骸的手臂,褪色破烂的帆已经看不出原来是什么颜色。有的破布上还可以见着残缺的汉字,残缺的部首或残剩的局部,在风中脏兮兮的呼呼抖动不已。"(《由岛至岛》,第263页)失魂落魄的他被一贫穷的马来人收养,皈依伊斯兰教,改名鸭都拉。而后港口要被改造成新式港口,曾经的守护宝船的白色老虎"大王"也不再出现了,废船被不同动物占据。他积极参与了港口改造工程,后来就不断流浪。黄锦树毋宁借这艘早已破败的船与铁牛的遭遇反映出回不去的双重悖论:回不去是因为没有退路,想本土化却又困难重重,只能流浪或离散,变成栖身于本土?异乡?或他人的国度?

在《土与火》中,黄锦树也相当罕见地呈现出对台湾经验再现的态度与认知:"然而双乡是事实,一如日据时代台湾留日或'回归祖国'的青年,也像东南亚诸国独立前南渡或北往的中国知识青年,这应该是资源而不是认同或忠诚的选项。但毕竟两乡之间,是条荆棘之路,也许必然同时开辟两个战场。符号的调动,往往也造成理解的困难。"(第14页)整体而言,黄锦树的台湾书写才刚刚起步。[1]在黄的小说中，台湾经验要么化为背景（如《土地公》和主人公的留学地、《另一个》书写"九二一"大地震），要么就成为可以审视的对象（如《未竟之渡》中跟随日军去东南亚屠戮的台湾青年，后来变成父亲），当然也可以成为事情的主要发生地。如《年夜饭》中相当恐怖、直白、血腥的欲望宣泄、性交、杀人并饕餮人体器官。吊诡的是，大家或多或少都参与其间，虽然大哥二哥更凶残、冷酷和全面兽性罢了。当然，台湾书写既可能是对本土中国性的一种反思和补充，同时又可能成为一种强化，毕竟，复数中国性自有其交叉和公约数。

当然，黄锦树也可更进一步或有其他策略，抹去事件发生的可能地域/本土色彩，如《蛞蝓》中更多书写人性之恶与欲望的凶残，无论身居世俗还是寺庙，所谓道貌岸然的大师其实亦不能免俗。黄锦树这种对待地域色彩的矛盾本土观其实从他给贺淑芳的《迷宫毯子》（台北：宝瓶文化出版社，2012年）作序可以看出："唯一的小叮咛是，'此时此地的现实'是个重要的选项，不必清除得太干净。烟霾并不妨碍迷宫。"一方面，要有超越性的追求，但另一方面也必须"接地气"。

（二）"故事新编"系列。黄锦树小说中的"故事新编"系列也引人注目，其中最具代表性和他念兹在兹的就是死在南洋的郁达夫。如其所言："死在南方的郁达夫在星、马、印华文学的始源处凿出一个极大的欲望之生产性空洞。"[2]《M的失踪》中他就小试牛刀，而

---

[1] 虽然张锦忠鼓吹为"这是地理——政治美学的建构，也是地方感性的产生"（张锦忠，《序/小说选后：一九六九年，别再提起》，张锦忠、黄锦树主编，《别再提起：马华当代小说选（1997—2003）》，台北：麦田出版社，2004年，第17页），但实际上，黄锦树的台湾书写不仅不成规模，也还未有一家特色，这是一种透支的判断，在台马华文学批评圈常见的自我经典化操作。

[2] 黄锦树，《文与魂与体：论现代中国性》，第103页。

《死在南方》则是专门处理。黄锦树以郁达夫印尼居住地后辈同乡的身份重构了其"死亡"的前前后后,虽然未曾亲见,"我"却通过虚构的郁氏手稿、他人可能真实的回忆录以及田野考察加以立体呈现,虚实共存、真真假假。同样他也在小说中恶作剧般调侃重视实证的日本学者,让他们对郁达夫的大便如获至宝。归根结底,黄锦树在为郁氏和马华文学招魂,借填充叙事的罅隙来达到一种文学演练和焦虑释放的目的。

黄锦树显然意犹未尽,又在《补遗》中继续书写郁达夫。这次是以台湾记者身份到排华时期的印尼找寻日本人高津承诺的新发现。好不容易见到了高津以及他搜寻到的日据时期在马来亚发行的"香蕉钞票",有些上面发现了郁达夫的笔迹。于是他们继续去搜集"香蕉钞票",发现郁有可能至少有"四部长篇",而且也查到了钞票的源头。高津大方地让他们拍摄其翻译的部分郁达夫文稿——书及自己的生活,包括让土著少女怀孕。他们经由中间人介绍一起去钞票源头的小岛探险,发现郁皈依伊斯兰教,改名来苏里,娶四个女人,生育二十四个小孩,他主要的任务是看守灯塔。实际上他怀念故乡及中国的妻子,甚至因为经常回望祖国而有块"望妇石"。他们之后遭遇海盗,被约请去另一个岛和隐姓埋名的"郁达夫"、秦寡妇见面,他们被剥夺了有关收获("香蕉钞票"、录像资料),又被赶出小岛。小说结尾高津又来信告知有关郁达夫的新收获——获得老人尸体("三宝"消失,其中男根被旅居美国的蒋夫人宋美龄当成烟嘴)。对郁达夫的再度开发,毋宁更显示出黄锦树对马华文学寻根的焦虑:"我们可以认定黄锦树建构的已是一种流亡的遗民诗学,且以狂欢的体式爆破抒情传统温柔敦厚的一面。郁达夫的尸身,或以汉诗铸造的诗身,恰是彰显晚清以来的现代性风暴中堆栈的历史残骸,中国性力比多的原址。在此层面上,黄等于用小说雄辩式的印证郁达夫可视作南来的象征性起源。"[1] 除此以外，我们还可说，黄锦树借填充郁达夫来充实并抬高自我/马华文学。

　　黄锦树的"故事新编"写作还有续写鲁迅的同名作《伤逝》的。小说从鲁迅书写的缝隙入手（前文本是涓生的独白）不仅续写了子君死前的状况——忍受闲话、缝制婴儿衣服，但最终还是凄惨死去。小说的重点在书写涓生的忏悔、自戕、消灭性欲、颓废，偶尔振作，但最终僵尸化并死掉。和鲁迅同名作相比，黄锦树添加了很多南洋风味的潮湿、欲望化与恶心佐料。相较而言，黄锦树并未真正理解鲁迅的《伤逝》，或者至少是表面的理解，鲁迅小说中涓生的伪善、自私和现代性认同的吊诡息息相关，他既有真诚坦白表明不爱的可贵真实一面，但同时却又是冷酷的，这也是强调现代性的面目之一，如何处理"虚空"和"真实"。而且，《伤逝》中的情愫似乎也并非纯粹爱情，所以周作人才会读出，"《伤逝》不是普通的恋爱小说，乃是假借了男女的死亡来哀悼兄弟恩情的断绝的"。而且"信誓旦旦"，"我有我的感觉，深信这是不大会错的。因为我以不知为不知，声明自己不懂文学，不敢插嘴来批评，但对于鲁迅作这些小说的动机，却是能够懂得"。[2] 从此角度看，黄锦树的理解过于简单化了。《新柳》也是黄锦树"故事新编"系列作品之一，新奇的更是黄的叙事技艺，让小说（前文本《聊斋志异》）中的人物鞠药如走出小说，和作者蒲松龄见面，也和好事的读者相士体验更丰富的精神阅历，甚至他也让蒲松龄批评多事的读者非要唤醒小说里的人物，这就呈现出读者、作者、主人公之间的复杂关系。耐人寻味的是，蒲松龄最后把书写权亦部分开放给主人公："老人把笔管塞进他手中，

---

〔1〕 高嘉谦，《骸骨与铭刻——论黄锦树、郁达夫与流亡诗学》，《台大文史哲学报》（台北）总第74期，2011年5月，第120页。

〔2〕 周作人，《不辩解说》（下），《知堂回想录》，石家庄：河北教育出版社，2002年，第486页。

嘱道:'以你独特的笔迹,填满剩下的所有空白。'"(《乌暗暝》,第157页)

(三)解构的限度。毋庸讳言,黄锦树凭借其犀利的文学批评、娴熟的小说技艺和凌厉的杀气让马华文坛哀鸿遍野,同时也建立起自己的声名。但需要提醒的是,解构也要有自己的限度,这不是做人厚不厚道的问题,更涉及了文学再现与文化品位的高度问题。

1. 粗俗怪诞的张力。刘小新指出,即使是黄锦树的优秀代表作《鱼骸》也有自己的问题:"可惜的是黄锦树所编的故事情节乃至叙述语言都还有些稚嫩做作,甚至有些夸饰有些投机。如《鱼骸》的怪诞、恐怖和欲望的极端变态,似乎有讨好台湾评委和消费者之嫌,用尽力气展览异国忧郁情调、荒诞故事和丑怪面以满足文化消费者的猎奇窥秘需求。"[1] 实际上,相当遗憾的是,黄锦树的这种倾向愈演愈烈,其小说也呈现出解构的暴戾之气。

他的马华文学书写系列,自然有其幽远深重的关怀,《M的失踪》中更多是对大马文坛的整体性反讽,其犀利有其合理之处,但到了《大河的水声》则走向粗俗化,文学买办居然成为女作家内裤及更个人隐私的崇拜者,而且大规模嘲讽各类马华作家,报复心理和狭隘视域减损了反讽的力度;"星马政治"系列中,嘲讽老李的专制、狡诈或有其合理之处,《猴屁股,火及危险事物》刻画马共全权代表的癫狂性和人格分裂,亦有精彩之处,但为了继续丑化此人,竟然让其诱奸母猴,达到兽交题材的呈现,的确口味过重。

某种意义上说,这是黄锦树对本土爱恨交加感伤情结的失控,恰恰是因为他缺乏对自我阴暗面的深刻反省,也缺乏对崇高德性的尊敬以及悲剧自我洗涤功能的漠视,而鲁迅即使有这样的感伤情结

---

[1] 刘小新,《论马华作家黄锦树的小说创作》,《世界华文文学论坛》2002年第1期,第41页。

却依旧可以控制自如，在汪晖看来："鲁迅小说中的感伤激情如此意味深长，却始终没有漫无节制地发展。当鲁迅表现知识者的内在矛盾时，他那自觉的使命感、对于知识者与旧秩序的悲剧性冲突的强烈冲动、对于知识者自身的脆弱和其他精神缺陷的严峻态度，使鲁迅小说的感伤性总是和崇高、悲剧性、自我批判的强烈的激情组合在一起。"[1]

2. 一次性出牌的困窘。论者指出，在黄锦树"玩忽的技术背面，有着更为'写实'的情怀。那源自于写作主体自身，无时不在面对的历史现场。那藏于结构当中的每一条线索都可以指向历史的债务或废墟"。[2] 小说《色魔》的确有其书写的主题高度，他把胶林书写从有形升华到无形，比如欲望的宣泄、强奸这样的事件发生到了众人那里因为一遍遍重复人言可畏变成了无形的众人参与的精神轮奸，胶林变成了隐喻的吃人地。但是，到了《目虱备嫁》中，似乎变成了生殖器（性病）展览，黄锦树原意也是为了有意义的政治嘲讽，但其中的暴戾之气弥漫、文字的粗俗化比比皆是，令人不堪卒读。

"重写郁达夫"系列，《死在南方》让人可以看出黄锦树小说技艺的创新能力，但到了《补遗》中其实已经开始彰显虚构的同质性，乃至重复性，而且同样不乏粗俗化策略，消费郁达夫的生殖器、大便等，再加上黄锦树本身论文和小说书写的主题共享性，让很多书写显得苦口婆心，乃至陷入了一次性消费的窘境。

对鲁迅《伤逝》的重写其实就是失败的，黄锦树不仅没有正确理解鲁迅这篇相当复杂的小说，他无法看到涓生在表面自私和忏悔之外的复杂坚守和反抗绝望，"主体对于社会历史巨大压力的认识恰

---

[1] 汪晖，《反抗绝望》，第171页。
[2] 高嘉谦，《历史与叙事：论黄锦树的寓言书写》，《马华文学与现代性》，台北：新锐文创出版社，2012年，第75页。

恰激发了他对曾获得的那个价值和信念的执着。死亡、痛苦唤起了主人公探索的决心"，[1]而且还添加了太多恶心的佐料。似乎是为了证明自己和"本土老现们"的巨大差异，如王德威所言："黄锦树企图用激烈手段教育他的前辈'离散'与'语言/叙事'的吊诡关系。他的小说大量使用后设叙述，影射典故、拆解名作、穿凿附会，令人眼花缭乱。"[2]黄锦树很喜欢文字的浓郁曲折、氛围的压抑和手法的繁复，这样一次性把牌出光，结果就是刻板化的印象形成，如写马共，同时过度消费现有的书写题材。

迄今为止，黄锦树并未呈现出他的长篇巨制，这自然有诸多原因，比如工作忙碌、学理性困扰，等等，还有主观上的自我取舍等。[3]但若从解构的限度来看，因为他更着眼于对既存事物（如马华文学传统、现实政治等）的大力解构、批判和挞伐，而无意或无力建构起相对宏大、深邃和广阔的史诗叙事，这自然不是单纯的美学问题，同时也是文化品位和建构能力问题，某种意义上说，他自视甚高的深刻偏见阻碍了他积极的长篇掌控能力。

结语：坐镇台湾、回望故土并虚构南洋的黄锦树作为小说家却有着和"本土老现们"争夺鲁迅的潜在意识和文学实践，其杂文性讽刺、介入式抒情、解构式重构都呈现出独特的效果："他一方面点出马华移民心灵空置的窘境，一方面又对具盲目'中国情结'的马华文学创作者进行尖锐与无情的鞭笞，常常以一副众人皆醉唯他独

---

[1] 汪晖，《反抗绝望》，第229页。
[2] 王德威，《坏孩子黄锦树——黄锦树的马华论述与叙述》，黄锦树，《由岛至岛》，第16页。
[3] 如黄锦树自己提及："相较于纷纷去写长篇的同代人，我没那个兴趣，也没那么大的野心。况且，很多长篇（包括一些三部曲）我认为那题材如果写成短篇，或许会更有价值些。相较于长篇，我比较喜欢书的概念，那是另一种意义上的整体。"可参黄锦树，《关于漏洞及其他（自序）》，黄锦树，《南洋人民共和国备忘录》，台北：联经出版社，2013年，第8页。

醒的姿态检视着马华文学的方方面面。"[1] 当然，黄锦树亦有自己的局限，他必须明了解构的限度，增强积极建构能力；而要超越自我也必须克服自己的偏见，即使它是深刻的，甚至可以让人淋漓尽致地肆意宣泄。

---

[1] 李晓珺，《看黄锦树小说〈鱼骸〉中"龟"之意象——反思马来西亚华人身份认同的心态转变》，《南方学院学报》2010年第6期，第107页。

陈大为：坐镇台湾诗话"南洋"

毋庸讳言，若将陈大为（1969—　）安放于在台马华文学史序列，乃至更宽泛的马华文学史上的话，他都是星光熠熠的一颗。他著述丰富，擅长诗歌和散文，著有：诗集《治洪前书》（台北：诗之华出版社，1997年）；《再鸿门》（台北：文史哲出版社，1997年）、《尽是魅影的城国》（台北：时报出版社，2001年）、《靠近罗摩衍那》（台北：九歌出版社，2005年），散文集《流动的身世》（台北：九歌出版社，1999年）、《句号后面》（台北：麦田出版社，2004年）、《火凤燎原的午后》（台北：九歌出版社，2007年）、《木部十二划》（台北：九歌出版社，2011年），同时他又栖身高校，讲授和研究亚洲华文文学，相关论著有：《存在的断层扫瞄：罗门都市诗论》（台北：万卷楼图书公司，1998年）、《亚细亚的象形诗维》（台北：万卷楼图书公司，2001年）、《亚洲中文现代诗的都市书写1980—1999》（台北：万卷楼图书公司，2001年）、《亚洲阅读：都市文学与文化》（台北：万卷楼图书公司，2004年）、《思考的圆周率：马华文学的板块与空间书写》（吉隆坡：大将出版社，2006年）、《中国当代诗史的典律生成与裂变》（台北：万卷楼图书公司，2009年）、《马华散文史纵论1957—2007》（台北：万卷楼图书公司，2009年）、《风格的炼成：亚洲华文文学论集》（台北：万卷楼图书公司，2009年）、《最年轻的麒麟——马华文学在台湾（1963—2012)》（台南：台湾文学馆，2012年）等。从这个角度看，陈大为隐隐然有其前辈诗人批评家王润华（1941—　）教授的影子。但与之不同的是，王比陈更驳杂开阔，同时研究中国古典文论、比较文学、中国现代文学名家（尤其是鲁迅、沈从文、老舍）等。

　　陈大为曾这样回顾自己的创作道路和作品主题，"从宏观角度来看，我的四部诗集——远古的神话中国（《治洪前书》）、解构的历史中国（《再鸿门》）、华人移民的南洋史诗（《尽是魅影的城国》）、马来西亚的多元种族文化与地志书写（《靠近罗摩衍那》）——是一部隐形的语言风格和主题迁移史"，[1] 不必多言，中国、南洋本土已经成为陈大为创作的核心主题。粗略考察有关陈大为的学术研究文献，大致可分为如下几个层面：（1）整体性研究，如陈慧桦《擅长叙事策略的诗人》（《华文文学》1997 年第 2 期）、黄万华《陈大为：新生代意识的诠释者》（《南都学坛》2007 年第 5 期）、辛金顺《历史旷野上的星光——论陈大为的诗》（《华文文学》1999 年第 3 期）、金进《解构精神、原乡情结和台北叙事——马华旅台作家陈大为诗文之研究》（《世界华文文学论坛》2013 年第 1 期）等；（2）分主题研究，如杨小滨《尽是魅影的历史：陈大为诗中文化他者的匮乏与绝爽》[《台湾诗学季刊》（台北）第 20 号]、张光达《论陈大为的南洋史诗与叙事策略》[《中国现代文学》（台北）总第 8 期]、李癸云《边缘？中心？——试论陈大为诗作之"中国"》（《长沙理工大学学报》2011 年第 5 期）等；（3）比较性研究，尤其是将陈大为置于台湾文学的脉络上处理。如张光达《台湾叙事诗的两种类型："抒情叙事"与"后设史观"——以八〇～九〇年代的罗智成、陈大为为例》（《中国现代文学》总第 14 期）、郑慧如《原型、叙事、经典化——以大荒、罗智成、陈大为的诗为例》（《文学与文化》2012 年第 2 期）；（4）文本细读，如徐国能《十年磨一剑：论陈大为诗作〈在南洋〉》

---

〔1〕　陈大为，《靠近罗摩衍那》，台北：九歌出版社，2005 年，第 170 页。

(《华文文学》2001年第4期)等。相较而言，上述研究可谓涉及了陈大为书写的方方面面，大多增益了我们对陈大为书写的思考和认知深度。

本文着力于考察陈大为的南洋追认及其限制，这里的追认是指身在台北却持续开拓对已经逝去的历史文化的考掘和再度确认。这方面虽有研究，但更有开拓空间。在我看来，陈大为的南洋追认可谓吊诡重重。首先，"南洋"是一个被命名的复杂历史纠结，里面密布了权力／话语。相当经典的则有李长傅著、今井启一译补，《南洋史入门》增订版（东京：日本苇牙书房，1942年）；Wang Gung Wu（王赓武），*A Short History of the Nanyang Chinese*（Singapore：Eastern University Presss，1959）；许云樵著，《南洋史》（新加坡：星洲世界书局，1961年）；冯承钧著，《中国南洋交通史》（台北：台湾商务印书馆，1975年）；等等。不难看出，从书写者到出版地都显得多元而繁复，却又吊诡地反映出南洋意义的内在暧昧甚至空洞。其次，若从现实政治的角度思考，自从1965年新加坡立国后，为强调政治、在地文化认同的合法性与充分性，"南洋"因为其内在包含的中国情结，乃至中国中心主义立场或可能的"收编"意图而显得相对落伍。同时，甚至更早时候，尤其是"二战"以后东南亚（southeast asia）概念的出现也会冲淡旧有的"南洋"概念的影响力。[1]

出生于马来西亚怡保、中学毕业后赴台留学并常居台湾的陈大为在诗歌和散文中再现南洋的确认值得探勘，因为，一方面，"南洋"自有其暧昧性，林建国甚至指出："南洋是个没有内容的名词，是个没有历史的地方，跟世界上其他地方一样平板空洞。"[2] 而另一

---

[1] 有关南洋概念的历时性梳理，可参李金生，《一个南洋，各自界说："南洋"概念的历史演变》，《亚洲文化》总第30期，2006年6月，第121页。
[2] 林建国，《为什么马华文学？》，《中外文学》第21卷第10期，1993年3月，第99页。

方面，坐镇台湾的陈大为却要重新捡拾这个被很多人不屑乃至抛弃的词汇／指称，所以其实践颇耐人寻味。当然，陈大为自身对于南洋和故乡都有自己的清晰认知："南洋是一个庞大、湮远的华人移民史，所以壮烈或迷人的章节，都跟我没有直接的关系，我顶多是个迟到的说书人。怡保却是真实的存在，是我全部家国情感的根据地，马来西亚比较是一个名词，或者较方便定位自己的国际身份。"[1] 可以反问的是，他如何填充／再现历史的南洋？他对南洋的追认有何策略？又呈现出怎样的文化政治和局限性？

一、历史的"南洋"：确认或追认

如果回到马华文学史的有关论述，"南洋"文艺的萌芽和崛起恰恰是20世纪20年代马来亚时空文坛的本土发声、呐喊，首先是一种本土色彩意味的意识觉醒，所谓南洋色彩（1927—1930），比较著名的则是曾圣提的说法："在高椰胶树之外，以血与汗铸造南洋文艺的铁塔。"（《文艺周刊》1929年1月1日）但同时有关文学创作方面却相对苍白而贫弱。[2] 相当有野心而机警的陈大为似乎有意截取了南洋指涉的历时性断面，继续书写他庞大中国性建构中的马来亚本土转换。

（一）"时空体"的填充。"时空体"（chronotope）概念是思想家巴赫金（M.M. Bakhtin，1895—1975）的创造之一，指的是"文学中已经艺术地把握了的时间关系和空间关系相互间的主要联系"，他认为文学中的艺术时空体，时间和空间关系复杂，"空间和时间的标志

---

[1] 陈大为，《岁月（自序）》，陈大为，《木部十二划》，台北：九歌出版社，2011年，第4页。
[2] 有关分析可参拙文，《本土蜕变：载道的艰难与自我的张力——析论20世纪20—40年代马华文学本土变迁轨迹》，《晋阳学刊》2006年第2期。

融合在一个被认识了的具体的整体中。时间在这里浓缩、凝聚，变成艺术上可见的东西；空间则趋向紧张，被卷入时间、情节、历史的运动之中。时间的标志要展现在空间里，而空间则要通过时间来理解和衡量。这种不同系列的交叉和不同标志的融合，正是艺术时空体的特征所在"。[1] 立足于丰富文本的深刻的形而上思考，巴赫金借此主要展开了包括古希腊罗马小说、骑士小说、拉伯雷和陀思妥耶夫斯基等作品的时空体研究，成绩斐然，对小说诗学论述和体裁诗学理论有着深刻的洞察和提升。

陈大为对南洋历史的书写自有其策略，如果说一开始的《再鸿门》里面的书写可谓偶然尝试，更多是盛大中国历史进行后设处理的惯性装置的对应物或者天平砝码衬托，而到了《尽是魅影的城国》中"我的南洋"系列时已经变成了苦心经营，颇有一种"时空体"风格，尽管巴赫金的相关理论更多是有关小说诗学，但散文和诗歌内部关于时空的复杂关系似乎也可借鉴。

《在南洋》可谓陈大为对南洋历史的一种整体性总结。陈喜欢一个题材两种文体／笔墨处理，从主题深度看，散文往往就是诗歌的丰富版或稀释版，而同名作《在南洋》却罕见的颇具张力。诗作《在南洋》（1998年10月作）着眼于南洋历史的稀薄性，"在南洋 历史饿得瘦瘦的野地方／天生长舌的话本　连半页／也写不满／树下呆坐十年／只见横撞山路的群象与猴党"（第148页），而陈大为更多是用开辟疆土、园丘，甚至是作者书写自己对历史的文字营构的信心，"不要怀疑我和我纤细的笔尖／不要挤　英雄的纳骨塔／已占去半壁书桌／我只得储备彻夜不眠的茶和饼干／别急别急　史诗的章回马上分晓／在历史饿得瘦瘦的南洋"（第152页）。

---

[1] 巴赫金著，白春仁、晓河译，《巴赫金全集》（第三卷），石家庄：河北教育出版社，1998年，第274—275页。

散文同名作（1999年5月作）则不同，陈大为却以"郑和"填充了瘦瘦的南洋："我总觉得南洋这名词，似乎在暗示汉人已开始渗透这片土地，当然最大的渗透是郑和七次南下的远航。""如此大费周章，就只为了向南洋番国，炫耀大明帝国不可望背的军威和德政……于是老师在往后的史书里，查到无数以汉语音译的南洋诸番的国名、无数次的进贡、古怪的贡品，以及一些十分蛮荒的文明评价。"（《木部十二划》，第46—47页）借此，南洋更是变成了华人的聚居地："不管是从福建、海南、广西，还是广东，总之沿海一带主动南迁的新客，或者签下卖身契的猪仔劳工，他们都不打算在此成家立室，更不打算老死在这个蛮荒的鬼地方。在时间的剪贴册里，他们有了一个新的名字——华人。"（第50页）但同时陈大为又怀疑这种历史的真切性和与今世对话的空间："其实我只到过一次马六甲，对殖民地时代的古堡印象，已经剥落得差不多。我只记得那口三宝井，和蹲在井底继续许愿的各国钱币。我弓着身体像一个俯瞰古井的巨大问号，不过它一直无法回答我的问题，并非喉咙干涩不宜对谈，而是它只关心什么时候会下一场滂沱大雨，好增添一些深邃，不必言说的寒意。"（第53页）如人所论："南洋文化并不是作为一种理想自我的形象为陈大为的抒情主体提供完美或完整的国族身份。这种国族身份恰恰由于面对了作为自我理想的文化符号而变得暧昧可疑，因为符号大他者本身的匮乏与绝爽意味着主体认同的对象实际上只能是那个符号域未能彻底安置的创伤内核。可以说，陈大为诗中对南洋和本土文化的另类书写应和了他诗中对于传统文化的解构式重述。"[1]

1. 人物节点。如果说郑和相当吊诡地变成了南洋华人的起源性

---

[1] 杨小滨，《尽是魅影的历史：陈大为诗中文化他者的匮乏与绝爽》，《台湾诗学季刊》（台北）第20号，2012年11月，第174—175页。

里程碑,那么接下来的本土化历史必须有新的节点。在散文《抽象》一文中,陈大为以一己的成长体验书写了纸上的"唐山"/文化中国性和1957年后,中国图像在遗传中的变异,也显示出现实体验的巨大差异:"一切抽象的壮丽纷纷落实,双脚踏到神州雨后的泥泞,仓促的鞋印没有因此感动了哪座古堡或帝陵,也没有因此被感动过。驿站、古道、狼烟,统统归还给文学,不再有'骑马倚斜桥,满楼红袖招'的绝美画面。神州失去想象中的内容,或者说,那些假想根本就不曾拥有?"(第42页)不必多说,不管是现实政治中国性造成的隔膜,还是文化中国的现实载体变迁(尤其是崩坏)都和大马华人的华人认同有着较大隔阂。如果继续再现和缕述本土,则必须借助新的节点,《甲必丹》则是一种新的人物选择。如果从时空体的角度思考,对吉隆坡第三任甲必丹叶亚来(1837—1885)的建构和解构恰恰很好地反映出在他身上凝聚的时空的交叠、压缩和立体化。

杨宗翰认为:"(甲必丹)意图颠覆史籍里叶亚来的神圣与英雄形象。"[1] 这当然内含在陈大为重写历史的企图中,但同时我们要看到,《甲必丹》其实亦有对叶亚来的重构,比如其上任时面对的复杂情境,"吉隆坡还是粗暴的泥泞、狂野的马/将英国的官勋扣上仿清的朝服,叶亚来/稳稳迈开官步,像一头猛虎巡弋它统治的山林"(第138页),以及其处置事务的长袖善舞,刚柔并济,最后"吉隆坡成了众生喧哗的金碗"。但陈大为始终没有放弃他的解构策略,他嘲讽历史为尊者讳的障眼法,却又指出其转捩点:"还有喋喋不休的橡皮擦,向我透露/当年他输光盘缠的狼狈嘴脸/但我岂敢写下这些?"(第141页)如人所论:"九〇年代的陈大为则代表了叙事诗书写的另一种可能,除了有意或自觉地扬弃长篇叙事诗以史实情节线性发展的书写惯例,诗人的历史叙事姿态往往采用种种文学语言

---

[1] 杨宗翰,《从神州人到马华人》,《中外文学》第29卷第4期,2000年9月,第100页。

的后设手法或对历史的解构颠覆，来达到诗人重构历史事件或超越典型刻板的人物形象的策略目的。"[1]《甲必丹》是诗人解构式建构的代表作之一。

2. 空间再现。除了叙述历史的重要节点，陈大为也注意再现历史南洋的空间语境，其代表性书写就是《会馆》和《茶楼》。《会馆》算是一题双写的作品，同质性较高，散文《会馆》更能清晰看出作者的心思，他毋宁更是借不同世代的人对会馆的情感维系来说明会馆在本土化历程中的作用，尤其是相对没落，与之密切关联的是会员们的变异，比如秘书大伯跟"我"讲几句陌生的广西话后，"我"揣摩后用广东话概括地加以回答，而会馆之于放学的学童们意义逐步淡漠："籍贯早已失去意义，'南洋'则沦为两个十五级仿宋铅字，单薄地躺在历史课本里头，除了考试会考到，没有其他价值，考完就可以忘记。至于'会馆'，无论属于哪个籍贯，都不再是大伙儿的合院，大伙儿也不再对烧猪垂涎。街尾，一群学童吱吱喳喳地走进肯德基，有些则窜进隔壁的戏院看洋片去了。会馆——很不甘心的——瘦成三行蟹行的马来文地址……"（第23—24页）

如果说《会馆》探讨的是籍贯身份的流动，《茶楼》则讲述的是饮食茶楼文化的流传、形塑、涵容与相对没落，尤其是在遭遇现代化洋快餐后。陈大为论述道："不管咖啡文化算不算是殖民文化的一部分，现代咖啡屋（coffee house）相对于传统茶楼，却象征着西方与东方热饮文化的类比，同时又暗示了时髦与老旧消费空间的较劲。"[2]《茶楼消瘦》与诗作《茶楼》都在书写茶楼作为华人存居公共

---

[1] 张光达，《台湾叙事诗的两种类型："抒情叙事"与"后设史观"——以八〇~九〇年代的罗智成、陈大为为例》，《中国现代文学》（台北）总第14期，2008年12月，第66页。

[2] 陈大为，《亚洲中文现代诗的都市书写1980—1999》，台北：万卷楼图书公司，2001年，第154页。

历史空间的重要作用，美食的抚慰胃口，华语/方言聊天的安抚乡愁，还有信息交流、亲情传递等，因此茶楼这个空间其实也是典型的时空体，和时间的高度杂糅、紧缩，因为另一个维度就是世代的变迁：从清末到孙中山，再到1957年大马独立，再到20世纪90年代，从《叻报》到《南洋商报》再到各色报章："你再耐心坐下去，在茶楼日益加深的皱纹到易开瓶当道的一九九〇年，近八十高龄的茶楼会告诉你一些难过的事情，譬如最近先后被狙击而受伤的生意，大街对面的肯德基与麦当劳各伤其一臂；又譬如茶冷的速度里有两百CC的可乐冒起，孩子们不再喜爱普洱或铁观音，也没有谁再关心粤曲，大家只知道巫启贤等十大歌星，只呼吸经欧美文化殖民的消费空气。"（第31页）如人所论："如果说《甲必丹》为19世纪末的一个大叙述，那么《茶楼》则是这个大叙述中的某个横切面，这个横切面虽然不一定有大叙述那种史诗的庞沛，可却更能折射出南洋低下阶层的实际情境。"[1]

（二）异族拼贴。陈大为指出，"我的诗很少处理多元种族社会的宗教或文化情境，这回非得尝试一下。至于高中时期等候公车的，全是金铺和布庄的休罗街，以及非常经典的大胡子印度警卫，不入诗实在太可惜了。由两列殖民地老建筑构成的休罗街，遂成为地志书写的起点。我没有史诗的企图，只想透过文化地理学和地志学的角度，轻松地记录我的家乡，留下经验中的美好事物"，甚至自喻"'系列五'可以说是现阶段诗风的完整样式，一座压轴的城池"。[2]在其《靠近罗摩衍那》一书中，陈大为的确在纸上经营出一个与异族并存的大马华人世界。

1. 混杂殖民地及其结构。《札记》一诗就是对后殖民城市（尤其

---

[1] 陈慧桦，《擅长叙事策略的诗人》，《华文文学》1997年第2期，第73页。
[2] 陈大为，《靠近罗摩衍那》，第168—169页。

是怡保）的一瞥式状摹，混杂性一目了然："喊住我童年和少年的粤语之城／华人是饕餮／马来人是公文／印度人刚考据成史诗里的湿婆神。"（第125页）《水滴石穿》却在"批评"而又形构怡保："最后是：诗／语言荒废的兰若寺／闹鬼／满山乱跑着茅山术和石碑／真的很糟糕，土地公说／要不，把地名涂掉／就没人／知道你在诋毁怡保。"（第128页）《防晒指数》主要是写在怡保等公交车时候的感受，除了关涉热带自然特征外，同样关联异族，"在休罗街／我苦苦等候退休的公车／载回：粗话　马来仔／虱子跳接了青春／蕨类们谈到／两株乔木下辈子的际遇／再度让我想起：非洲和防晒指数。"（第131页）

《唤醒它的旧识》中书写一条街道——铁船路，却又在回忆中再现多元种族并存，"它跟岁月一块儿肿胀不断肿胀／进不了诗的船坞／沦为一条供后人猜臆的陈年／小路　印度人铺上牛屎／马来人盖了两间高脚屋／铁船　找不到三十万华人／交谈的词库"（第138—139页）；《层出不穷》即使是书写怡保美食，也同样是多元文化混杂的，或者我们毋宁说，文化混杂首先体现在饮食上："于是吃成了风景也成了毒瘾／层次分明的马来人咖喱／味蕾幼稚园的简单习题／我们喝一种可乐／说三种语文／吃千种菜色／磨炼寓言里斗胆吞象的／蟒舌。"（第142—143页）《穿插大量铜乐》则是书写九皇爷诞中"神"的民间存在与游历，诉说也肯定民间信仰的巨大影响力。

2. 印族切入。相当丰富和繁杂的还有陈大为对大马印度人的书写。《下午休罗街》中既有对锡克族职业传统的描述，"帝国瘦长的篇幅／放心交给　锡克族的大胡子警卫／守住金铺　布庄"，又有对彼时热带炽热天气的回应，"老榕树／还原二十年前的摊子／卖cendol的印度汉子还不满三十／我狠狠喝它几碗／才对得起　下午的35℃"（第133—134页）。相当经典的则是同名作《靠近罗摩衍那》一诗，主要书写印度人的屠妖节，"越来越靠近罗摩衍那／越来越靠近神祇／越来越靠近生死和妖孽／很难想象整个上午整个下午／被神围剿／被针袭击／山城休克在印度教的额头"（第148页），同样诗人也介入对他们的观感和体验，"我无比敬畏／他们那一发千年不洗的椰油／（谁想在节庆的公车持续昏厥？）／（快举手）／从气管到支气管／钻进一头绝对神圣的白象／一头厚厚椰油的黑发／原来我才是备屠的妖孽"（第150—151页）。这段描述呈现出文化的表演性和文本故事之间的复杂张力，诗人对于屠妖文化的尊敬和反转颇有匠心。《即使变成小数点》却是书写怡保文东新村的印度人，书写他们驳杂的文化、广阔的包容心以及本土化之后的适应与落地生根："我已将类似'吉灵鬼'的贬称／撤出　粤语毒辣的射程／是的　我多次被他们的／善良　击退／被梵文的博大和精深／／他们毫不排斥　被倾颓的成见除开／即使变成小数点／即使变成政客演讲稿的一页／找不找零　都没关系／看来恒河沙数　就这么回事／不合理的想法　成了哲学／错手烫金的扉页。"（第154—155页）此诗相当罕见地呈现出诗人对于异族文化客观而又亲近性的描述，超越了种族的歧视和偏见。

有论者指出："在讨论陈大为的'南洋诗'时，很重要的一环就是书写（文本性）与历史／文学的关系，前者是诗人如何把听来的或读来的南洋／历史／故事转而以专业的诗语言来表现出来，后者以叙事策略与对抗记忆的方式把那些长久以来在官方版本的话语中被消音、被边缘化的族群，借一书写行动来试图回复／再现历史文化记忆的可贵和苦心。"[1] 除了书写大马印度人以外，陈大为也关注马来人及其文化。《方圆五里的听觉》书写怡保的伊斯兰，他们的定时诵经、教堂，以及对饮食和生活空间的诸多渗透，比如在夜市里，

---

[1] 张光达，《论陈大为的南洋史诗与叙事策略》，《中国现代文学》总第8期，2005年12月，第185页。

"嗅觉在香料中／倾巢而出　成为激进分子／接着回想　豆蔻引发的几场战争／看街景　搭配古兰经书法",但同样,诗人也提出各自的角色划分并加以质疑:"我们浑浑噩噩不知死活／跟驴子一块／在经文里穿梭／三种肤色　被课本／广告成三合一咖啡　但谁是咖啡／谁是奶精　谁是守寡的糖?"(第160页)可谓反问有力。

二、自我与家族:再现与神话

徐国能指出:"故《在南洋》一诗,可谓作者对'南洋'的回顾与前瞻,由大历史分裂出的小自我,又由小自我延续与照亮大历史的暗沉,此诗允为陈大为十年以来,将南洋作为背景的创作中,眼光最宏大,企图最强烈的作品。"[1] 其实不只是《在南洋》,陈大为的南洋书写策略,以小见大、野心庞大而繁复。而在内容指向上,他的擅长之一就是指向自我、家族以及故乡怡保的人／事。

(一)自我梳理与家族谱系。无论是在《我的南洋》,还是有关南洋铺叙的散文中,自我和家族隐隐然有一种不可切割的映衬关联。毫无疑问,这也是陈大为最为擅长和集中的书写题材之一。

1.自我梳理。《我出没的籍贯》中小处看是书写自己的被动的籍贯,但从大处看,"我"却是华人"移民史的大章节"中的一个小点,"当年爷爷就坐那艘叫白鲸的洋船／季风的盐分有七斤十三两／诸如此类／整数一样的答案／我必须学会／用'甲天下'来修饰我出没的籍贯／讲粤语　道出超重的江山"(第159页),自己的籍贯、方言和文化历史负重合而为一。《别让海螺吹瘦》却是借海螺意象书写自我／家族的发展史,丰富的广西文化／历史,动乱的历史断裂

---

[1] 徐国能,《十年磨一剑:论陈大为诗作〈在南洋〉》,《华文文学》2001年第4期,第28页。

让人逃往南方,甚至是婆罗洲大开发,然后先祖们以卖猪仔的方式到达。《八月,最后一天》其实是书写大马独立当日及以后的家族发展,变成大马华人,"一九五七／冒出两个祖国两位国父　在拉锯／车链的噪音吃掉一座／马来语的村庄　一座华语的城邦／父亲浑然不觉地踏过／一条黄泥铺的国族小径／他的神州确实远去／杂草丛生／麒麟与鼠鹿　蹲在家门两侧"(第186页),然后就是1969年"五一三"事件的伤痕与禁忌,也书写自己的出生和身份选择,"不知是命　是列祖在天之灵／父亲定居在一九六九年的怡保／别称小桂林的城镇／九月　母亲在此使劲睁开／我张望世界的双眼／学校替我选定一个祖国／一个国父　三大种族"(第188页)。《简写的陈大为》其实是通过简写与繁体自我姓名的差异来升华为批评简写文化的弊端,而崇尚繁体文化,"崇尚简写的华社需要一部／繁体的文化大辞典／精准的文字学／把叶还原成葉　把儒家／研读成十三经不必标点的铿锵文言",同时也借此彰显自己的野心,"从辞海　我结识一匹／无从简写的麒麟／跨越文言与白话　都市和城池／用先秦散文和后现代诗／来填饱我的圣兽／我保证／不会让南洋久等"(第193—194页)。

而在散文书写中,陈大为亦不断借树立自我再现一己的南洋,《从鬼》中提及自己小学中学的经历——"字典王","我的生活被词典的战争钻成一支牛角,很尖很尖。"(第79页)《大侠》一文则书写自己年幼时的志愿,当大侠,书写自己的经历、阅读体验与不堪实践,而后拓展到家族逸事,读来别有趣味。

2. 家族谱系。如前所述,陈大为对自我的梳理关联了家族谱系。黄锦树曾经批评陈大为早期的创作,在《治洪前书》之外其余诸诗"没有一丝'痛'的感觉。不痛,则难深。"[1]陈大为的家族书写略有

---

[1] 黄锦树,《马华文学与中国性》(增订版),台北:麦田出版社,2012年,第332页。

反拨，我们不妨来看看其有关书写。

相当常见的是他对亲人们的温情脉脉的书写。《在隔壁》一诗，既关怀自己的童年，"难道只有五十克吗／灵魂的净重／连记忆／都得细心挑选／我很想称称其中有没有／三两克／属于我童年的"，但也眷恋逝去的外公和自己的内在关联，"外公就带走／这仅仅一团鹅毛的净重吗／隔着厚厚一道／八年的墙壁／听见 我的小名／被喊得十分隐约"（第43—44页）。《继续打听》中书写的外婆是对"我"有求必应、无比宠爱的人，"她真的不知道／该说我／是宠而不坏的上帝／或者恶魔"（第46页），但陈大为喜欢反弹琵琶，借自己的任性来赞叹外婆。《陈门堂上》一诗则书写陈氏野史，但却有种虚无的意味在其中，"这样可以吗 我问父亲／搁在桌上的老花眼镜／族谱假假的 反弹了四行／列祖和他们的列宗／都不说话／静静喝茶"（第54页）。《认命》则写自己和弟弟的友谊，哥哥不带恶意地欺负小弟的游戏。《岁在己巳》书写爷爷（家族）的历史，其中既有祖宗的教诲，"我小立在无从思索的平原／列祖大声喊我 在史料雄浑的雪线／指着我腹稿的低海拔／说笨 说史诗需要一两个／逼真的角色／串联大事 驾驭驷马难追的神思"（第169—170页），又有对自己书写的反思性描述，"大处参考学者的报告／小处揣摩成一根情感的毫雕／为那挑剔的读者／我另外准备了两头鹿部的兽／牵动史诗 虚实参半的齿轮"（第171页）。《整个夏季，在河滨》继续书写爷爷如何从其故乡广西下南洋，其中更环绕着后设装置："史料消化了我整个夏季／在中坜 某个河滨／我开启南洋书写之大门 安排角色／设计情节／譬如该怎样在史诗里勾勒爷爷／怎样省略其余的亲戚／绕着史籍 我边散步／边推算他何时融入殖民地的风俗／学马来语 看皮影戏／任凭巫师把咒语／装扮成云／谣言翻过外耳便传出巫术的謦音。"（第174—175页）《在诗的前线行走》却是把南洋的古代及近代大历史、殖民史和爷爷下南洋的私史结合起来进行:"每一步／爷爷都踏到殖民史的野故事／沿途的窗户　虚掩着深邃的阅读。"(第180页)《接下了掌纹》则书写爷爷到达马来亚,要娶妻生子,落地生根,也创造了家族的南洋史,而且陈大为此处还借用彼时家族历史的可能中国大陆版加以比照:"遥想那年麒麟掉头／爷爷一定很想跟它走／要不是鼠鹿　硬接下犹豫的掌纹／父亲便成了黑五类／我成了红卫兵／在长夜中等待姗姗来迟的新时期。"(第184页)

在散文中,陈大为同样书写家族的谱系及深沉之爱。《垂立如小树无风》书写佛教对失去年幼女儿的母亲的抚慰,使其度过坎坷与挫折,并使母爱与佛的大爱合而为一,也庇护着家庭和孩子:"隔天早上,妈妈在我家的小佛堂念经,菩萨全醒了,缕缕檀香像龙一样盘踞天花板。我远远站在走廊的尽头,不敢扰乱经的频率,仅如无风的小树静静垂立。"(第97页)《句号后面》书写慈祥而可亲的外婆,那无私而广博的爱,也抒发作者对已逝者的怀念:"不过外婆说错了一点,句号后面的东西其实比前面更多,多了随着年龄倍增的怀念。"(第107页)《将军》则是把作者喜欢的"沙漠之狐"隆美尔(Erwin Johannes Eugen Rommel,1891—1944)元帅落实到现实中的外公身上,把外公如何弃戎从商,从中国到南洋闯荡的经历一一道来,外公其实也是另类意义上的将军,从商后也热心教育事业,造福华社。《蝉退》中通过书写自己的蝉一样的蜕变——可以实现从文的理想,其实是说明这和父亲超越功利、坚韧、知文般的支持息息相关。《左右》则书写自己的两个活宝般的兄弟以及温馨可爱的兄弟之情;《家有女巫一只》活灵活现书写女友、妻子——钟怡雯,虽难免溢美,但的确妙趣横生、美不胜收。

(二)具化南洋:怡保和其他。普列德(Allan Pred)说:"'地方感'概念的形成,须经由人的居住,以及某地经常性活动的涉入;经由亲密性及记忆的积累过程;经由意象、观念及符号等意义的给予;经由充满意义的'真实的'经验或动人事件,以及个体或小区的认同感、安全感及关怀(concern)的建立,才有可能由空间转型为'地方'。"[1]"地方感"的形成固然包括了自我及家族谱系,但同样亦该包含了地方风情、人物和事件。陈大为恰恰是以怡保为中心空间再现,乃至结合神鬼的传说神化了南洋。

毋庸讳言,之前的诗作《会馆》《茶楼》无疑已是书写怡保这个场域的精彩创制,《暴雨将至》却是对拿律小镇的书写,锡矿、橡胶园,而年份则聚焦1901年,同时也呈现出诗人介入式的书写策略,"此刻我需要几只鼠鹿　当伏笔／跳接我的叙述／准备潜入暴雨柔软的腹部"(第167页)。当然,他也会触及个体怀旧的空间,比如《老屋问候》书写奶奶的已经废弃的胶林老屋,写得清新可人:"老屋附近的空气很寂寞／好久了好久没有生人呼吸过／野草和小禽住了进来／不知有没有问过奶奶?"(《再鸿门》,第113页)

相当引人注目的则是陈大为在散文诗歌中对叙述人的挖掘,其中具有丰富的内涵,一方面,他们是叙事推进者,另一方面他们又是南洋的构成部分。《瘦鲸的鬼们》则是书写善于"说书"、颇具带入感的秀琼的故事,"肥婆瘦鲸"是小社区的中心"Kopi茶铺"坐镇的叙述人,"心情好的话就喊一声'咖喱鸡丝河粉加两粒鱼丸三片猪皮多撒一点葱不要太辣',抑扬顿挫,一气呵成,充分表现出说书人的天赋。即使心情欠佳,光是一句'照旧',也能够重击耳膜,余音绕梁。总有许多三姑六婆跑来跟肥婆瘦鲸搭桌吃面,较劲,聊天"(第163页)。她好吃,却是当地泼妇斗嘴一死一中风事件的"目击者",而鬼故事的讲述和见鬼的现实却在杂货店老板的儿子身上发

---

[1] Allan Pred 著,许坤荣译,《结构历程和地方——地方感和感觉结构的形成过程》,夏铸九、王志弘编译,《空间的文化形式与社会理论读本》,台北:明文书局,1993年,第86页。

生,她也是目击者,最后她吃鱼丸时意外梗死。如人所论:"陈大为的'说书人'并不完全相同于传统,他不仅'说'书,更重要的是要'写'书,不仅在传述别人,同时亦在完成与保留自己与一代南洋的生命经历,让'历史饿得瘦瘦的野地方'文明、丰腴起来。"[1]

《急急如律令》中,作者书写的不仅仅是对少年的"我"喜欢听鬼故事的满足经历,如从听外婆讲故事,到"丽的呼声"中李大傻讲古,再到肥婆秀琼,都和臆想世界有着各种关联,同样他也讲述了被逼借重童子尿未遂的经历,还花费不少笔墨书写了家族中大舅公擅长茅山道术但因为除恶未尽反被妖孽报复的故事:"虽然我无缘目睹他'急急如律令'的降魔英姿,所有的描述都是七分听说加上三分想象。但'眉舅公'的出现,却完美地弥补了我的异想世界;一场天方夜谭似的道术大梦,得以画下不可思议的句点。"(第158—159页)值得关注的作品还有《青色铜锈》,在书写大侠的故事时,他将笔触聚焦在南洋某村落的习武青年"阿虎"身上。他闻鸡起舞,在1941年12月18日日军侵略此地时挺身而出,他以马来人用的"巴冷刀"一刀七杀,灭掉了一个小组的"蝗军",而后不知所终。而在此叙事散文中,外公和我都是阿虎故事的叙述人:"咱们村子史上唯一的大侠,透过外公的叙述,永远定格在一九四一年十二月,在村长李全丁的大宅庭院,一人一刀,把深夜来犯的七个日本'蝗军'一举干掉,五颗头颅,两声惨叫,前后十三秒。不断重播的十三秒,在我脑海里留下清晰的残影,和青色的铜锈。"(第184页)这的确显示出陈大为对乡土、南洋的丰富填充,如人所论:"虽然这个'乡土',经过诗人的想象粉刷后,带着一点虚构和乌托邦的色彩,但在抽离具体的时空后,这类乡土,自有它隐喻的世界,并在诗中,形

---

[1] 徐国能,《十年磨一剑:论陈大为诗作〈在南洋〉》,《华文文学》2001年第4期,第27页。

成多方的指涉。此外，也可从这些诗的创作中，窥探出陈大为一步步跨向以结合历史和乡土为创作的新场域。这亦揭示着他对自我生命的另一种关怀。"[1]

三、追认的政治：谁的南洋？

有论者指出："有趣的是，这两种书写方式会同时呈现于《再鸿门》的南洋史诗之中，一方面陈大为以空间概念，客观地描述南洋史志，另一方面却将自己视为在地，几近着魔地书写自身回忆里的南洋。"[2] 某种意义上说，不只是《再鸿门》，而是陈大为的南洋书写都有类似的文化特征，我称之为"追认的政治"。毋庸讳言，陈的南洋书写有其成功的一面，甚至是演化出一种边缘的哲学，也即从《再鸿门》到《尽是魅影的城国》有一个日益自信、技巧娴熟的过程，如罗智成所言，这"是比早先作品中那些为了戏剧化地对比出现代作者与旧题材所使用的技巧（如错置型意象、拟人化、词性置换等）更走上前一步的，创作观点上的异化。在这个阶段中，陈大为重新回到一个纯粹的、'本质上边缘'的创作主题。至此，他完成了一次'边缘'的循环，他不再需要'边缘'的主题，透过诗创作的本质，任何对象都可以是'边缘'，或'中心'。任何对象都可以产生书写、想象与感动的能源"。[3] 但同时，他的南洋书写却也有限制和吊诡。

（一）台湾视角：异域南洋？需要指出的是，"南洋"的称谓即

---

[1] 辛金顺，《历史旷野上的星光——论陈大为的诗》，《华文文学》1999年第3期，第27页。
[2] 丁威仁，《互文、空间与后设》，《中国现代文学》总第14期，2008年12月，第52页。
[3] 罗智成，《序：在"边缘"开采创作的锡矿》，陈大为，《尽是魅影的城国》，台北：时报出版社，2001年，第14页。

使在大马本土也不乏争议,一则是出于政治正确性,二则是其相对陈旧而又可能渗入了过浓的中国性或异域色彩,如大马本土诗人吕育陶(1969—)指出,"我们可不可以写些比较现实的马华的东西,来作为一种身份的定位","我们来来去去只能写马共或是一些陈旧的南洋"。[1] 某种意义上说,陈大为的南洋史诗或题材选择需要较大勇气,无疑其中既有契机,旧瓶装新酒、基础牢靠,但又有陷阱,添加的新质却又可能成为被误读的旧货,同时,书写者为了讨好心目中的理想读者却也可能把南洋奇幻、异域化。

毫无疑问,台湾视角已经成为坐镇台湾的陈大为书写的立场、出发点,某种意义上说也是归宿,比如读者考量等,如人所论:"'台北'(台湾)既然是陈大为协商身份的地点,其意义也可能不止于上述的地理位置,因为这是诗人现实生活与书写地点的'中心'。尽管'中国'和'南洋'可以在诗中形神分离,诗人可以占尽'边缘'位置的书写便利性,但是,陈大为至今所累积的诗歌成就应无意也无法边缘化了,他已然成为台湾与马来西亚文艺界的重要作家,朝向文学史的'中心'迈进。"[2]

台湾视角让陈大为有其犀利性和杀伤力,如前所述,他对历史南洋的再现与追认。通过自我、家族和地方性时空来呈现南洋意象和事件,都有其成功之处,但台湾视角却又是一把双刃剑,它同样也异域化了南洋,使之成为一种被观看/凝视(gaze)的对象,马华新生代诗人兼学者许维贤(1973—)曾批判陈大为的南洋书写并未触及南洋的历史主体,诗人只是以"观看"的方式,恣意浏览、

---

[1] 引自许通元等整理,《旅台与本土作家跨世纪座谈会会议纪要》,《星洲日报》副刊《新新时代》1999年10月24日。
[2] 李癸云,《边缘?中心?——试论陈大为诗作之"中国"》,《长沙理工大学学报》2011年第5期,第54页。

调整南洋历史，造成"南洋书写"的异化。[1]

《在台北》一诗可谓是其南洋史诗的结束语，又是其底牌。这个总结其实更是对其立场的确认，"在半岛　众声浮躁如交配的雄蛙／不是有山猪闯进副刊／以诗为剑　我十步杀一人／吨重的叙述在史实里　轻轻翻身／斗胆删去／众人对英雄的迷信／在台北　我注册了南洋"（第197页），这个立场既高傲自负，又呈现出对马华本土的焦虑感。陈大为始终无法摆脱一种南洋书写的暧昧，身在台北的他却要吊诡地想确立起南洋书写的本土位次，问题在于，其南洋书写却又是异域化的台北主体观照的产物。散文《降》原本是用来除魅的书写，也即要尽量去除台湾友人或读者对马来西亚的误读或异域想象，但作者的书写却又很吊诡地在部分去除的基础上添加了新的魅感，比如"在我们贫瘠的想象里，枯瘦如猴的印尼巫师打开了百宝箱，拿出吃饭的家伙，用咒语和线绳，把同时被表舅遗弃的指甲和村长女儿的姻缘纠缠在一块儿，千里变成千厘，伟大的爱情将即时生效。表舅在家里越来越坐不住"（《火凤燎原的午后》，第166页）。

毋庸讳言，陈大为深知"南洋"意义关联的历史阶段性，但他却又无力呈现南洋历史的繁复性，加上诗歌体裁的内容限制，其南洋史诗更多是主体判断下的历史截取，一如幻灯片，既难深刻，又不连贯。整体而言，他的成功之处恰恰是以小见大，书写乡土风情或怀旧感伤、状摹自我或家族历史现状，而失败之处往往在于对大历史的重写，无论是书写殖民者，还是异族拼贴，都难免有"东方主义"的痕迹，尽管对待异族的态度有其独特性，但对历史的反思推进方面相对薄弱。

---

[1] 许维贤，《在寻觅中的失踪的（马来西亚）人》，吴耀宗编，《当代文学与人文生态》，台北：万卷楼图书公司，2003年，第267页。

某种意义上说，陈大为的南洋书写对抗的是20世纪20年代以来的马来亚华文文学的本土传统，他以为自己拥有台湾视角和先进武器，可以塑造出崭新的南洋，从某种程度上说，他是成功的，至少他书写出在台马华文学史上的南洋史诗；但他又是失败的，他其实更是以异域化的眼光再现南洋，鬼魅大概是他新添加的主题之一，但本土的南洋风情书写，甚至和同辈本土大马作家相比，如黎紫书、李天葆等亦并无独特之处。

（二）语汇的南洋。或许陈大为再现南洋之前就该料到他书写的尴尬和陷阱，即南洋历史自身记载的相对薄弱（华人史也是如此），他自然有他的自信，其诗歌创作／后现代技巧与装置，这是他傲视大马华文文学历史传统的本钱，但这更是时代馈赠，并非他创造。

陈大为并非一个深刻的反思者和创造者，其文学论述和创作的重复度、同质度相对较高（尤其是他和妻子钟怡雯的书写题材、观点、论述也不乏资源共享），文学论述更多以宏大叙述的风格进行"诗人批评家"（poet-critic）[1]风格的文学现象描述，而缺乏清晰深刻的问题意识（吊诡的是，这是他经常批评某些大陆学者的缺点，不同之处在于那些大陆学者的资料工作亦有缺陷），除了有关亚洲范围内华文新诗的论述相对专业以外，其他不少论述往往显得相对肤浅、粗糙，甚至是有关在台马华文学的论述，也因为对于文体的判断问题、文学史观念错乱和篇幅设置等而受到在台马华文学批评家黄锦树的炮轰。[2]

---

[1] 他往往只评论影响过自己的作家与作品，只评论自己有兴趣又努力去创作的作品，因此被称为创作室批评，往往深刻，但也难免片面，具体可参王润华，《从艾略特"诗人批评家"看沈从文的文学批评》，《汉学研究》（台北）第12卷第2期，1994年6月，第317—332页。

[2] 具体可参黄锦树，《这只斑马——评陈大为〈最年轻的麒麟——马华文学在台湾（1963—2012）〉》，《台湾文学通讯》（台南）总第38期，2013年3月，第80—82页。

他所使用的后设装置往往也是解构性居多,同时,如果诗人的意气压倒了技巧装置的结构平衡的话,诗作也就变成了宣泄或游戏。相较而言,他书写中国的组诗更显大气繁复,那是因为大陆文化中国性的繁复、多元与积淀丰厚,比如其屈原书写自有其独特性:"屈原作为我们文化他者中极为崇高的宏大能指,一方面呈现出空洞的、虚构的面貌,一方面也呈现出某种威胁、可怖——这个后者自然本来就是'崇高'(sublime)美学的一个面向。而这种美学上的'崇高',恰好也体现了心理上的'绝爽'(jouissance):二者都标志着快感(pleasure)与痛感(pain)的奇妙混合。"[1]但是,如果过分迷信技巧和文字魔力,而罔顾情感的真切性和感染力,所谓精致和机巧也是苍白的,如人所论:"虽然叙述在史实里轻轻翻身,古今时空的技巧错置而似乎颠覆了固结的依样画葫芦,但是那逼肖的声闻依然是捏粉做团的魔术,曹操这原型人物的既定样子不但没改变,而且更精神全出。定睛一看,'曹操就来了'无非游戏式的写法,和诗中真实的情境无涉,也唤不起读者深刻的感动。"[2]

南洋作为历史名词,既有其可填充空间,又相对浮浅,这既给陈大为以重写空间,又限制了其后设/解构能力的发挥,从此意义上说,其南洋书写的过度技术化、肤浅化似乎一开始就可能是命定的。黄万华指出,陈大为早期诗作的语言功力主要在技巧上,"但这种撒播较多关注了语言在诗的表达中的工具性、技术性,有时就免不了沉重,而他晚近的诗作已有举重若轻之感,汉语字里行间的变化对陈大为成了心灵的享受,苦心的经营也由此变得轻松"。[3]但

---

[1] 杨小滨,《尽是魅影的历史:陈大为诗中文化他者的匮乏与绝爽》,《台湾诗学季刊》第20号,2012年11月,第164页。
[2] 郑慧如,《原型、叙事、经典化——以大荒、罗智成、陈大为的诗为例》,《文学与文化》2012年第2期,第88页。
[3] 黄万华,《陈大为:新生代意识的诠释者》,《南都学坛》2007年第5期,第55—56页。

坦白说，技巧的娴熟并未遮蔽诗歌厚度的缺乏，不必多说，如何提高诗作的哲理性，如何更深入挖掘南洋的民间历史、口述历史、重大历史的更多可能性，都是陈大为想更上一层楼所必须修炼的双驾马车。

结语：陈大为的南洋书写体现出一种追认的政治，他自有其卓有成效之处，如以"时空体"、异族介入填充瘦瘦的历史南洋，或者从自我、家族谱系、原乡场域等策略加以再现，强化甚至神化南洋都相当成功，但同时其也有追认的局限，比如台湾视角下的异域化色彩，过于强调技巧而导致主题和思考的相对肤浅，这都让作者依旧存有努力提升的空间，如陈慧桦教授所言："陈大为中长篇诗章所展现的叙事倾向以及对历史的嗜好已成为他的招牌了，这当然是一条值得一辈子以赴的大道，但我也企盼他同时多样化题材、视野与思维，以期开拓更大的疆域。"[1]

---

[1] 陈慧桦，《擅长叙事策略的诗人》，陈大为，《再鸿门》，台北：文史哲出版社，1997年，第XI页。

欧大旭：马华英语作家中的佼佼者

作为一个英文文学书写者，欧大旭（Tash AW，1971—　）是21世纪以来马来西亚华人作家中的强势崛起者。迄今为止，他出版了三部长篇，《和谐丝庄》（*The Harmony Silk Factory*[1]，Riverhead Books，2005），《没有地图的世界》（*Map of the Invisible World*[2]，Spiegel & Grau，2009），《五星富豪》（*Five Star Billionaire*，Fourth Estate，2013）。作为一个颇具野心又苦心孤诣的作家，欧大旭也为自己赢得了不少荣誉，比如《和谐丝庄》在2005年入围过英国布克奖（现在称为曼布克奖"Man Booker Prize"），2006年获得惠特布列首部小说奖（Whitbread First Novel Award）。但更值得关注的是，他的书写亦给马来西亚华人文学带来了新质和冲击性，虽无力改变华人文学在大马的族群文学[3]而非国家文学地位，但他对大家耳熟能详的议题开掘和长篇虚构技艺都有提升之处，值得读者仔细探勘。

浏览有关欧大旭创作的研究，大致可分为两个层面：一是相对

---

[1] 此书中文译本有二：王丽艳译，《丝之谜》，海口：南海出版公司，2008年；王丽艳译，台北：时周文化出版社，2009年，本文引用以第二个版本为准。

[2] 中译本赖肇欣译，《没有地图的世界》，台北：联经出版社，2012年。

[3] 马来西亚国家文学因受国家体制及民族主义限制，只承认马来语创作，其他语言创作只能属于族群文学。可参庄华兴主编，《国家文学：宰制与回应》，吉隆坡：大将出版社，2006年。

宏观的整体性研究，如李有成教授有关前两部书的中译本导言，《欧大旭与其〈和谐丝庄〉》《冷战岁月——欧大旭与其〈没有地图的世界〉》，曾佩玲的硕士论文《论当代马英文学的反霸权与反国族建构书写策略》（浙江大学，2010年），等等；第二是结合具体作品展开的主题性研究，而尤其以其《和谐丝庄》为中心的居多，如王丽艳《后殖民主义视野下的〈和谐丝庄〉》（《沈阳大学学报》2011年第1期）、潘碧华等人的《〈丝之谜〉的人性主题与历史记忆》（《外国文学研究》2010年第6期）、张燕《论〈丝之谜〉的文化身份认同》（《湖北社会科学》2012年第11期）、Hiu Wai Wong（王晓慧）"Home, Friendship, Flowers：Reading Tash Aw's *The Harmony Silk Factory* within the Context of Globalization"[《国际文化研究》（台湾新北）第8卷第2期，2012年12月] 主要从全球化的视角进行研究，等等。这些研究自然有其精彩之处，亦增益我们对欧大旭的认知，但恰恰是由于欧的繁复与优异，有些核心论题仍有可持续探究之处，如其"大马"认同建构。[1]

毋庸讳言，这是欧大旭自始至终一直纠缠的核心命题之一，他自己也三番五次谈到这一点，他在英国生活了十几年，但记忆最深刻的仍然是"马来西亚乡村那些傻乎乎的、有点莫名其妙的事情"。[2] 甚至他的第三部作品《五星富豪》"同样谈到'身份认同'的问题，只是这一次主角们的身份是'流动的'，在不同的地方会有不同的身份，甚至'没有身份'也可能是一种身份"。[3]

---

[1] 大马是一般对马来西亚的简称，但这里的大马也包括马来亚时期。特此说明。
[2] 欧大旭著，王丽艳译，《丝之谜》，海口：南海出版公司，2008年，第206页。
[3] 这是欧大旭在2012年2月2日《没有地图的世界》台北新书发布会上的有关讨论发言，有新闻报道《书展大会贵宾 创作分享 华裔作家欧大旭 台北书展谈创作中的身份认同》，可参网址 http://www.tibe.org.tw/new/index.php?lan=ch&fun=1&subfun=5&id=437。

某种意义上说，我们可以称欧大旭的创作为"认同三部曲"：第一部是集中讨论大马20世纪30—50年代的历史，第二部则是讨论印尼20世纪60年代的"革命"历史，兼及与大马的关系发展，第三部却是借中国语境（尤其是上海，2009年他作为上海作家协会"上海写作计划"的一员在沪居住三个月，这段经历促使他完成了《五星富豪》）探讨认同问题。虽然和大马的书写距离可谓渐行渐远，但欧大旭的探讨野心却历历可见。尤其值得一提的是，欧大旭在这种认同确认中存有一种复杂、吊诡的路线：去殖民的坚决，确认认同的展示和游移，认同建构的"进行中"哲学思辨，等等，值得我们认真反思。

一、反殖民／去殖民的大历史维度

毫不意外，欧大旭在创作中呈现出相当清晰而坚定的反殖民／去殖民倾向，而他的别出心裁之处是可以将大历史安放到几个关键人物的复杂纠葛中，既让大历史维度的整合性、日常性历历可见，同时又确立了批判与消解的靶子。

（一）重构大马大历史。熟悉南洋历史的人都知道，大马大历史的重大事件主要包括英殖民、马共、日军侵略、大马独立等，欧大旭对此基本上都有所涉及或重新叙述，而且，往往也都有自己相对独特或暧昧的立场判断和刻意建构。

1. 英殖民。如人所论，殖民者对于被殖民者的统治和渗透可谓是方方面面的："这些强权加诸各民族的统治并不止于烙上政治的烙印。长期以来，它们通过各种方式与手段，或者干脆完全诉诸武力，把真真假假的优越迷思强加于整个文化体系，不仅深入生活与统治方式，而且代代相传，及于语文、艺术、宗教与哲学等精神层面，以及行政与司法的制度层面。"[1]

首先是最常见的经济殖民。如《和谐丝庄》中近打河流域的英国人机械化的锡矿开采，同样也包含了种族歧视：华人林强尼负责修理出故障的挖掘机，需要更换新零件，英国工头们说："'这只猴子到底在做什么？'一号先生问。'我说过不能让中国佬随便动挖掘机。'二号先生说。"（第42页）而英殖民者对殖民地马来亚并无真正的认同感，日军侵略大马大兵长驱直入时，他们选择抛弃殖民地狼狈逃窜，如吉罗德对彼得说："我们正在搜寻离散的人，要把大家都带去吉隆坡。我们计划去新加坡，那里有船开往英国老家。我们先去拿你的东西。别带太多，带最紧要的就行了。要快。"（第376页）

其次就是文化/品位的殖民。彼得第一次在新加坡碰到林强尼的时候说："你一定是新加坡唯一一个读雪莱诗歌的人。"（第260页）调侃之余不乏蔑视。而彼得在殖民地多年，却丝毫不懂中文，他辩解道："读者也许要说，过了这么多年，我应该对中文有所了解了。但我不了解，一点也不。我一直都憎恶这种语言，觉得它太锋利。而且，大家都说英语，或者是某种形式的英语，我觉得学中文也有点多余。"（第251页）殖民者的文化傲慢显而易见。而宋狄克家族的文化中心/潮流之一同样是西洋文化，从穿着文化上看，本地为人所喜爱的蜡染布无论是在宋狄克那里，还是其太太那里，甚至是布店老板陈虎眼中，都是下等货品。

除此以外，还包括他们的热爱享受、喜欢旅游和探险，亦有一种可能消费本土女子的倾向。雪儿姑娘作为近打河流域最漂亮的女人，最终还是为英国人彼得所染指，当然其中不乏暧昧的爱（彼得

---

[1] [美]哈罗德·伊罗生（Harold R. Isaacs, 1910—1986）著，邓伯宸译，《群氓之族：群体认同与政治变迁》，桂林：广西师范大学出版社，2008年，第21页。

在海难时曾经救过雪儿,第338页)与强尼的嘱托。

2. 马共[1]。欧大旭笔下的马共书写有其独特的一面,也即比较人性化和多元化。比如,他写到了马共反抗英殖民者的决绝(虽然也不乏僵硬),发动底层,有一定的组织性。欧大旭也触及了不同领导人的风格乃至缺陷,如陈虎的随年纪的渐长而变得保守,更关注生意,喜欢借园艺颐养天年而非积极暴力革命,最后被极具野心、更有号召力的林强尼取代并剪除。但欧大旭在书写马共时也指出其部分缺陷,比如马共的组织性相对脆弱,过分受制于领导人统率,而且也最终因为林强尼的叛变而大势已去;同时,普通队员虽有警惕性但往往缺乏独立思考能力,也不乏"乌合之众"特征,[2] 好小利而缺乏明断,等等。

3. 日军侵略。通过国近守这一角色的多层次塑造,欧大旭相当精彩地指出了日本人侵略的复杂性:贪婪性、暴力性、虚伪性多位一体。在雪儿的日记中,国近守是一个风度翩翩、帅气多才的教授,又是一个好情人,甚至雪儿为之不惜想和丈夫林强尼离婚。但在中国时空里,他却是一个刽子手,吃过人肉,强奸过中国妇女。对于彼得来说,他不只是情场上的竞争对手,更是一个内在气势逼人的战场和殖民地领导者敌手。对林强尼来说,国近守既是情敌,却又是生存/生意上一个心狠手辣、索求无度的合作伙伴和领导人。通过这样错综复杂的人际关系纠结描述,欧大旭再现出日本人侵略的

---

[1] 有关马共的资料日益丰富,较新的研究资料主要有陈剑的《与陈平对话——马来亚共产党新解》(增订版,吉隆坡:华社研究中心,2012年),2012年由马来西亚策略资讯研究中心出版的黄纪晓的《烈焰中追梦:砂拉越革命的一段历程》及陈剑主编的《砂拉越共产主义运动历史对话》;其他如陈平口述,伊恩沃德(Ian Ward)、诺玛米拉佛洛尔(Norma Miraflor)著,方山等译,《我方的历史》(新加坡:Media Masters,2004年),以及马共主席的回忆录《阿都拉·西·迪回忆录》(三卷本)等。

[2] 有关论述可参 [法] 古斯塔夫·勒庞(Gustave Le Bon)著,冯克利译,《乌合之众》,北京:中央编译出版社,2004年。

复杂性和"大东亚共荣"的虚伪实质。

4.大马立国。欧大旭主要从两个层面来书写大马立国,一个是通过大马本土事件,比如书写者之一的林宝玉对国父东姑拉曼喊出"Merdeka"的感受:

> 我们从来没有在公共场合看到人们这般尽兴欢舞。男人们在跳舞,女人们在跳舞,甚至男人和女人在一起跳舞。他们跳着欢快的传统舞蹈,围成小圈子摇摆着、跳跃着,双肩随着奇特的节奏一起一落。绣有十三根横条、镰刀和星星的旗帜高举过头,迎风飘扬。还有我们的国父——东姑(Tunku),挥舞着手臂连喊三声:"默迪卡(Merdeka)!"广场上的人跟着他喊,呼喊声穿越电视传到耳里,像碎玻璃一般清脆锐利。独立、自由、新生,这就是"默迪卡"在我们心目中的含义。虽然我们对政府的美好梦想在后来的日子里破灭了,但什么也不能抹煞我们当时的激情,不能磨灭我们脑海里日渐发黄的独立日景象。(第101页)

这个感受自然有其复杂性,既骄傲但又有遗憾乃至伤悲。与之相关的是父亲遇刺事件:"我跑到父亲身边。他扬起嘴角微微笑。'你看到默迪卡了吗?'他问我。我点点头。穿过肩上黑糊糊的血和炸开的肉,我看到了骨头,纯净闪烁的白……他慢慢闭上了眼睛,声音微弱地笑起来。"(第103页)遇刺的父亲受了重伤却依旧挂念着激动人心的大马独立,这也让我们看到林强尼强烈的本土认同感。

欧大旭在《没有地图的世界》书写了另外一层对大马立国的观念,也就是作为兄长的印尼人如何看待大马。欧大旭指出:"在我成长的过程当中,印度尼西亚的形象宛如一名强壮的兄长,但是我们彼此之间却缠绕着许多理不清的爱恨纠葛……不过在这本书当中，我更强调印度尼西亚自主和独立的意识。"[1] 在小说中，印尼总统苏卡诺悍然下令让军队攻打大马，而政治激进分子丁——小男孩亚当的引领者之一则认为大马不存在："马—赖—西亚是英国捏造的！是一个纯粹虚构的作品，由那些旧帝国主造出来，英国、美国跟他们同伙才能继续在此地区占有一席之地，可是我告诉你，他们的时代已经结束了，结束了！所有的马来西亚傀儡，我们会侵略他们，打垮他们。他们看起来跟我们一样，甚至说的是我们的语言——可是他们不知道自己被利用了，这就是为什么我们在汤姆斯杯击败他们的原因：他们不是自身命运的主人。我们才是。"（第172页）借此，欧大旭写出同属东南亚国家之一的印尼因为意识形态或利益纠葛而带来的复杂认知，或许也是一种潜在的提醒——同文同种未必就是同心同德。在李有成教授看来："接连以马来西亚的历史为小说背景，欧大旭显然有意经营他的版本的国族寓言（national allegory）——不同于官方版本的国族寓言。欧大旭意在绘制一张隐形的地图，他想重建的一段为国家意识形态所隐蔽的历史。"[2]

（二）林强尼的国族寓言。有论者指出："在西方文化的冲击下，林强尼的身份不断地发生着改变，从土生华人、被殖民者、民族英雄、河谷豪富、宋家女婿，最后到卖国贼，是一个不断游移的过程，他的生存状态不断地'移位'，偏离原来的位置，这是由他一出生就决定了的，无根之木、无源之水造就了他大起大落。他的一生，既

---

[1] 诚品网路编辑群，《我一直透过小说来思考"认同"为何：专访〈没有地图的世界〉欧大旭》，诚品站 2012 年 2 月 13 日，网址 http://stn.eslite.com/Article.aspx?id=1700&page=2。

[2] 李有成，《欧大旭与其〈和谐丝庄〉》，欧大旭著，王丽艳译，《和谐丝庄》，台北：时周文化出版社，2009 年，第 14 页。

非成功，亦非失败，他的个人命运，他不断的文化身份构建其实也是后殖民社会中人们的普遍表现。"[1] 如果我们仔细区分林强尼的存在轨迹，就可以发现他更多是存活与认同并存的一种立体个案，其身上亦承载着大马的"国族寓言"。[2]

自始至终，作为一个土生华人，林强尼对大马有着相当清晰而浓烈的认同胶着，但同时由于其出身贫寒，而且在大马立国以前，各种大事件波诡云谲、乱象频仍，他又不得不相时而动，在风云变幻中调整自我，因此我们不难看到存活（发财）或认同的双线变奏。某种意义上说，对大马大历史的积极／被动参与本身其实也是身份流离／确认的过程之一。

不难发现，在大马立国以前，林强尼活得相当精彩，但又不断游移。工作中的他是雪儿眼中的男子汉："通往庄园的泥路坑坑洼洼，他一路泥浆飞溅地骑过来，却缓慢地向房子靠近……他单薄的衬衫湿透了，紧贴着胸膛和肚子。我还记得他穿的是宽松短裤，浸足了水，在大腿上皱成一团。他的动作中有一种小野兽伸曲四肢的灵活自如，以及一种难以捉摸的力量，让我留下深刻的印象。"（第137页）而在雪儿的世交女友眼中，他的角色却不同："他是个健康、强壮、出卖劳力的人，是一个没有受过教育、完全野性的男人。他和我们不一样，他几乎是……是野蛮人。"（第141页）而在林强尼的朋友英国人彼得看来，他有着独特的气场，"他身上有一种沉默而从容的优雅，让他看起来像木版画上华丽宫殿里的峇厘岛贵族"（第259—260页）。而在他儿子林宝玉那里，他则是一个凶手和恶魔："我相信，强尼绝对不会因为二号先生的死而感到难过。我

---

[1] 张燕，《论〈丝之谜〉的文化身份认同》，《湖北社会科学》2012年第11期，第133页。
[2] 当然是来自 Fredric Jameson, "Third-World Literature in the Era of Multinational Capitalism", *Social Text*, No. 15 (Autumn), 1986, pp. 65—88。

也相信,正是这第一次杀戮使他变得更加心狠。他杀了人,但仍然过得很好。他生命里第一次体会到了日后非常熟悉的感觉:犯了罪,却不用承担任何后果而逃脱的美妙感觉。这次事件使他踏上了一条不归路,他最终在这条路上变成了一个魔鬼。"(第47页)

毋庸讳言,他身份的多姿多彩其实也意味着他的谋生不易或工于心计,从此意义上说,这隐喻了大马华人的生存智慧、民族气节、中华传统纠结,但他又是本土的、功利的,他必须更好地活下去,他刺死英殖民者或许有民族大义在内,和日本人合作不惜出卖马共队伍里的领导集体亦有本土、生存并列的情怀推动,当然也有汉奸色彩的污点,他设计陷害宋狄克,逼迫身体急剧变坏的他心甘情愿(宋狄克还以为是林强尼大火中救了他)把企业交出,但他把爱人雪儿在日本人侵略前夕托付给英国人彼得也是一种深爱,甚至最后他明知道林宝玉不是自己亲生的却依旧含辛茹苦养大他,这似乎也是一种扎根本土的追求和大爱。相较而言,1957年大马独立后,林强尼的精彩不再,变得相对确定和身份单一,在有关他死后的报道里,立国后的信息近乎阙如(第357—358页)。某种意义上说,这也部分反映出欧大旭对华人在当代大马面目模糊化的缺席性书写的不满和再现(这当然和大马当局对本国历史的片面化书写息息相关):1957年大马独立时,林强尼被共产党人刺杀而逃过一死让他被神化,但同时也是被单一化和去除赓续痕迹,这其实也隐喻了华人的地位相对被简化处理。

二、如何确认:并存与和谐

如前所述,欧大旭首先是通过反殖民/去殖民的态度呈现出大马大历史的几个维度,尤其是结合个体的遭遇与人际纠葛加以展开,我们可以称之为一种解构工作,当然梳理的过程亦是一种建构工作,而下一步则是如何真正确认大马认同的层次与内容。

（一）后殖民混杂／多元历史传统。毋庸讳言，由于诸多层面的复杂原因，大马的社会是一个多元种族并存、多种文化交叠、互融而又冲突的语境。由于统治者英殖民者的分而治之政策影响，和大马官方马来主流文化的宰制限定和宣扬，如果要细分的话，我们可以称之为混杂（hybridity）[1]和多元并列：这里的混杂更强调其交叠性和新生性，多元则侧重强调其相对独立性和差异性。

1. 混杂性。此处的混杂既包括物质层面的，又包括精神／文化层面的融汇。我们不妨以宋狄克家族为例加以说明。宋狄克之父是中国一位具有深厚书香传统的皇族后裔，不同于下南洋人士的绝大多数苦力身份，他是一位"游历学家、历史学家和异域文化观察家"（第79—80页），他因为喜爱马来亚而选择留下来，娶了一个"当地新兴、富有土生华人的女儿"做妻子，"据说，他的妻子因为嫁给马来联邦唯一一个真正的中国贵族而兴奋不已，而他同样也被这个年轻的'娘惹'所吸引。在他眼里，她是一个精致而神秘的玩偶，穿着红色、粉色及黑色等各种五彩的漂亮衣服，用珠子和发髻装饰美丽的头发。她说话带有一种奇怪的口音，说的字和词都和他一样，却因为口音不同而变成另一种语言。历史悠久的学识和未受教化的财富结合，从一开始就是巨大的成功"（第80页）。

而同样具有土生血统的宋狄克在文化上也是混血的，他既具有学者风范，又是出色的商人，同时又是在政治上长袖善舞的华人领袖之一，他获得马来亚大学法学学位，又曾去哈佛大学留学，对西方殖民者文化相当熟悉（比如西洋音乐等），但他最终选择华人的身

---

[1] 把混杂和后殖民紧密结合的经典论述当然是来自 Homi k. Bhabha, "Cultural Diversity and Cultural Differences", B. Ashcroft, G. Griffiths, H. Tiffin eds, *The Post-Colonial Studies Reader*, New York: Routledge, 2006, pp. 155—157. 中文的评论可参生安锋，《霍米巴巴》，台北：扬智出版社，2005年，第143—154页。

份认同:"他脱下西方服饰,换上他父亲曾经穿过的传统华人服装,也就是满洲文职官员的衣着,包括以最华丽锦缎制作的长衫和以上等丝绸制作的素色长裤。在马来亚乡村地区,这样的服饰和西服一样刺眼。许多人认为他很快会抛开这副装扮,但他却坚持到了生命的最后一刻。仅存的几幅照片中,他生硬地摆着姿势,身上就是这种装扮。他仍然阅读佳篇名著,仍然写诗作画,但举止发生了变化。以前浮夸易躁的他如今变得不苟言笑,语气沉稳。"(第81—82页)但生活在大马本土,他们的文化自然又是贴近本土的,比如欣赏马来皮影戏就是一个例子。

同样,小说中的叙述人之一林宝玉恰恰是彼得和雪儿的混血,根据彼得对自我不乏美化的描述,在舞台上的拟态表演中,"两个真心相爱的人""不顾一切地拥抱在一起,倒在地上。他亲吻着她的前额。他们此刻方才明白找到了在乎自己的人。这是他们一生中唯一一次面对真实的时刻。聚光灯灭了,这对情人消融在无边的黑夜里",然后彼得还写到他和雪儿裸体相对,"拂晓时分,我望着她在冰冷的溪水中洗澡……我赤身裸体坐在杂草丛生的岸上……"(第372页)类似的还包括饮食习惯,甚至是一些本土植物,更多也是殖民者带到被殖民地后演化的存在,如橡胶,是从巴西到英国再到大马,油棕来自非洲,红辣椒来自墨西哥,九重葛来自巴西,甚至连大马的国花"大红花"都很可能来自中国(第339—340页)。

2. 多元并存。如人所论,《和谐丝庄》这部"小说通过三个不同叙述者,层层揭开'他者'的内心世界,颠覆了西方话语体系中的东方形象。同时,小说还描写了马来西亚杂糅的文化现象,揭示了马来西亚社会多种文化共生共存的局面"。[1] 某种意义上说,多元并

---

[1] 王丽艳,《后殖民主义视野下的〈和谐丝庄〉》,《沈阳大学学报》2011年第1期,第98页。

存是欧大旭开出的认同确认方策,当主流殖民者离去,在后殖民语境中,曾经作为官方语言的殖民宗主国语言(英语)逐步被土著语言(马来文)所淡化乃至取代,而政治利益上,"马来人至上"(尤其是1969年"五一三"事件后更是变本加厉)愈演愈烈。

为此,大马的认同(identities)也应该有所区分:比如文化认同上的多元并存,[1] 毕竟,一方面,无论是印度裔,还是华裔背后的族群文化都源远流长、博大精深,影响力甚至超过了马来人信奉的文化,而另一方面因为全球化,西方文化依然强势,所以多元并存既是顺应,又是必须;政治认同上大家都认同大马,似乎异议不大,但在权益方面应该平等。如果借用小说中彼得对养老院花坛设计所涉及的花种来说的话,那就是一种多元并存的和谐对话:"我的花园将是一个天然的花园,充满看似随意的美,充满让人说不出来的静默的美。有的花坛大而深,有的花坛长而浅,有的里面栽植高高的树木,有的种上地被植物,还有许多花坛里什么都种。赫蕉属植物和美人蕉共享一片土地,金色喇叭花混种在红头姜里,以羊蹄甲簇拥着朱槿,也就是马来亚的国花大红花。"(第262页)

(二)单一规训的教训与挫败。耐人寻味的是,欧大旭对多元并存/和谐共处的建议和认同不只是隐喻,也并非正面的夸夸其谈和生硬说教,他也借小说进行反面效果的假设和警醒,《没有地图的世界》就是其苦心孤诣之作。

李有成指出,欧大旭笔下的吉隆坡颇为寂静:"吉隆坡的寂静多少象征着马来西亚是如何隐忍以对苏卡诺的敌意。印、马对抗当然也使亚当寻找父、兄的故事更形复杂,而这一场对抗,至少在欧

---

[1] 有关多元文化认同的论述可参 Wang Gungwu, "The Study of Chinese Identities in Southeast Asia", Jennifer W. Cushman and Wang Gungwu (eds.), *Changing Identities of the Southeast Asian Chinese since World War II*, Hong Kong University Press, 1985, pp.1—21。

大旭的小说中，显然是冷战时期极为重要的历史事件。这么说来，《没有地图的世界》所叙述的恐怕不仅是个爱、恨与背叛的故事而已，欧大旭的野心其实是在记录现代东南亚历史中相当艰涩的一段插曲。"[1] 毋庸讳言，从国与国交往的宏观层面，甚至从东南亚视角考察，印尼和大马的关系更有复杂之处，但欧大旭的书写其实可谓"醉翁之意不在酒"，某种意义上说，印尼本身的政治意识形态变迁和种族处理教训何尝不是更年轻的马来西亚的前车之鉴？

不必多说，这部长篇中也是不乏"国族寓言"指涉，小说主人公亚当的孤儿属性可以呈现出印尼少数人／边缘种族／人士切入中心的艰难困境：在边远地区存活，荷兰裔养父卡尔对他春风化雨、不离不弃养育之恩丰隆，但养父的存在却又是亚当被别人歧视的理由之一。同时他失散或抛弃他的哥哥约翰却远在吉隆坡，一时之间无法联系（最后才由卡尔说明见面的可能性），因此面目模糊，单靠记忆难以拼凑其清晰面容，这都隐喻也注定了亚当（乃至大马华人）身份认同的无根性和无示范／榜样可以自然效仿。

正是由于印尼在20世纪60年代的"革命"，已经入籍印尼的卡尔被军人抓走准备遣返荷兰，无家可归、无枝可栖的亚当根据一点线索（玛格丽特——卡尔曾经的情人）来雅加达找寻拯救之路，而此时印尼激进派青年丁却介入，成为亚当认同之路的兄长／导师／指示明灯。丁是一个出身底层的民族主义分子和激进分子，疯狂地反殖民，他和总统苏卡诺有相似的冷战情绪，苏卡诺的演讲颇具攻击性和煽动性："在刚刚的几个小时当中，英勇的印尼士兵已经开始对英帝引以为傲的马来西亚发动攻击。这正是'险中求生'的例证。我们的部队此刻距离吉隆坡那个帝国主义的走狗龟缩的所在只有几

---

[1] 李有成，《冷战岁月——欧大旭与其〈没有地图的世界〉》，欧大旭著，赖肇欣译，《没有地图的世界》，台北：联经出版社，2012年，第12页。

百里远……我们革命的敌人无所不在。外国的也好，本国的也罢，我们有责任要攻击、摧毁危害革命安全与存续的所有势力。"（第178页）而且，丁还设计了一个政治阴谋——力图在爪哇饭店刺杀总统，但最终因为美国特工向苏卡诺提前告密而导致计划流产，阴谋未能得逞，他还借许诺帮助亚当找到哥哥作为诱饵，将亚当卷入此阴谋中——让他帮忙到酒店厕所放炸弹。不必多说，丁之路并不是亚当的认同之路，如果是，那就只有被捕，乃至灭亡，不管是主动还是被动。

  同样值得深刻反省的还有卡尔之路，他是一位入籍印尼的离散荷兰人，本身强烈地反殖民，包括荷兰殖民者的一些东西，他甚至在家里并不教亚当讲他自己的母语——荷兰话，他认为"亚当不应该在成长的过程中吸收殖民国的文化"。而耐人寻味的是，他自己强烈认同印尼，也放弃了自己的荷兰国籍。易言之，除了肤色不同，从政治到文化认同，卡尔都认同自己是印尼人，但正是因为他是曾经的宗主国——荷兰裔，就要被强行遣返，这的确是个吊诡的悲剧。同样可以看出印尼政府的过度反殖民倾向的还有对玛格丽特出生地的态度，她和总统有一段对话，玛格丽特说："要知道我是在伊里安出生的，我出生后的前几年都是在印尼的偏远地区度过的。"总统说："如果你相信西方人的说法，那你并不是印尼出生的，而是出生于荷属新几内亚的边陲地带。""可是任何脑袋清楚的人，任何有正义感的人，都知道巴布亚一直都是属于我们的。我的意思是说，属于印尼的。"总统面露微笑，"问题是，它是我们的没错，但它并不属于我们，至少就官方而言并不是。"（第311页）

  易言之，这也正是亚当无根认同的原因之一，反殖民/去殖民并没有错，但如果走向极端、漠视认同的多元性与和谐并存可能，而强行推行一元思维，那么对于国家国民而言，既可能是政治灾难，又让人无地彷徨、无枝可依，如人所论："尤其在多族裔混居的新兴独立国家，若过于突出单一族裔的优越性，贬抑其他族裔的文化究其实只是另一类型的国家暴力。这种内部殖民终将导致两种结果：同化或抵抗。而在文化抵抗过程中，也只将重复内部殖民那一套话语系统，亦即强调本族的文化身份和优越性，人人都筑居在属于自己的'姆庇之家'里，不愿走出洞穴。"[1]

三、本土确认的吊诡或虚妄

有论者指出，对于《和谐丝庄》里面的叙述人来说："讲故事是'为我'的，也印证了尼采所说的那种后来人的对历史的'窥视癖'。那么，对这三位叙述者的后来人而言——他们的故事有一种象征性的结构：这部小说所揭示的不只是历史，而是关于历史的历史叙述。"[2] 这是论者基于对《和谐丝庄》的认知，其实若将欧大旭的创作进行历时性贯穿考察，其历史叙述的暧昧性、不可靠性同样值得关注。不仅如此，他小说中所涉及的大马认同亦有确认的吊诡，即使到了《五星富豪》一书中，大马华人认同成为一个难以真正遗忘或抛弃的身份，但同样其含混性、暧昧性亦如影相随。

（一）可选择的历史建构。某种意义上说，欧大旭的身份认同有其飘忽性和空泛性，而其频繁的空间位移，台北、吉隆坡、新加坡及英国等地都让他的认同确认不无漂移性，而这在《和谐丝庄》中反映得尤为突出。

如人所论："《丝之谜》是以历史为背景的小说，也是一部质疑历史、让人思考历史的小说。对于经历过那段历史的殖民地华人来

---

[1] 曾佩玲，《论当代马英文学的反霸权与反国族建构书写策略》，杭州：浙江大学硕士论文，2010年，第28页。
[2] 文一著，《叙述主体的历史意识：论马来西亚英语作家欧大旭的〈和谐丝庄〉》，《中外文化与文论》第16辑，成都：四川大学出版社，2008年，第172页。

说,历史不堪回首,任何一方的重新诠释,稍微失控,对于另一方都是伤痛。"[1] 或许正是由于欧大旭对大马的历史心存敬畏,也深知其繁复性、争议性与尴尬性,而选择了一种"可选择的历史"建构(alternative histories)。[2]

林强尼身上的历史承载是复杂的,他几乎就隐喻了大马华人参与大马发展的大历史进程,然而对华人建构马来西亚的功劳、局限甚至存在性都不无争议。小说中相对精彩的叠床架屋式叙述结构与其说是重复聚焦、目光如炬,倒不如说是焦点散漫、魂飞魄散。林宝玉的眼光带有反噬的决绝去殖民色彩,父亲的身影是阴影重重:劣根性强烈,善于尔虞我诈,为达目的不择手段,他过分强调了华人生存的艰难困苦中的狡猾因应策略,而宝玉恰恰忘记了自己身为混血儿,却是由养父林强尼不计前嫌养大的,因此,其叙述本身具有不可靠性。宋雪儿看到了丈夫努力靠拢宋家主流价值观以及努力工作、踏实进取的一面,却不知他是马共首领、工于心计,但她却观察到他更多是崇拜她,不敢真爱以及与她发生关系——可谓爱无力的缺陷,小说书写两人在床上的表现:"我把手放到他的胸口,感到他的心脏在我的手掌下怦怦跳动着,终于,我感觉到他的手指轻轻滑过我的头发,就像一把恼人的宽梳。他好像不敢触摸我。我觉得头皮发痒;我希望他的手指能够搔一搔或抓抓我的头皮也好,就是别这样让我发痒。我受不了了,一把推开他,翻身到床的另一边。我无法入睡。"(第157页)这对于他的民族英雄身份是个消解,也是补充。

---

[1] 潘碧华、杨国庆、潘碧丝,《〈丝之谜〉的人性主题与历史记忆》,《外国文学研究》2010年第6期,第155页。
[2] 此概念模拟自芬伯格(Andrew Feenberg)的"可选择的现代性"(alternative modernities)的概念,可参[美]安德鲁·芬伯格著,陆俊等译,《可选择的现代性》,北京:中国社会科学出版社,2003年。

彼得，既是林强尼的好友（林救过被毒蛇咬伤的彼得），他们关系亲密，甚至让人误以为他们是同性恋；又是林的西方文化导师，因为只有借助他的英国人身份，和他交往并成为朋友的林强尼似乎才因此更有尊严，如人所论："通过把想象力（imagination）当作是社会实践，彼得对丰富可能性的升华式发现拓宽了人们对全球化时代事物的流动性特征的理解。也只有实现了此点，一个人才可以在不同文化间游移思考，而非把自我胶着于特殊的文化认同。"[1] 同时，彼得又是林强尼妻子的委托保护人，他能够部分看到林的真面目，比如和国近守的较量，但他又打上了东方主义的色彩，无论是表扬，还是批评林强尼，实际上他的重心更多是宋雪儿。

易言之，三光聚焦林强尼未必能够窥探出其历史真面目，某种意义上说，即使他本身站出来现身说法，也未必奏效，毕竟历史真相即使存在，在叙述中亦是主观的和可选择的，何况目前的叙述，或借助于二手文献和亲身交往，或借助于一手日记，或凭借当事人的回忆录，已是多管齐下、万炮齐发，都难以真正攻克历史真实的堡垒？同样值得反思的还有日军侵略历史再现。在林强尼那里突出的焦点是他如何出卖党内同志并成为卖国贼角色，在宋雪儿的日记中，国近守却是一个才华横溢、风采逼人的真男人形象，他既不同于彼得的洋人种族和文化差异，却又比华人林强尼高大帅气、风度翩翩，所以她爱上了他，并和他在旅途中不乏暧昧（第223、326、346页），但他大多被掩饰／遮蔽了其作为侵略者的残暴面目。而在彼得那里，他不仅是个情敌，也是个不怀好意的抢夺近打河流域（大马国土隐喻）统治的竞争对手，而在林强尼心里，他是个知根知

---

[1] Hiu Wai Wong, "Home, Friendship, Flowers: Reading Tash Aw's *The Harmony Silk Factory* within the Context of Globalization"，《国际文化研究》（台湾新北）第8卷第3期，2012年12月，第52页。

底的特务,又是个杀人不眨眼的恶魔,同时又吊诡地是经济掠夺/利润分赃的合作者。

不难看出,转换立场和视角,历史的面目往往得以改变,从此意义上说,欧大旭的历史建构具有历史虚无主义和历史现象梳理的双重内涵,或者说有点后现代叙述里面的众声喧哗风格。

(二)可选择的认同拼贴。《和谐丝庄》中有一段关于彼得第一次看到中国丝绸的精彩描绘:"丝绸里储存了许多种颜色,每动一下它就变幻一种色彩:月光色、翠绿色、珍珠色,所有这些颜色都从我手中滑过。这个冰凉的变色龙变来变去,我几乎不相信这是同一块布。"(第260页)某种意义上说,中国丝绸自然也可隐喻中国人/华人林强尼的面目,甚至更进一步,关联了作者欧大旭的身份认同的变化。

大马独立前的林强尼作为土生华人自然有其清晰的在地认同,但因为马来亚是英国殖民地,其民族主义情绪和中华文化认同会对其宗主国认同有所抵制,但生存的压力需要和主流文化及价值观的诱惑/吸引无所不在,包括他钟爱的宋雪儿家中西洋文化的痕迹亦是比比皆是,而作为未受过正式教育的他所受到的鄙视也是不言而喻,为此,林的身份认同变得多元而可疑,毕竟,本土文化,一如他喜爱的蜡染布等,往往都是鄙夷的对象,而这是他的出身和喜爱,对他而言,大马立国前,他活得精彩,但也漂移摇摆得无奈。或许更能耐人寻味的是下一代林宝玉们的认同遗忘,作为后殖民语境中的去殖民主义者,他对自己的出身毫不容情,把父亲视为骗子:"那些受到邀请的人必须和父亲一样,也就是说,必须是诳客、骗子、叛徒、伪君子和登徒子,而且是非常高竿的那种。"(第17页)吊诡的是,他也因此失去了认同对象,父亲是要消解、去势却又不得不拼凑的,但却又是自己不情愿继承的遗产,从此角度看,他并未摆脱父辈们认同游离的阴影笼罩。

如人所论："若《丝之谜》的主题是关于失根（uprootedness）和寻根，那么《隐形世界的地图》则走得更远。此书将目光聚焦于无根（rootlessness）漂泊的人物（卡尔、玛格丽特、亚当和约翰）身上，以他们的生命历程辩证身份和自我的属性及本质。"[1] 到了《没有地图的世界》中，有关大马的身份认同似乎更加模糊不清。这好像让大马出身的李有成教授颇不适应："较让人稍难释怀的是，小说中的马来西亚完全是个缄默的客体，对印尼的挑衅与所谓的Konfrontasi 几乎未置一词，毫无反应。真正的历史事实当然不是这样的。在小说中我们却不断看到印尼人——从总统到学生，对马来西亚指指点点，甚至武装攻击。"[2] 欧大旭似乎有意让大马变成沉默而面目模糊的存在，生存其间的角色，如抛弃弟弟亚当的约翰也因为负罪感而似乎更沉浸于灯红酒绿的糜烂与飙车的速度麻醉中等，他根本不是一个清醒者和认同典范，而且即使在其领养者家中，其身为高官的养父更多是个颐指气使的批评者/告诫者，他更爱的是自己的亲生子女，而养母对他的溺爱其实更是因为他是一个她暂时不能生育时候的精神拯救者，同时又可能是她后来接二连三生育的某种引领，但无论如何，不管是个体，还是大马国体，都无法成为主人公的认同所归，易言之，大马认同更是飘忽的、虚浮的。

即使到了《五星富豪》中，欧大旭自然强调了大马认同的难以舍弃性，也即身份认同标志恍若一种原罪的标签难以彻底解除，如作者自己所言："可你不可能真的假装过去什么都没有发生。就像我在《五星富豪》里写的，这些马来西亚年轻人来到上海追求财富，试图去忘却自己在马来西亚的一切，甚至忘记自己来自马来西亚，

---

[1] 曾佩玲，《论当代马英文学的反霸权与反国族建构书写策略》，2012 年第一届马来西亚华人研究双年会（2012 年 6 月 9—10 日，吉隆坡）会议论文，第 14 页。

[2] 李有成，《冷战岁月——欧大旭与其〈没有地图的世界〉》，第 11 页。

忘记自己的身份，结果就是不幸福……马来西亚华人在马来西亚的生活受到印尼、中国、英国和日本的影响，所有的一切都不掌握在自己手中，而这些也是构成马来西亚历史的一部分。"[1]但同时我们也要看到，小说仍然无力或无意建构清晰、丰富而统一的大马认同。我们毋宁说，这种认同依旧在建构中，它其实还在进行中，甚至说它可能最终都不是本质主义者所期待的皈依，它更可能是可选择的拼贴。某种意义上说，叙述本身也是一种确认的态度，但似乎也仅此而已，它是一个丰富、深化大马认同的起点，但也可能是一种悬浮，如果不是结束的话。

结语：欧大旭作品中的大马认同自有其发展路向和独特之处，他立足于反殖民/去殖民的大历史维度，着力精彩地多重叙述重构大马历史，同时又借林强尼角色以小见大呈现出背后的国族寓言。而正是基于历史，他也指出了大马认同的确认路径，即多元并存的历史传统和未来建设方向，同时也以挫败的反例来进行教训示范。当然，欧大旭甚至也有建基于大马现实之上的认同哲学思辨，无论是历史建构还是认同拼贴，其实都是可选择的，对于身份认同，你无法舍弃，却又无力清晰和统一，你只能慢慢建构、慢慢丰富，或许一直在路上。

---

[1] 石剑峰，《马来华人在上海：生活是一种比赛》，《东方早报》2013年5月7日，B09版。

黎紫书：世界性的马华本土女作家

20世纪中国文学史（尤其是小说史），将暴力书写描述成一条蔚为大观的创作主线乃至潮流或许不乏争议，如果言及其独特别致的系谱学特征，恐怕少有人持异议。它们或直面现实人生的残酷、阴暗、丑陋，或旁觊心灵世界的冷漠、芜杂与扭曲，阴沉、滞重、血腥等往往令人触目惊心之余又深入反省人生的"真相""本质"和思考终极关怀。粗略说来，从鲁迅的颇具规模的《狂人日记》《孤独者》等到沈从文的"砍头"与"吃人"的《夜》[1]，再到施蛰存的新人耳目的《石秀》，从巴金的《灭亡》到萧红的《生死场》等，直至轰轰烈烈的80年代的寻根主义、先锋文学等。时至今日，暴力书写已经成为一种显耀书写：残雪、刘震云、莫言、苏童、余华等当代名家莫不涉此领域，甚至有些暴力书写还因为商业因素的推动，逐步演化成为一种"暴力奇观"。王德威在论述余华时就入木三分地指出："他不仅以文字见证暴力，更要读者见识他的文字就是暴力。"[2]

马华时空下的同样主题变奏虽然未及中国文学中的那样秩序井然、既深且广，但在当代马华小说中仍然也不乏相关探寻。比如如

---

[1] 金介甫（Jeffery Kinkley）在他的专著 *The Odyssey of Shen Congwen* (Stanford: Stanford UP, 1987) 第411页中曾经考证沈的同名作中写及吃人的《夜》。而王德威也曾经精辟地论证过沈小说中的砍头，可参王德威，《从头谈起——鲁迅、沈从文与砍头》，王德威，《小说中国》，台北：麦田出版社，1993年，第15—29页。

[2] 王德威，《伤痕即景 暴力奇观》，《读书》1998年第5期，第113页。

今炙手可热的张贵兴对热带雨林、共产党等的狂欢式书写，商晚筠对故乡小镇阴郁、压抑和近乎宿命结局的怀乡式喟叹（主要反映在《痴女阿莲》[1]中）以及后起之秀黎紫书（1971—　）对阴森腻重、昏暗湿冷的南洋的现世式书写在令人频频侧目之余，却也构成了马华文坛暴力书写的一道别致风景线。有论者指出，黎紫书和中国大陆文学有着密切的精神关联，可谓其承有自："崛起于九十年代的黎紫书，一九九五年以苏童风的《把她写进小说里》获第三届花踪文学奖短篇小说首奖，去年又以《蛆魔》获第十八届《联合报》文学奖，可谓炙手可热，一跃而为商晚筠之后最受期待的马华女性小说家。黎紫书的作品显然深受中国大陆八十年代'文学爆炸'中崛起的新时期作家的影响，不论是文字风格、题材的选择和处理、叙事腔调以及文学感性，都可以见出新时期作家的精神烙印。"[2]

作为马华文坛上的异数，黎紫书有其引人注目的独特素质。这不仅仅是因为她是个蜚声内外的得奖专业户（尤其是蝉联多届大马花踪文学奖和台湾《联合报》大奖），而且还因为她在创作个性上的大气和引起的相关广泛批评关注都可谓别具一格。在创作上，出道十余年来，创作量上相对平凡，但内在素质和可辨认度却令人刮目，从书写主题上看，其暴力书写[3]、前卫话题和南洋风情令论者频频涉及，甚至还俨然发展出本土书写的另外一途。

黎紫书的暴力书写在《微型黎紫书》（吉隆坡：学而出版社，1999年）中已初现端倪，在我看来，其《天国之门》的书写则更为

---

[1] 庄华兴感受到一点点的端倪，譬如称之为"一袭阴影与隔阂"。可参庄华兴，《商晚筠的异族人物小说初探》，许文荣主编，《回首八十载·走向新世纪——九九马华文学国际学术研讨会论文集》，马来西亚新山：南方学院出版社，2001年，第360页。
[2] 黄锦树，《小说·我们的年代（代序）》，黄锦树主编，《一水天涯》，台北：九歌出版社，1998年，第12页。
[3] 具体可参拙著，《考古文学"南洋"——新马华文文学与本土性》，上海：上海三联书店，2008年，第97—114页。

集中和典型。

痴迷暴力：无望的铁屋——黎紫书对暴力的书写虽然特色鲜明，但同时她对暴力也有痴迷的一面，甚至这种痴迷幻化成近乎密不透风的铁屋，令人窒息。这在她的《天国之门》（台北：麦田出版社，1999年）中得以集中体现。如其所言："在这个讲究学术与理论，只能以长串专门词汇显示实力与真理的年代里，贫乏如我，只能从内在不断地挖掘自己，把血淋淋的心肝脾肺都掏了出来祭祀文学。写小说写了五年，直至写到《天国之门》，我才发觉写作于我就像睁着眼睛解剖自己，在清醒和痛楚之中发掘许多自我的秘密。那何其残暴，却又有着自虐的快感。至此我确知了自己像老鼠一样的个性，总要在阴暗和潮湿之中才能得到存在的自觉。"[1]

表面上看，这是黎紫书对时代、自我和写作的自虐式解剖，而实际上在我看来它也无形中暴露了她暴力书写的无意识根源。王德威以"黑暗之心的探索者"概括黎紫书书写主题的同时，却也暗含了黎的暴力关注："营造一种浓腻阴森的气势，用以投射生命无明的角落，尤其是她的拿手好戏。"[2]

在进入到黎的小说文本《天国之门》时，血和死成为近乎无所不在的幽灵，昭示着对人的压抑和侵蚀。如果我们以其《推开阁楼之窗》为例进行分析，便不难发现个中玄机与显而易见的证据。比如张五月在女儿小爱与其他男人交谈时，心中便漫布了咒骂的暴力："他妈的卖艺者，婊子生的……只有他听到自己心里怒骂的声音，以及那些抄袭自妓女咒骂嫖客的用词。"（第56页）他吓人的敌意甚至造成了流血冲突（第65页）和凶杀："小爱看见盘缠在男人

---

[1] 黎紫书，《自序：另一种异端邪说》，黎紫书，《天国之门》，台北：麦田出版社，1999年，第12页。
[2] 王德威，《黑暗之心的探索者——试论黎紫书，《联合报·自由副刊》（台北）2001年4月10日。

眼角的肉疤变成一团模糊的烂肉,血液犹自那深邃的黑洞内缓缓溢出,渗着额上滑落的雨水,稀释地染红他紫黑的脸颊。"(第68—69页)当然,个中也有日本人对小爱母亲的强奸(第74—75页)以及张五月对女人复杂的爱恨纠缠:对她的水性杨花痛恨不已差点痛下杀手掐死了她,同时却又深爱她为自己的粗暴后悔(第78页)。此外,小说中还描写了死亡,如画眉之死(第82页)以及残酷的杀婴(第83—84页)等,短短的篇幅却成为她暴力实践的试验场。

纵览《天国之门》,黎紫书暴力书写的另一个典型表现就是她的弑男情结。不难发现,《天国之门》几乎所有的男主人公往往都是负面道德和人性的凝结的代表。一方面是对男性缺憾的追根究底与穷追不舍:《蛆魔》中无论是老一代的阿爷的乖戾、变态与龌龊,还是小一代阿弟的懦弱与呆痴都可见一斑。《推开阁楼之窗》中张五月的猜忌与粗暴,《某个平常的四月天》中哥哥小龙的霸道与恫吓都表明了这一点。另一方面,却也表明了作者对男性的文字憎恨乃至虐杀。《天国之门》中,被令崇拜并跟随上帝的"我"竟然感觉到可以延续生命的精液是如此"膻腥与恶臭",以至于"我忽然感到悲从中来"(第97页)。而《把她写进小说里》则走得更远,女人江九嫂打断了她丈夫的腿,"江九的右腿是让他女人打跛的。蕙愿意以目击证人的身份见证历史。姑姑打断了姑丈的腿。蕙的噩梦里有泛滥的血腥味、男人的呼求和呻吟、鲜血的颜色,它们七彩斑斓地混杂在一起,此起彼伏。日正当中,江九的右腿染了妖冶艳丽的红色,他脸上五官因极度痛苦而扭曲。画面的色差和人物的表情充满张力"(第145页)。不难看出,作者在细腻热烈的文字中表达出暴力式的阴冷弑男情结和释放的快意。黎紫书的暴力书写显得细密、纤深,令人窒息。比较而言,黎紫书暴力书写的题材范围显得比较狭小、琐碎,主要是在家庭范围内展开。吊诡的是,作为本来可能是止伤疗暴的场所,在黎看来,"很多罪恶其实深藏在外表看起来美好的家庭之内",[1]这和莫言的纵横捭阖、频频移宫换步又迥然不同。但黎却擅长一种女性阴柔的编织,她的笔触阴冷、锐利,暴力在她的文章中往往幻化成主体感觉:视觉冲击自不消说,更加与众不同的是,她对人物心理的刻画和潜意识[2]的挖掘,凡此种种组成紧锣密鼓式的暴力之网,令人难逃其法力与逼迫。

以其《某个平常的四月天》为例,小说的语言所勾勒的整体氛围阴沉霉湿,非常平常的四月的南洋小镇的雨天。在短小的篇幅中,肖瑾和我们读者却感受了其中浓郁的暴力压抑。不必说肖瑾无意中看破爸爸和秘书小姐的苟合所造成的压力和恐惧,单是哥妹间的角力就让人感觉暴力的潜伏。十七岁的哥哥小龙向十二岁的她借当天的零用钱买可乐喝,她拒绝了。"小龙狠狠地瞪着她。你敢?……嘿,有种,看我怎样整治你。小龙显然被她的不理不睬激怒了,便出言恫吓。"(第151页)这件鸡毛蒜皮的小事在叙述肖瑾的其他一系列遭遇中显然被搁置和近乎淡忘了,就在读者随着"大开眼界"、惊魂未定的肖瑾回家后,作者却画龙点睛般地指出了绵长的危机:"看见小龙捧着一罐可乐坐在沙发上看电视,小龙朝她神秘地一笑,肖瑾意识到哥哥的微笑包含了惩治后的讥讽。"(第156页)在细枝末节的描绘中,我们意识到了黎苦心经营的暴力的精巧弥漫、贯穿和不可抗拒。如人所论:"叙述暴力的关键其实并不在于如何淋漓尽致地描写暴力行为本身,而是要揭示暴力的精神现象学,即暴力产生的

---

[1]《文学不只是文字游戏》,《亚洲周刊》(香港)1996年11月4—10日,第140页。
[2] 如黎紫书自己就曾说过:"那是潜意识的东西吧?有时候我想避开这些描述,最后还是很无可奈何,没有选择地用了很恶心的描写。那都是我生活中有过的经验,我看过白蚁蠕动的情况,听见它们吃木头的声音,是全身毛孔都竖起来的感觉,当我想要表达一些恐惧时,很自然就用了这些经验。"叶孝忠,《冲破种族隔膜,经营马来西亚特色》,《联合早报》(新加坡)2001年8月31日。

精神根源以及由此造成的精神心理后果。换言之，叙述的力量来自于对暴力行动中的人物的内心心理及精神世界的令人信服的分析和刻画。"[1]

黎紫书的暴力书写的独特之处还在于她对人物内心境界的细腻体察与描述。当"我"置身于腐败氛围中，聆听隔壁房间"母亲"刻意压抑的做爱的呻吟时，"我"的脑海中闪过了奇怪的破坏式的暴力幻想："我想起我的父亲。午夜，一个披着雨衣的男人冲进屋子里，手上抓住一把斧头。我惊醒，看见他像狂风那样袭卷前来，把躺在沙发上睡眼惺忪的小女孩一手揪起。那男人满脸流着水痕，面目变成一团烂糊。雨水混杂泪水的效果竟如同硫酸，溶解了他的五官轮廓。我失神地凝视男人那涨满血丝的眼球，迟迟仍唤不出一声阿爸……他抱着我拉开母亲睡房的一扇薄门，把我小小的身躯撞得几乎从他怀中飞脱。当门板应声而启，我们乘着一拥而上的流光，看见一对裸身男女霍地从床上弹起。手抱稚儿的男人目睹别人的狼狈，竟反而冷静下来，朝着那慌张寻找遮掩的女人冷笑。"（第42—43页）这个暴力的捉奸场景幻想其实反映了"我"对偷情母亲的不满和潜意识之中的报复心理。

值得注意的是，黎紫书还书写了权力与暴力勾结之下对人心灵的异化。阿弟的呆痴固然有"我"的仇恨故意导致他淋暴雨的原因，但更重要的是他心灵所遭受的暴力困扰与扭曲：既有"我"让他因保守秘密而活在父亲之死阴影中的压制，又有淫荡、变态的阿爷为发泄淫欲（逼他口交却不许吐露秘密）而让他受到的威权式精神逼迫以及肉体打压。反过来，黎紫书恰恰是通过对暴力幻想和人的心灵结构深处的探寻令人惊讶地转变成一种纤深的叙述暴力风格。

暴露的迷思——当小说家黎紫书摇身一变为高级记者林宝玲时，

---

[1] 倪伟，《鲜血梅花：余华小说中的暴力叙述》，《当代作家评论》2000年第4期第61页。

她作为记者的经验不可能对她的社会认知毫无影响，相反，笔者认为，不仅大有影响，而且因此还可能深刻地影响了她的暴力书写。她的对待黑暗、丑恶、暴力等的相对超然与见惯不惊的冷静反映到她的小说中也彰显了某种暴露的迷思。

如她所言："写到最后，还是在写人性。人性的描写对我本身的触动最深的，探讨人性的挣扎和无望，比较黑暗的，消极的，无奈的。可能我是基督徒，原罪的说法很深地影响了我和我的作品。"[1]

进入到文本中时，形形色色的暴力几乎无处不在，黎的暴力书写也就因此过于阴暗、被动，从她的小说中我们读出了深沉、纤深的暴力，却看不到拯救的希望及可能性。许文荣认为："批判的目的在于揭示丑陋、腐败、不合理等负面因素，并期望获得纠正朝向光明。然而，如果只是为批判而批判，本身拿着一副正义牌机关枪乱扫乱射，令人血肉模糊而后快，那是令人惨不忍睹的。"[2]

黎紫书显然并没有如此莽撞与肤浅，她对暴力的苦心经营和超然物外显出了她较强的免疫力、自控力和过人的冷静。我倒更加担心的是，她如何处理可能逐渐内化的书写思维中的暴力。也就是说，对暴力的叙述不一定在她手上重演失控的场面而演化成叙述的暴力泛滥（莫言倒有更大的这种可能性），而"已经消融、沉积在作家的思维方式之中的暴力，常常以连作家都觉察不到的方式浮现出来，这种潜在而活跃的暴力才是更为令人不安的"。[3]

在《天国之门》这篇小说中，虽然作者也安排了某些人物力图以宗教来救赎罪恶、洗涤心灵，而实际上，最后往往也归结为一种对人性阴暗和堕落的暴露。如人所论，从有关"潜意识和压抑的论

---

[1] 叶孝忠，《冲破种族隔膜，经营马来西亚特色》，《联合早报》2001年8月31日。
[2] 许文荣，《极目南方——马华文化与马华文学话语》，马来西亚新山：南方学院出版社、吉隆坡：马来亚大学中文系毕业生协会，2001年，第162页。
[3] 倪伟，《鲜血梅花：余华小说中的暴力叙述》，第63页。

点来解读《天国之门》,就可以看出作者黎紫书在这篇小说中充分运用了潜意识的象征语言,刻画出现代人在文明社会中被压抑的心理状态和性欲望表现,尤其当心灵面对宗教与性欲望的交战"。[1]

尤其值得一提的是,多年来她一直未涉足长篇,但《告别的年代》(北京:新星出版社,2012年)作为其长篇处女作,一出手即好评如潮,在大马本土和台港连续斩获奖项,一时间颇有洛阳纸贵之意。但同时吊诡的是,这又是一部缺乏深入探究和精彩评述的长篇,正是因为其间富含了黎紫书有关长篇的理想、观念与繁复实践,也让一般读者在叫好之余却又抓耳挠腮。平心而论,这部小说的情节并不太复杂,主要是围绕"杜丽安"从一个普通女孩(戏院的售票员)下嫁给帮会头目钢波做继室,而后一步步变为平乐居茶楼女老板的故事,中间穿插了其母家、老公家的情况发展,其婚恋、事业等,虽主题繁多,但步步为营,秩序井然。但令人难以理解的或许是黎紫书有意为之的小说实验,其中既有对她以往书写中短篇自我检阅与巧妙整合,同时又不吝注入了新的元素,结构繁复性和障眼法的使用往往令普通读者在貌似清晰的感觉上一头雾水,最后乃至望而却步。

黎紫书的小说书写,尤其是长篇《告别的年代》却也呈现出相当复杂的吊诡:告别、记录、虚构相互啃噬勾连,令人眼花缭乱。在该长篇中,每一章都分为三小节,它们各自为政,又互相连缀:第一节书写"杜丽安",第二节从"你"的角度叙事,既关注和推进杜丽安故事,又书写自我的生活,第三节则探讨虚构小说的技能以及评论解读该小说的诸多可能性。

在马华社会中,文学由于和语文教育、社会脉动、历史记忆以

---

[1] 胡金伦,《欲望伊甸园——解读黎紫书的〈天国之门〉》,《中文研究学报》(台北)2000年第3期,第220页,全文可参第213—226页。

及意识形态变迁息息相关、对话纠葛而备受人们关注。而实际上,一方面,作为文以载道和抒情言志的载体,作为身份认同(identity)倾注的场域,作为对抗压迫的诗学创造,[1]马华文学和华人的生存状态可谓如影相随,而另一面,随着时空的变换和时代差异,文学又以不同的形式和面貌模拟、反映、再现(represent)或再造历史。反映到长篇创作中来,现实主义、现代主义、后现代主义的递进和杂糅同样适合于马华文坛。

整体而言,《告别的年代》是一部优秀之作,它几乎涵容了黎紫书所擅长的所有叙事技艺和主题,以相当繁复的手法再现了杜丽安故事,也隐喻了华人世代进入后"五一三"时空时的务实化、世俗化,乃至堕落化的可能危机与境界。但在小说技艺繁复的同时,其后设装置亦有搅局之嫌,并未真正摆脱台湾场域的影响的焦虑,实现自我的真正超越和经典化书写。

---

[1] 具体可参许文荣,《南方喧哗:马华文学的政治抵抗诗学》,2004年。

附录：20世纪20—40年代的马华文学本土变迁轨迹

某种意义上说，本土或曰浅层意义上的本土性（也即本土色彩与风物等物质性层面）远比文学书写长久，更何况是人为划分/界定的现代白话文学？即使回到文学中，如前所述，对本土的朴素关怀其实早在"中国性"浓烈的"南洋第一诗人"邱菽园那里悄然显现，而归纳后续的文学本土[1]变迁轨迹，在1949年中华人民共和国成立之前，无疑有三次基点特别引人注目：南洋色彩的提倡（1927—1930）、马来亚地方作家论争（1934年）和"马华文艺独特性"论争（1947—1948）。[2]

毋庸讳言，如果从本土的视角来参详马华文学史，这三个基点不仅引人注目，而且至关重要。实际上，马华文学史家方修（1922— ）、苗秀（1920—1980）、杨松年（1941— ）等人对此无不以重墨渲染，而论者对此也往往不吝青睐，有的甚至以学位论文[3]的方式展开。从此意义上说，由本土人自觉论述本土文学的萌芽和发展轨迹可谓屡见不鲜，几让类似基点变成喋喋不休的陈词滥

---

[1] 这里的文学本土更多是场域（field）意义上的，而非单指从文本（texts）中体现出来的。
[2] 这样的时间切分只是更多为了论述的方便，而非以政治瓜分文学，它其实就是本文标题20世纪30~40年代的替代说法。
[3] 周亚珠，《马华文学南洋色彩的提倡（1927—1930）》，新加坡：南洋大学中文系荣誉学位论文，1979年；李子玲的荣誉学位论文也是专题论述之作，可参 Lee Cher Leng, *Nanyang as a Theme: A Study and Translation of Early Malayan Chinese Literary Works*, Singapore: NUS Dept. of Chinese Studies, 1982。

调。本文的困难在于，在耳熟能详（尤其是对本土人）的相关历史陈述之上，尚存有多少新意可挖或幸运地能够形成自己的论述？

本文毋宁是在部分重现历史现场的基础上，考察马华文学本土在20世纪20—40年代演变的粗线条轨迹，同时也指出其中的悖论／吊诡和张力，也希望能够借此从不同视角探勘本土蜕变的谱系学。

一、南洋色彩：在地杂拌儿

作为一种移民性颇强的区域华文文学，马华文学很大程度上是一种谋生、从政之余的副产品（by-product）；同时，由于语种（中文／华文）等的天然限制，使得它携带了浓郁的中华性（文化意义上的Chineseness）和强烈的中国性（政治认同意义上的Chineseness）。

20世纪中国现代文学对马华文学的影响无疑深远悠长，甚至是从语种书写（现代白话文）角度讲，前者对后者的激情催发与理性敦促同样也显而易见。但在地的感情总是会随着时间的累计而有所变化，虽然未必是有序递增，但日久生情却是不争的事实，尽管另一方面，绝大多数作者们对文化／现实中国的遥寄／维系始终高高在上、未曾停歇。南洋色彩口号的提倡其实就是这种在地感情的初步崭露，如苗秀所言："当然，不是所有的早期的马华文艺创作的题材，都是取诸中国方面的。偶然也出现一些反映本地社会现实的作品，并且也不断有些先知先觉的马华作家，像一九二七年在新加坡发刊的文艺期刊《荒岛》就曾经大声疾呼过，要求作家'把南洋地方色彩带进作品'，而《荒岛》上也确曾出现过这样的短篇小说，可惜这样的个别的微弱呼声，很容易给潮流所淹没。"[1]

1.概述。马华白话文学的发展似乎少了20世纪中国文学惯常

---

[1] 苗秀，《马华文学史话》，新加坡：青年书局，1968年，第2—3页。

的轰轰烈烈与波澜壮阔，而多了涓涓细流式的婉约和绵长。对其发展宛如"毛—皮"密切关系的文艺副刊，其实早在"南洋色彩"提倡前就已经潜流涌动，比如被方修视为"马华新文学运动的第一声号角"[1]的新加坡《新国民日报》的文艺副刊《南风》早在1925年7月15日就宣告发刊，其所刊登的近乎清一色当地/本土新文学。而在1925年10月9日创刊，高扬新思想、新文学的《叻报》副刊《星光》更是言明其关注本土的宗旨，在创刊号中，编者谭云山（1901—1983）就指出，"一、本刊宗旨在发扬中华文化改进南洋社会"。

这种或多或少对本土情感的抒发和关注、呼吁也表现在其他一些文艺副刊中，比如马来亚《益群日报》的《枯岛》、《南洋时报》的《南洋的文艺》和槟城《光华日报》的《南国的雨声》，等等。

而在这其中，相当引人注目的则属《新国民日报》的《荒岛》（1927年1月—1928年5月）、《南洋商报》的《文艺周刊》（1929年1月11日—6月28日）和《叻报》的《椰林》（1928年2月20日—1931年2月）等三份副刊。这三份刊物在本文的论述对象筛选中脱颖而出可谓其因有自：《荒岛》作为一份同人刊物，率先高举南洋色彩大旗，被苗秀誉为是"马华文学发展时期新加坡方面最重要的刊物"[2]；《文艺周刊》则独树一帜，不仅鼓吹南洋文艺，而且对后起的新兴革命文学有所纠偏，值得肯定；而《椰林》则是一直繁荣昌盛、历史悠久，"它的出刊期数之多，更是远远地盖过前此的以及同一时候的一切文艺刊物"。[3]因此，这三份刊物自有其独特的代表性。我们不妨从理论与创作两个基本层面进行简略分析。

---

[1] 方修，《马华新文学史稿》（上卷），新加坡：世界书局，1962年，第47页。
[2] 苗秀，《马华文学史话》，第111页。
[3] 方修，《马华新文学史稿》（上卷），第147页。

（1）理论呐喊：高擎南洋大旗。《荒岛》被誉为是马华文学史上，"第一个有意识地提倡创作具有南洋色彩的文学的文艺刊物"[1]，它在宣扬南洋色彩的力度上自然令人刮目。在一开始，该刊就欢迎带"本地色彩"的文字，而到了第十期增刊时，它以对话的方式呈现出自身所贯彻的特色，"其中的取材是带着南洋的色彩，真是在南洋群岛中难得的一种刊物"。[2] 而编者／作者张金燕对南洋则表现出深厚的感情："我的皮肤遗传着祖宗旧衣裳，而黄姜、咖喱，把我肠胃腌实了，因此，我对于南洋的色彩浓厚过祖宗的五经，饮椰浆多过大禹治下的水了。"[3] 而到了该刊创刊一周年号上，撕狮（张金燕）更是指出并强化其宗旨："打算专把南洋色彩收入文艺里去，来玩些意趣。"[4]

《文艺周刊》在创刊号上便野心勃勃地亮出其铸造南洋文艺铁塔的铮铮宣言，这几乎成为此口号提倡的标志性话语："这个刊物并无特别使命，它只想在万里炎阳的热国里寻找一些土产土制的粮料。它虽不想找寻钻石与珠子，以饰云石之宫，但它却情愿招募它的同情者，同在高椰胶树之下，以血与汗铸造南洋文艺的铁塔。"[5] 其态度积极亢奋，和《荒岛》可谓是文坛双璧，以南洋之光照耀了当时的文艺界。

《椰林》作为一份长寿副刊，其实在开始的一段时间内并没有显出鲜明的旗帜，而是有一个渐变的过程：从最初的略微避世，到废除剪稿，再到亮出自己的南洋立场。编者陈炼青指出："我憧憬于创

---

[1] 苗秀，《马华文学史话》，第115页。
[2] 《荒岛的十期增刊（对话）》，《荒岛》（新加坡）第十期，1927年4月1日。
[3] 张金燕，《南洋与文艺》，《荒岛》第十期，1927年4月1日。
[4] 张金燕，《浪漫南洋一年的荒岛》，《荒岛》周年纪念刊号，1928年2月2日。
[5] 可参圣提，《〈文艺周刊〉的志愿》，《南洋商报》副刊《文艺周刊》（新加坡，1957年前）创刊号，1929年1月11日。

造一种南洋的文化,所以应该提倡创造南洋的学术和文艺……我想希望南洋文化能够萌芽的,总要努力来促成它赶快萌芽,更要努力来促使它赶快发芽,以至开花。"[1]

(2) 创作:载道的艰难。《荒岛》在四十期中共发表二百七十多篇创作,总体而言,各类文体的水准相对低下,反倒是论述文字,有时令人眼前一亮,在实践和理论之间其实总是有很多距离需要跨越。创作中,张金燕的小说尚可一观,张也被称为妇女问题小说家,[2] 因为他对于当时南洋妇女的悲惨状况相当关注,无论是未受过教育的老式妇女,还是新时代妇女,都有所涉猎。他的这种对时代现代性的及时反思和反映令人钦佩,而女作者 L. S. 也对此类题材有基于切肤之痛的尝试。

同人刊物《文艺周刊》中,则也呈现出对南洋社会,尤其是下层社会各类小人物的关注,发人思考,如曾圣提的《生与罪》[3] 写人力车夫、吴仲青的《梯形》[4] 写妓女、曾华丁的《五兄弟墓》[5] 写被"卖猪仔"的劳工等在南洋色彩的实践上,都有相当的水平。但整体而言,与其引人瞩目的口号仍有差距。

《椰林》算是三份刊物中,作品内容素质相对丰富和较高的一个。比如,尤其值得注意的是海底山的《拉多公公》[6],它以马来人传说中的神——拉多公公的视角来观照南洋群岛在他离开前后复杂的幸福/痛苦变迁,别具意味,技巧圆润,想象丰富。另外,罗依夫的《猎豹》(1930 年 2 月 4 日)、浪花的《生活的锁链》(1930 年 3

---

[1] 陈炼青,《编者第二次的献辞》,《椰林》(新加坡) 1929 年 7 月 24 日。
[2] 具体可参杨松年,《主张南洋色彩文艺的张金燕》,杨松年,《新马早期作家研究 (1927—1930)》,香港:香港三联书店、新加坡:文学书屋,1988 年,第 23—37 页。
[3] 可参《文艺周刊》第 7—8 期,1929 年 2 月 1—2 日。
[4] 可参《文艺周刊》第 28 期,1929 年 5 月 7 日。
[5] 可参《文艺周刊》第 12 期,1929 年 2 月 22 日。
[6] 见《椰林》1930 年 6 月 6—10 日。

月21日)、张楚云的《伟大的灭亡》(1930年4月8日—11日)等也都凸显了本土色彩。需要指出的是,如果从文体上看,《椰林》中的诗作水准也比前两份刊物高。总体而言,《椰林》体现了更复杂和丰富的南洋色彩。

其他在创作上实践南洋色彩的还有《绿漪》《玫瑰》等刊物。但是,整体上看来,这一时间段的文学实践都显得步履蹒跚,而且水准往往有限,因此显得青黄不接、令人扼腕,从中我们不难看出载道的艰难。

2. 析论:彰显自我的张力与吊诡。需要指出的是,南洋色彩的提倡更多只是"在于表现出南洋文艺工作者对本地越来越深挚的感情"[1],我们不能将之扩大为一种主流思潮。而实际上,从当时三十余份文艺副刊(依据方修的不完全统计)的整体情况来看,高举南洋大旗的副刊所占比例并不高;即使回到个案中来,也同样不可将事实扭曲、夸大,以为它们可以或已经独立朝向另一个光明的世界。以《荒岛》为例,有论者就一针见血指出:"他们当时还不能完全摆脱侨民的意识形态,这是受了历史条件的限制。《荒岛》的立场,充其量也不过是一个进步的华侨的立场。"[2]

耐人寻味的是,如果我们进一步思考其主张的口号/标语,就不难发现,其中也是吊诡重重。在可以理解并同情早期创造的艰难的基础上,我们仍然发现其中的疏漏和缺陷。

(1)南洋色彩口号中可能含有狭隘的二元对立思维,在将之加以强调的同时,矫枉过正自然也难免,但同时,严重的是,他们也因此窄化了文学书写的更多可能性。而且,更进一步,其所提倡的南洋色彩往往是肤浅的物质性层面,更像是南洋情调和用以点缀的

---

[1] 周亚珠,《马华文学南洋色彩的提倡(1927—1930)》,第80页。
[2] 苗秀,《马华文学史话》,第116页。

调味。如周宁所言:"马华文学自觉的最初表现,是其地方文化认同意识。但这个地方文化认同意识,不管是在美学上还是社会层面上,都是抽象模糊的……南洋只是一个地理概念,其文化身份并不明确。"[1]

(2) 对应的创作是相对薄弱的,在含混肤浅指导原则下书写的作品,其文学成就也难脱类似的窠臼。同时,中国性的冲击似乎是无孔不入的,它对多数仍为侨民的文学作者可谓防不胜防,甚至是连鼓吹南洋色彩的《荒岛》主编黄振彝也难以幸免,彼时他同样不乏中国题材的散文,如《南北统一与统一南北》《纪念孙中山先生》《哀国会》《纪念黄花岗先烈》等,其中国心态赫然呈现。坦率而言,《荒岛》里的作品,除了小说稍好以外,其他文学体裁和其提倡宗旨相去甚远,而且大多成就不高。而对《椰林》来说,20 世纪 30 年代新兴革命文学对它的冲击也相当明显,其写实意味愈见丰厚,也超出了南洋色彩文艺的限定。《文艺周刊》后期也不得不刊载旧体诗和大量译作来填充"稿荒"空间,这就让其南洋色彩的含量明显鱼龙混杂。

不难看出,在南洋色彩提倡的理论与实践之间其实存在着很大的落差,这自然显出了主流中国性包围中另一种载道的艰难,同时其中也凸显了自我的张力和吊诡。但是,我们对此却更应秉持一种相对客观的评判,毕竟这是在马华白话文学早期的一种独立抗争姿态,它毕竟努力走向一条与中国文学相对不同的文艺道路,有意识地建设南洋本土文艺。在文学内在的本质上,它缺乏深层特质,在形式上却有其激情四射的铺张。[2]

---

[1] 周宁,《重整马华文学独特性》,《华侨华人历史研究》2004 年第 1 期,第 16—21 页,引文见第 17 页。

[2] 类似观点可参周亚珠,《马华文学南洋色彩的提倡(1927—1930)》,第 81 页。

二、马来亚地方作家论争：本土经典与认同的纠缠

20世纪30年代初期，新马两地的新文学副刊如雨后春笋纷纷成立、发展，可谓风起云涌，再加上新兴革命文学（普罗文学）等的推动，马华文学的发展一度出现蓬勃局面，但从1932年开始，由于社会、经济萧条等原因，它却逐步转入了低潮，文艺刊物纷纷停刊，作者方面虽也进进出出，但颓势终究难免，甚至长寿文艺副刊——《叻报》的《椰林》等都宣告歇业。

在这股低潮中，《南洋商报》的《狮声》副刊却于1933年1月21日异军突起，直到1942年年初，可谓影响深远。当然，本文不是要评介《狮声》，前人论述已经繁巨，[1]而是要指出——马华文学史上引人关注的"马来亚地方作家"论争的烽火即是从这里引燃。

1.概述。有论者指出，1931—1936年，是"马来亚本位思想"的形成时期，[2]而马来亚地方作家的论争则是其中至关重要的推手和里程碑。此次论争主要可分两个阶段：（1）废名和C君（梁志生）等人的论争，（2）姜生与C君等人的对垒。显然，这是以废名的退出为分界点的。

（1）废名对C君等：科学的原则与方法？第一阶段的论争源于废名（丘士珍）的一篇文论《地方作家谈》。废名首先肯定了马来亚文艺的存在，"就是居留或侨生于马来亚作家们所产的文艺"，同时，他也指出："我们应该抓紧了'地方作家'这个含义来承认马来亚的文艺，同时要坚决地反对以上海才有文艺的谬误的高调！"不仅如

---

[1] 杨松年，《南洋商报副刊〈狮声〉研究》，新加坡：新加坡同安会馆，1990年。
[2] 方修，《马华文艺思潮的演变（1919—1942）——一九六九年一月十九日在星洲中华总商会讲》，方修，《新马文学史论集》，香港：香港三联书店、新加坡：文学书屋，1986年，第22—37页，尤其是第28—30页。

此,他也指出了"地方作家"的定义和定位问题:"凡是在某个地方努力文艺者,曾有文艺作品贡献于某个地方者,无疑地我们应该承认他是一个某个地方的地方作家!……地方作家应该让他与文坛中心地的作家群站着同样无高低的地位!"在他看来,我们应该也推崇马来亚地方作家,因为现代文艺负着反映社会现实与动向的重任,何况大狗叫得,小狗也叫得。为此,他也推出十四位"够得上负起马来亚地方文艺的地方作家",分别是符国汉、吴仲青、陈一萍、连啸鸥、忘八蛋、熊蕾影、郑维圣、巨鳄、枕戈、哥空、老张、郑文通、廖月英、金洪。[1]

需要指出的是,这份推荐名单有它的问题,作者的推荐有不严谨之处,比如其中的符国汉、陈一萍、廖月英等不仅令今人一头雾水,让时人也感到相当陌生,影响甚微。为此,文章发表后四天,C君撰文《地方作家介绍的商榷》,主要指摘废名介绍的"太不科学了,作者的作风、立场历史,却一点也没有提及";同时,C君也反对废名批评南洋作家力图登龙上海的希冀,认为那可能可以"团结起来共同肩起'推进与提高马来亚文艺社会的任务',那是再好没有的"。[2]而另一名反对者则余相对激进地认为,推荐这些作家更是废名的偏见,因为"这些'作家'马来亚到处都有——怎么废名偏偏推荐这些'作家'呢?"[3]。

废名立刻在《总算是我抛了一块"地方作家谈"的砖》予以反驳,指出关注地方文艺的必要性,也解释了推荐方法中的问题。于是C君又在第193、194期刊出《显微镜下废名先生的理论的细察》予以重申观点,并指出废名的非理性。而在此论争走向白热化的关头,废名在第195期(3月19日)突然刊出来函宣布不愿有所回应,

---

[1] 具体可参《狮声》(新加坡)第181期,1934年3月1日。
[2] 具体可参《狮声》第184期,1934年3月5日。
[3] 则余,《地方作家谈的检讨》,《狮声》第184期,1934年3月5日。

大概是受不了久寡刊于第191期的《鬼话》冷嘲热讽的攻击，言其无知与"大吹大擂"。

（2）姜生对C君：地方作家的含金量。就在废名宣布退出，眼看论争就要戛然而止之际，姜生却静悄悄地出现了。早在第191期，后来在第196、203期，他发表了《介绍地方作家》，比较详细地分别推出了老张、金洪、郑文通等三位个案，实际上间接地支援了废名，并真正接过了持续论争的棒子。

C君刊文《请姜生君尽量补充》于第201、202期上予以驳斥，认为姜生所介绍的作家产量稀少、水准低下，不配"地方作家"，黑子（林坤贵）在第206期发表《浪费的介绍》支持C君。姜生分别写了《敬答C君先生》（205期）、《敬答黑子先生》（221期）回答对手的质疑，认为自己方法科学，相当认真努力，而且介绍的作家对文坛有贡献。C君在4月10—12日三天的《狮声》中发文《再和姜生先生讨论"介绍地方作家"》予以驳斥，黑子则写了《再请教姜生先生》（224期）予以回应；姜生则不肯罢休，再撰文反驳、答辩。

除了这三位以外，其他作者也纷纷参战。苔莉《地方作家论题的探讨》（216期）、乌卒《作家战旁议》（215期）、斐然《读了地方作家论题的探讨》（219期）、柳何依《介绍地方作家的清算》（220期）、小白灰《文艺创作的社会任务》（226、227期）、侠夫《突出混战之围》（226期）等。结果，三人对决变成了混战：苔莉同情姜生，乌卒中立，其余支持C君和黑子。

姜生自然有其不智之处，他将作家的履历误作了作家立场和身份判定，而非以作品作为主要评判标准，难免有捉襟见肘之处。于是C君在第227期刊文《大约可以收兵了吧》力图结束论战，但姜生显然不愿偃旗息鼓，他又写了《再答黑子先生》（229、230期）、《地方作家讨论的余音》（231、233期）为自己辩护。于是C君为回应姜生《余音》一文刊发了《并非好辩》（236期）反驳，于是不平的姜生又写了同名文章——作答,笔战宣布闭幕。

2. 辨析:本土认同与"经典"焦虑的纠缠。有论者曾经指出,随着生活的改善,幸福(felicity)代替了艰难,挫败发展成了成就感,最后对中国的乡愁/怀旧(Nostalgia)也就被一种强烈的认同感和南洋归属随替代。[1]

在我看来,马来亚地方作家的论争恰恰是对这种相对简化和过于乐观的总结的一个重要驿站和补充。刨除论战双方的意气用事成分,我们不难发现,这个论争有其不可替代的重要性。从宏观方面看,它其实也预演了日后新马文坛上的许多重大课题,比如本土性(本土认同)、中心/边缘(上海/马来亚本土)、经典缺席(地方作家的资格/立场)等。

(1)本土认同。或许无论是废名,还是姜生对本地作家的梳理和辩护都有其虚弱不堪之处,但从今天看来,他们的坚持却有其重大意义,那就是,他们对本土马来亚的认同和强调与日俱增,无论是本土现实,还是本土文艺(本文的语境当然更多是文艺),所以苗秀就指出其深刻意义:"第一,它初次肯定了马华文艺的存在价值及其意义……第二,它提高了马华作家的地位,确定了凡是努力于当地文艺工作,创造出有一定价值的文艺作品,为当地大众服务的,都是'地方作家',打破一般人的'本地姜不辣'的愚蠢观念。"[2]

(2)中心/边缘的关系。当然,在论争中,双方难免有二元对立、各执一端的弊端。其实如果回到此议题上来,我们不难看出中心与边缘之间相辅相成、复杂对立的张力关系。当然,强调马来亚地方文艺并不能以排斥上海为前提,因为后者毕竟是当时华人文

---

[1] Lee Cher Leng, *Nanyang as a Theme: A Study and Translation of Early Malayan Chinese Literary Works*, p.30.
[2] 苗秀,《马华文学史话》,第273页。

化，甚至是国际化的文化中心，它有值得学习、模仿的优秀资源和标本，同时它的高度繁荣策略、优势却也可以反衬出本土文艺现实的不足、缺憾，因此虚心学习是必要的；但同时，又要明了的是，中心和边缘又是相对的，是可以流动的、游离的，马来亚地方文艺只有更有本土特色，才可能变成另一个中心，而不是简单地复制中心，延续自己所反对的中心暴力。

（3）经典缺席的焦虑。让人尴尬的是，在论争中，除了点及十四名作家和相对详细地介绍了其中三位以外，提出问题者始终无法出示更强有力的实证个案作为反驳论据，这在根本上也可以视为是一种"经典"缺席的焦虑。当然，某种程度上说，到今天为止，这个问题一如既往，[1] 尽管马华文学成就的飞升有目共睹。

当然，这个层次还是肤浅的，我们毋宁说，这场论争似乎更想确立的是马来亚地方作家本身名称的合法性、正当性以及应有地位的问题，实际上，论争双方都明白，他们离经典几乎遥遥无期。

需要指出的是，继起的论争，如1936年9月"马来亚诸问题"的论争等，也同样发挥了不容忽视的作用，尤其是它们对于马来亚概念的进一步明确和强化不无裨益。[2]

三、马华文艺独特性论争

如果考虑到马华文学史上不同文艺思潮的冲突、融合，尤其是两条主线，中国意识和本土意识之间的起伏升降、纠缠迷离，我们

---

[1] 有关经典缺席的论争和20世纪90年代马华文学的论争情况，可参张永修、张光达、林春美主编，《辣味马华文学：90年代马华文学争论性课题文选》，吉隆坡：吉隆坡暨雪兰莪中华大会堂，2002年。
[2] 代表性的文章，具体可参曾艾狄，《马来亚文艺界漫画》，《星洲日报》（晚报）1936年9月2、9日。

或许可以说,"二战"后"马华文艺独特性"的有关论争、辨析事出有因,甚至是种必然。这自然和当时现实社会高涨的独立运动息息相关,现实主义书写的原则与要求也因此导致本土化文艺思潮产生。同时,作为强势文化/文学的中国源头和南来作家又一次次巩固了"侨民意识"(相对本土意识而言),而这种冲突则随着政治时局的变更(如新马沦陷日寇手中三年八个月的苦痛)而日益凸显,自我身份的实际考量、本土认同等,也让这种冲突显得复杂多变。实际上,"马华文艺独特性"论争的轰轰烈烈尽管令人有些始料不及,但本质上已决定了其爆发的必然性,更多是时间早晚问题。

1. 概述。"马华文艺独特性"问题的提出,源于1947年1月在新加坡后觉中学的一个写作人座谈会,当时就强调了马华青年要向中国来的朋友学习,以及后者也要本土化(关注本土现实及问题)的建议;1947年3、4月间,在《南侨日报》副刊《文艺》等刊物上就出现了热心的讨论文章,他们从讨论抗日卫马文艺、华侨文艺运动等就渐入佳境,逐步推出了"马华文艺独特性"概念,如漂青的《关于马华文艺的独特性》[1]与凌佐的《马华文艺的独特性及其他》[2]等。

其中凌佐的论文尤其引人注意,在强调了艺术创造的马来亚社会的实际的、具体的现实基础以外,它大致总结并指出了马华文艺独特性的集中显著特征:(1)它不能是翻版的中国文艺;(2)它更不能是侨民文艺;(3)它是马来亚文艺的主要成分;(4)它着重人民性和民族性;(5)它融合、渗入了本土社会生活(含风俗习惯)的特点,语言必然更丰富,形式必然更多彩。作者还特别强调书写立场(马来亚人民的姿态)的重要性。

---

[1] 见《星洲日报》副刊《晨星》1947年10月7日。
[2] 见《星洲日报》副刊《晨星》1947年11月5、7日。

由于讨论热烈且有异见，1947年11月，星洲华人协会举办了一次座谈会，力图对此问题达到一致看法，与会者有秋枫、杨嘉、凌佐、刘思、杜边、马宁、普洛等人。在承认马华文艺有其独特性基础上，他们得出如下结论：（1）马来亚的现实任务，虽属世界任务之一环，但有其特殊的具体内容，马华文艺也有独特内容；（2）当地华人社会的生活，虽然有八九十巴仙（百分比）的传统中国方式，但是历史（时间）和环境（地域），已经使它部分改变，马印民族、西欧人等（尤其前者）给了华人很大影响，故与中国有不同；（3）中国来的现实主义作家，必然不能与现实生活脱离，要深入马华社会，理解并书写马华与马来亚。[1]

是次座谈会虽有异见也没有引起激烈的论争，而波澜壮阔的论争则始于周容的《谈马华文艺》（刊1948年吉隆坡《战友报》新年特刊）。在这篇文章中，周容大力支持马华文艺的独特性而贬斥侨民文艺。他指出：（1）一切文艺都有独特性，都表现"此时此地"，而没有独特性的文艺则是"侨民文艺"；侨民文艺即使有作用，也不是马华文艺创作的主导方向。（2）所谓中国社会改革的迫切性与马华社会改革的长期性，并不适合文艺领域；手执报纸而眼望天外是错误的，侨民文艺或者中国文艺的"海外版"倾向，必须矫正。（3）马华文艺独特性，形式上可以暂时中国，但内容却必须永远马来亚。（4）中国南来作家，暂时不能创作具有独特性的马华文艺，可以理解；但他必须深入现实，熟悉并表现此时此地的现实。如果身处马来亚而等着中国人民大翻身，只能做逃难作家。

周文一出，反驳之声四起，一场论战爆发。李玄（杨嘉）的

---

[1] 具体可参秋枫整理、普洛记录，《马华文艺独特性座谈会》，《南侨日报·文艺》（新加坡）1947年12月3日。

《论侨民文艺》[1]则批判了周文的二元对立倾向，他强调文艺的普遍性，认为马来亚与中国人民追求自由民主的目的一样，描写中国并不违反马来亚文艺的大原则；侨民文艺和马华文艺可以并存，侨民作家也可以本土化；当前的任务在于培养马华文艺力量，而不是祛除侨民文艺。沙平（胡愈之）发表《朋友，你钻进牛角尖里去了》[2]反驳道，就文艺内容而言，没有某一国家某一民族的独特性，只有某种社会性质的独特性；文艺形式可以是各民族的，但内容一定是国际性的；文化水准相对低下的国家，要移植和翻译外国的文艺思想，增进本地土壤的肥力。马来亚要多多介绍中国的作品，中国文艺的海外版，出得太少。

1948年1月17日开始，周容又撰万言长文《也论侨民文艺》进行反驳，于是论战进入混战状态，海郎、光明、铁戈、引流、冠雄、符人、知角、丘天、沙平、金丁、李玄、西樵、小郎、闻人俊、志刚等，到了后期，甚至连人在香港的夏衍和郭沫若也卷入混战中。

在你来我往的唇枪舌剑（也含意气用事）后，这场扣人心弦的大论争由吉隆坡的《民声报》和星华文艺协会的两次座谈会论文进行收尾和总结。《民声报》座谈会的重点为：（1）这场论争的本质是两种各有根源的文艺思想的论争；（2）所谓马华文艺独特性就是民族化，强调文艺的国际性，反对马华化，会阻碍马华文艺的发展、进步；（3）马华文艺界要精诚团结，不管是中国的民主，还是对马来亚的民主。[3]

星华文艺协会的座谈会于1948年3月中旬召开，其重点为：（1）独特性的提出，在于提醒大家多写此时此地的问题，注意并服

---

[1] 可参《南侨日报·南风》1948年1月8日。
[2] 《风下》周刊（新加坡）第108期，1948年1月10日。
[3] 文萱记录，《马华文艺论争的诸问题》，《民声报·文艺周刊》（吉隆坡）1948年3月12日。

务马来亚，而并非反对写中国的东西。"独特性"这概念可以修正、更改，它近乎"地方性""个性""此时此地"，或者"一定的时间和空间，应该有其一定的内容和一定的形式"。(2) 马来亚和中国的文艺在内容和形式上都有其独特性。(3) 纯粹的侨民，他们的思想还是中国社会的思想意识，并没有形成什么侨民意识、思想。说他们的意识是"大国民思想"，不如说是国家观念、民族意识。因此，凡是写中国现实的，都归入中国文艺；凡是反映马华现实的，统称为马华文艺。(4) 马华具有双重性、中国和马来亚运动同时搞、中国第一马来亚居后等，这些意识都不正确。马华文艺工作者，只要努力反映马华现实，通过自己的文艺"去唤起马华大众，鼓励马华大众去奋斗，就是极正确的方向"。[1]

2. 辨析：在决绝与武断之间。"马华文艺独特性"问题和论争的展开自然有其非同凡响的文学史意义，它标志着马华文学从理论高度上达致了一个拥抱、书写、塑造本土的里程碑式的诉求："本地意识初时十分微弱，可谓处于萌芽状态。但是随着时代脚步的迈进，却就渐渐地强化起来。1947、1948年关于马华文艺独特性的论争，是本土意识开始反客为主的转捩点。"方修还指出，早期具有本地意识的作者有两类，一类是土生土长，另一类是很小就从中国南来在本地学习、工作、成长的。[2]

我们绝不能低估了论争对于本土意识主体建构的重要作用，而不要只关注其意气用事的表面。有论者指出："论争中貌似激烈的口号，以及过分夸张的言词所包含的主观随意性，是不可能给马华文艺独特性找到正确的出路，至多只能稍稍掩盖他们对建构马华文艺的束手无

---

[1] 具体可参秋枫整理，《关于马华文艺独特性的一个报告》，《南侨日报·文艺》1948年3月27日。
[2] 方修，《由抗日文学想到的》，方修，《马华文学史百题》，新加坡：春艺图书贸易公司，1996年，第1—4页，引文见第1页。

策,软弱无力而已。马华文艺独特性的形成,不可能是这场论争的结果。从上面我以多视角与多层面切入的论析中,已论证出马华文艺独特性的形成,事实上是水到渠成。"[1] 这显然是对有关论争作用的贬抑,未能意识到论争对作家和文艺界思想理路清理和统一化的作用。当然,需要明白的是,在这个论争的背后,也富含了吊诡。

(1) 决绝的本土化。方修在解释独特性时指出:"所谓独特性,就是表示马华文艺要和中国文艺分道扬镳,服务于当时的独立运动。"[2] 马华文学的自立运动,形成一种文学运动/思潮当然不是始自"马华文艺独特性"的提出,因为如前所述,在南洋色彩和马来亚地方作家提倡时期,早已初露端倪。但是,"马华文艺独特性"自然有其独特之处——更决绝的本土化。这次文学运动/论争有其明确的对立目标——侨民文艺,而且对马华文艺书写"此时此地"的呼声也渐渐成为主流,一洗以前偏安于一隅的落魄、边缘与内在无奈。同时如果我们观照此一时间段的小说创作,我们也不难发现其书写的本土化倾向在加强。[3]

(2) 武断与吊诡。需要指出的是,"马华文艺独特性"论争中自然也包含了重重吊诡和不乏矫枉过正而造成的种种武断弊端。

首先,在定义上,就有类似的缺陷。比如,"马华文艺"和"侨民文艺"在周容那里,一开始就是自相矛盾的。即使是马华文艺的独特性,其具体指涉也有含混之处,而且,对作为对立面的侨民文艺的界定也是问题重重:是从书写内容,还是书写立场上加以判

---

[1] 方桂香,《马华文艺独特性的形成是水到渠成——重新审视侨民文艺与马华文艺独特性论争》,方桂香,《另一种解读——方桂香文学评论集》,新加坡:创意圈出版社,2002 年,第 14—41 页,引文见第 38 页。
[2] 方修,《战后马华文学史初稿》,新加坡:T. K. Goh,1978 年,第 77—78 页。
[3] 具体可参苏菲(苏卫红),《战后二十年新马华文小说研究》,(广州:暨南大学出版社,1991 年,第 6—51 页)第二章"战后初期的小说(1945—1948)"就分析、讨论了此一时段新马场域小说书写主题/题材的日益本土化。

断？从最后的座谈会总结中，我们可以感觉到侨民文艺当属中国文艺和马华文艺之间的缓冲地带，然而可笑的是，马华文艺的主体性和特色在当时却又是模糊的。

其次，在思维上，二元对立的弊端也显而易见。论争中的强行区分有极端化倾向，以原本不够成熟与深厚的"此时此地"作为最重要的书写内容自然会狭隘／窄化书写者的能力和视野。方修在看待马华文艺独特性的论争时，自然坚持了其现实主义观点，他总结道，"文艺是反映现实的，所以马华文艺必须反映马来亚华人这种实际情况（和中国逐渐有所疏离，但又要争取改善在本邦的政治地位，朱按）。同时，文艺又是指导现实的，所以马华文艺更需要强调马来亚华人在本邦扎根的思想，强调马来亚华人在当地争取合法权利的努力和必要"，简而化之，就是"写此时此地"。但同时，他自己理解道，马华文艺独特性关系到作者的立场和态度："作者应该以马来亚主人的一分子的立场在写作，尽量摒弃侨民思想或作客观念。"[1]

毋庸讳言，坚定地走向本土化并不意味着本土的故步自封，而侨民文艺也恰恰是"马华文艺"走向自立的必经阶段，如果不是同样需要深入汲取的文艺资源的话。实际上，侨民文艺正是马华文艺走向成熟／经典过程中的一个可能历程，它已经内化为马华文艺的一部分，不可彻底铲除。

四、综论：艰难／坚实的本土蜕变

如开头所示，本文的问题意识毋宁是在重回当时马华文学的历史现场的基础上，从不同角度探勘新马华文文学史上20世纪20—40

---

[1] 方修，《马华文艺独特性问题》（写于1955年），方修，《避席集》，新加坡：文艺出版社，1960年，第14—24页，引文分见第15、19页。

年代文学本土变迁的谱系学。我们不妨从如下三个层面展开论述：

1. 文学地理的具象化。如果从文学地理角度进行考察的话，不难发现，这是一个相对日益清晰的趋势，而且也更加具象化。"南洋色彩"中，南洋更多是一个立足于中国中心本位的地理泛称，当它被借来用以指涉本土时，其借来的时间和借来的空间意味可谓吊诡重重。

到了"马来亚地方作家"时期，马来亚作为一个更加明确的地理涵盖，无疑更多指向了本土的自我表述。方修就指出："丘氏比陈炼青更进了一步，提出了'马来亚'这个明确的地理概念。"[1]从中我们不难看出，自我的气息增强了。

"马华文艺独特性"不仅更加精准，而且也指向了文学的特质。尤其是前者，马华可能包含了马来亚华文/华人的含义，而文学地理的脉络则更加清晰可辨。

2. 文学层面的质变。如果从文学性（literariness）或对文学本质的贴近趋势来看，这三者也呈现了大致递增/接近的态势。"南洋色彩"强调的更多是一个本土关怀诉求，其要求其实更多是物质性维度，显得相对肤浅和外在；"马来亚地方作家"不仅显现出对中心/边缘文学权力结构的不满，同时关键的是，也呈现出对本土作家身份和本土文学经典匮乏的焦虑感。

"马华文艺独特性"问题如果从此角度切入进行考量的话，则相对旗帜鲜明地亮出了文学归化（主要是书写题材、内容方面）的强烈要求，对于具有"侨民意识"的文学作者，不管是外来，还是本土场域上，它其实生发出一种相对严厉的呼吁：立足本土、了解本土，也认同本土。

3. 文化/政治：捆绑的复杂化。作为文化意味远胜于文学性的

---

[1] 方修，《马华新文学史稿》（中），新加坡：世界书局，1963年，第157页。

马华文学（1965年前），其中的文化繁复性和政治、意识形态、精神心态的层面的复杂捆绑实在丰富得令人惊喜。实际上，这三个基点也更多呈现出理论层面的递进，而在文学对应上，则实在令人汗颜，至多不过差强人意。

不难发现，如果从此层面展开论述的话，"南洋色彩"中的南洋更多凝结了一种朴素的土地情感和维系，类似于一种自然的感恩式涂抹意图；而到了马来亚地方作家时，在地理的指涉以外，民族／国家的威力似乎开始渗入并发挥作用，本土意识同时也是政治意识和文化心态。

到了"马华文艺独特性"时期，马华所强调的可能既有语种的，也有文化的和种族的，当然地理的确指不言而喻。

需要重申的是其中的繁复政治意味。在唐林看来，表面是文学的"此时此地"的本土意识和"眼望天外"的侨民心态的论争，骨子里是马共和中共政治革命的策略矛盾。这场论争志在纠正共产党不同兄弟党间的策略差距，不是探讨文学的发展方向。而将这场论争夸大是马华—华侨—文学史上的大事，显然是一厢情愿的高调。[1]

庄华兴是将马华文艺独特性的论争置于政治语境中考量的，当然，也部分顾及了文学的批判功能，"华人社会内部的变化，首先见于政治认同的转向与公民意识的催生，继之左翼运动声势壮大，促成了马华文化—知识界对文化主体意识的思辨。发生在文学界便有一九四七年十月至四八年四月有关马华文艺独特性论争及其余绪。"[2]

所以，整体而言，由三个基点的演变所勾勒本土的蜕变中，政

---

[1] 具体可参唐林，《马华文学的左翼思潮》，《人文杂志》（吉隆坡）总第3期，2000年5月，第8—14页。
[2] 庄华兴，《马华文艺独特性论争（上）：主体（性）论述的开展及其本质》，《星洲日报·文艺春秋》2004年7月11日。

治／国家／认同反映出日益强化的态势，尽管这未必意味着文学本土认同的必然提升／增加，但是，这对文学走向本土化的无意识／潜意识要求／影响可能也是秘而不宣的、深远的。

需要指出的是，这三个基点的递进是从整体上讲的，我们不能忽略其中的复杂性，如果从个案上讲，可能会有反例证明这种思潮中的逆流，有时还相当强大。[1] 即使是到了"马华文艺独特性"时期，当提倡"马华文艺"的呼声连绵不绝时，在振臂高呼、貌似激进的人中也可能（相当一部分）含有双重文学认同。[2]

这同时恰恰反映出马华文学长期以来（甚至到今天）走向自我独立过程的注定尴尬和深层吊诡，和中国文学、文化、思想意识等的若即若离又不可或缺的复杂关系，"马华文艺独特性"论争反映出的可能只是这种吊诡背后的冰山一角而已："马华文艺独特性论争开启／催生了马华文学／文化思想的主体论述，不但为往后的马华文学史奠定发展基调，更变成一种文化资源，在不同的历史时空中一再被援引／召唤，以响应日益严峻的客观挑战。在马华文化史中，主体的形塑已形成不可或缺的心理要素，在非常时刻能发挥疗伤的作用。鉴于对土地的认同已成为无法割舍的宿命，因此马华文化－知识界唯有持续借助马华性、独特性、本土性来拆解中国性和中国影响，同时也借着它面对庞大的官方意识形态压迫。"[3]

当然，如果从更长远的本土（性）历史发展的眼光来看，这三

---

[1] 比如废名（丘士珍）所提倡的马来亚地方作家的本土文艺其实侨民色彩相当浓厚，他自己心中的文学中心仍然为上海，而不是马来亚，他所推荐的十四名作家中，侨民作家仍占多数。

[2] 比如当时的诗人米军，也算是注重"此时此地"的文学作者了；但同时，他却在《向马华文艺界建议》（《星洲日报·晨星》1947年2月24日）中主张在本土成立"中华文艺联会马来亚分会"，从其思想和立场看，显然中国意识依旧存在，甚至根深蒂固。

[3] 庄华兴，《马华文艺独特性论争（上）：主体（性）论述的开展及其本质》，《星洲日报·文艺春秋》2004年7月18日。

个基点也还是相对朴素和肤浅的,而真正具有深度的本土话语、本土视维要等到在更加后继的文学创作中才显得相对繁盛和多姿多彩。但是,从文学史发展的角度看,它们无疑至关重要,也是不可或缺的文学本土里程碑。

参考书目

B

巴赫金著,白春仁、晓河译,《巴赫金全集》(第三卷),石家庄:河北教育出版社,1998年。

C

蔡宗祥著,《伊班族历史与民俗》,沙捞越:李金珠,1992年。

陈大为等主编,《赤道回声——马华文学读本 II》,台北:万卷楼图书公司,2004年。

陈大为著,《最年轻的麒麟——马华文学在台湾(1963—2012)》,台南:台湾文学馆,2012年。

陈剑著,《与陈平对话——马来亚共产党新解》(增订版),吉隆坡:华社研究中心,2012年。

陈平著,《我方的历史》,新加坡:Media Masters,2004年。

陈瑞献著,《陈瑞献小说集》,新加坡:跨世纪制作城,1996年。

陈实著,《新加坡华文作家作品论》,北京:光明日报出版社、桂林:广西师范大学出版社,1991年。

陈贤茂主编,《海外华文文学史》(第一卷),厦门:鹭江出版社,1999年。

崔贵强著,《新马华人国家认同的转向:1945—1959》(修订版),新加坡:青年书局,2007年。

D

戴小华、尤绰韬主编,《扎根本土　面向世界:第一届马华文学国际学术研讨会论文集》,吉隆坡:马来西亚华文作家协会、马来亚大学中文系毕业生协会，1998 年。

F

方修著，《马华新文学史稿》（上卷），新加坡：世界书局，1962 年。

方修著，《新马文学史论集》，香港：香港三联书店，新加坡：文学书屋，1986 年。

方桂香著，《另一种解读——方桂香文学评论集》，新加坡：创意圈出版社，2002 年。

方桂香著，《巨匠陈瑞献》，新加坡：创意圈出版社，2002 年。

方桂香著，《新加坡华文现代主义文学运动研究》，新加坡：国家图书馆、创意圈出版社，2010 年。

方修著，《避席集》，新加坡：文艺出版社，1960 年。

方修著，《马华新文学史稿》（中），新加坡：世界书局，1963 年。

方北方著，《方北方全集》，吉隆坡：方北方全集出版工委会、马来西亚华文作家协会，2009 年。

冯肖华著，《现实主义文学的时代张力：20 世纪中国文学主潮的诗学价值》，北京：中国社会科学出版社，2011 年。

[法] 米歇尔·福柯著，莫伟民译，《词与物：人文科学考古学》（Les mots et les choses: une archéologie des sciences humaines），上海：上海三联书店，2001 年。

[美] 安德鲁·芬伯格著，陆俊、严耕等译，《可选择的现代性》（Alternative Modernity: The Technical Turn in Philosophy and Social Theory），北京：中国社会科学出版社，2003 年。

傅柯著，刘北城、杨远婴译，《规训与惩罚——监狱的诞生》，台北：桂冠图书公司，1994 年。

H

何国忠编，《社会变迁与文化诠释》，吉隆坡：华社研究中心，2002 年。

胡兴荣著，《记忆南洋大学》，桂林：广西师范大学出版社，2006 年。

黄锦树著，《谎言或真理的技艺：当代中文小说论集》，台北：麦田出版社，2003 年。

黄锦树著，《文与魂与体：论现代中国性》，台北：麦田出版社，2006 年。

黄锦树著，《马华文学与中国性》（增订版），台北：麦田出版社，2012年）。

黄锦树著，《马华文学：内在中国、语言与文学史》，吉隆坡：华社研究中心，1996年。

黄孟文等主编，《新加坡华文文学史初稿》，新加坡：新加坡国立大学中文系、八方文化，2002年。

贺兰宁编，《新加坡15诗人新诗集》，新加坡：五月出版社，1970年。

L

[法]古斯塔夫·勒庞（Gustave Le Bon）著，冯克利译，《乌合之众》，北京：中央编译出版社，2004年。

李碧华著，《只是蝴蝶不愿意》，广州：花城出版社，2003年。

李恩涵著，《东南亚华人史》，台北：五南图书出版公司，2003年。

李庆年著，《马来亚华人旧体诗演进史1881—1941》，上海：上海古籍出版社，1998年。

李欧梵著，《现代性的追求——李欧梵文化评论精选集》，北京：生活·读书·新知三联书店，2000年。

李元瑾著，《东西文化的撞击与新华知识分子的三种回应——邱菽园、林文庆、宋旺相的比较研究》，新加坡：新加坡国立大学中文系、八方文化，2001年。

李元瑾主编，《南大图像：历史长河中的审视》，新加坡：南洋理工大学中华语言文化中心、八方文化，2007年。

利亮时著，《陈六使与南洋大学》，新加坡：南洋理工大学中华语言文化中心、八方文化，2012年。

林廷辉、宋婉莹著，《马来西亚华人新村五十年》，吉隆坡：华社研究中心，2000年。

龙应台著，《龙应台评小说》，上海：上海文艺出版社，1996年。

M

苗秀著，《马华文学史话》，新加坡：青年书局，1968年。

牧羚奴（陈瑞献）著，《巨人·自序》，新加坡：五月出版社，1968年。

P

潘亚暾著,《海外华文文学现状》,北京:人民文学出版社,1996年。

Q

邱新民著,《邱菽园生平》,新加坡:胜友书局,1993年。

S

生安锋著,《霍米巴巴》,台北:扬智文化出版社,2005年。
石鸣著,《现实与抒情——感受新华文学》,新加坡:赤道风出版社,2002年。
史定国主编,《简化字研究》,北京:商务印书馆,2004年。
苏菲著,《战后二十年新马华文小说研究》,广州:暨南大学出版社,1991年。

W

汪晖著,《反抗绝望》,台北:久大文化图书公司,1990年。
王德威著,《众声喧哗以后》,台北:麦田出版社,2001年。
王德威著,《小说中国:晚清到当代的中文小说》,台北:麦田出版社,1993年。
王富仁著,《中国反封建思想革命的一面镜子——〈呐喊〉〈彷徨〉综论》,北京:中国人民大学出版社,2010年。
王国维著,《王国维文学论著三种》,北京:商务印书馆,2003年。
王润华著,《老舍小说新论》,台北:东大图书公司,1995年。
王润华著,《华文后殖民文学:本土多元文化的思考》,台北:文史哲出版社,2001年。
王润华著,《华文后殖民文学:中国、东南亚的个案研究》,上海:学林出版社,2001年。
王润华、白豪士主编,《东南亚华文文学》,新加坡:新加坡歌德学院、新加坡作家协会,1989年。
王润华著,《从新华文学到世界华文文学》,新加坡:新加坡潮州八邑会馆,1994年。

王润华著,《鱼尾狮、榴梿、铁船与橡胶树》,台北:文史哲出版社,
　　2007年。
王润华著,《从司空图到沈从文》,上海:学林出版社,1989年。
王润华著,《沈从文小说理论与作品新论》,台北:文史哲出版社,1998年。
王志伟著,《丘菽园咏史诗研究》,新加坡:新社,2003年。
王志伟著,《丘菽园咏史诗编年注释》,新加坡:新社,2003年。
吴岸著,《吴岸诗选》,北京:华艺出版社,1996年。
吴耀宗主编,《当代文学与人文生态》,台北:万卷楼图书公司,2003年。

X
徐秀慧等主编,《从近现代到后冷战:亚洲的政治记忆与历史叙事》,台北:
　　里仁书局,2011年。
许文荣著,《南方喧哗:马华文学的政治抵抗诗学》,新加坡:八方文化创作
　　室、马来西亚新山:南方学院出版社,2004年。
许文荣主编,《回首八十载·走向新世纪——九九马华文学国际学术研讨会
　　论文集》,马来西亚新山:南方学院出版社,2001年。

Y
杨松年、王慷鼎合编,《东南亚华人文学与文化》,新加坡:新加坡亚洲研究
　　学会,1995年。
杨松年著,《战前新马文学本地意识的形成与发展》,新加坡:新加坡国立大
　　学中文系、八方文化,2001年。
杨松年著,《南洋商报副刊狮声研究》,新加坡:新加坡同安会馆,1990年。
[美]哈罗德·伊罗生(Harold R. Isaacs, 1910—1986)著,邓伯宸译:《群
　　氓之族:群体认同与政治变迁》,桂林:广西师范大学出版社,2008年。

Z
张光达著,《马华当代诗论——政治性、后现代性与文化属性》,台湾:秀威
　　出版社,2009年。
张箭飞著,《鲁迅诗化小说研究》,南宁:广西教育出版社,2004年。
张锦忠、黄锦树主编,《重写台湾文学史》,台北:麦田出版社,2007年。

张锦忠编，《重写马华文学史论文集》，南投：台湾暨南国际大学东南亚研究中心，2004年。

张锦忠著，《南洋论述——马华文学与文化属性》，台北：麦田出版社，2003年。

张诵圣著，《文学场域的变迁》，台北：联合文学出版社，2001年。

张永修、张光达、林春美主编，《辣味马华文学：90年代马华文学争论性课题文选》，吉隆坡：吉隆坡暨雪兰莪中华大会堂，2002年。

甄供编，《说不尽的吴岸》，加影：马来西亚董教总教育中心，1999年。

钟怡雯著，《马华文学史与浪漫传统》，台北：万卷楼图书公司，2007年。

周宁著，《新华文学论稿》，新加坡：新加坡文艺协会，2003年。

周伟民、唐玲玲著，《奥斯曼·阿旺和吴岸比较研究》，吉隆坡：马来西亚翻译与创作协会，1996年。

周兆呈著，《语言、政治与国家化：南洋大学与新加坡政府关系1953—1968》，新加坡：南洋理工大学中华语言文化中心、八方文化，2012年。

周作人著，《知堂回想录》，石家庄：河北教育出版社，2002年。

朱崇科著，《本土性的纠葛——边缘放逐·"南洋"虚构·本土迷思》（台北：唐山出版社，2004年。

朱崇科著，《鲁迅小说中的话语构形："实人生"的枭鸣》，北京：人民出版社，2011年。

朱崇科著，《华语比较文学：问题意识及批评实践》，上海：上海三联书店，2012年。

朱崇科著，《触摸鱼尾狮的激情与焦虑》，上海：上海三联书店，2015年。

朱崇科著，《"南洋"纠葛与本土中国性》，广州：广东人民出版社，2014年。

朱崇科著，《张力的狂欢——论鲁迅及其来者之故事新编小说中的主体介入》，上海：上海三联书店，2006年。

朱双一著，《战后台湾新世代文学论》，台北：扬智文化出版社，2002年。

庄华兴主编，《国家文学：宰制与回应》，吉隆坡：大将出版社，2006年。

英文论著

1. Loomba, Ania, *Colonialism/Postcolonialism*，NY: Routledge, 1998.
2. Raffaella Baccolini, Tom Moylan (eds.), *Dark Horizons: Science Fiction and the Dystopian Imagination*，London: Routledge, 2003.
3. Isaiah Berlin, *The Hedgehog and the Fox: An Essay on Tolstoy's View of History*，London: Weidenfeld& Nicolson, 1953.
4. Ashcroft, Bill, Gareth Griffiths and Helen Tiffin., *Empire Writes Back: Theory and Practice in Post-Colonial Literatures*，New York: Routledge, 1989.
5. M. Keith Booker, *The Dystopian Impulse in Modern Literature: Fiction as Social Criticism*，Westpoint: Greenwood Press, 1994.
6. Matei Calinescu, *Five Faces of Modernity: Modernism,Avant-garde,Decadence, Kitsch, Postmodernism*，Durham: Duke University Press，1987.
7. Chad Walsh, *From Utopia to Nightmare*，Westpoint: Greenwood Press, 1962.
8. Chin Peng [as told to Ian Ward and Norma Miraflor], *Alias Chin Peng: My Side of History*，Singapore: Media Masters，2003.
9. Colin Gordon (Ed.), Colin Gordon et al. (trans.), Michel Foucault, *Power/Knowledge: Selected Interviews and Other Writings, 1972—1977*，New York: Pantheon, 1980.
10. Umberto Eco with Richard Rorty, Jonathan Culler, Christine Brooke-Rose, *Interpretation and Overinterpretation*，Cambridge; New York: Cambridge University Press, 1992.
11. Michel Foucault, translated from the French by Alan Sheridan, *Discipline and Punish-The Birth of the Prison*，New York: Vintage Books, 1979.
12. Donald F. Bouchard (Ed.), Donald F. Bouchard and Sherry Simon (Trans.),

Michel Foucault, *Language, Counter-Memory, Practice: Selected Essays and Interviews*, Ithaca, New York: Cornell University Press, 1977.
13. Kumar Ramakrishna, *Emergency Propaganda: The Winning of Malayan Hearts and Minds 1948—1958*, Richmond, Surrey: Curzon Press, 2002.
14. Lim Hin Fui & Fong Tian Yong, *The New Villages in Malaysia: the Journey Ahead*, Kuala Lumpur: The Authors, 2005.
15. Mike Crang, *Cultural Geographies*, London and New York: Routledge, 1998.
16. Patricia Waugh, *Metafiction: The Theory and Practice of Self-Conscious Fiction*, London: Methuen 1984.
17. Peter Ruppert, *Reader in a Strange Land: The Activity of Reading Literary Utopias*, Athens and London: University of Georgia Press, 1986.
18. Ray Nyce, *The New Villages of Malaya: A Community Study*, Hartford, Conn.: Hartford Seminary Foundation, 1962.
19. Edward W.Said, *Orientalism*, New York: Pantheon, 1978.
20. TAN Chee Beng, *The Baba of Melaka: Culture and Identity of a Chinese Peranakan Community in Malaysia*, Petaling Jaya, Selangor: Pelanduk Publications, 1988.
21. Tee Kim Tong, *Literary Interference and the Emergence of a Literary Polysystem*, Taipei: National Taiwan University, 1997 (unpublished).
23. Tom Moylan, *Demand the Impossible: Science Fiction and the Utopian Imagination*, New York and London: Methuen, 1986.
24. Wong Yoon Wah, *Post-Colonial Chinese Literatures in Singapore and Malaysia*, New Jersey: Global Publishing Co & Singapore: Dept. of Chinese of NUS, 2002.

致谢

这是我2015年就想完成的事务,结果诸多原因推迟了三年才完成。但"有心不怕迟",《马华文学12家》能够面世必须感谢诸多善缘,首先是中山大学对中文系(珠海)高水平学术丛书的大力支持;其次,感谢我非常尊敬的三联书店的鼎力协助,才让它以如此大方雅致的面貌呈现。

特别要说明的是该书的绝大多数章节都曾经发表过,因此非常感谢有关刊物和责任编辑的大力提携与各种帮助,包括中国内地的《外国文学评论》《中山大学学报》《暨南学报》《中国比较文学》《西南民族大学学报》《华侨大学学报》《华侨华人历史研究》,新加坡的《亚洲文化》《联合早报》,中国香港的《香港文学》,等等。

当然,还要特别感谢人生,让我四十三岁的人生历程如此跌宕起伏充满戏剧性,这的确让素来不喜欢平淡/平凡的我深觉存于斯世的价值感和可贵理由。感谢众多前辈、同道一起在马华文学研究的广阔领域里惺惺相惜又互相竞争,才让这个百花园显得更加多姿多彩。

期待你我的精彩继续!

朱崇科
2018年春天于中山大学